COLLECTION
L'IMAGINAIRE

Michel Leiris

LA RÈGLE DU JEU, III

Fibrilles

Gallimard

Michel Leiris est né en 1901. Il a vingt-trois ans quand il adhère au mouvement surréaliste que lui a fait connaître son ami André Masson. C'est en poète et sous l'enseigne de Max Jacob, qu'il débute dans la littérature, en 1925, avec *Simulacres*. Deux ans plus tard, il publie *Le point cardinal,* un récit qui est, comme chez Raymond Roussel, un télescopage d'images, de souvenirs, de rêves, de calembours nés de l'automatisme de la pensée, de jeux de mots. Dans le même esprit, avec la même liberté laissée à l'association d'idées, il écrit entre 1927 et 1928 *Aurora* (publ. 1946), où l'héroïne au prénom nervalien est le jouet du prestidigitateur Siriel (anagramme de Leiris) et subit les métamorphoses imposées par son nom, selon qu'il s'écrit horrora ou or aux rats, etc.

L'année 1929 est un moment décisif dans l'itinéraire personnel, intellectuel et esthétique de Leiris, une pierre de touche dans l'édification de son œuvre. Il rompt avec le mouvement d'André Breton. « Ayant longtemps souhaité de me dissoudre au sein d'une folie volontaire (telle que me semblait avoir été celle de Gérard de Nerval) », écrit-il à ce propos dans *L'âge d'homme,* « je fus pris soudain d'une crainte aiguë de devenir effectivement fou. » Il se détourne du strict jeu avec la langue pour faire de celle-ci un outil de recherche introspective. Ses interrogations sur lui-même, et notamment sur ses rapports avec le sacré, l'interdit, la transgression de l'interdit, l'érotisme et la mort rejoignent celles de Georges Bataille, son aîné, dissident comme lui du mouvement surréaliste. Leiris participe avec lui au Collège de Sociologie, et fournit, pour *Documents,* revue que vient de fonder Bataille, les textes qui seront réunis dans *Brisées* en 1969. Toujours à cette époque, Leiris entreprend une psychanalyse et s'intéresse aux mythes et à l'ethnologie. De 1931 à 1933, il participe à la mission Dakar-Djibouti. *L'Afrique fantôme* de 1934 n'est pas seulement une relation, d'ailleurs amère, d'expédition ethnologique, il s'en dégage en même temps cette veine autobiographique qui constituera l'essentiel de la production leirisienne, à certains égards la plus belle. Quant au filon ethnologique, il est de nouveau exploité dans *Tauromachies* (1937) et *Miroirs pour la tauromachie,* deux textes magnifiques où Leiris élabore sa désormais célèbre vision de la « littérature considérée comme une tauromachie »; puis dans *Haut Mal* (1943) où est rassemblée toute la production poétique de ces années de rupture.

Avec *L'âge d'homme* (1939), Michel Leiris revient à son expérience psychanalytique : rêves, souvenirs d'enfance, chocs esthétiques, anecdotes vécues, fantasmes, tout est bon qu'entraîne à soi l'écriture, et, comme l'on a dit de la musique qu'elle est faite de ce qui défait le musicien, l'on peut dire de *L'âge d'homme* qu'il est fait de ce qui défait, démantèle le sujet, lequel n'est effectivement plus, comme le dira Blanchot, le « je structuré du monde, mais déjà la statue monumentale, sans regard, sans figure et sans nom : le il de la mort souveraine ». Quelque risque qu'il soit déjà sûr d'encourir pour lui-même, Leiris n'en décide pas moins ici son entreprise autobiographique.

Sauf *Glossaire, j'y serre mes gloses, Nuits sans nuit, Bagatelles végétales* et *Grande fuite de neige,* l'essentiel de l'activité de Michel Leiris, depuis l'Occupation qu'il passe à écrire *Biffures,* est consacrée à la rédaction des volumes de *La règle du jeu.* S'il poursuit dans le premier volume les explorations commencées avec *L'âge d'homme,* avec *Fourbis* (1955), Leiris change de « tactique » : il ne laisse plus venir à lui les choses qui lui sont arrivées (rêves, fantasmes, expériences), il ne rappelle à lui que celles « qui revêtent une forme telle qu'elles puissent servir de base à une mythologie ». Et ce qu'aura gagné Leiris à cette reprise en main de son matériau littéraire, c'est cette remarquable aisance stylistique, qui confine parfois à la virtuosité, et qui caractérisera désormais sa plume. A la fin de *Fibrilles* (1966), troisième volet de son entreprise, Michel Leiris écrit qu'il est sans doute temps pour lui d'arrêter le jeu. Il ne le cessera que trente-cinq ans après l'avoir commencé, avec *Frêle bruit* qui clôt *La règle du jeu.*

Prix des Critiques en 1952, Michel Leiris a refusé le Grand prix national des Lettres en 1980.

Il est mort le 30 septembre 1990 dans l'Essonne.

LA FIÈRE, LA FIÈRE...

I

Novembre 1955.

Je rentre d'un nouveau voyage qui, cette fois, eut pour théâtre l'Extrême-Orient, derrière ce que les journaux bourgeoisants de nos pays nomment encore « rideau de fer ». De tous les tours que j'ai faits, c'est celui-là, sans doute, qui m'a donné le plus de contentement. Mais pourquoi, s'il m'a comblé à ce point, est-ce celui-là aussi qui, au retour, m'aura probablement laissé le plus désemparé?

Cinq semaines à me promener dans cette Chine qui doit à son antiquité comme à son gigantisme d'être pour nous une manière de sœur aînée. Cinq semaines de contact avec des gens qui mènent tambour battant un travail de domptage des forces naturelles et de rationalisation de la société que je dirais *prométhéen* si cette référence à l'un des thèmes centraux de notre mythologie n'appelait, encore plus que l'image héroïque de l'acquisition du feu, celle d'une défaite sanctionnée par un interminable supplice. Cinq semaines de tête-à-tête avec le communisme en train de transformer l'Asie et d'euphorie telle que je pus penser que, plus jeune et seul maître de mes mouvements, j'aurais cherché vraisemblablement à me fixer dans cette République populaire de Chine qui m'avait invité, parmi de nombreux délégués d'Orient et d'Occident, à juger aussi bien de l'ampleur de son effort que de la réalité des progrès accomplis.

Or, ces cinq semaines révolues, et quelques autres écoulées depuis que je suis revenu, je garde bien la conviction que d'ici peu d'années la Chine sera la première — au lieu d'être seulement la plus ancienne — de toutes les grandes nations; mais je constate qu'après m'être cru presque au seuil d'une existence nouvelle (et ne pas m'être privé, tant s'en faut, de le dire à mes hôtes en des toasts dont j'aurais aimé que chacun sans avoir l'air de rien fût une œuvre accomplie, à la manière d'un poème chinois) je me retrouve sensiblement au point où j'en étais auparavant et que, mon voyage devenant plus douteux à mesure que son recul dans le temps agrandissait la marge déjà considérable qu'il devait à la simple distance, il a suffi d'une brève période (durant laquelle je respirais l'air de Paris alors que mes poumons étaient encore tout imprégnés de celui de Pékin) pour que le charme en arrive à se rompre. Comment ce qui m'avait paru doué d'une solidité de roc a-t-il pu si vite se désagréger ? Comment ces cinq semaines de plénitude, après le court flottement dont j'ai parlé, se sont-elles vidées de leur substance à tel point que je me demanderais pour un peu si je ne les ai pas rêvées ? Toutes affaires cessantes, j'examinerai cette question, dût le programme que je m'étais tracé pour organiser mes approches d'une « règle du jeu » en être bousculé ou dût-il même — au regard d'autres questions soulevées inopinément — m'apparaître n'embrasser qu'une masse inopérante de vétilles, en sorte qu'il me faudrait m'avouer contraint de le refondre sinon de l'annuler, quitte à perdre la face. Car il n'est pas exclu qu'en m'attaquant à ce problème je touche d'emblée (ou presque) au nœud de ma recherche et que me soit ainsi prouvée (ce qui couperait court à toute littérature) l'inutilité de continuer un parcours que je n'avais, peut-être, conçu aussi long et chargé de tant de rameaux que par perversité, coquetterie ou réticence vis-à-vis de moi-même, si ce n'est par un souci artiste de composition en quelque sorte symphonique.

Sans m'attarder par trop à faire précéder la Chine de toute ma « pré-Chine » et ne cédant qu'à moitié à cette manie qui m'est restée d'aborder par un biais — le plus souvent après maints détours — une question à quoi j'attache de l'importance, je livrerai ici des chinoiseries tirées de mon passé proche ou lointain et notées presque toutes (comme si l'énonciation de ce que j'ai à dire exigeait ce prodrome) alors que le voyage en Chine était déjà derrière moi, et devant moi une étape nouvelle du voyage non localisé que j'effectue avec pour tapis volant ma table de travail.

M'accrochant tout d'abord à un objet compact et bien

équilibré, j'évoquerai un bibelot qui n'a guère d'ancienneté ni de valeur chiffrable, mais que j'aurais souhaité recevoir de préférence à telle autre des reliques de famille qui peuvent m'échoir en héritage : une céramique figurant un lutteur couché, sur un lit-socle dont je n'ai pas oublié la couleur d'un vert amorti associée à du brun, à du blanc et du noir pour le personnage, ainsi qu'à un ton violacé, un de ces tons chinois (vermillon, groseille, indigo, turquoise, olive) qui séduisent à cause du minime décalage qu'ils présentent par rapport aux tons apparemment plus francs auxquels nous sommes accoutumés. Lors du tour du monde qu'il effectua en ne prêtant de sérieuse attention qu'au panorama qui se déroulait à l'intérieur de lui-même, un représentant très marginal de notre mandarinat, Raymond Roussel, rapporta de Pékin ce souvenir pour l'offrir à ma mère et je l'ai vu longtemps chez elle, posé sur telle console ou autre accessoire mobilier, avant qu'il disparût quand les Allemands eurent occupé la maison qu'elle habita un certain temps à Meudon pendant la dernière guerre. Très légèrement concaves, les quatre côtés du lit-socle, où saillaient des moulures, s'apparentaient aux toits incurvés à leurs angles qui, semble-t-il, sont le trait des édifices chinois que l'œil saisit le plus immédiatement. Mais plus que sa forme typique ou que son lieu d'origine, ce qui m'attachait à cet objet c'était la personnalité du donateur, que j'avais admiré adulte après l'avoir connu quand j'étais tout enfant : l'auteur des abracadabrantes *Impressions d'Afrique*, celui dont on parlait chez moi en l'appelant « Ramuntcho » (nom emprunté par lui-même à Loti, dont il appréciait fort les récits à base d'exotisme), le méconnu qui finirait tragiquement dans un palace de Palerme une vie des mieux dotées par les fées mais aussi des plus malheureuses parce qu'il ne se résigna pas à n'être glorieux que pour lui, l'homme richissime, élégant et princièrement affable qui durant des années vint presque chaque semaine faire de la musique à la maison. S'accompagnant au piano et usant à merveille d'un filet de voix, il chantait tantôt *Le Roi des Aulnes*, tantôt des fragments d'opéras (la mort d'Isolde, par exemple, ou tel air des *Contes d'Hoffmann*) auxquels il associait dans ses programmes *Tout autour de la tour Saint-Jacques* ou autre romance sentimentale et des chansons folkloriques arrangées par Jaques-Dalcroze comme *Sur la route de Nyon* ou bien encore :

Les fillettes d'Estavayer
Beau château feuillé, beau château feuillé...

l'une de celles que j'aimais le mieux, citée ici à l'aveuglette, telle qu'elle gît en un point reculé des temps que j'ai dépassés.

Bibelot ou plutôt jouet — de valeur presque nulle car son prix ne devait pas excéder une fraction de dollar — était le serpent articulé de bois que je rapportai de New York en revenant de mon premier voyage aux Antilles. C'est dans un petit magasin de Chinatown que je l'avais acheté, à une aimable boutiquière que ses cheveux noirs bien lustrés, son teint de paille, ses yeux mongoloïdes et peut-être l'exquisité de son sourire en apparence sans apprêt dénonçaient pour l'Américaine un peu particulière qu'elle était. Je venais de dîner à la chinoise avec un ami français et deux amis new-yorkais, un homme et une femme, lui, sorte de sylphe un peu pot à tabac et buveur comme un vrai Kleinzach mais dont la face batracienne s'éclairait des yeux les plus doux et les plus riches en arrière-plans qu'on puisse imaginer (comme s'il vivait déjà sa fin qui fut prématurée); elle, beaucoup plus grande et dont l'image m'est restée comme celle d'une belle walkyrie sans armure et, il va de soi, sans corset qui marcherait à vos côtés en tenant votre main pour vous garder de tout péril. Au cours de la *party* qui avait suivi le dîner (une *party* donnée pour moi par cet Européen new-yorkisé qui n'est plus aujourd'hui qu'un peu de cendre dans un cimetière de l'Italie du Nord et qui laissa à tous ses familiers le souvenir de l'ami le plus intelligemment zélé et de l'homme au goût le plus délicat sous ses dehors dissipés) nous nous étions livrés — ainsi que le veut le jargon des rédacteurs de chiens écrasés — à des libations abondantes, et c'est peut-être pour cela que nous eûmes vite fait de casser la mince et souple ficelle sur laquelle étaient montées les pièces de bois peint figurant les anneaux du serpent, que je dus rapporter à Paris sommairement remis en état mais privé à jamais de la mobilité presque inquiétante qu'il avait eue à l'origine. J'ai regretté de n'avoir pu conserver intact ce frêle souvenir des quelque trente-six heures qu'en 1948 j'ai passées à New York, séjour que j'aurais voulu plus long mais qu'une décision méfiante de l'*immigration office* de San Juan à Porto Rico (où j'étais descendu d'avion avec un communiste martiniquais retrouvé à l'embarquement par pur hasard) réduisit dans des proportions que m'a toujours fait déplorer la beauté extraordinaire de la cité atlantique, moins étouffée dans ses hauteurs de pierre qu'on ne pourrait le croire.

Bibelot ou jouet (mais cette fois au figuré car il n'a pas de matérialité en dehors du feuillet où je le décrivis le lendemain de son immixtion dans mon sommeil), voici un rêve que j'ai fait au mois de mai de l'an dernier, quand j'ignorais encore que peu après j'irais en Chine : je suis reçu par le philosophe Confucius, sorte de vieil Anglo-Saxon glabre, précieux et pédéraste, qui se serait travesti en mandarin à lunettes et grande robe pour quelque bal masqué; comme il sied avec Confucius, l'entretien — qui se déroule dans un salon désuet, au décor vaguement oriental — est tout de courtoisie. J'ai fait ce rêve à Cannes, où ma femme et moi étions allés passer quelques jours auprès de Picasso, dont nous ne connaissions pas la nouvelle maison (une grande villa exagérément moulurée, datant de vers 1900). Dans l'après-midi j'avais eu avec lui, qui à ma connaissance n'a pas tracé d'autre figure chinoise que celle d'un des saltimbanques dans le ballet *Parade* et qui dans ses *Massacres en Corée* n'a peint que le massacre sans songer un instant à la couleur locale, une conversation à bâtons rompus, touchant à des sujets fort divers mais dont aucun, je crois bien, n'avait de rapport direct avec l'Asie. Toutefois, nous parlâmes pendant un bon moment des drogues (opium, haschisch) dont il lui était arrivé dans ses années de jeunesse d'user au hasard de réunions d'artistes et de poètes. Nous avions déjeuné de façon très méridionale dans un restaurant d'Antibes où notre petit groupe comprenait notamment Paulo — le fils du peintre — avec ses deux enfants; au cours du déjeuner, le petit garçon de Paulo avait donné la cérémonieuse appellation de « Monsieur Yan » au chien boxer de Picasso, qui porte ce nom de *Yan* qu'on croirait aisément choisi pour sa consonance asiatique alors que c'est en vérité le nom breton, dicté tout simplement à ceux qui en décidèrent par le protocole de rigueur quant aux chiens à pedigree. Canin traité comme un respectable monsieur chinois (ce qui au demeurant convenait à son masque de vieux gentleman à front ridé et bajoues), propos sur les divagations dues à l'opium et au haschisch, bâtisse à surcharges et vitrages d'une complication cocasse ne sont évidemment pas étrangers au rêve que je fis cette nuit-là, anecdote fabriquée à partir du passé immédiat et non prémonition confuse relative au voyage qu'allait bientôt me proposer l'Association des Amitiés franco-chinoises.

Liée à un événement qui marquera dans l'histoire de notre théâtre — le séjour que vers le début de l'été dernier la troupe nº 1 de l'Opéra de Pékin fit à Paris où elle apprit à un large public quelle joie immense on peut tirer d'un spectacle *total* — est la scène suivante à laquelle j'assistai lors de la réception que les artistes de la troupe donnèrent, dans les salons attenants au théâtre des Ambassadeurs, à un Tout-Paris où se mêlaient toutes les classes sociales et toutes les opinions. Outre une kyrielle de nourritures solides et liquides (parmi lesquelles du vin de riz, ce vin couleur feuille-morte et d'autant plus savoureux qu'il est un peu amer, breuvage qui s'apparente au manzanilla espagnol à la sécheresse toute *flamenca* et que je retrouverais avec plaisir en Chine où d'ordinaire on le sert tiède ou chaud dans des coupes de porcelaine au moyen de théières), un concert fut offert aux invités et c'est une cantatrice chinoise qui l'inaugura en chantant, d'ailleurs très joliment, le grand air de *Madame Butterfly*. Nous fûmes quelques-uns à éprouver presque un vertige : une Chinoise chantant pour un public français un air extrait d'un opéra italien qui a pour cadre le Japon et associe aux couleurs américaines le drapeau blanc à cercle rouge, à se représenter clairement pareille cascade de doubles fonds il était difficile de ne pas se sentir au bord de l'étourdissement! Mais, pour nos hôtes, c'était évidemment l'une des formes les plus normales parmi celles que pouvait revêtir un hommage de l'Orient à l'Occident.

Sur le plan des coïncidences (qu'on aime à rechercher parce que la rencontre de deux événements sans lien autre que d'analogie ou de similitude suggère l'idée poétique d'un destin), j'indiquerai que peu avant mon départ je fus atteint d'un mal bénin mais agaçant, dont je crains de n'avoir pas encore réussi à définitivement me débarrasser : la mycose dite communément *athlete's foot*, en français « pied d'athlète », parce qu'elle s'attrape souvent à marcher pieds nus sur les planches mouillées et infectées des piscines, affection qui en de nombreux cas (je suis payé pour le savoir) s'avère très tenace et qui, largement répandue dans les régions chaudes et humides, est connue dans le Sud asiatique sous le nom de *Hong-kong foot*, ainsi que me l'apprit le dermatologiste que j'allai consulter. Bien entendu, ce Hong-kong foot que j'ai pêché je ne sais où (mais à coup sûr pas en Chine non plus qu'à la piscine) m'a laissé tout à fait tranquille alors que j'étais dans le pays auquel il doit le plus pittoresque de ses noms de baptême.

Remonterai-je à cet Ali-Baba ravisseur d'enfants, ce brigand auquel un fox-trot à la mode vers la fin de la guerre de 1914, *Chu-Chin-Chow*, nous invitait dans son refrain à prendre garde, si je suis incapable d'aborder la Chine — et ce que je pense à mon retour de Chine — sans recourir encore une fois à l'une de ces prises anecdotiques et personnelles qui me permettent, non pas tant d'esquiver la lutte ouverte avec le vrai sujet, que de tâter en quelque sorte le terrain et de n'entamer cette lutte qu'après avoir relié au monde qui dès longtemps m'est coutumier la chose jusqu'alors tant soit peu rebelle dont je voudrais parler ? Rechercher dans mes années antérieures à la Chine tout ce qui de près ou de loin a pu se rapporter à ce pays, c'est à cela que je me suis d'abord attaché, comme si je trouvais là un moyen de me l'incorporer et comme si cette espèce de lancer gourmand de tentacules était un stade préliminaire que je ne pouvais éviter. Mais j'ai compris très vite qu'en procédant ainsi je ne parviendrais guère qu'à rassembler des éléments sans relation véridique avec moi non plus qu'avec mon sujet : chevilles ou ornements, d'effet plus ou moins heureux mais que laisseraient cousus de fil blanc mes efforts pour les justifier, quelle que soit mon application à maquiller ces efforts. J'y renonce donc et n'extrais plus de ce dossier désormais clos que deux indications dont le rejet me semble inopportun non seulement parce que, d'avoir été notées une fois, elles ont acquis pour moi une valeur de *donné* (qu'après cette promotion il me coûterait d'écarter comme si c'était me démettre) mais parce qu'avec elles c'est par deux voies également directes quoique d'orientation contraire que je pénètre en Chine, au lieu de m'introduire d'abord, en m'y glissant timidement par quelque porte dérobée, dans une arrière-cour du palais dont je convoite l'accès.

Le *Tao te king* de Lao tseu, que j'ai lu dans une traduction française quand j'avais vingt et quelques années, a répondu longtemps à ce qui était ma première exigence quant aux livres de philosophie : que le système proposé se formulât en sentences sibyllines, simples apparemment et fondées sur notre expérience de tous les jours, mais à la fois bouclées sur elles-mêmes et douées d'étranges prolongements, comme si les lois ainsi énoncées arrivaient de très loin, chargées d'une vérité trop ancienne et trop élémentaire pour n'être pas incontestable, mais aussi d'un mystère en l'occurrence égal à celui des idéogrammes qui ont servi à les fixer et, comme eux, impossible à déchiffrer pour qui n'est pas armé d'une bonne dose de patience et de sagacité; sentences donc à l'autorité de dictons et à structure parfaitement claire et balancée, mais dissimulant autant qu'elles révèlent et riches d'un contenu si profond qu'il ne peut être mis au jour sans un dur effort de décortication. C'est à l'époque des débuts du surréalisme que je lus le *Tao te king*, alors qu'à l'instar de mes compagnons je tournais mes yeux vers une Asie symbole de connaissance plongeant dans la nuit des temps, tout comme l'Afrique noire et l'Océanie me paraîtraient bientôt ceux d'une sauvagerie propre elle aussi à ruiner la logique d'Occident qui n'a su engendrer que la contrainte et les machines. Le Tibet, avec ses couvents haut perchés et ses Bouddhas vivants, était vraiment le « toit du monde » (si l'on entend par là le haut lieu par excellence) et je serais, un peu plus tard, émerveillé par tels exercices de méditation auxquels j'apprendrais que s'entraînent ses ascètes : défaire parcelle après parcelle et reconstruire de même l'image d'un jardin qu'on a suffisamment regardé pour le voir mentalement dans tous ses détails, répéter l'opération en allant de plus en plus vite mais toujours détail après détail, jusqu'à ce que cette oscillation entre une luxuriance et l'absence même de support terrestre ait amené à la compréhension physique du vide; fixer un point lumineux qui brille dans la pièce obscure où l'on est enfermé, se transférer mentalement dans ce point qui maintenant est *je* et *je-qui-me-regarde*, effectuer ainsi une suite nombreuse d'allers-et-retours accélérés, pour qu'au terme de cette gymnastique s'abolisse la coupure entre sujet et objet. Ce que le témoignage d'une visiteuse européenne de Lhassa, Mme Alexandra David-Neel, m'avait enseigné de certain ou de hasardeux sur la mystique tibétaine, j'y songeai très précisément quand je notai, en mai 1929, au sujet du casse-tête à proprement parler chinois qu'est le problème de la technique poétique : *S'habituer à une certaine multiplication de la conscience, et s'opposer son cœur comme d'ordinaire on s'oppose un arbre ou une maison. J'ai l'impression, quant à moi, d'une espèce de révolution qui se produit en moi — de mouvement tournant dans lequel ma pensée semble décrire un demi-cercle et ainsi se tenir face à face avec elle-même. C'est alors que les mots, au lieu de s'agencer mécaniquement (psittaciquement), prennent poids et couleur : ils m'émeuvent moi-même, et ne comptent plus en tant que mots.*

De la Chine bizarre et perverse de mon enfance — celle des pagodes en porcelaine, des condamnés porteurs de cangue, des crânes à longue natte et du *Jardin des supplices*, ouvrage dont je connaissais par ouï-dire quelques-unes des cruautés qu'il contient — je passai, presque sans transition, à la Chine métaphysique où le *yin* et le *yang* s'affrontent et se conjuguent, puis à la Chine de guerre et de révolution telle qu'elle figure dans deux des plus célèbres romans de mon contemporain Malraux. Pour découvrir une Chine au visage plus souriant, il a fallu que j'aie franchi dans mon corps le cap peu réjouissant des cinquante ans et que la Chine de son côté — comme par un mouvement inverse — soit devenue, en s'attaquant à la mise en valeur de son énorme jardin désormais partagé, l'habitat d'un peuple moins malheureux.

En 1952 — par des jours froids et gris — j'assistais au Congrès de la Paix qui réunit à Vienne des gens de tous pays et toutes couleurs venus à titre de délégués, d'invités ou d'observateurs; or, quand, en marge des séances, le documentaire sur l'assemblée du même ordre qui s'était tenue à Pékin pour l'Asie et le Pacifique fut projeté grâce aux soins de la délégation chinoise (où se trouvaient beaucoup d'hommes à tête crénelée de beaux bonnets de fourrure comme devaient en porter les Tartares au temps des invasions), c'est par l'exubérance, la liesse sans méchanceté de toute la foule qu'on voyait dans ce film et les honneurs qu'il savait rendre au rire que, cette fois, je fus émerveillé.

Danses provinciales exécutées par une nuée de jeunes Chinoises et Chinois. Nuée de bouquets agités pour d'interminables ovations. Ciel bousculé par ce feu d'artifice non détonant : l'envol soudain d'une nuée de colombes. Longs serrements de mains, avec profusion de remises d'une profusion de cadeaux : insignes, écharpes, colliers de fleurs et parfois même vêtements. Applaudissements à réciprocité quasi simultanée selon le rite en vigueur dans les pays de l'Est pour qui (si l'on se fie à la lettre du protocole) la joie que marquerait en battant des paumes une seule des parties en présence, sans que cela détermine aussitôt un répons et soit donc le premier terme d'un échange d'égal à égal, ne saurait être tenue que pour une joie qui s'est arrêtée en chemin. Tout le long de ce film — tourné, bien sûr, à des fins édifiantes mais trop déboutonné pour qu'on y perçût le mot d'ordre — c'était une même explosion d'allégresse. Cordialité, rire, santé des cœurs et des corps, et jusqu'à ces intermèdes burlesques qu'il ne dédaignait pas de montrer en une importante séquence : les « numéros » qu'en dehors du Congrès les membres des diverses délégations, au cours de réunions intimes, se donnaient les uns aux autres. Certes, un Japonais qui, coiffé d'un sombrero mexicain, s'essaye à danser le boléro ne fait pas preuve d'un très haut degré d'invention en matière d'humour; mais il faut bien se dire qu'un révolutionnaire tel que le fut Lénine en était probablement dépourvu quand — selon l'ouvrage que Trotsky lui consacre et qui, voilà trente ans, me découvrit quelques traits de la pensée marxiste au moment même où un écrivain de ma génération me révélait une Chine démomifiée — il était pris d'un accès de fou rire devant les camarades à la fin d'une lourde séance de travail. L'essentiel n'est pas, ici, qu'il y ait piquant trait de drôlerie mais plongée dans la drôlerie et qu'au sortir d'occupations graves on abandonne son piédestal pour se détendre au besoin de la façon la plus banale, plutôt que d'affecter la mine du pédant dont le maintien reflète l'opinion trop avantageuse qu'il a de sa personne et semble tendre désespérément à faire « croire que c'est arrivé ». Depuis longtemps je pense pour ma part qu'il n'est guère de grande chose, de quelque ordre qu'elle soit, qui puisse se faire sans une touche au moins de bouffonnerie. Il n'est pas indifférent que Mozart ait qualifié son *Don Juan* de *dramma giocoso* (en somme une tragédie gaie) et que les romantiques aient eu (même sarcastique) leur « ironie ».

Ce style bonhomme que Lénine, ennemi juré de l'emphase, a pratiqué magistralement et dont le documentaire sur le

Congrès de Paix des peuples de l'Asie et du Pacifique m'avait fourni une illustration qui semblait démontrer que la Chine de Mao Tsé-toung pourrait — sur ce point-là au moins — nous apporter un enseignement, je l'ai retrouvé à tout instant au cours du voyage que j'ai fait. De ceux et celles que nos multiples déplacements nous amenèrent à rencontrer, personne pour nous accueillir mes compagnons et moi autrement que par un rire cordial : on vous regarde et le visage où brillent ces deux yeux qui vous prennent dans leur champ s'épanouit instantanément. Je veux bien qu'une jovialité aussi immédiate et unanime (chez les vieux à peine moindre que chez les jeunes) n'ait pas été forcément expression spontanée, mais peut-être plutôt affaire de politesse; toutefois, même s'il n'y avait rien que de conventionnel dans ces témoignages de la joie que procure (ou est censée procurer) la venue d'invités étrangers, il reste qu'on doit estimer civilisé à l'extrême un pays où c'est une attitude débonnaire — et non point compassée — qui en pareille circonstance est requise par l'étiquette. Et il me paraît indéniable qu'un certain fond de vraie cordialité est, au demeurant, nécessaire à qui veut jouer ce jeu : l'acteur qui, trop conscient de son métier, garde les distances avec son rôle ne parvient que rarement à donner le change, si tant est que par chance il y réussisse.

L'énorme *fiesta* — de dimensions presque continentales ou planétaires — dont le reflet m'avait enchanté dès les premières minutes au cours de cette soirée où un écran le proposait réduit à la pauvreté relative d'une suite d'images noires et blanches, j'en vis un équivalent à quoi rien ne manquait, ni la couleur, ni l'épaisseur, ni aucune des qualités qui affirment la vie, lorsque à Pékin, le 1er octobre de l'an dernier, je regardai pendant près de quatre heures d'horloge le défilé de la fête nationale chinoise.

Jour après jour nous avions vu la ville accrocher ses luminaires, encadrer de rouge et d'or maintes embrasures de porte (ainsi habillées de couleurs dont on ne savait trop si elles étaient celles de la Chine ou celles de la Révolution); des groupes d'étudiants et d'étudiantes, d'écoliers et d'écolières s'étaient exercés à la danse dans toutes sortes d'endroits, y compris la toiture-terrasse de notre hôtel; sur la place où le défilé se déroulerait et où l'on danserait vers le soir, de longs métrages de toile de tente (du même ton sang de bœuf que les murs de l'ancien Palais Impérial et que ceux des constructions annexes contre lesquelles on les avait tendus) constituaient les parois improvisées de vespasiennes capables d'abriter ensemble des centaines de personnes. Dans Pékin surpeuplé, l'animation quotidienne (ce pullulement sans hâte et sans brutalité) s'était encore accrue, mais le 30 septembre à minuit tout s'était apaisé, une partie de la ville ayant d'ailleurs été neutralisée parce que certaines des troupes qui devaient défiler s'y installaient avec leur matériel.

Au matin, sur le coup de dix heures, la cérémonie commença par des salves d'artillerie tonitruantes à souhait (comme pour rappeler qu'en matière de poudre à canon la Chine est la maison mère) ; aussi, le ciel déjà très mêlé, mi-nuages, mi-soleil, fut-il longtemps alourdi et, en quelque sorte, surbaissé par de grandes nappes de fumée qui traînaient à faible hauteur. Bon gros Chinois placidement installé dans sa carrure imposante, Mao Tsé-toung entouré d'autres personnalités du régime était debout au centre de sa tribune, sorte de vaste véranda à énormes lampions sphériques vers le haut du vieil édifice restauré qui porte le nom fameux de Tien An Men ou Porte de la Paix céleste.

Le premier mouvement — *allegro* — consista en un défilé militaire très strict mais plutôt discret, sans exhibition provocante de mécaniques guerrières et réduit (semblait-il) à ce qui est indispensable pour faire savoir qu'on a des soldats bien entraînés et qu'on possède un armement moderne. Vint ensuite — *allegretto* — le défilé plus bref des pionniers et pionnières, garçonnets et fillettes à foulard de soie rouge qui saluaient le chef de l'État en lâchant devant lui des ballons de toutes nuances ainsi que des colombes (qu'on aperçut bientôt perchées sur le toit de l'édifice où se tenaient les officiels).

Conséquence d'une mise en scène élaborée ou résultat bienheureux du hasard, tels que plus tard j'en surprendrais qui me feraient juger toute foule chinoise apte curieusement à se muer en un massif de fleurs ou quelque autre œuvre d'art — non loin d'une gare, par exemple, un groupe de travailleurs en bleus, accroupis au milieu de tas de piments rouges, et derrière eux un bâtiment de séchage comme une maison à la façade absente et aux arêtes masquées par des grappes de piments qui retombent en rideaux, le tout formant un gai bouquet, avec les touches noires de corbeaux ou de corneilles en vol dans le haut du tableau — c'est par un cortège populaire, dont le flot confus et sans rythme était celui d'une manifestation de masse, qu'après la prestigieuse parade des militaires en armes et celle à peine moins réglée des enfants l'avenue se trouva remplie, pour ainsi dire, jusqu'à ras bord.

Ouvriers, paysans, étudiants passent à la suite d'une première vague où des représentants et des représentantes de toutes les minorités nationales de la République, bras dessus bras dessous, se présentent pêle-mêle de sorte que la diversité des costumes traditionnels dont ils sont revêtus se résout en une seule et chatoyante bigarrure. Comme l'avaient fait les pionniers, les membres de chaque délégation saluent en agitant ou élevant tous ensemble des gerbes de fleurs artificielles et cela fait surgir — tantôt roses, tantôt rouges, tantôt jaunes — de soudains éclaboussements d'écume. Ouvriers et ouvrières portent la classique tenue de cotonnade genre bourgeron, mais les jupes aux teintes et aux dessins variés des étudiantes s'agglomèrent en une diaprure qui, au gré du battement des jambes, fait, défait, refait et redéfait constamment son trompe-l'œil. Quantité de drapeaux inutiles — dont beaucoup très courts et très hauts — émergent du cortège, étendards bien moins que pièces de tissu (vert tendre, rose bonbon, bleu pâle, jaune paille) portées sur des hampes pour le plaisir, comme on jouerait au cerf-volant. En l'air se meuvent les constellations multicolores formées par les ballons qu'on lâche à tout moment et dont certains, parvenus à quelque altitude, lâchent eux-mêmes un petit avion qui plane ou bien un parachute auquel est suspendu une banderole verticale où se lit un slogan tel que : « Libérez Taïwan ! » A terre, je suis des yeux pendant quelques instants un homme entre autres, qui marche au flanc droit du cortège avec un enfant juché sur son épaule comme si — dans ce monde à l'envers que l'Asie communiste figure doublement par rapport à l'Europe capitaliste — il était naturel, pour un civil, de prendre part à une revue avec le même sans-façon que s'il s'agissait d'un retour suant de 14-Juillet. Des montgolfières s'envolent, et j'observe avec un surcroît de ravissement qu'il y a des ballons d'un noir luisant d'encre fraîche parmi les baudruches colorées qui ont composé peu à peu un décor en perpétuel mouvement et sans attaches avec le sol. Des portraits de grands hommes (Marx, Engels, Lénine et plusieurs autres, soviétiques et chinois), des sentences composées par des séries de pancartes dans chacune desquelles s'inscrit un idéogramme, des colombes en bois découpé portées au bout de bâtons par des bonzes à crâne tondu et à robe safran, des statistiques sur panneaux, des simulacres d'objets fabriqués (machines-outils, locomotives, maisons), des hommes au travail représentés en groupes qu'on pourrait croire moulés s'ils n'étaient un peu plus grands que nature, des fruits et des légumes démesurément amplifiés, une oie géante, une vache en silhouette et d'autres emblèmes de la production ouvrière ou paysanne font de cette partie du défilé quelque chose qui évoque — en un style à la fois plus large et plus gracieux — ce qu'était naguère chez nous une procession populaire comme celle du Premier Mai et, tout aussi bien, la caravane publicitaire à quoi donne lieu l'espèce de rite circumambulatoire que constitue le Tour de France.

A cette foule compacte qui transportait ou charriait des charges hétéroclites succéda sans hiatus un groupe de créatures étranges : des lions factices (chacun figuré par deux hommes enfermés dans un même semblant de peau) s'avancèrent en se roulant grotesquement sur la chaussée et affrontant individuellement un nombre égal de belluaires fantaisie, qui les tenaient en respect avec des sortes d'accessoires de cotillon en forme de massues. Cette surprenante entrée de cirque inaugurait la partie carnavalesque du défilé, celle dont les groupements folkloriques et les équipes de théâtre (professionnel ou amateur) étaient les interprètes et dont le clou fut à mon sens (après des tableaux vivants présentés sur des chars et, à de multiples exemplaires, le jeu traditionnel du faux dragon en papier, cartonnage et charpente de bois blanc que des jeunes gens font onduler au-dessus de leurs têtes en les maniant par l'intermédiaire d'une série de baguettes) l'apparition, en l'occurrence presque féerique, d'un rang d'équilibristes, montés sur de hauts monocycles puis celle, plus réjouissante encore, de la fameuse armée des singes, marchant en très bon ordre tout en créant de précieuses rosaces avec leurs longues cannes tourbillonnantes et exhibant leurs faces peinturlurées, exactement comme dans l'opéra classique où l'on voit ces frères inférieurs et caricaturaux s'attaquer victorieusement aux troupes bien harnachées des dieux célestes, image des luttes menées par le menu peuple contre les féodaux.

Comme s'il avait été jugé moralement ou esthétiquement nécessaire de montrer que la légalité retrouvait ses droits après les saturnales, c'est aux organisations sportives qu'il revint de clore le défilé, en une espèce de *da capo* ou à tout le moins de rappel de la belle ordonnance du début : derrière un porteur de drapeau apparut un groupe de hautes filles vigoureuses en maillot et pantalon blancs, qui s'avançaient au pas en lançant alternativement vers la gauche et vers la droite leurs bras aux poings fermés, en un balancement très accusé, comme de leur bras disponible avaient fait les soldats; d'autres groupes d'adultes et d'adolescents suivirent, manœuvrant avec beaucoup d'élégance et de précision, certains faisant tournoyer des écharpes, d'autres entrechoquant leurs haltères en cadence. Tandis qu'éclatait un feu d'artifice (bruit et fumée dans la clarté du plein jour) et qu'une nouvelle floraison de parachutes et de banderoles se déployait projetée par les fusées, la fête se termina sur un rush de tous les participants civils qui, rassemblés peu à peu vers le fond de la place, marchèrent jusqu'au pied des tribunes en agitant des gerbes et poussant des acclamations. Ainsi, à la fin de certains spectacles, il arrive que la troupe entière des acteurs salue en se tenant sur une ligne qui, partie de l'arrière de la scène et formée parallèlement à la rampe, progresse vers les spectateurs. A Tien An Men, toutefois, il n'y avait ni salueurs ni salués (car tout le monde s'entre-applaudissait) et c'étaient plusieurs centaines de milliers d'acteurs qui déferlaient jusqu'à la bordure extrême du théâtre où ils venaient d'évoluer, dans la lumière extraordinairement aiguisée en même temps que soyeuse des automnes de Pékin.

Avec ce défilé, auquel ne manquaient guère que les corbillards pour que la vie chinoise y fût entièrement résumée, le peuple s'était quatre heures durant regardé comme dans un miroir. Là où ne joue pas un grand effort commun de construction, l'on ne sera jamais en face de pareille fête : une parade dans laquelle se déploie gaiement l'éventail complet des classes et des activités n'est possible que si toutes ces activités ont une résonance pour chacun des segments de la société qui se donne ce divertissement plus substantiel qu'une pièce à grand spectacle et si elles trouvent un commun dénominateur dans le grand effort dont elles ne sont que des aspects variés. Que pour tant de pays du monde contemporain la fête nationale s'exprime essentiellement par un défilé militaire montre à quel point de tels et si nombreux pays souffrent d'une incompatibilité d'humeur avec eux-mêmes : loin de pouvoir s'admirer dans sa tenue de tous les jours à la pleine lumière d'une bonne conscience, le peuple n'y est invité à se contempler que sous l'angle terriblement particulier de sa fonction militaire et revêtu d'un déguisement auquel nulle contrepartie burlesque n'est apportée par une armée des singes.

Plus de grâce que partout ailleurs, plus de désinvolture ou de candeur pour marier des genres tout à fait différents, c'est peut-être par cela que se traduisait la nature spécifiquement chinoise de cette fête nationale à laquelle j'assistai. Jamais à un degré aussi haut que lors de ma découverte de la Chine, je n'ai vu une contrée où aspects naturels, faciès des choses fabriquées et extérieur des gens semblent unis par une complicité allant au besoin jusqu'à se matérialiser en une harmonie visible : depuis les paysages meublés d'arbres plus chantournés que les nôtres et au feuillage en houppe à poudre de riz ou en plumeau jusqu'aux monuments qui ne sont pas (ainsi qu'il est presque de règle en nos parages) un unique édifice qu'on sert sur un plateau ou qu'on monte en épingle mais un ensemble où espaces et approches comptent peut-être encore plus que les constructions proprement dites elles aussi chantournées, et toutes moussues d'ornements polychromes, depuis les poissons aux nageoires vaporeuses baignant quelquefois dans des cuves de pierre dont la patine prodigieusement douce compense l'épaisseur et la rigidité jusqu'aux idéogrammes si compliqués en tant que caractères mais d'un dessin à la fois si élégant et si solidement équilibré dans son cadre imaginaire, depuis la matière inerte qui paraît toujours savoir subtilement s'ordonner jusqu'aux êtres humains qui, même quand ils vont vite, avancent le plus souvent d'une allure assez égale pour avoir l'air d'obéir à un rythme que dicteraient les astres beaucoup plus qu'aux incertitudes et aux à-coups de ce qu'ils ont à faire, tout porterait à croire que d'une extrémité à l'autre de la longue chaîne de créatures et d'objets dont se compose le monde chinois aucune solution de continuité ne se fait jour entre les éléments (cependant disparates) répartis dans les trois règnes, l'un des soucis primordiaux de la civilisation grâce à laquelle parler de la Chine comme d'un « monde » est devenu possible semblant avoir été précisément (et être demeuré) de maintenir ou d'instaurer ce fabuleux accord.

Tertres fleuris que surmontent des disques métalliques rouge pour l'un mauve pour l'autre, comme j'en ai vu non sur un champ de tir mais à la gare de Nankin au terminus de deux voies de chemin de fer dont ces produits mêlés de l'industrie lourde et de l'horticulture constituaient les butoirs, pelletée de jeunes diablesses en training soit grenat soit lie-de-vin (couleur presque de charbon ardent) qui près de la Maison des Syndicats à Pékin gambadaient dans la lumière de projecteurs électriques en s'envoyant et se renvoyant le ballon du basket-ball, îlot de fleurs qui dans ce même Pékin enjolivait le centre d'un vaste carrefour et d'où pointait à la façon d'un sémaphore l'agent de la circulation debout sur sa plate-forme ainsi enchâssée dans un anneau de tiges et de corolles, filature aux machines-outils peintes de tons délicats à quoi signes et dessins du journal d'entreprise tracés avec diverses craies sur de grands tableaux noirs répondaient çà et là aussi suavement que les yeux rieurs des ouvrières au-dessus de leur masque antipoussière de taffetas blanc, gamins des deux sexes et jusqu'à de longues adolescentes juchés sur des sculptures tombales (cheval gardien, tortue porte-stèle ou tout autre animal qu'on peut escalader) ainsi qu'à Rome les soirs d'été à la fontaine monumentale de la place Navona des grappes d'enfants jouant à cache-cache se mêlent aux barbes des dieux-fleuves, léger hoquet mi-rire mi-sanglot qui plusieurs fois palpite dans la gorge alors qu'un sourire ému dénude les dents de qui prend congé de vous en serrant vos deux mains pour un remerciement, — voilà qui tend à précisément manifester la chance assez peu commune dont la Chine m'a paru bénéficier quant à ces agencements sensibles (jeu de contrastes conjugués ou de correspondances soit patentes soit supposées soit même suspendues dans l'attente problématique d'un second terme qui peut-être n'existera qu'en fonction du désir de voir passer au rang de vérité l'écho trouvé en nous seul par le terme censément premier), contingences privilégiées dont le bonheur plus ou moins spontané donne à penser qu'un pays possède proprement la grâce, s'il les produit en quantité. Mais si, voulant analyser le charme de la Chine, j'arrive en dernier recours à arguer de la grâce faute de pouvoir justifier autrement les faits que j'ai appelés à témoigner, il est certain que je n'ai rien expliqué.

Tout le chagrin du monde dans une seule coupe de vin qui ne sera pas bue, telle — près Hangtcheou — la montagne en suspens dans la grosse larme d'un miroir convexe, au fronton d'un temple qui n'est pas celui de la Source de Jade. Si je fais l'exégèse de ces lignes (rédigées presque dès mon retour et fondées sur la conjugaison de deux souvenirs dont le premier n'avait pas à être situé, faute d'avoir sa place marquée ailleurs que dans le faux espace d'une scène de théâtre), puis-je en tirer quelque chose qui m'aiderait à définir de quoi est fait l'envoûtement que j'ai subi ?

Mise à part la Source de Jade qui n'est ici qu'un ornement (puisque telle est l'appellation d'un temple proche mais différent de celui au fronton duquel se reflétait le paysage et dont, au cours de la promenade où je les visitai tous les deux, j'ai négligé de recueillir le nom), mis à part le temple même dont je parle (pur élément de localisation, de même que la ville de Hangtcheou), une coupe de vin, une montagne, un miroir sont les supports concrets de cette phrase articulée sur le parallélisme de deux négations. De préférence à ce qui *est*, mettre en avant ce qui *n'est pas;* si j'ai choisi cette tournure ce n'est pas, certes, par simple goût de la préciosité mais parce que j'estimais ne pouvoir exprimer ce qu'est pour moi la Chine sans la poser à distance grâce à la marge ainsi ménagée et, peut-être plus encore, parce que la vérité inhérente à cet immense pays m'est apparue de qualité trop fine pour qu'on puisse la piéger dans l'outrecuidance grossière d'une affirmation au lieu de chercher, plutôt, à l'aborder en s'inspirant du protocole (à base de retenue et de modération) qui impose aux Chinois de marquer systématiquement l'insuffisance et les lacunes, soit la face négative, de ce qu'ils font ou donnent. La coupe de vin, la montagne, le miroir : est-ce dans une perspective, elle aussi, de négativité opposée à toute espèce d'inflation que j'ai fait jouer ces trois termes ?

Miroir et coupe se font pendant, car l'un contient l'immensité de la montagne et l'autre une peine tout aussi démesurée, celle qu'à l'un des grands moments d'un opéra chinois aujourd'hui des plus souvent représentés l'amoureux Liang Chan-po éprouve lorsque sa bien-aimée Chou Ying-taï lui laisse entendre qu'il n'est pas le prétendant qu'agrée son père, le hobereau à blanche barbe féodale, et qu'avec toute sa grâce de jeune fille riche et raffinée elle lui offre le vin de l'hospitalité, offrande dérisoire à lui qui attendait sa main. Une montagne dans un miroir, *tout le chagrin du monde dans une seule coupe de vin :* comme pour un tour de physique amusante, l'immensité reflétée dans un objet de dimensions modestes et, comme si l'extrême de la pureté tragique devait seul être réfléchi par le miroir du théâtre, un tourment que se refusent à extérioriser, sinon de manière allusive et par tout ce qu'ils peuvent mettre d'eux-mêmes dans un échange de gestes et de propos courtois, l'un et l'autre de ceux qui en seront déchirés au point de ne pas y survivre (l'amoureuse à noire chevelure postiche tombant derrière comme un rideau à pan unique et à unique embrasse, l'amoureux dont la démarche un peu canard souligne le caractère masculin, suivant l'usage de l'opéra style Chaohsing où tous les rôles sont tenus par des femmes, dont certaines en travesti). Réduite à l'état de bijou au front d'un édifice délicatement orné (et inséré dans l'une des judicieuses combinaisons de plein et de vide que sont les temples ou palais chinois aux bâtiments dispersés dans un ensemble de cours ou de jardins et tels que les terrasses, les ponts, les escaliers semblent avoir la préséance sur eux, à l'inverse de ce qui s'observe en Europe où l'esplanade, le parc ou l'avenue n'est d'ordinaire qu'un écrin pour le monument), la montagne ainsi niée dans son absence de mesure et ramenée à notre échelle affirme plus intensément sa structure baroque de montagne. Quant à la coupe laissée pleine, cette coupe qui n'était là que pour n'être pas bue et dont le vin reste intact à l'instar de l'espérée qu'arrache à son amant un vieil homme au menton masqué par un opaque rectangle de crins neigeux sous la face presque de fillette, le vide qui l'entoure et que son abandon rend soudain perceptible mène au plus criant de la signification par l'entremise du *moins* qui puisse être manifesté.

Après la visite de ces temples vers le haut de certains desquels s'enchâssait un paysage étrangement déformé par la forte courbure de la surface polie où il se reflétait, nous fîmes la pause en buvant du thé vert, dans une guinguette ouverte à tous les vents qui rappelait ces légères constructions de plaisance où l'on voit — sur maintes peintures ou estampes chinoises — de petits personnages en robe deviser au cœur d'un site plus ou moins sauvage; un bon moment nous restâmes ainsi à deviser nous-mêmes avec nos interprètes, tout en regardant le torrent où des adolescentes en veste et pantalon de cotonnade se trempaient gentiment les pieds (repos après la longue promenade agrémentée d'un pique-nique qui devait être l'occupation de celle-là de leurs journées d'écolières). C'est à Hangtcheou le matin même qu'on nous avait montré cette curieuse tempête dans un verre d'eau imaginée sous la dynastie des Han pour le divertissement d'un empereur : un petit pavillon du musée abrite une épaisse bassine de cuivre au fond orné de quatre poissons ciselés et aux bords pourvus de deux anses toutes luisantes d'avoir été souvent manipulées; priée par le directeur du musée ou son représentant de nous faire cette démonstration, une jeune fille frotte les deux anses avec ses paumes, les appuyant (semble-t-il) assez fort et leur imprimant un mouvement régulier de va-et-vient; comme un lointain et doux bourdonnement de cloche un bruissement naît; puis l'eau qui emplit le récipient se met à frissonner et la vibration propagée dans la masse liquide, dont la surface s'est plissée en de multiples rides, ne tarde pas à susciter de fines projections de gouttelettes qui s'élèvent et retombent.

La sortie à la fin de laquelle un certain nombre d'entre nous avaient pu admirer le jouet charmant et somptueux qu'étaient ces grandes eaux de poche accompagnées d'un subtil fond sonore avait commencé sur un lac, dans des barques conduites par de menues mais vigoureuses batelières. Pour le saut terminal qu'à quelques-uns nous avions fait jusqu'au musée (d'autres occupations étant prévues pour le restant de notre groupe) je ne sais plus lesquels de nos interprètes nous escortaient. Y avait-il là les deux Wang, le garçon et la fille, qui n'étaient pas frère et sœur ni même apparentés malgré ce que pourrait conclure de leur commun patronyme un étranger ignorant du fait que « Wang » est l'un des noms de famille les plus fréquents en Chine? Wang Sien, âgé d'une vingtaine d'années et dont l'éducation s'était faite en Indochine française où s'étaient établis ses parents originaires de

Canton; une collecte de ses camarades vietminhiens, alors sous la coupe de l'administration coloniale, lui avait fourni de quoi gagner en fraude son véritable pays; mince et beau sous sa casquette bleu marine tirée vers l'arrière à la mode des soutiers et des modernes révolutionnaires, il était doué d'un merveilleux sourire qui, pour peu qu'on lui témoignât la moindre gentillesse, s'épanouissait sur son visage rosissant (car il semblait d'une timidité presque enfantine). Wang Yuen-chen, au prénom qui pourrait à peu près se traduire « nuage couleur de perle » (ce dont elle ne tirait nulle fierté, de telles appellations poétiques étant chez elle monnaie courante); Wang Yuen-chen, qui venait quant à elle d'une province du sud où elle avait combattu avec les partisans, douce fille de vingt-sept ans au fin visage à gracieux menton pointu, réfléchie, studieuse et le calepin en main chaque fois qu'elle pouvait attraper dans notre conversation quelque expression française qu'elle ne connaissait pas ou tirer, des plus savants d'entre nous, quelque enseignement sur son propre pays; grave le plus souvent, celle qui, outre son rôle technique de guide, veillait à l'agrément de notre séjour en qualité d'hôtesse savait se montrer enjouée, moqueuse à l'occasion, et riait parfois d'un joli rire qui justifiait le nuage perlé de son prénom; ses pieds menus bien à plat dans les souliers masculins découvrant des socquettes citron ou d'autre couleur acide, elle marchait (comme tant de Chinoises ou Chinois) les bras ballants en se dandinant légèrement, d'une allure lente mais si continue qu'on se demande quel obstacle pourrait obliger à rebrousser chemin une personne de ce genre, pourtant si petite et gracile, plus proche de la pensionnaire que de la virago avec sa mine bien sage dans le cadre strict des raides cheveux coupés courts. Aurais-je voulu vivre *La Flûte enchantée* en une version rénovée où l'Égypte eût fait place à l'Extrême-Orient et la franc-maçonnerie au marxisme-léninisme, nul doute que les deux Wang, garçon et fille, auraient pu — à une unité près mais tout naturellement — se substituer aux trois disciples ou génies enfants dont la mission paraît être de secourir ceux que protège Zarastro, le prêtre des lumières. Au cours de l'excursion à laquelle fut consacrée la plus grande part de notre après-midi à Hangtcheou ne devais-je pas, au demeurant, traverser un décor fantastique à souhait pour une scène d'introduction aux plus vénérables mystères? Car le torrent au bord duquel nous prîmes le thé coule au pied de la colline du Phénix, aux mille bouddhas sculptés à même le roc en divers points d'un système compliqué qui ne manque ni de parois abruptes, ni de passages encaissés ni même de cavernes et que des mains humaines ont pourvu d'innombrables gardiens du seuil. Mais, tout le long de cette journée comme au cours de tout mon voyage, j'étais assurément porté moins à rêver féerie qu'à griffonner des mots-repères grâce auxquels je pourrais, le soir venu, consigner mes observations dans un carnet. Aussi est-ce maintenant seulement que j'en appelle à l'une de celles que j'aime le plus parmi les œuvres d'un musicien dont le génie sans embarras n'a pas été dépassé. J'en use (pour tout dire) en désespoir de cause et comme si, m'appuyant sur une magie issue de la flûte même de Tamino et du chapeau chinois ou *glockenspiel* de son compagnon Papageno, j'espérais à tout le moins faire chanter un peu de mélodie sur le *libretto* de ces notes, d'une telle sécheresse que je n'y retrouve presque plus rien de ce que m'a donné la Chine et si rapides, en même temps que si dispersées, qu'elles sont bien loin de constituer, malgré leur abondance, une documentation rationnellement exploitable.

A relire ce que j'ai ainsi écrit sous forme de journal attentivement tenu — me couchant bien après minuit et gênant par ma lampe de bureau tard allumée le premier sommeil de mon compagnon de chambre, me levant au besoin dès l'aube à cause d'un détail négligé qui me revenait au réveil et que je devais noter sans plus attendre car les occupations nouvelles où je serais tôt engagé ne manqueraient pas de le rejeter dans l'oubli — c'est à peine si je découvre quelques miettes récupérables, dans un pêle-mêle de renseignements qui ont trait aussi bien à l'histoire du théâtre qu'à celle du mouvement ouvrier, à l'instruction des illettrés qu'à la réforme agraire ou à la propagande en faveur de l'hygiène, à ce que j'avais vu dans tel institut ou tel musée qu'à la politique pratiquée envers les minorités pour transformer la Chine en « État multinational ». Derrière un zèle d'autant plus rarement relâché qu'il n'aura peut-être été qu'une comédie que je me jouais, je me demande aujourd'hui s'il ne se cachait pas une profonde nonchalance : saisir au vol tout ce qui passe à votre portée exige un moindre effort que rassembler systématiquement des documents sur deux ou trois points donnés; cela permet aussi de choisir (en toute bonne conscience puisqu'en un certain sens observer quoi que ce soit représente un certain travail) le plus attrayant parmi les divers programmes qui vous sont proposés. Sous prétexte que je disposais d'un temps trop bref pour mener de véritables enquêtes (comme je l'ai fait, en Afrique et ailleurs, au cours de mes quelques voyages professionnels soit en groupe soit tout seul), alléguant de soi-disant scrupules scientifiques pour ne pas tenter d'étudier ce qui même dans des limites étroites de durée pouvait à la rigueur être étudié, mais n'osant pas rompre non plus avec toute espèce de sérieux et me conduire comme un simple flâneur, j'ai opté — conscient ou non de mon manège — pour la solution la plus facile, autrement dit la solution moyenne : m'appliquer à aller dans le plus grand nombre possible d'endroits, à la façon, en somme, d'un touriste qui tient à ne pas perdre une bouchée du tour qu'il craint de ne jamais recommencer; courir par train ou par avion de Pékin à la Mandchourie, de la Mandchourie à Changhaï, puis de Pékin jusqu'au Setchouan et presque jusqu'aux confins de la Birmanie, ce qui était aussi harassant que plaisant; passer d'usine à monument, de parc du peuple à cinéma, de colloque à visite accompagnée, de fin repas à spectacle, en retrouvant un semblant de sérieux à l'heure où je rédigeais mes notes, ponctuellement et (comme pour me prouver à bon compte que j'étais un voyageur consciencieux) perdant du temps à mettre au net ce que j'avais enregistré trop elliptiquement au cours de mes pérégrinations. Ainsi qu'il en est le plus souvent des compromis, j'ai eu grand tort d'opter pour cette solution mitigée et je tiens là, peut-être, une des raisons pour lesquelles mon voyage m'est si vite apparu comme ruiné : à ne pas méthodiquement me restreindre, je n'ai recueilli rien qui vaille sinon, au mieux, les miettes dont j'ai parlé; à vouloir fixer le plus possible de ce que je voyais ou entendais, je ne me suis pas laissé vivre et, faute de m'être abandonné au rythme de la Chine sans chercher à ruser, je n'ai su d'un vaste et exaltant pays que rapporter ces miettes infimes. C'est, assurément, une entreprise téméraire qu'essayer à présent d'interpréter ces riens : ce que, sur l'heure, j'ai si mal embrassé qu'entre mes mains je n'ai tenu que poussière, n'est-il pas chimérique de tenter rétrospectivement de lui faire prendre corps par l'examen de quelques grains minuscules prélevés sur cette même poussière?

Leurs faces allusivement bridées, et peintes juste assez pour n'être plus quotidiennes, ces filles de cire (ou de Saint-Cyr) glissent d'ouest en est et coupent le méridien de la scène. Sortie latérale sans dénivellation, comme sur tapis roulant, à défaut du tapis volant par quoi fuient les déesses.

A la démarche pleine de naturel des filles de la Chine nouvelle (qui semblent heureuses de fouler un sol sur lequel les pieds atrophiés de leurs aînées ne se posaient qu'avec peine, en une avance précautionneuse, comme on le voit encore çà et là chez de vieilles femmes aux trébuchements d'oiseaux infirmes), à cette démarche placide et légèrement balancée (le poids du corps portant franchement sur une jambe puis sur l'autre), à cette façon de se mouvoir que des esprits chagrins diront pataude alors que je l'identifierais plutôt à la marche même d'un peuple en train de s'émanciper, s'oppose la démarche sophistiquée des actrices, de celles à tout le moins qui dans les pièces classiques incarnent les personnages féminins de l'époque féodale. Démarche parfaitement horizontale, dont le spectacle donne un plaisir comparable à celui que procure quelquefois la vue de la traînée de lumière engendrée par certains bolides qui, en apparence plus gros que des étoiles filantes, viennent à traverser le ciel des régions chaudes avec une lenteur illusoire bien sûr mais, de prime abord, suffocante. *Un mobile animé d'un mouvement de translation...* N'était que leur glissement rectiligne est tout aussi nuancé que, sur le plan de la déclamation, les modulations fascinantes (entre parole et chant) de leurs voix haut perchées, une telle formule — vestige, je crois, des énoncés de problèmes que je trouvais dans mes livres de mathématiques quand j'étais au lycée — rendrait à peu près compte de la façon dont se déplacent ces créatures souveraines en qui l'on est surpris, lorsqu'on les voit hors de scène et privées de leurs beaux visages blafards aux pommettes carminées, de découvrir des filles pareilles par le maintien et par la mise à celles que l'on croise dans la rue et douées, non pas d'une faculté de se propulser en quelque sorte astrale et comme désincarnée, mais de la même bonne et sympathique démarche balancée. De sorte que nous sommes séduits maintenant — et le sommes doublement — par l'abandon sans coquetterie de celles qui tout à l'heure nous subjuguaient avec leurs gestes et leur diction quintessenciés. Comment, d'un déguisement parfait parce qu'il semble que sa porteuse n'a de réalité que déguisée, peut-on passer à une aussi parfaite absence de déguisement? *Mystère et boule de gomme :* voilà ce que, présente, me soufflerait peut-être Wang Yuen-chen, à qui l'un de mes compagnons avait appris cette locution, dont elle usait un peu à tort et à travers sans cesser de s'en amuser.

Pour (strictement) une moitié travestis, les amants à mi-chemin déjà du virement aux coléoptères... C'est en habit masculin que Chou Ying-taï passe un an chez un professeur de la capitale, car à l'époque où ses amours légendaires sont situées les études qu'elle a résolu de faire étaient fermées aux filles. C'est donc à un faux garçon que son condisciple Liang Chan-po s'attache, mû par un sentiment qu'il ne reconnaîtra pour ce qu'il est qu'au moment où il aura enfin saisi le secret de l'astucieuse métamorphose. Or c'est, toute mascarade bannie, par une métamorphose où l'histoire naturelle se conjugue avec la mythologie que s'achèvera l'idylle : quand l'amoureux à qui le père a préféré un prétendant plus riche sera mort de chagrin et quand — au milieu des éclats du tonnerre — l'amoureuse aura conclu sa danse funèbre en se jetant dans le tombeau du disparu (cet hémisphère de pierre auprès duquel elle a fait arrêter le cortège de ses noces et dont la foudre vient de crevasser la coque), deux papillons voletteront dans le soleil de l'embellie; deux papillons qui sont les deux amants, incarnés par les deux actrices maintenant enveloppées de voiles vaporeux et se mouvant devant un décor de fleurs et d'arc-en-ciel, ces deux actrices dont une seule aura été jeune homme plus qu'à demi (l'autre n'en ayant joué que le simulacre temporaire) et qui toutes deux auront abandonné leurs défroques de tragi-comédie pour une danse en le muet tournoiement de laquelle se résume l'apothéose terrestre du couple transfiguré (les vieilles croyances touchant à la métempsycose se confondant ici avec l'idée des transmutations biologiques) et qui exprime en même temps le triomphe des deux actrices qu'on voit sourire à l'ovation et parcourir à menus pas précipités l'entière étendue de la scène en décrivant de vastes cercles d'insectes aux battements d'ailes enivrés. *Happy end* à double sens, puisque le bonheur intemporel des amants réunis sous la forme de papillons s'identifie à la joie présente des protagonistes et que les bravos du public saluent le talent de celles-ci autant que l'heureux dénouement d'une histoire qui l'a fait pleurer.

L'état d'ignorance où la plupart des femmes étaient tenues, la toute-puissance des parents décidant à leur gré des unions conjugales, telles sont les tares de la société féodale qui se trouvent dénoncées dans le vieux conte des *Amours de Liang Chan-po et Chou Ying-taï*, d'où a été tirée dès longtemps la pièce que j'ai vu représenter en la plus répandue de ses versions modernes. Tableau d'un mode de vie aujourd'hui dépassé puisque l'émancipation féminine et la réforme du mariage dans un sens libéral comptent parmi les grands progrès que le peuple chinois doit à ses actuels dirigeants, cette comédie de mœurs dont chaque fragment atteint à la poésie lapidaire d'une devise ou d'un proverbe recèle une signification critique en accord avec la foi nouvelle. Il n'est jusqu'à sa conclusion, où joue à plein le merveilleux, dont les idées marxistes-léninistes ne puissent (à la rigueur) s'accommoder : si l'immortalité n'est qu'un rêve et si pour un matérialiste il est exclu de croire à l'éventualité d'une renaissance, lui est-il interdit de chercher, du moins, une ombre de consolation dans la pensée qu'un corps humain n'est pas voué à une disparition totale et que les éléments dont il était composé seront brassés à nouveau en une série de combinaisons dont l'infinie diversité constitue ce que nous appelons communément la *nature*, cette nature qui se divise en trois règnes dans l'un desquels se rangent, entre autres créatures vivantes, les délicates bestioles ailées que sont les papillons ? Plus proches de la vérité vraie que Tamino et Pamina traversant le feu et l'eau victorieusement grâce au pouvoir de la flûte enchantée, Liang Chan-po et Chou Ying-taï ont un destin qui ne s'écarte guère de la loi naturelle, en l'occurrence moins violée qu'infléchie, ainsi qu'il va pour ces morts païens promis à retrouver un soupçon d'existence sous la forme des végétaux nourriciers qui pousseront dans le champ même où on les a enterrés.

Comme si j'avais pris pour modèle une de ces peintures chinoises étirées sur des rouleaux trop longs pour que l'œil puisse jamais faire autre chose que voyager à travers la succession des montagnes, des vallées et des surfaces aquatiques qui y sont figurées, je dévide une suite de notations introduites — à la manière tantôt de commentaires explicatifs, tantôt de gloses élaborées ou de libres *marginalia* — par quelques-uns des bouts de texte avec lesquels j'ai tenté, rentré en France, de donner un peu de solidité à certaines de mes trop fluides impressions. Depuis que je m'escrime ainsi, travaillant sur quelques détails sans parvenir à me hausser jusqu'à la moindre vue d'ensemble, sans rencontrer non plus l'une de ces cordes personnelles qu'il suffit de laisser vibrer une fois qu'elles ont été touchées (et tout, alors, à défaut de s'ordonner de soi-même s'impose du moins comme une chaîne de vérités dont la première qu'on a réussi à saisir fait pressentir qu'il en est d'autres de même famille qu'en y mettant le prix voulu d'application et de sagacité l'on pourra saisir elles aussi), ce qui à chaque effort nouveau me surprend un peu plus c'est, précisément, de ne pas arriver à dépasser ces détails alors que mon voyage m'était apparu tout d'abord comme un événement qui, dans un sens heureux, marquerait le reste de ma vie — cela (il est vrai) quand je me fus « décroché », car si je crois toujours en la nécessité de voyager je ressens de plus en plus comme un arrachement tout départ même à destination d'un proche pays et pour une absence de courte durée.

Mais n'est-ce pas, justement, parce qu'il y avait danger de grosse désillusion — comme pour qui joue sa dernière carte — que j'ai eu tant de mal à me décrocher quand je suis parti pour la Chine? Et n'est-ce pas, également, parce que je répugne à cette désillusion que je m'accroche maintenant à des détails comme qui se cramponne à des débris pour échapper à un naufrage? Le fait est, toutefois, que les détails en question représentent ce qui, en Chine, a été pour moi une certitude vécue et m'a touché au cœur. De quoi parlerais-je donc, sinon de ces choses qui m'ont ému et auxquelles, malgré leur exiguïté, je puis m'arrimer solidement? Si je suis aujourd'hui naufragé, le désastre tient probablement tout entier dans le verre d'eau limpide de cette double constatation : ma vie n'est pas changée du seul fait que j'ai vu une part des grands progrès qu'un grand pays est en train d'accomplir et je crois qu'elle ne le serait pas davantage si des observations poussées m'avaient affranchi de toute inquiétude quant à la pureté des moyens — rien que persuasifs, m'a-t-on dit constamment — par lesquels ce grand pays pousse sa modernisation; pour que ma vie ait chance de se rectifier, il faudrait que dans les terres élues les choses soient ainsi disposées que le travail, par exemple, auquel je me livre quand je cherche à définir mon expérience chinoise à partir de détails minimes, mais précis et pour moi émouvants, puisse être jugé par mes amis de là-bas (s'ils en avaient connaissance) autrement que comme une espèce de malfaçon au regard du témoignage militant qu'ils espéraient évidemment de moi et qui cadrerait seul avec l'idée d'une littérature dont l'unique étalon de valeur est l'aide qu'elle apporte au peuple. Posant ainsi le problème, je pose — comme d'ordinaire par un détour — cette interrogation fondamentale : suis-je à jamais incapable d'avoir en quoi que ce soit une foi suffisante pour que s'estompe mon angoisse personnelle ou bien est-ce la construction socialiste que je dois incriminer, dans la mesure où elle s'effectue — même en Chine — selon des voies trop géométriquement tracées pour qu'une telle angoisse vitale, avec tous les produits techniquement inutiles qui peuvent en dériver, ne soit pas mise hors du jeu dès le principe par les artisans héroïques de cette construction ? Que le socialisme porte remède à tout (sans excepter l'angoisse de se connaître mortel), pareille exigence revient à demander la lune et, s'il n'y répond pas, l'on ne peut trouver là prétexte à s'en détourner. Mais ne serait-il pas naturel de s'attendre à ce que des travaux qui visent à combler tant bien que mal le trou de cette angoisse originelle aient en tout cas droit de cité dans une société marxiste, puisqu'une telle société doit par définition tendre à réaliser la véritable société humaine ? Rien, certes, ne m'a été demandé et c'est en toute liberté que je puis témoigner (aussi bien, d'ailleurs, que m'abstenir de témoigner). N'empêche que tout ce que j'ai vu là-bas de l'entreprise titanesque dans laquelle les Chinois sont engagés m'incite à croire qu'on n'y concède, au mieux, qu'une place étroite et précaire à ce qui ne sert pas directement cette entreprise. Beaucoup d'importance (j'ai plaisir à le souligner) est accordée au théâtre, à l'archéologie, aux arts traditionnels, bref, aux divers aspects de la culture nationale, et une production cinématographique souvent brillante prouve elle aussi qu'en dehors même de l'immense effort pour l'instruction des masses il se déploie une intense activité culturelle dans ce pays que tant d'Occidentaux s'imaginaient figé. Mais le pivot de tout cela reste l'édification du socialisme en Chine et je vois mal comment une activité du genre de celle qui m'absorbe pourrait y être classée ailleurs que parmi ces reliquats bourgeois — si ce n'est féodaux — qui appellent une rééducation. C'est là, j'y consens, raisonner en égocentriste et l'on aura beau jeu de me dire que l'homme de lettres montre, en l'occurrence, un peu plus que le bout de l'oreille. A l'échelle des collectivités et au niveau de leurs besoins immédiats, il n'est que trop certain que je suis dans mon tort, car l'urgent est — bien sûr — de donner une vie meilleure à des centaines de millions de personnes. Mauvaise conscience mise à part, le rigorisme des faiseurs de plans est cependant pour moi une cause de malaise et m'oblige à me poser personnellement cette question : est-ce agir dans un sens correct (pour soi comme pour ceux qui viendront après) que travailler à quelque chose dont on sait que chacun doit s'y consacrer pleinement (la demi-mesure étant exclue en matière de révolution) mais dont on sait aussi qu'y adhérer sans réserve peut amener à se nier en ce qu'on a de plus intime et tuer ainsi dans l'œuf ce qui serait votre véritable apport à l'œuvre collective? Liang Chan-po et Chou Ying-taï, dans la légende qui les fait mourir puis se changer en papillons, bénéficient de cette merveille : se métamorphoser sans cesser pour autant d'être soi-même. Dois-je tirer un trait sur tout espoir de me réconcilier, ou bien dois-je affirmer qu'il n'est nullement du domaine de la fable de concevoir, sur le plan de l'action militante, un équivalent de la métamorphose miraculeuse des deux amants?

De vos jardins fleuris fermez les portes
Les myrtes sont flétris, les roses mortes!

La veille de notre départ pour l'Europe, nos interprètes nous avaient offert un banquet où les toasts avaient été nombreux et où l'on était allé jusqu'aux chansons de dessert. En réplique au numéro de l'un de mes compagnons (qui, s'exhibant ainsi, n'avait eu d'autre pensée que de lancer la balle) la petite Chouang Sien — cette jolie traductrice de langue anglaise dont les parents habitaient Changhaï alors que sa collègue Wang Yuen-chen venait de Kounming, au Yunnan — nous avait chanté, de sa voix plus richement étoffée que ne permettait de l'attendre son visage d'enfant, une chanson chinoise, puis à mon tour je m'étais levé pour cet air du siècle dernier qui me semblait, aussi médiocre et fragmentaire que fût l'exécution que j'étais à même d'en donner, exprimer mieux que mes déclarations trop prosaïques la mélancolie où me plongeait la perspective de l'imminente séparation. « Je vous demande de boire à la santé de mon courage », avais-je dit au cours du dîner, en un toast dont le thème était la peine que j'éprouvais et le courage qu'il me faudrait le lendemain pour quitter ce pays où je ne doutais pas que j'aurais aimé prendre racine. Songeant maintenant à tout le chemin parcouru depuis ce moment d'effusion dans un de ces restaurants de Pékin dont la cour est aussi bien basse-cour puisqu'on y voit à l'occasion claudiquer tout vivants les canards destinés à être mangés laqués, je me demande si, de ma camaraderie apparemment si franche et si promise à durer avec nos interprètes, il n'en aura pas été tout simplement comme il en est —quand on est jeune — de tant de belles (mais tôt fanées) amitiés de vacances!

Repas fini et tables abandonnées, nous avions quelque temps bavardé sans contrainte et j'avais pris à cœur, m'exprimant comme quelqu'un qui cherche à suivre toujours le fil d'or de son émotion, d'expliquer à la camarade Wang ce que m'avait appris ce voyage à la veille de se terminer : que la construction socialiste, au lieu de s'accomplir dans l'ennui et la rigidité, pût se faire avec bonne humeur et gaieté (ainsi qu'en témoignait l'attitude même de mon interlocutrice comme de tous ceux-là qui s'étaient mis en quatre pour satisfaire à nos multiples *desiderata* sans jamais se départir de leur empressement souriant), telle était la grande leçon que je tirais de nos quelques semaines en Chine nouvelle. Mais la bonne Wang, catéchumène aux idées aussi régulières que la coupe de ses cheveux, me répondait que, s'agissant de construction socialiste, il n'en saurait être autrement. L'admiration qu'ainsi je professais pour quelque chose qui à ses yeux allait de soi devait lui apparaître un étonnement de parfait philistin et je m'en rendais compte dans le temps même que je lui parlais; aussi insistais-je fortement sur ce point, d'une part afin de lui démontrer qu'il n'y a là rien de si évident qu'il soit superflu d'en faire mention, et dans l'espoir de l'amener d'autre part à mesurer utilement ce qu'aurait de prodigieux la réussite de la Chine au cas où de bout en bout elle conduirait sa révolution sans s'écarter d'un pareil style.

La jeune séide du mage couleur de blé mûr ou de début d'un crépuscule de septembre sur le Parc du Lac Nord dans la périphérie de Pékin aurait été plus près de me gagner à sa cause, si elle s'était montrée plus consciente de la chance qui paraît être actuellement celle du communisme chinois et moins sûre des bienfaits, en quelque sorte automatiques, de la doctrine en laquelle je ne puis douter qu'à s'y dévouer corps et âme elle trouvait un grand confort moral.

La fillette de sucre candi, aux nattes de réglisse, prend notre main pour nous conduire au club des papillons, Monelle marxiste-léniniste.

Ce que pour les intellectuels français de l'époque symboliste furent l'anarchie et le nihilisme (dont Marcel Schwob s'est fait un des prophètes avec *Le Livre de Monelle*), le communisme en aura été un peu l'équivalent pour ceux de ma génération : de quelque manière que nous jugions la conjoncture présente et quand bien même nous tiendrions ce grand mouvement pour aujourd'hui fourvoyé, il nous est impossible, quant à nous, de ne pas regarder la révolution d'octobre 1917 comme l'événement majeur de notre époque, celui qui pour les plus lucides aura marqué le commencement d'un âge nouveau ou, du moins, aura représenté l'ultime espoir de voir l'humanité s'atteler à une tâche, certes, grosse de périls et de difficultés mais défendable dans ses visées. J'avais seize ans quand ce bouleversement se produisit et il me faut bien dire qu'à ce moment je ne lui attachai nulle importance privilégiée par comparaison avec les autres événements que rapportaient les quotidiens et périodiques, uniquement soucieux de l'évolution heureuse ou malheureuse de la guerre menée par les Alliés. Après l'assassinat du moine Raspoutine, il y avait eu la prise du pouvoir par Alexandre Kerensky (que je rencontrerais quelques années plus tard dans les rues de Passy lorsque, déchu de ses fonctions de chef d'État, il aurait été réduit à la condition d'exilé, et promènerait sur les paisibles trottoirs du seizième arrondissement sa silhouette grise et revêche de Napoléon manqué). L'opinion bourgeoise avait d'abord bien auguré de la chute du tsar, comptant qu'il en résulterait pour la Russie un redressement dans la conduite de sa guerre; mais elle avait vite déchanté, ceux qu'on appelait « maximalistes » et « minimalistes » l'inquiétant par leurs menées, et bientôt elle avait poussé les hauts cris, lorsque le gouvernement kerenskyste avait été jeté bas par les premiers (eux qui, de ces deux fractions d'extrême gauche, étaient les minoritaires contrairement à ce que me semblait indiquer leur appellation française, traduction approximative du terme *bolchevik* opposé à celui de *menchevik*). Lénine qui avait traversé l'Allemagne dans un wagon plombé, Trotsky le juif, pêle-mêle avec les pacifistes de Zimmerwald et de Kienthal, ne tardèrent pas à prendre rang aux côtés des espions et des défaitistes, les rastaquouères Almereyda et Bolo-Pacha, Mata-Hari la belle Indonésienne et d'autres de moindre format parmi lesquels l'actrice Suzy Depsy ou ce « traître Guilbaut » dont le nom n'était jamais imprimé que précédé de cette épithète qui l'assimilait à un moderne Ganelon. Quand les personnages de Lénine et de Trotsky acquirent pour moi un peu de consistance, il y avait beau temps que Saint-Pétersbourg était devenu Leningrad, après la phase transitoire et maintenant presque oubliée durant laquelle son nom fut « Petrograd ». J'avais appris à ce moment-là, au contact des quelques artistes et écrivains avec qui j'avais lié partie pour des raisons d'abord tout esthétiques, qu'on ne peut pas se borner à être non conformiste sur le seul plan de l'art et que l'indépendance doit se marquer aussi devant certaines réalités d'ordre social ou politique; avec les formes particulièrement révoltantes qu'il revêt lorsqu'il se fait disciplinaire (comme aux Bat' d'Af') ou colonial (comme dans la guerre du Maroc), le militarisme était la plus emblématique de ces réalités et c'est probablement autour de celle-là que, pour moi, tout a cristallisé : avant d'être le grand leader du prolétariat, Lénine fut, à mes yeux comme à ceux des surréalistes, l'homme qui avait osé signer la paix de Brest-Litovsk. Quelle qu'ait été depuis lors l'amplitude de mes oscillations (tantôt m'indignant de l'autoritarisme des méthodes staliniennes tantôt les estimant justifiées par la nécessité de protéger et de renforcer la Russie en marche vers le socialisme), je n'ai jamais cessé de considérer Lénine comme l'apôtre ou le saint de ce XXe siècle travaillé de courants si divers mais dont, à l'intérieur même du monde capitaliste, un Andalou et un Londonien, Picasso et Chaplin, sont les deux glorieux et bien vivants pourvoyeurs en imagerie.

A Tientsin — autrement baptisée depuis le nouveau régime, comme maintes autres villes chinoises — on nous mena visiter un centre de réunion destiné aux enfants et nous y fûmes reçus, avec de grandes démonstrations d'amitié, par une foule de gamins et de gamines, ces dernières délicatement fardées (lèvres rougies et joues touchées de rose) bien que la plupart fussent à peine des adolescentes. Les plus délurés de la petite bande, saisissant nos mains qu'ensuite ils ne lâchaient plus, s'employèrent à nous guider et à nous faire les honneurs de leur club. En signe de bienvenue l'on nous donna de ces petits oiseaux en peluche teinte de couleurs vives (tels qu'à Pékin et ailleurs on en trouve dans les boutiques), gentils présents auxquels s'adjoignirent des cadeaux d'un caractère plus farce : de jolies pommes aux tons bien mûrs qui se fondaient en eau quand on les avait tenues un certain temps dans la main. Ceux d'entre nous qui voulurent bien s'y prêter furent entraînés dans des danses folkloriques, et de frais éclats de rire, trop francs pour être en rien blessants, saluèrent les efforts bouffons que, plusieurs de mes compagnons et moi, nous fîmes pour assumer notre rôle dans des figures difficiles à exécuter sans y être initiés, malgré leur relative simplicité. Pendant toute la durée de la visite, j'eus pour compagne une très petite fille qui, dès mon arrivée, m'avait offert un oiseau de peluche et s'était emparée de ma main gauche que, parfois, elle serrait fortement en levant les yeux vers moi et me souriant de tout son visage. D'elle à moi, il n'y avait, bien entendu, aucune possibilité de conversation mais les pressions de doigts y suppléaient. Nous nous promenâmes d'abord dans la cour et, momentanément, je quittai ma jeune cavalière pour prendre part aux danses auxquelles d'autres enfants me conviaient. Sitôt ces ébats terminés, sa main retrouva la mienne sans que j'aie eu le moindre besoin de la chercher et nous continuâmes ainsi notre promenade, parcourant maintenant l'intérieur du bâtiment en allant de salle en salle et traversant tantôt une pièce pour le jeu tantôt une pièce pour l'étude, cela, autant qu'il m'en souvienne et si tant est que j'aie identifié avec exactitude ces différents locaux dont, faute d'un langage commun, la destination ne pouvait pas m'être indiquée par la fillette qui me guidait. Aux murs de l'une de ces pièces étaient apposées quelques chromolithographies représentant des scènes révolutionnaires et l'on voyait sur l'une d'elles — reproduction d'un tableau soviétique — je ne sais quel épisode de la vie publique de Lénine. Un temps d'arrêt fut marqué devant celle-là et la petite, serrant un peu plus fort ma main, prononça distinctement le mot « Lénine », comme si elle avait été heureuse de trouver dans son vocabulaire un terme grâce auquel notre accord pourrait enfin se traduire en parole, puisque de toute évidence je connaissais ce nom fameux et le reconnaîtrais d'autant plus efficacement qu'il désignait quelqu'un qui devait être, à ses yeux, presque mon compatriote. De même que le latin fut pour la chrétienté une sorte d'espéranto et que le symbole du poisson servit de signe de reconnaissance aux tenants de la foi nouvelle, un nom tel que celui de Lénine et des symboles comme la faucille et le marteau ou la colombe inspirée de la gravure de Picasso peuvent aujourd'hui constituer un vivant trait d'union entre des êtres que séparent la race, la langue, voire l'âge par surcroît. Ce qui, à mon sens, est la vertu inappréciable du communisme c'est qu'il relie effectivement par quelque chose de *commun* des individus qui, sans cela, resteraient tout à fait étrangers les uns aux autres, dispersés comme ils le sont aux quatre coins de la terre. Mais, toute fondée qu'elle soit sur des réalités sociales et non sur des nuées religieuses, une telle communauté n'en est pas moins fluide, car ce monde-là lui aussi possède ses théologiens qui ont tôt fait d'excommunier ceux qu'ils regardent comme hérétiques.

Un crime tous les cinq jours et les prix les plus hauts de l'Italie. C'est à Palerme que je lis cela sur un panneau de propagande, dans les coquets Jardins Anglais où la section locale du Parti Communiste donne une fête au bénéfice du journal *L'Unità*, sorte de foire avec manèges, loteries et attractions diverses, dont l'élection de « Miss Palermo Vie Nuove 1956 » (mais pas plus que je ne verrai l'heureuse gagnante, je ne saurai si ces *vie nuove* sont les voies neuves ouvertes par le socialisme ou bien les rues nouvelles d'un quartier fraîchement construit ou en projet dans cette ville qui abonde en taudis). J'achève ici des vacances avec ma femme et nous nous sommes, pour cette dernière semaine, installés dans un endroit plus silencieux que celui où nous avions habité lors de notre premier voyage en Sicile et où nous étions à nouveau descendus lors de notre récente arrivée : le « Grand Hôtel et des Palmes » — *Grande Albergo e delle Palme* — palace depuis un certain temps déchu où l'on peut voir encore l'appartement occupé par Wagner alors qu'il finissait de composer *Parsifal* et où nous avions visité, il y a neuf ans, la chambre entre les quatre murs nus de laquelle, en 1933, Roussel est mort dans des circonstances qui donnent à penser que c'était bien la mort qu'il cherchait en absorbant (comme il le fit) une quantité trop forte de barbiturique. L'hôtel où nous sommes maintenant est un vaste ensemble de bâtiments d'un luxe démodé, dans un parc qui domine la mer et qu'encerclent des faubourgs trop pauvres pour que la présence d'un aussi noble caravansérail au milieu de quartiers littéralement si ruinés n'ait pas quelque chose de saugrenu en même temps que profondément choquant; dans une salle spacieuse à l'ornementation modern style et dont les murs présentent des scènes de la Sicile antique avec de jolies filles à tuniques affriolantes peuplant un site abusivement fleuri que hantent aussi des cygnes et des paons (alors que la salle à manger exhibe des ressouvenirs de décors pompéiens mêlés à des chinoiseries faussement XVIIIe siècle et à des élégances plus difficiles à classer), il se tient aujourd'hui un congrès de juristes. Petit problème du genre de ceux (ni légaux ni moraux mais relevant plutôt de la civilité) qui se posent souvent aux bourgeois de mon espèce, imbus d'idées « de gauche » et trop gênés par l'excès d'injustice pour n'être pas des sympathisants communistes : si, me promenant à travers les baraques de la fête du Parti, j'avais été sollicité pour l'achat d'un insigne, j'aurais certainement acquiescé; mais, moi qui ne voudrais d'ailleurs pas non plus porter à ma boutonnière une décoration ou n'importe quelle autre marque d'affiliation, n'aurais-je pas jugé suprêmement inconvenant de le garder épinglé au revers de ma veste quand, au retour de notre promenade, le moment serait venu de pénétrer dans le hall de l'hôtel et de demander la clef de notre chambre au petit homme à cheveux gris et bouche chagrine qui porte avec tant de dignité sa livrée noire de portier? *Un crime tous les cinq jours et les prix les plus hauts de l'Italie...* Décidé ou non à l'afficher en permanence sur mon vêtement — et aurais-je même, en ne m'y résolvant pas, témoigné tout le premier d'une fâcheuse fluidité — je ne puis que m'aligner avec ceux qui ont rédigé ce slogan, car la vue de la misère qui s'étale dans certains coins de Palerme lui tient lieu de vérification.

« Lénine », avait dit la fillette qui me conduisait à travers les diverses parties de son club enfantin comme si le sort l'avait désignée pour être mon cicérone dans le pays magique d'où venait cet oiseau qu'elle m'avait donné — un pays rouge au lieu du pays blanc dont Monelle parle à son historiographe. « Lénine », avait dit le chromo précis mais sans beauté sur lequel, du premier coup d'œil, le grand révolutionnaire était identifiable par tout un chacun. Produit peu engageant d'un art conforme aux principes du réalisme socialiste, c'est cela (et rien de plus) qu'aurait été pour moi cette image banale, si la fillette ne l'avait douée d'une fonction tout autre qu'illustrative en prononçant le mot « Lénine » qui, dans l'immédiat, n'était qu'un sous-titre inutile mais, plus lointainement, élevait le quelconque chromo éducatif à la dignité de symbole grâce auquel une entente positive devenait enfin possible.

Moi qui, dans mes démarches même les plus ordinaires souffre d'un doute quasi maniaque sur ma capacité de m'expliquer comme il faudrait (au point, par exemple, de ne guère entrer dans une boutique afin d'y effectuer un achat sans avoir longuement ressassé la formule cependant anodine et ne visant pas plus à l'élégance qu'à la simple rigueur au moyen de laquelle j'indiquerai ce que je veux, de sorte qu'il m'arrive souvent, faisant à pied une course dans Paris, de perdre une bonne partie de l'agrément de ma promenade à ruminer ainsi, au lieu de profiter du spectacle de la rue, une phrase au demeurant très différente de celle qui me viendra sitôt le seuil franchi), moi qui — sinon par chance ou confiance rare en mon interlocuteur — ne converse qu'avec embarras en raison de ma crainte même de ne savoir que dire ou comment dire ce que je puis avoir à dire, moi qui aime de surcroît que dans les endroits semi-publics où je vais (restaurant, coiffeur, chemisier, tailleur ou quelque fournisseur que ce soit) celui qui s'occupe de moi non seulement me traite en client trop connu pour qu'on n'accepte pas les yeux fermés de lui faire éventuellement crédit mais, si possible, manifeste notre relation de personne à personne en m'appelant par mon nom (comme si avoir un nom pour des gens devant lesquels une quantité de pratiques défilent et être, pour eux, défini par des syllabes qui n'ont pas l'impersonnalité d'une étiquette d'état civil mais collent strictement à votre peau signifiait qu'on vous reconnaît quelque chose comme une âme et était donc rassurant), il va de soi que j'étais porté plus que quiconque à écouter, avec autant d'émoi que s'il s'était agi de celle d'un maître mot, l'élocution de ce nom au sens assez riche et universel pour être monnaie d'échange entre une gamine de race jaune et l'Occidental empêtré que j'étais. Je crois bien qu'à ce mot, dont la soudaine éclosion simplifiait tout et qui vivait moins encore d'une idée que du souvenir vivant de l'homme qu'il continue de désigner, je ne répondis rien. Qu'aurais-je d'ailleurs répondu, sinon « Lénine » à mon tour, et pouvais-je donc faire mieux que serrer un peu plus la main de la fillette, en un geste identique au sien ?

Vivacité des enfants, cordialité des hommes, charme sans vaine coquetterie des filles et des femmes comptent parmi les raisons les plus solides que j'ai d'aimer la Chine et, s'il faut voir là des vertus qui n'ont pas eu besoin d'une révolution pour se manifester, l'on doit reconnaître du moins que cette révolution est fort loin de les avoir annihilées. Filles et femmes dont la condition s'est à tel point transformée peuvent d'ailleurs être regardées, dans une large mesure, comme des produits de cette Chine nouvelle ; n'aurait-il produit que cela, c'est une chose grande et belle qui devrait être portée à l'actif du communisme chinois. Et les nouvelles que les journaux français ont publiées en ce mois d'octobre 1956 (secoué par tant de convulsions puisque la guerre larvée persiste à faire saigner l'Afrique du Nord et qu'on voit, tandis que l'agitation s'accroît dans le Proche-Orient, la Hongrie se soulever pour avoir été menée d'une main trop dure pendant de longues années), les nouvelles encore vagues qui sont venues de Chine quant à la démocratisation des statuts du Parti Communiste ne peuvent, d'autre part, que tendre à ranimer la confiance de ceux qui, comme moi, en étaient venus à se demander si cette révolution-là n'allait pas, elle aussi, se trouver détournée de son humanisme par un souci trop immédiat de développer coûte que coûte la production nationale. La partie n'est pas gagnée, tant s'en faut ! pour les tenants d'un communisme libre, qui ont comme adversaires aussi bien les partisans du socialisme à poigne de fer que ceux de la classique réaction. Mais des nouvelles de cette espèce permettent de penser qu'il y a effectivement quelque chose de changé dans un sens heureux depuis ce qu'il est convenu, dans nos milieux, de nommer la « déstalinisation ».

Un seul fil qui ne s'est jamais rompu, depuis le Sinanthropus Pekinensis *jusqu'au camarade Mao Tsé-toung.* C'est à proximité de Pékin qu'ont été découverts, dans la première moitié du siècle, les ossements et les diverses traces définissant le Sinanthrope, qui paraît représenter la plus ancienne attestation humaine connue et est maintenant pour les Chinois une sorte de gloire nationale. De petits manuels d'histoire destinés aux enfants comportent comme illustration liminaire son profil — presque museau — reconstitué et s'achèvent avec les portraits des principaux artisans de la révolution. Encore qu'il y ait là ample matière à discussion et qu'on doive compter avec le renouvellement de perspective que des trouvailles dans d'autres parties du monde entraîneraient éventuellement, la Chine peut se flatter d'être le lieu où a surgi cet Adam : le premier être assez intelligent pour produire du feu et fabriquer un stock d'outils. A feuilleter ces livres d'histoire — tels que j'en ai vu à Tchongking alors que je faisais route vers le Yunnan — il semblerait que les éducateurs chinois aient à cœur de montrer que leur pays n'a pas attendu l'époque moderne pour être à l'avant-garde en fait de civilisation, puisque la seule existence des restes du Sinanthrope ou « Homme de Chine » prouve qu'elle le fut déjà, somme toute, à l'aube des temps.

Je m'apprête à soutenir qu'il y a une continuité de la Chine, que la révolution communiste ne s'est pas abattue sur elle comme une maladie; je me prépare à déclarer que cette antique sagesse et ce précieux art de vivre qui, pour beaucoup d'entre nous, lui ont conféré dès longtemps un grand prestige trouvent dans ce qui se fait en Chine nouvelle leur véritable aboutissement comme si un fil unique reliait entre eux, à travers les sommeils et les soubresauts de son histoire, les avatars divers par lesquels est passée cette partie du monde. Et voilà que, pour moi, un fil qui me conduit depuis plusieurs dizaines d'années et qui s'est emmêlé de la façon la plus étroite à celui-là vient brusquement de se rompre : l'armée soviétique a écrasé la rébellion de Budapest et il apparaît que cette armée d'un pays socialiste était, aux yeux du peuple hongrois, ce qu'est une armée d'occupation pour un peuple qui se veut indépendant. D'abord réservée, la Chine a fini par s'aligner avec l'Union soviétique et elle applaudit aujourd'hui à l'action des soldats russes, en les louant de n'avoir pas hésité à verser une fois de plus leur sang pour lutter contre le fascisme. Après avoir désespéré de tant de choses, le temps serait-il décidément venu de désespérer aussi du communisme?

Sûreté de soi, excluant la violence fanatique. Au bas de l'une de mes fiches de travail (une de celles qui ont pour titre « Miette de Chine » et où sont consignées les frêles observations que j'utilise ici), j'avais inscrit ces quelques mots, aide-mémoire pour la conclusion optimiste à tirer de la note qui forme l'essentiel du contenu de la fiche : « A la Montagne de l'Ouest, près Kounming, temple bouddhique en pleine activité (présence des bonzes, offrandes de fruits sur les autels, baguettes d'encens brûlant, etc.). Parmi les divers bâtiments — qui comprennent les logements des bonzes, un restaurant pour les pèlerins, etc. — il y a une salle de lecture progressiste avec un portrait de Mao Tsé-toung. » Que les pèlerins, s'ils y tiennent, s'adonnent à leurs momeries et que les bonzes tirent un profit supplémentaire de la gestion de leur table d'hôte! L'on ne force personne et l'on espère seulement que la salle de lecture sera visitée *elle aussi*. Cette vérité qui tôt ou tard se fera jour, il suffit de la mettre à portée des gens (de plus en plus nombreux) que la méthode d'enseignement accéléré imaginée par un soldat rend à même de déchiffrer la quantité indispensable d'idéogrammes, à défaut de leur entière multiplicité.

Mais — alors que j'en étais à ce point de ma recension chinoise et comme si, perplexe, j'avais obscurément appelé une diversion — il y a, cette nuit même, un rêve qui s'est glissé et qui se propose à la façon d'un idéogramme que, d'urgence, il me faudrait décrypter. Un rêve (comme il en est souvent) cassé dès mon réveil en morceaux disparates et pas toujours immédiatement identifiables, mais dont je sais qu'à l'origine ils constituaient un même ensemble. Un rêve, bien sûr, avec des références à des événements de ma vie réelle (parfois évidentes, parfois délicates à démêler); avec des références aussi (plus imagées mais de sens non moins problématique) à un rêve passé que semble raccorder à un rêve encore plus ancien la fragile passerelle jetée de l'un à l'autre par un aspect de cette Montagne de l'Ouest vue au Yunnan — extrême pointe de mon voyage chinois — six mois après l'éclosion du second de ces rêves qu'un intervalle de presque treize ans sépare du premier, mais qui partage avec lui comme avec les autres maillons de cette chaîne un curieux air de famille.

Une paroi rocheuse à peu près verticale, qui est tantôt le balcon naturel auquel j'arrive après un long parcours et d'où je vois, se déroulant en bas, un spectacle fascinant, tantôt la haute façade dont je contemple, à la fin de ma course, les ornements grandioses avec un sentiment d'extase à quoi se mêle une angoisse qui n'est pas un simple vertige. Tel est l'élément commun à mes trois rêves irrégulièrement espacés, ainsi qu'à la promenade faite dans les environs de Kounming, au cours de l'une des journées obstinément pluvieuses que nous passâmes dans cette région où (selon notre amie Wang Yuen-chen, qu'affecta presque aux larmes la médiocrité de la vue que nous eûmes ainsi de son pays originel) nous devions rencontrer un éternel printemps.

Il vole sur l'étendue de la neige
et le voilà perle blanche...

Dans le rêve qui précéda de six mois mon passage au Yunnan et cette visite de temples dont l'un comportait un bâtiment consacré à la propagande marxiste-léniniste, j'apercevais — très bas au-dessous du site montagneux où je me trouvais et presque à la verticale — un cheval de couleur indéterminée, seul être que mes yeux pussent clairement appréhender dans l'uniformité de la plaine ou du plateau qu'ils découvraient. La crinière, elle aussi sans couleur, paraissait résumer toute la vie de cet animal auquel j'attachais je ne sais quelle intime et lointaine signification, comme si un lien obscur mais précis l'avait uni à ce qui m'échappe le plus de ma propre personne. Dans ce rêve que, m'éveillant en pleine nuit, je constatai « beau et mélancolique » en le racontant à celle qui s'était éveillée comme à point nommé pour en écouter le récit, pas d'autre événement que celui-ci : à un certain moment, le cheval se déplaçait. Mouvement tout à fait rectiligne et de vitesse constante qui, sans diminuer sensiblement notre écart que mesurait surtout la différence des niveaux, le rapprochait du point où mon regard aurait plongé s'il s'était orienté conformément à ce qu'indique le fil à plomb. Changement de lieu qui s'opérait sans bruit et sans que rien du cheval bougeât, hormis peut-être la crinière ondoyante. Je prononçais alors les paroles qui fixaient la couleur du cheval et celle de l'ensemble du panorama — ce blanc neigeux à la douceur de perle, que mes yeux n'avaient pas observé — en même temps que, représentant l'aboutissement et comme la moralité du rêve, elles semblaient m'en révéler l'essence de façon telle que la réflexion diurne que je lui appliquerais une fois de retour à l'autre rive ne ferait que traduire en termes discursifs ce qui, dès le rêve, m'avait été donné poétiquement. Image du destin tant soit peu maîtrisé si l'on parvient à considérer (comme de très haut) son cours imperturbable, voilà ce que dans l'immédiat me proposait ce cheval que son galop immobile déplaçait sur une surface plane. Gage d'une pérennité conquise par la projection de soi en un objet (l'œuvre d'art) dont l'histoire se poursuit indépendamment de la vôtre et qui est autre chose en même temps que vous-même, voilà ce qu'il devint quand, revenant dès le lendemain sur ce rêve et sur la phrase qui le concluait, je me fus efforcé d'en dégager toute la leçon.

A l'orée de mon rêve de l'autre nuit (« autre nuit » et déjà plus « nuit dernière » à l'heure où j'en arrive à ce deuxième récit), il y a aussi une falaise abrupte, à laquelle je parviens au terme d'une excursion en montagne. Mais l'animal que je verrai courir à travers l'espèce de désert pierreux qu'on aperçoit en bas n'a pas grand-chose de commun avec le cheval-fée qui, peu de mois avant mon départ pour la Chine, m'était apparu tandis que je dormais dans cette maison de campagne de Saint-Hilaire où, moi et les miens, nous allions passer chacune de nos fins de semaines avant qu'une suite néfaste d'événements n'eût introduit une assez longue coupure dans l'accomplissement périodique de ce rite : la mort de ma mère (survenue à Saint-Pierre-lès-Nemours, alors qu'elle était si âgée qu'on l'aurait crue, pour un peu, victorieuse d'un cap funeste à la plupart des êtres mais dont certains seraient capables pour toujours de triompher), un accident dont ma femme a été la victime au moment même où l'état physique de ma mère commençait à lourdement nous inquiéter (faux pas qu'elle fit sur une marche de l'escalier menant à notre chambre dans la maison de Saint-Hilaire et chute dont on la releva avec entorse, genou démis et même fracture d'un petit os nommé « épine tibiale »), chagrin et désagrément privés qu'escortèrent, sur le plan des secousses publiques et comme si tout devait se démantibuler en même temps, la sinistre affaire hongroise (qui n'est pas encore terminée) et la piteuse affaire du canal de Suez, dont l'un des résultats dès maintenant patents — sans préjuger la gravité probable de ses conséquences plus lointaines — est, quant à la vie en France, une pénurie de produits pétroliers dont se ressentent maintes industries et qui — répercussion évidemment mineure mais néanmoins agaçante — complique beaucoup les choses pour ceux qui avaient l'habitude de week-ends campagnards.

L'animal que je voyais courir à la poursuite d'un oiseau dans mon récent rêve parisien n'était ni du même format ni de la même couleur que le cheval de l'autre rêve et n'avait de commun avec lui que sa nature de quadrupède. Bête prosaïque, exactement rustique car son prototype de la vie éveillée habite la maison de Saint-Hilaire (où, pour mon plus grand ennui, de ternes paysans français ont succédé aux Guadeloupéens qui en furent les gardiens avant que leur refus de se plier à un minimum de contraintes les eût amenés à nous quitter, point tranquillement comme nous l'aurions aimé mais dans une atmosphère presque de drame passionnel, d'où ne fut pas exclu l'appel à la vindicte surnaturelle puisque la gouvernante mulâtre porta une solennelle malédiction contre ma femme, assimilée à une esclavagiste digne des temps féodaux, et contre notre maison), cet animal d'une robustesse toute rurale, et de bonne race quoique sans pedigree enregistré, n'est autre que ma chienne Dine, pas vue depuis un mois et dont je commençais à regretter la société lorsque vint cette nuit où, vers le début d'un rêve, elle m'échappa (ainsi qu'il lui est coutumier dans nos courses réelles) pour se précipiter au bas de la falaise — comme seul un chat eût pu le faire sans se rompre les os — et se jeter fougueusement à la poursuite d'un oiseau. Quand cette brave bête, cordiale autant que le sont d'ordinaire ses congénères les boxers, mais impétueuse et dont je ne suis jamais arrivé à me faire obéir, s'échappe ainsi — en chasseresse éperdue — au cours d'une des promenades que nous faisons souvent à travers champs, quand elle finit par se perdre dans l'éloignement après avoir nagé dans les hautes herbes de la Beauce — tel un dauphin terrestre, de petite taille et enrobé d'un pelage fauve, qui tantôt plongerait et tantôt émergerait grâce à deux larges oreilles brunâtres dont le battement lui permettrait de longs envols — bien qu'il soit entendu qu'un chien se retrouve toujours, je me demande chaque fois si je la reverrai. Et c'est la même perplexité que j'éprouvais dans mon rêve, ignorant jusqu'où la fugitive se laisserait entraîner et ne voyant d'ailleurs pas comment elle pourrait me rejoindre sur le haut de cette falaise au bord de laquelle je me trouvais. Toutefois, cette crainte durait peu (comme il en est pour les incartades du même ordre auxquelles la bouillonnante Dine se livre dans la vie courante) car je la voyais, au bout de quelques minutes, apparaître sur un autre point de la falaise et revenir au galop vers moi.

La scène changeait alors tout à fait et prenait pour théâtre un lieu bien différent de cette falaise dominant une plaine désertique, cette falaise qui se dressait déjà dans le plus ancien des trois rêves mais sous une forme telle que le rapprochement n'eût guère pu s'opérer si, près de Kounming, je ne m'étais rendu aussi à un escarpement rocheux et n'y avais contemplé certaines choses : outre le temple taoïste qui y juchait en nids d'aigle sa série d'édifices (chapelles échelonnées les unes au-dessus des autres, chacune abondamment décorée et garnie de statues, avec d'autres sculptures nichées çà et là dans le plein air du site extraordinairement abrupt), outre cet étonnant chapelet de constructions vertigineusement accrochées à des hauteurs diverses, j'avais regardé — d'un œil alors apaisé — le lac qui s'étendait en bas avec ses fonds de sable ou de vase affleurant et qui vers la rive opposée apparaissait, en cette journée de pluie guère interrompue, moiré comme de salives d'escargots, reflets d'argent à proximité des ors posés sur la terre ferme par les rayons solaires franchissant les interstices des nuages, lac peu profond mais cependant navigable puisque j'y vis passer un train de jonques réduit par la distance aux proportions d'un jouet. N'étaient les sculptures de forme humaine et les autres sculptures (une tortue avec un serpent enroulé, un bufflon, un phénix) dont cet escarpement réel était orné soit à l'intérieur des chapelles, soit à l'extérieur sur l'une ou l'autre des plates-formes qui étageaient leurs reposoirs le long de l'itinéraire zigzaguant que le visiteur devait suivre (peinant sur une succession de pentes très raides, tantôt chemin tantôt escalier, et empruntant jusqu'à un étroit passage en corniche sous arcades naturelles), n'était la présence de ces sculptures sacrées, aucune analogie précise ne rattacherait la paroi surgie dans un rêve vieux de plus de treize ans à un pan de montagne suffocant par son agencement comme par la vue que découvrait son ascension ; et, si le pan de montagne ainsi doté doublement n'avait fait la liaison, je n'aurais sans doute pas remarqué combien la paroi ancienne est proche des deux falaises non moins irréelles dont je viens de parler. Car cette paroi première se distingue nettement des trois autres — celle de la Montagne de l'Ouest toute chargée de figures et celles des deux rêves animés chacun par le galop d'un quadrupède — en cela que je la voyais devant moi comme un mur au lieu d'y être perché. Certes, il s'agissait là aussi d'une promenade en montagne, motivée en l'occurrence par la visite d'une église ; mais ce qui constituait le seul spectacle c'était cette église elle-même, adossée à la montagne en un endroit à forte déclivité. Sur la façade haute et large, accolée si strictement au bloc rocheux qu'elle se confondait plus ou moins avec lui, étaient sculptées d'énormes figures coloriées s'apparentant aux rois et autres personnages de cire qui sont une des curiosités de Westminster Abbey, aux anges géants à longues trompettes surmontant le maître-autel de la cathédrale à Saint-Jacques de Compostelle, ainsi qu'aux mannequins musiciens dont les orgues de chevaux de bois s'agrémentaient lorsque j'étais plus jeune. Figures si belles et si grandes (au double sens du mot) qu'à les voir à quelque distance j'étais saisi de vertige, et pris d'angoisse, imaginant ce que serait ce vertige quand je verrais de plus près — et, alors, d'une *grandeur* vraiment démesurée — ces sculptures taillées à même les parois extérieures de l'église et, peut-être, dégagées de la masse même du rocher.

La Chine, où s'élargit la tache rouge de l'espoir, avait dit mon grand ami le poète Aimé Césaire dans un discours adressé il y a quelques années à la population de Fort-de-France, lorsqu'il était un communiste de stricte observance et que l'horreur suscitée en lui par la mise au grand jour — en Russie même — des procédés despotiques de Staline, l'inertie des dirigeants français après cette dénonciation officielle, à cela joint sa volonté d'orienter les travailleurs de son pays vers des buts proprement antillais et de soustraire leur action à la pesée du centralisme soviétique, ne l'avaient pas encore amené à se séparer du Parti Communiste Français. Or c'est autour d'Aimé Césaire (dont l'un des enfants nous a été confié, à ma femme et à moi, tandis que le père porte là-bas la bonne parole) que s'ordonne le second épisode du rêve que j'ai fait l'une de ces dernières nuits.

Le décor, maintenant dénué de pittoresque, est simplement la campagne. La campagne, au sens très imprécis que cette expression revêt pour celui qui m'écoute si je dis aujourd'hui que dimanche prochain je serai « à la campagne » comme d'autres parlent du séjour qu'ils vont faire « à la mer » ou bien « à la montagne ». A l'exemple de ce décor sans relief (une maison qui est celle de Saint-Hilaire mais ne lui ressemble pas, un jardin très touffu qui a peut-être pour base, avec certaines réminiscences de la villa « Les Gaules » que ma mère habitait près de Nemours et qu'il me semble avoir toujours connue, une photo reçue le jour même et qui m'avait fait voir la tombe de ma mère entièrement couverte de fleurs masquant ses arêtes pierreuses et lui donnant l'aspect agreste d'un tumulus), le dernier épisode du rêve n'est qu'un amas confus dans lequel des souvenirs anciens se mêlent à mes préoccupations du jour. Dans cette maison où j'héberge Aimé Césaire — détail probablement dû à ce que pour le moment je loge un de ses fils — une foule de gens de couleur venus pour voir mon hôte se presse dans une sorte de long couloir-véranda qui mène de la chambre qu'il occupe à la petite pièce où je suis temporairement campé, sorte de box sans porte et dont manque un côté. Césaire et moi nous devons sortir ensemble et, peut-être, prendre un autocar avec quelques-uns de nos proches en vue d'une excursion (puisque « campagne » est pour les citadins évocateur de « vacances »). Entrant dans mon box pour m'apprêter, je constate qu'une partie de la foule martiniquaise a envahi cette pièce d'ailleurs ouverte à tous les vents et a cru bon de déplacer toutes mes affaires (parmi lesquelles la paire de bottes lacées que je portais pour monter à mulet au cours du voyage à la fois si reculé et si présent que j'ai fait en Éthiopie il y a plus de vingt ans). A ces gens qui ont installé sur ma table une buvette où se débitent limonades et sirops (à peu près comme dans les *ajoupa* ou abris provisoires des fêtes patronales qui comptent avec les veillées funèbres parmi les grands moments de la vie des communautés martiniquaises) j'explique qu'ils doivent me laisser pour que je puisse m'habiller et qu'ils n'auraient pas dû ainsi tout bousculer. Gentiment, ils m'aident à remettre les choses en ordre et, une jeune femme de couleur et moi, nous suspendons au fléau d'une sorte de haute balance, à l'aide de mauvais fils de fer recourbés en crochets à l'une de leurs extrémités, le tiroir ou autre contenant dans lequel sont rangées mes affaires. Traversant la foule en sortant de chez Césaire, j'ai parlé un instant à un ou deux Antillais, prudemment, car je me demandais s'ils étaient des partisans de celui que je soutiens ou des bourgeois curieux de savoir où en est le député dissident.

Noblement commencé dans l'aridité d'un paysage de montagne, et poursuivi dans le remue-ménage d'une maison surpeuplée, le rêve, bientôt kermesse électorale après le bond vertigineux d'un animal soûlé d'air et de liberté, s'achève sur un rafistolage pour lequel est employé sans vergogne un objet délicat, dont risque d'être annihilé ce qui faisait sa dignité : l'équilibre, grâce à quoi la balance est un symbole de rectitude et de justice. Ainsi résumée, la succession intermittente de phantasmes acquiert la logique d'un apologue, auquel je serais tenté d'assigner le sens suivant si j'oubliais dans quelle ambiance de malaise ces événements se déroulent : notre aspiration toute pure et comme animale à une vie non claquemurée est reléguée à l'arrière-plan par l'action politique; mais cette antinomie entre exigences naturelles et rigueur d'une idée peut être résolue pratiquement — d'une façon qui, certes, frise l'acrobatie — avec un peu de bon vouloir et d'ingéniosité.

Ce schéma serait-il différemment orienté (retenant plutôt que l'apparent succès, ce qu'a de pénible et de problématique le rafistolage de la fin) qu'il serait en tout cas bien pauvre, et par définition mensonger comme tout ce qui, en se faisant trop clair, s'est dépouillé de détails hâtivement jugés superfétatoires ou comme ce qu'un simple parti pris nous a induits à dégager, vaille que vaille, de son incohérence radicale. Nulle raison, assurément, de le tenir pour plus suspect à priori que celui qui m'aurait semblé s'imposer si, prenant appui sur l'épisode du fléau de balance (cette tige éminemment mobile aux deux bouts de laquelle je suspends tant bien que mal un tiroir), je m'étais engagé dans la voie trouble dont cet objet bizarre peut passer pour le poteau indicateur et avais interprété le tout en termes de sexualité : la chienne et son plongeon de casse-cou comme image du prurit amoureux, l'ami glorieux comme substitut du père ou frère aîné dont je n'ai pas cessé d'envier la virilité, le travail de bricoleur que j'accomplis non sans peine avec l'aide d'une aimable assistante comme expression du tour de force que vient un jour à représenter le bon usage de la balance à double globe fibreux qu'est l'engin de la procréation. Mais nulle raison non plus de tenir ce schéma pour plus valable que celui que j'obtiendrais si je mettais en avant des données d'ordre linguistique : la chienne qui court après l'oiseau n'est-elle pas une chienne « en chasse » au sens propre du terme? La campagne où est située la scène qui vient ensuite n'appelle-t-elle pas automatiquement une « campagne » électorale? La table que je fais débarrasser de ses bouteilles et le quadrilatère dont le fléau de balance et le tiroir constituent de manière précaire les deux limites horizontales ne sont-ils pas issus du mot « trapèze », qui physiquement évoque un appareil à quoi les gymnastes s'accrochent en une certaine insécurité et dont étymologiquement je sais qu'il se rattache au grec ancien τράπεζα, ancêtre du mot par lequel en grec moderne sont désignées les banques — ainsi que je l'ai appris lors de mon premier voyage en Grèce, en même temps que l'usage d'un équivalent de « logarithme » pour demander l'addition au restaurant — et mot qui, s'il se fonde plutôt sur la table ou le comptoir puisque le mot originel signifie « quatre pieds », pousse des antennes vers la *balance* des comptes, l'*équilibre* du budget, etc.? Au cas même où je saurais montrer que ces diverses analyses se complètent au lieu de s'exclure et, finalement, qu'elles s'étayent en se recoupant sur bien des points, je les estimerais trop mécaniques pour avoir chance de toucher à l'essentiel et je n'accorderais qu'un faible prix à des aperçus dont presque à volonté je peux prolonger la série, découvrant par exemple (ce qui serait à peine forcer) un quatrième fil d'Ariane dans la mythologie astrale : la course de la chienne telle la course des heures déclenchée par l'oiseau solaire à l'aube du rêve; le rayonnement de l'ami à la fois poète et tribun qui dans la vie n'est pas exactement un Osiris (malgré ce qu'il a d'africain) mais bel et bien l'incarnation de cet *Orphée noir* autour duquel un essai de Jean-Paul Sartre a fait graviter des lumières; le teint feuille-morte de l'Isis ou Reine de la Nuit qui, au déclin du rêve, tâche à remettre en ordre ce qui a été dispersé puis conjugue ses efforts avec les miens pour pendre quelque chose au ciel de cette balance dont les plateaux (si je pouvais les voir) seraient évidemment deux lunes de cuivre jumelles. Caricature, certes, que cette dernière explication, mais miroir grossissant où se reflètent l'insuffisance et la légèreté de celles que j'ai précédemment esquissées. Démonstration par l'absurde, après quoi il semblerait qu'il n'y ait plus qu'à tirer l'échelle...

Or, comme ces rocailles artificielles étonnamment ajourées qu'on trouve dans maints jardins chinois et dont la forme est définie par les trous qui y sont forés plus encore que par leurs reliefs, mon rêve est criblé de vides dont je peux présumer qu'ils ont leur importance. Si je les examine à leur tour au lieu de ne considérer que les pleins, peut-être ces vides deviendront-ils les *silences éloquents* à partir desquels le rêve sera saisi dans toute sa vérité?

La plus frappante de ces lacunes, celle qui me porterait à croire qu'il s'agit de deux rêves faits au cours d'une même nuit, n'était qu'à mon réveil je ne doutai pas un instant qu'il s'agissait d'un rêve unique, c'est le blanc qui sépare l'épisode montagnard de celui qui a pour théâtre une maison de campagne. Quel lien entre le saut effectué par ma chienne dans un lieu à peu près désert et toute la séquence politico-sociale dont Césaire, vers qui afflue une cohue de visiteurs, est le protagoniste? Je n'en verrais aucun si, à y regarder de plus près, je n'observais que dans les parties pleines du rêve le thème du voyage pointe à diverses reprises et sous diverses formes : c'est au cours d'une randonnée en montagne que la chienne Dine m'échappe pour effectuer sa randonnée à elle et c'est une excursion — cette fois par autocar — que Césaire et moi nous devons faire; la foule qui se répand chez moi pour rencontrer mon hôte, c'est une foule de gens de couleur tels que j'en ai coudoyé durant mes séjours aux Antilles; enfin, les seuls qui soient précisés parmi les objets vestimentaires ou autres qu'assez ridiculement je m'ingénie à ranger, ce sont les bottes lacées de mon premier contact avec l'Afrique, accessoire trop martial pour que je puisse maintenant y songer sans ironie. A cette lumière, il apparaît que le décousu du rêve, s'il est dû pour une part à des carences de mémoire, reflète aussi le décousu — coupures brusques, changements à vue, glissements vertigineux des choses et des sentiments à leurs contraires — autrement dit les sautes de vent et sautes d'humeur inhérentes à tout voyage digne de ce nom : user d'un large éventail de moyens de transport tantôt individuels et tantôt collectifs; même installé, savoir qu'on est en camp volant; rassembler pour le proche départ les effets et ustensiles à peine tirés des valises ou autres contenants; passer d'un site sauvage à un endroit surpeuplé; contempler la nature dans son isolement puis se dissoudre au sein des grands courants publics; être agacé par ces échantillons d'humanité qui primitivement vous charmaient ou, à l'inverse, être conquis par ceux dont les manières vous avaient d'abord irrité; en mouvement même si l'on est fixé, vivre avec eux et avec ce qui vous entoure quelque chose d'analogue aux vides et aux pleins de la passion comme quand, le cœur rassis, on s'éveille en se disant qu'on n'aime plus et qu'on se sent alors en proie à tant de tristesse et de regret que l'on aime à nouveau; se demander en arrivant quelque part ce qu'on a pu venir faire là et tirer de cette constatation une joie masochiste comme si le voyage ne révélait sa véritable essence qu'au moment où son bien-fondé se trouve mis en question, c'est-à-dire lorsque la nostalgie montre le bout de l'oreille; mais, pour finir, s'éprouver dépossédé quand on est revenu entre les murs de sa maison.

A bien des rêves qui se présentent comme faits de pièces et de morceaux il serait, certes, aisé de donner un semblant d'unité en admettant que leur folle suite d'aventures, sans lien visible et sans-continuité de décor, avait pour cadre un voyage qu'imaginairement nous étions en train d'accomplir. Céderais-je donc à une facilité de cette espèce en regardant comme un rêve de voyage le rêve qu'inaugurait une course éperdue d'animal au pied d'une sorte de falaise et qui avait pour conclusion (purement virtuelle, puisque le rêve s'arrêtait en deçà) une promenade en autocar? C'est une question que je devrais me poser, s'il n'y avait, pour ce rêve lui aussi de pièces et de morceaux que l'idée de voyage me permet de rabouter, une différence préjudicielle : dès l'instant que cette idée entre en jeu, ce n'est pas seulement une armature logique mais tout un arrière-plan sentimental qui se révèle.

J'ai parlé de malaise quand, d'un mot, j'ai voulu indiquer la note dominante de l'ensemble du rêve. Mais, parant au plus pressé, je n'ai cherché pas plus à définir l'exacte nature de ce malaise qu'à repérer avec précision où et quand il se manifeste.

Vers le début, j'éprouve bien une certaine anxiété au sujet de la chienne : survivra-t-elle à son plongeon puis, quand je la vois rescapée, comment s'y prendra-t-elle pour remonter jusqu'à moi? Toutefois, le prompt retour de la chienne ne donne pas à cette anxiété le temps de s'affirmer et d'être plus qu'une petite faille dans l'euphorie que je ressens à me trouver dans un *haut lieu*, d'où je découvre un vaste panorama. Puisque mes craintes restent vaines, je puis même dire qu'en un sens ce lever de rideau est moins d'angoisse que de victoire : à la majesté un peu morte du site montagnard le spectacle de la bête familière courant à travers le désert pierreux ajoute, avec une bouffée d'intimité quotidienne, quelque chose comme un coup de vent survenant pour animer l'*air pur des cimes* plutôt que pour le troubler. Si le rêve se détériore, c'est dans la maison de campagne que cela se produit et c'est, assurément, avec la scène de la chambre envahie par des inconnus que le malaise culmine.

Aimé Césaire habite chez moi, dans une chambre située au bout de cette véranda que remplit la foule de ses visiteurs et à l'autre extrémité de laquelle s'ouvre le box où je me suis provisoirement installé. Tout en sachant qu'il est là, c'est à peine si je l'entrevois et durant cette séquence dont il est le pivot presque toujours dérobé je sais, du même savoir diffus, que la maison possède un grand jardin, si négligé qu'il est presque revenu à l'état sauvage. Quand le rêve, achevé dès longtemps comme action qu'on croit vivre, ne sera plus qu'une aventure imaginaire qu'il faut en premier lieu reconstituer sans errement, je me demanderai si la vue de ce jardin ou le seul sentiment de son existence m'y furent positivement donnés, ou bien si l'enclos à demi submergé par la végétation ne serait pas intervenu au simple titre de souvenir, image vague que le *je* autour duquel le songe présent s'ordonnait aurait traînée après lui comme une parcelle d'un passé qui n'était pas le mien mais le sien propre, ainsi qu'il en eût été si ce *je* s'était remémoré le contenu, réel pour lui, de songes antérieurs dont ma mémoire à moi aurait perdu toute trace. Il me sembla toutefois, alors que je travaillais à fixer par écrit ce rêve dont j'avais pu ramasser à peine quelques bribes, que ce jardin bien différent de celui de l'authentique maison de Saint-Hilaire tirait probablement le principal de son mystère des effectives réminiscences sur lesquelles il était bâti : l'aspect abandonné du jardin de la villa « Les Gaules » à Saint-Pierre-lès-Nemours et, peut-être, cette photo que ma sœur venait juste de m'envoyer et qui m'avait montré la tombe de ma mère disparaissant sous une masse de gerbes et de bouquets. Ainsi, en face des tropiques lointains qu'évoquait la figure rayonnante de mon ami Césaire, il y avait dans mon rêve une allusion probable à ce qui, dans ma vie, représente l'élément le plus stable et le plus littéralement casanier : cette maison d'enfance qu'éclaire maintenant, à la manière d'un soleil noir, l'effigie de ma mère défunte.

Pour trouver le foyer du mal par lequel l'épisode campagnard est peu à peu infecté, de quel côté dois-je me tourner : vers ce pôle moussu, et deviné plus que donné, qu'est l'intimité d'un jardin trop proche de tout ce dont je suis tissé pour clairement s'en détacher? Ou vers le pôle torride que représente Aimé Césaire, presque sous-entendu lui aussi, puisqu'il se tient en coulisse et que son existence n'est guère attestée que par les gens se pressant sous la véranda et mes apprêts pour notre promenade commune? Si les lacunes de mon rêve ont l'importance qu'il m'a semblé, ce n'est pas par hasard que Césaire se montre tout au plus dans un entrebâillement de porte et que le jardin, quand j'ai voulu rendre compte de ce qui se passait sous le toit d'une maison dont il pouvait être logiquement l'un des entours, s'est avéré brouillé au point que je ne sais même pas s'il n'était que souvenir ou chose vue de mes yeux, fermés par le sommeil mais ouverts sur le rêve.

Pierre angulaire de tout cet épisode, Aimé Césaire me paraît néanmoins hors de cause : si de nos jours quelqu'un me donne courage c'est bien lui, car je crois pouvoir le regarder comme le seul de mes amis vivants en qui l'art et la politique — autrement dit le superluxe de l'imaginaire et la grosse quincaillerie des manœuvres socialement utiles — parviennent à se fondre au lieu de s'exclure l'un l'autre ou de tant bien que mal coexister. Il n'est ni un poète qui a émasculé son art en le subordonnant aux directives d'un parti, ni quelqu'un dont la révolte originelle s'est trouvée déviée ou arrêtée en cours de route par des soucis trop esthétiques. Loin d'agir en intellectuel qui s'est doublé d'un militant pour échapper à ses propres mirages, il n'est qu'un Noir qui de tout son génie d'écrivain, de tout son savoir d'enseignant et de toute sa clairvoyance de leader travaille à la libération de tous en prenant pour devoir premier l'embellissement du sort de ses congénères. Si par le jeu des généalogies il appartient à la race que fouaillait le bras mécanisé des commandeurs, nul doute que moralement il soit de celle qui — selon Rimbaud — *chantait dans le supplice.*

Césaire ainsi lavé de tout soupçon, que dois-je dire maintenant du jardin sous le fouillis duquel se cache la tombe de ma mère et qui lui-même cherche si bien à se dissimuler que sa présence dans le rêve n'est qu'à demi certaine ? M'appliquant à en extraire un secret qui peut-être lui manque, je ne puis me défendre d'évoquer l'image d'un autre jardin qu'à une époque bien antérieure j'ai réellement visité : près du village d'Ermenonville, dont le château aurait été (si l'on en croit Nerval) un lieu de rendez-vous pour les *illuminés* d'avant la Révolution, le merveilleux parc à l'anglaise, aujourd'hui peu soigné mais encore ordonné, qui contient avec un temple de la Philosophie dédié à Michel de Montaigne et les restes d'un tir à l'arc le tombeau vide de Rousseau, au centre de l'île des Peupliers. Passant à propos du jardin rêvé par une série de certitudes et de doutes alternés — je l'ai vu, ou plutôt non, je m'en suis souvenu; souvenir, mais non, en écrivant mon rêve je l'ai innocemment inventé; même inventé, il était fait de vestiges vrais de mon passé; ainsi pétri de vérité, c'est comme si je l'avais vu ou m'en étais souvenu — je pense aux emboîtements successifs qui m'ont laissé tellement songeur après ma promenade d'Ermenonville : dans le plein feuillu du parc, le vide d'une étendue d'eau; dans le vide de ce lac, le plein de la terre d'une île; dans le plein à peu près rond de cette terre ferme, un cercle plus petit dessiné par des peupliers; au milieu du vide que crée l'anneau ainsi formé, le plein de la pierre du tombeau et, sous le plein de la pierre, le creux où — comme dit Nerval — *manquent les cendres de Rousseau.* Telle la triple enceinte de feu protégeant le sommeil d'une vierge guerrière, il semblerait que des barrières aient été symboliquement dressées autour de cette tombe qui n'en est plus une puisque son hôte repose maintenant au Panthéon, où on l'a transféré comme si un surcroît de prudence imposait de brouiller les pistes, en le soustrayant à sa sépulture originelle.

Surgi au cours du rêve ou tandis que j'étais en train de me

le raconter, et venu dans ce cas avec un certain retard mais trop spontanément pour que le détail ainsi surajouté puisse être le produit d'une réflexion artificieuse, ce jardin aux contours doublement indécis (puisque sa broussaille naturelle se complique des enchevêtrements de ma perplexité à son sujet) m'apparaît embrouillé dès l'abord dans les tiges d'un mystère qui fait partie de sa texture, sous quelque pavillon qu'ait navigué son image et n'aurais-je plus à cet égard l'ombre même d'une hésitation.

Jardin, théoriquement, de la maison de Saint-Hilaire mais jardin, en vérité, de chez ma sœur à Saint-Pierre-lès-Nemours. Jardin qui, en quelque lieu qu'il se situe, est celui de la maison de famille et, lopin où s'enracinent les plus irrécusables repères de notre position dans l'espace et dans le temps, comporte nécessairement une tombe à l'arrière-plan. Jardin qui, pour donner une sombre couleur au rêve, a juste besoin d'être là et n'intervient pas autrement que comme un muet rappel à des réalités qu'on ne pourrait éluder qu'en revêtant une autre peau. En face de tout ce que la silhouette de Césaire recouvre de chaleureux et de vivifiant pour le futur il y a, pesant de toute sa charge révolue, ce rectangle terreux que le demi-effacement de son tracé intérieur meuble sans l'animer.

Traduction presque littérale d'un enracinement qui semble préfigurer la fixité dernière vers quoi l'engrenage des saisons nous mène, ce jardin serait donc le berceau à l'ombre trop noire dont je me suis écarté chaque fois que, rompant pour un temps avec ceux qui me touchent du plus près, je suis parti en voyage.

Que des jardins aient une place privilégiée dans les souvenirs enfantins du bourgeois de Paris ou autre importante agglomération, il n'y a là rien d'anormal. C'est au jardin municipal qu'on l'emmenait pour une partie au moins de ses promenades et c'est bien souvent là (entre autres endroits de plein air tranchant avec les rues aux architectures pesantes) qu'après avoir couru comme un cheval échappé il revenait en nage vers sa mère ou sa sœur, qui le grondait pour s'être échauffé au point d'être maintenant tout trempé. Théâtre de grands exploits et surtout de folles agitations, le jardin public (tel celui qu'on appelait chez moi le « Jardin de la Ville ») est pour l'enfant qui s'y ébat un lieu où, même si un garde y impose l'observance d'une certaine discipline, l'espace ne lui est pas marchandé. Si vif soit son plaisir à se sentir matériellement le champ libre, c'est pourtant le jardin privé — moins vaste mais soumis à de moins stricts interdits — qui sera tantôt la plantation dans un coin de laquelle il s'essaye à l'horticulture en semant pois de senteur et reines-marguerites, tantôt son Ile aux Singes ou sa République des Ours, si ce n'est l'enclos biblique où dans la société des animaux il apprend à goûter le fruit de l'Arbre de la Science. N'est-ce pas dans un jardin qui a perdu pour moi toute surface mensurable, celui de la villa « Les Gaules » maintenant mare aux souvenirs plutôt que terre solide, qu'un beau jour mon ami le chien Black, dressé sur ses pattes de derrière et embrassant ma jambe de ses pattes de devant, se livra sur ma personne à un manège que, sans en comprendre le but, je devinai obscène? Et n'est-ce pas dans un autre jardin familial que, peu d'années après, me trouvant seul avec la chienne de la maison — une sorte d'épagneule bâtarde de couleur blanche et rousse — je laissai ma main qui la caressait se hasarder à des attouchements scabreux que subit sans broncher la pacifique Flora? Avec ou sans animal assujetti à nos caprices ou nous pliant aux siens, c'est dans la tranquillité à ciel ouvert du jardin qu'on a toute latitude de se croire un « sauvage », comme en ces jours de nos vacances à Viroflay lorsque mes frères et moi nous jouions aux Peaux-Rouges et que l'aîné, incarnant le grand chef, proférait le cri de guerre qu'il avait inventé : *Baoukta!* terme qui me frappait par sa violence barbare et m'intriguait aussi par son allure de mot de passe ou d'abracadabra tiré d'une langue de Martiens ou bien appartenant à un vocabulaire secret et gros de signification dont mon frère aîné, principal officiant, aurait eu seul la clef?

Pour le jeune citadin habituellement confiné, le jardin de la maison qu'on occupe en été ou de celle qu'habite en permanence tel membre du cercle de famille n'est pas seulement un lieu à police moins étroite, mais — aussi familier qu'il soit — un territoire aux multiples replis toujours à explorer et propice à la manifestation de bien des choses singulières. Topographiquement, il est donc une enclave partiellement inconnue insérée dans le monde connu et c'est plus tard seulement qu'il perdra toute coloration exotique pour signifier, au contraire, la plus ancienne et stable intimité quand on se rappellera, à travers les photographies en groupe qui y furent prises, ces jardins d'où l'on tirait la matière d'artisanats aussi frustes que la taille de baguettes ou la fabrication de colliers de marrons. Il est remarquable en ce sens que le jardin de mon rêve, alors que son contexte en faisait celui de Saint-Hilaire, ait incliné plutôt vers celui de Saint-Pierre au soubassement plus archaïque et qui rejoint le temps où il y avait dans ce qui m'occupait une place de choix pour « le jardin », fût-il modeste comme celui que mes parents louèrent une année près de chez nous pour nous faire prendre l'air à mes frères et à moi, maigre portion de terrain située dans la rue Jasmin mais qui malgré ce patronage ne dut jamais produire une bien riche floraison. Qu'au spécimen plus récent un spécimen qui plonge dans cette époque reculée ait tendu à se substituer dans mon rêve donne la mesure de ce qu'une telle apparition a de lourdement équivoque : funeste sceau de mon appartenance à un groupe circonscrit et limité dans la durée, cet endroit cultivé mais à demi retourné à l'état sauvage est aussi le port d'attache que j'aimerais retrouver, non pour m'y mettre au radoub sur le modèle des *féroces infirmes retour des pays chauds*, mais doué de l'extrême jeunesse qui permet — grâce aux projets séduisants qu'on y fomente — de distendre les frontières d'un lieu, en fait, exigu et de faire entrer l'infini dans son peu d'étendue.

En constatant sans l'expliquer cette profonde ambiguïté, j'ai vraisemblablement épuisé ce que je pourrais dire quant à l'enclos accolé à la maison où j'hébergeais Césaire et je crois volontiers que mon incapacité d'aller plus loin tient au fait que je touche avec ce thème à quelque chose de si fondamental en moi que cela est proprement indicible. Approcherai-je un peu plus de la vérité ou étendrai-je simplement sur ce qui ne peut pas être dit un voile trompeur de bavardage, si j'évoque ce que m'ont apporté de tendre autant que de déchirant d'autres jardins dont j'ai rêvé : les bosquets pauvrement éclairés où (après une séquence macabre commencée dans un grenier) je rencontrais, son cœur à nu comme à l'étal d'un boucher, l'amie qui m'avait révélé que le corps féminin est un jardin d'Armide mais sans m'apprendre qu'en moins de quatre ans seraient épuisées les joies de corps ou d'âme en lesquelles nous pouvions nous fondre; l'allée peut-être flanquée d'un buisson et couverte de gravier, où me saisit il y a quelques années un inexprimable apitoiement que sa nature et, plus encore, celle de la créature qui en faisait imaginairement l'objet m'amènent à rapprocher de celui que, très jeune et me trouvant probablement dans notre jardin bien réel de Viroflay, j'éprouvai en voyant à quelques pas de moi un oiselet tombé du nid. Dans ce banal bout d'allée qu'aucune donnée du rêve ne m'autorise à tant soit peu localiser (étant seulement entendu que nous sommes à proximité de Paris), quelqu'un de mon entourage a battu un oiseau. « Battu », c'est-à-dire que (sans intention méchante mais assez fortement pour le blesser à mort) il l'a frappé à plusieurs reprises avec un rameau feuillu, de manière à ce qu'il tombe à terre et qu'on puisse l'attraper. Me baissant pour le ramasser, je passe ma main droite sous le ventre de l'oiseau, qui est un rossignol bien qu'il ne présente, à vrai dire, aucun des traits caractéristiques de cette espèce. Ce geste à peine accompli, je sens que le majeur de ma main droite est devenu humide, car l'oiseau saigne. Quelqu'un qui se trouve près de moi et qui, sans doute, n'est autre que ma femme me dit alors : « On l'a battu, battu. Cela lui a coupé les yeux ! » Que la petite bête ait été aussi injustement mutilée, et l'ait été en ces délicats organes de la vue où semble résider l'étincelle de conscience et de vie, me gonfle d'un émoi proche de ceux dont l'amour et la poésie sont les terrains d'élection. Nul rapport (je le vois maintenant que je reviens sur ce rêve) entre un pareil émoi, profond en même temps que nuancé, et l'horreur, plus intense mais aussi plus extérieure, que susciteraient des torturés humains exposés dans un Jardin des Supplices. Cette différence — qui n'est pas une affaire de plus ou de moins mais porte sur la qualité même du sentiment — est-elle due au seul fait qu'une émotion vécue sous le couvert du songe relève du domaine de l'art, puisqu'elle est liée (soit comme déclic premier soit comme choc en retour) à un monde imaginaire que nous créons ? Ou dois-je plutôt y reconnaître la preuve qu'une certaine pitié passionnée par laquelle on adhère à l'être qui en est l'objet n'est pas de même nature que la simple commisération, de sorte qu'on ne pèse pas assez ses mots quand on désigne par un terme unique l'amour qu'on peut porter à une personne ou à une quantité limitée de personnes en raison d'affinités rebelles à toute arithmétique et l'amour qu'on peut se piquer d'avoir pour de grandes masses indiscriminées : un peuple, par exemple, si ce n'est l'ensemble de l'humanité?

Tout le chagrin du monde dans une seule coupe de vin, les grandes eaux dans un bassin de cuivre et, sous le plumage d'un oiseau, la fragilité de tous ceux dont l'existence me tient au cœur. Ayant ainsi épilogué, je me féliciterais volontiers d'avoir coiffé d'une moralité le petit drame que j'ai rêvé. Or j'en suis empêché, sachant bien que — dans le temps même où je m'apprêtais à conclure — je négligeais, pour ma commodité, un élément essentiel de la question. Impossible, en effet, de me laver les mains de la mort de l'oiseau, car j'avais moi aussi désiré sa capture. Si j'étais pareillement ému, n'est-ce pas à cause du remords qui colorait de sa pourpre mon apitoiement? En une même poussée lancinante je m'identifiais, aussi bien qu'à l'oiseau, à celui dont l'ardeur avait été trop brutale, d'où cette tristesse sans nom, voisine de celle d'un enfant qui n'ignore pas que c'est par sa propre faute, à cause de sa turbulence outrée et non pas en toute innocence, qu'il a brisé son jouet. Les mots autour desquels cristallisait mon émoi constituaient certainement un reproche implicite voire, si c'est ma femme qui les prononçait, une allusion amère à des saccages moraux dont — le masque onirique rejeté — je crois qu'elle serait fondée à me faire effectivement grief.

Parti d'un jardin qui n'était pas celui de Saint-Hilaire mais plutôt celui de Saint-Pierre (dont j'ai une fois de plus rêvé, y rencontrant ma mère toute droite sur une des plates-bandes et revenue presque à la vie mais plus petite encore qu'elle n'était et déformée çà et là de boursouflures à la façon d'une mandragore ou d'une rescapée de quelque peste), je suis arrivé, en traversant d'autres jardins, au banal bout d'allée où, par le truchement de l'oiseau, me voilà mis en face de cette réalité : corrélatifs à mon amour de la vie ainsi qu'à mon horreur de la voir si précaire, mon attachement indéfectible à des êtres dont je reconnais que le sort est lié étroitement au mien et ma tendance inverse à la méchanceté ou au détachement quand l'idée de ce qui, les uns comme les autres, nous attend me devient insupportable. D'empiètement en empiètement et ajoutant retouche sur retouche, j'ai cherché à combler par le plein d'expériences me tenant lieu d'arguments le vide toujours à nouveau creusé après chaque essai de réponse à une interrogation. Ainsi faisant, il est sûr que je n'ai rien découvert que je n'eusse déjà su; mais il n'est pas moins sûr qu'il me fallait, pour mettre au clair certaines données que j'estime importantes, l'appui de ce jardin désert dont le calme (autant que l'apparente inutilité) contrastait avec l'affairement des Antillais. Or ces données figurent parmi celles des problèmes sur lesquels mes voyages m'ont forcé à m'interroger, que ces voyages fussent des tentatives de solution à ce qui déjà m'inquiétait obscurément ou les voies par lesquelles j'ai été conduit à me poser d'autres questions qui me sont apparues finalement inséparables des premières.

Mises à part mes deux missions aux Antilles (d'où est sortie la foule qui se pressait dans mon rêve), si j'excepte une brève trouée comme le séjour que je fus invité à faire non loin de Blidah dans la vallée de la Chiffa (dont la grande attraction était la troupe de singes qui en un certain point de la route et sur le simple appel d'un marchand de cacahuètes descendait de sa montagne pour se faire régaler par les touristes), si je néglige encore deux escales plus anciennes au Maroc espagnol (avec la rencontre, aux abords d'un village pourtant peu écarté, d'un groupe d'enfants parmi lesquels il y avait une très petite fille qui n'ayant jamais vu d'Européens toucha craintivement de ses doigts bruns la main plus pâle de ma femme), c'est toujours en célibataire que j'ai voyagé hors d'Europe et comme si j'avais été contraint de revenir pour un temps à une vieille vocation de déraciné.

Quand je partis pour l'Égypte, très jeune encore et marié depuis pas même un an et demi, c'était une fuite — si l'on peut dire — *à l'état pur*, répondant à un violent besoin de changer d'air, sans que je fusse vraiment curieux du pays que j'allais voir. Ma femme et moi nous occupions, à Boulogne-Billancourt, une chambre installée à notre intention dans le pavillon que ma belle-famille habitait, environnée de peintures et sculptures modernes voisinant avec une quantité (excessive à mon gré) de bibelots et d'antiquailles, parmi lesquels une *Pietà* du Moyen Âge allemand, quelques verres peints à sujets religieux ou profanes et, à côté d'autres objets exotiques dont la plupart ressortissaient au paganisme africain, une figure en bois de l'île de Pâques. Comme beaucoup de mes compagnons surréalistes, j'avais adhéré au Parti Communiste, de sorte que j'assistais un soir de chaque semaine à la réunion de la cellule de rue à laquelle j'étais affecté. S'il paraissait justifié par l'idée de muer une révolte jusque-là tout idéale en pratique révolutionnaire, ce semblant d'activité militante n'était, en fait, qu'une servitude de plus dans une vie que je regardais — aussi précieux que fussent maints éléments de son décor — comme une espèce d'enlisement dans la banalité familiale. Alors que je m'étais voulu poète, j'étais maintenant représentant en librairie, ce qui (bien sûr) me laissait assez de loisir pour écrire mais ne pouvait avoir d'autre sens que celui d'une abdication pour moi qui, très surréalistiquement, avais vilipendé le travail au nom de la poésie. M'étant posé en affamé d'absolu que rien ne saurait fixer, c'est avec gêne que je me découvrais installé dans le mariage et je vivais la honte d'avoir ainsi montré que j'en avais rabattu de ma furieuse intransigeance. Vu mon esprit partisan je reprochais, de surcroît, à ceux qui m'entouraient leurs opinions sur l'art et sur la conduite de l'existence, opinions que je jugeais plus conformistes que les miennes, dans la mesure où ils se situaient en deçà du mouvement qui avait l'idée rimbaldienne de « changer la vie » pour principe directeur. Moins assidu auprès de mes compagnons parisiens puisque j'étais établi en banlieue, je me jugeais coupable d'une double trahison dont j'avais — il va de soi — tendance à rejeter la faute sur ma femme et sur les siens. A cela s'ajoutait l'impression de lamentable déficience dont j'ai souffert dès avant cette époque : un Hamlet au petit pied, un amoureux poule mouillée, un réfractaire à la manque, telles étaient les images de moi que nul miroir n'avait besoin de me renvoyer pour que leur considération quotidienne engendrât un malaise qui bientôt toucherait à l'étouffement.

Tant d'années s'interposent aujourd'hui entre moi et la crise qui décida de ce premier départ qu'il m'est impossible de dire quel en fut le motif immédiat. Mon métier m'ennuyait, et m'humiliait dans la mesure où il était métier qui m'ennuyait et que pourtant j'acceptais (en y mettant, d'ailleurs, de moins en moins de zèle). Syndiqué comme il se doit, je pouvais bien me dire qu'en jouant ainsi mon jeu de salarié conscient et organisé j'échappais à ce qu'a d'avilissant l'exercice d'un métier, cela n'arrangeait rien : le responsable qui m'avait reçu quand j'étais allé me faire inscrire au syndicat des voyageurs et représentants de commerce m'avait en effet demandé (chose naturelle puisque je me flattais d'être un écrivain) ma collaboration au bulletin qu'il dirigeait et j'avais acquiescé, faute d'un argument valable à lui opposer; or, je ne pouvais envisager sans nausée d'écrire quelque chose qui convînt à cette feuille professionnelle, de sorte que mon appartenance à la vaste organisation ouvrière qu'est la C. G. T. ne m'apportait, tout compte fait, qu'une autre raison de mauvaise conscience. Dans les rangs du Parti Communiste, on discutait alors les thèses de l'opposition trotskyste et je fus délégué, avec l'un de mes camarades de cellule, à une assemblée de rayon. Cela se passa un dimanche, dans les locaux d'une école du boulevard Jean-Jaurès. Pendant des heures, j'écoutai les orateurs des deux fractions adverses disputer de la question des koulaks, de l'équilibre des prix entre villes et campagnes, de l'opportunité qu'il y avait pour les communistes chinois de demeurer ou non au sein du Kuomintang. Quelques images paraissaient convaincantes : du côté des minoritaires, rapprocher prix urbains et prix ruraux à la façon des deux branches d'une paire de ciseaux qu'on referme et, du côté des majoritaires, *la Chine colonne montante de la Révolution*. A priori, je sympathisais avec les oppositionnels, mais les arguments de gros bon sens de ceux qu'on appellerait bientôt les staliniens et l'appel qu'ils faisaient au grand thème de la révolution d'Octobre pour justifier les décisions des camarades russes, ces gens qui en savaient évidemment plus long que nous puisqu'ils avaient derrière eux cette formidable expérience, me semblaient sans réplique. Pour me ranger ouvertement du côté de l'opposition, il eût d'ailleurs été nécessaire que je fusse mieux documenté, car si l'on prend parti pour une minorité il faut bien être en état de tenir tête. Qu'il y ait là défaut de dialectique, propension trop scrupuleuse à une pesée exacte du pour et du contre, doute fondamental laissant la porte ouverte à toute contestation ou simple manque de caractère, il est certain, au demeurant, que je n'ai jamais su ne pas me laisser entamer dans une discussion et ce n'est pas pour rien que ma compagne a souvent jugé utile de me rappeler qu'il importe d'avoir le « courage de ses opinions ». Je me bornai donc à écouter de mon mieux et restai coi du commencement à la fin de la séance, ne sortant même pas de mon atonie lorsqu'un délégué d'une des cellules de chez

Renault mit en cause les cellules de rue en disant qu'on n'y faisait pas grand-chose. Ce qui porta au comble ma dépression, c'est le compte rendu qu'il me fallut ultérieurement donner de cette assemblée à mes camarades de cellule : m'efforçant de résumer le débat, je m'embrouillai lamentablement dans l'erreur (dénoncée par les uns) que serait la sous-estimation du danger koulak, la nécessité (affirmée par les mêmes ou par les autres) de mesures telles que les deux branches des ciseaux viendraient à se refermer et cette colonne montante chinoise à qui l'on devait faire confiance (comme l'assurait le dernier orateur, représentant de l'orthodoxie soviétique). Personne ne comprit goutte à mon exposé et je me vis, pour finir, reprocher aigrement de ne pas avoir protesté avec vigueur au moment où notre cellule avait été critiquée. Sur ce point, je n'aurais pas eu besoin de tourner sept fois ma langue dans ma bouche avant de répliquer et le blâme n'était que trop juste; de sorte qu'il y avait une seule chose à conclure de ma conduite durant tout ce dimanche, c'est que j'étais fâcheusement dépourvu de l'esprit d'à-propos et des autres vertus tant intellectuelles que morales sans lesquelles on sera peut-être un partisan dévoué mais jamais un véritable militant.

Aider les prolétaires à rejeter le joug bourgeois, cela se présentait — logiquement — comme une solution à nombre de mes problèmes : n'était-ce pas quitter ma position funambulesque d'éternel inadapté pour me joindre à ceux dont les efforts s'orientent vers une plus saine adaptation des choses, passer d'une dénonciation toute verbale à une lutte positive et, sur le plan de ma vie privée, réagir contre l'embourgeoisement que le mariage signifiait pour le romantique que j'étais resté? Mais encore aurait-il fallu que je fusse un peu plus que l'ombre d'un militant pour que ce bel édifice de raison ait des chances de tenir. Or, sur ce tableau-là aussi, je m'avérais perdant. Vint donc le jour où échapper d'une manière ou d'une autre à cet imbroglio s'imposa comme une nécessité vitale.

Étais-je, une fois de plus, rentré à notre maison de Boulogne-Billancourt un peu trop visiblement ébranlé par les boissons absorbées avec l'un (ou quelques-uns) des poètes et peintres qui, malgré mon éloignement relatif, continuaient d'être mes amis? Avais-je cédé à l'un de ces accès où l'horizon semble à tel point bouché qu'on se sent comme une bête prise au piège et qu'on tient des propos assez uniformément pessimistes pour que la personne qui partage votre vie doive en déduire qu'elle ne vous est d'aucun secours? Déterminer quelle exacte goutte d'eau fit déborder le vase n'aurait, en vérité, qu'un intérêt anecdotique et c'est donc sans regret que je puis renoncer à cette vaine recherche. Rien d'autre à dire que ceci : aller rejoindre au Caire où il enseignait le français quelqu'un que j'ai toujours regardé comme sorti à peu près sans retouches du moule où se font les Rimbaud, mon ami Georges Limbour, m'apparut de nature à me remettre d'aplomb et c'est ma femme elle-même qui me conseilla ce voyage.

J'effectuai donc mon *lâchez-tout* ou, du moins, le geste qui me sembla tel quand l'idée de « départ » eut pris pour moi quelque apparence de réalité après n'avoir été longtemps qu'un thème romantique de rêverie. Ce que j'accomplissais restait, en fait, plus proche de l'école buissonnière que de la table rase, car il était entendu que je reviendrais sitôt absorbé mon bol d'air et barré le gribouillis d'équations qui avait achevé de gâcher une page toute neuve de ma vie. Mais la pensée d'un pareil gâchage — sans remède autre que l'absence — ne laissait pas d'être atterrante et c'est d'un cœur mal assuré que j'envisageais de détendre — fût-ce pour une durée guère plus longue que de grandes vacances — un lien sentimental qui venait à peine de se nouer. Outre cela, un souci pour le moins sans noblesse : n'ayant cessé d'habiter avec ma mère que pour prendre place dans une autre famille, je n'avais jamais eu à ne compter que sur moi; et voilà que, privé cette fois de tout encadrement, j'allais devoir me débrouiller dans les eaux où m'aurait jeté ce qu'un restant d'impotence infantile me montrait comme un plongeon vertigineux. Bref, lorsque je m'embarquai (non point comme émigrant mais comme passager de deuxième) sur le paquebot *Lamartine* à destination d'Alexandrie, l'excès même de mon désarroi prêtait à l'exaltation, la chose se passant à mes yeux comme si un destin tragique entre tous — signe brûlant de l'attention des dieux — m'avait amené à entreprendre un fabuleux périple. C'est, en somme, dans la mesure où le petit bourgeois casanier que j'ai toujours été avait du mal à se séparer qu'il se pensait grand voyageur et ornait de couleurs fantastiques un déplacement dépourvu par lui-même de tout élément aventureux.

La fière... La fière... Voilà l'un des débris d'époque presque immémoriale que je persiste à traîner en moi et qui provient, celui-là, d'une des livraisons de *Morgan le Pirate*, récit d'aventures maritimes et terriennes que publiaient autrefois les Éditions Eischler, en des brochures de moyen format dont d'autres séries étaient consacrées au détective *Nat Pinkerton* et à l'Indien *Sitting Bull*. Quelque part en Amérique centrale, dans cette zone où la flibuste a illustré des noms comme ceux de la Vera Cruz et de l'île de la Tortue (que gouverna le fameux M. d'Ogeron dont la résidence fortifiée de Basse-Terre a pris la forme d'un misérable hameau où l'on voyait encore, en 1948, de longs et gros canons à demi enterrés près de pans de murs croulants), les compagnons du capitaine Morgan cherchaient péniblement leur voie à travers la région inhumaine où ils s'étaient égarés, remuant comme des masses de plomb leurs pieds de somnambules à moitié morts de faim, de soif et de fatigue, maux auxquels se joignait le harcèlement de la fièvre dont, peut-être, ils se plaignaient dans leur demi-délire en une sorte de litanie bornée à la morne répétition du terme désignant ce feu qui les accablait. Moi je disais « la fière », en raison soit d'une coquille imputable à l'inattention des typographes, soit de mon propre errement de lecteur malhabile ou d'auditeur en qui maint terme se déformait au gré tantôt de son ignorance tantôt de son imagination (car je ne sais si c'était vraiment moi qui déchiffrais le fascicule médiocrement imprimé de la série surtitrée *Sous le pavillon noir* ou bien mon frère qui m'en donnait lecture). Est-ce vers la même époque que notre sœur, invitée chez une amie qui séjournait à Noirétable dans les monts du Forez, visita les gorges du Fier ? Il serait, de ma part, malhonnête de l'avancer en guise de preuve, mais je crois pouvoir dire qu'entre ce « Fier » au masculin et cette « fière » au féminin, l'un comme l'autre arides et escarpés, un lien s'est établi tel qu'en cette unique syllabe se résume pour moi tout ce qu'on peut trouver d'amer et de magique quand on aborde des lieux retirés et difficiles.

Commencé dans un état de détresse qui, dès que le fil fut coupé, devint lyrique enivrement après m'avoir mené si bas que, peu de jours avant mon départ, j'avais été tout près de me jeter sur les rails à l'instant où le métro entrait en gare d'une des stations de la ligne aérienne qui passe par La Motte-Picquet, ce voyage dont le prétexte avait été de retrouver un ami, que j'admirais littérairement et dont la vie marginale qu'il avait choisie me paraissait exemplaire, s'acheva dans une solitude plus grande que je n'avais escompté : l'année scolaire terminée, Georges Limbour quitta l'Égypte pour prendre ses vacances en Europe et moi je me rendis en Grèce, pays dont je me méfiais à cause de mes idées anticlassiques mais dont Limbour m'avait vanté les beautés, disant aussi que l'été y serait moins torride que celui du Caire et que là-bas, en drachmes, je vivrais à meilleur compte qu'ici en livres égyptiennes. C'est à la fin de ce tour solitaire à travers l'Attique, l'Argolide et le Péloponnèse que je rencontrai, sans la reconnaître au premier abord mais comme si c'était avec elle que j'avais mon véritable rendez-vous, cette espèce de fièvre des fièvres qu'est la malaria.

Durant mon séjour en Égypte j'avais surtout profité de la présence de l'ami retrouvé : entretiens, lectures, promenades dans les rues du Vieux Caire, excursions aux environs (sur la motocyclette avec laquelle mon compagnon avait parcouru la Syrie un peu auparavant), mise en train d'un roman poétique que j'avais baptisé *Aurora* et dans lequel j'essayais de donner forme à mon tourment avaient suffi à m'occuper. Étant parti, somme toute, pour une cure et avec des moyens financiers assez minces dans un pays où le coût de la vie était élevé, je menais une existence sédentaire, encouragé, de surcroît, à ne presque rien visiter par une hostilité de principe à l'égard du tourisme, activité dont la révérence qu'elle implique envers les hauts produits de la culture me semblait incompatible avec le surréalisme. Du peu que j'avais vu, ce qui m'avait le plus ému c'est, sans doute, le site périphérique du Caire d'où l'œil découvre, avec le vol d'oiseaux rapaces, les monuments cendreux que sont les tombeaux des anciens khalifes et tout en bas, s'étendant comme au pied d'une falaise, un incroyable fourmillement de modestes maisons que la calcination et la pénurie ont l'air d'avoir rongées jusqu'à l'os. *En voyant, loin, la ville en hachis de lumière...* a dit Apollinaire, parlant d'aigles éblouis et esquissant, en une ligne, un merveilleux tableau qui me semblait ici réalisé.

Dès que le bateau anglo-égyptien qui m'amenait d'Alexandrie comme passager de pont fut en vue du Pirée, la perspective changea : les Grecs du bord se bousculaient pour regarder l'Acropole et ce tumulte joyeux balaya d'un seul coup mes idées préconçues; ce n'était pas dans un pays endimanché de colonnades que j'arrivais mais dans une contrée bien vivante, où l'image même du Parthénon — très pâle dans le ciel lumineux — me recevait en robe d'été plutôt qu'en redingote à la Renan. Étant seul maintenant je n'avais rien d'autre pour me distraire que de visiter ce pays contre lequel mes préventions étaient tombées et, plus à l'aise matériellement que je ne l'étais en Égypte, je pouvais me promener çà et là en toute liberté. J'en usai largement et, tantôt par voie de terre tantôt par voie de mer (dans des rafiots dont la flottaison semblait affaire autant de chance que de calculs d'ingénieurs), j'allai un peu partout, ne lisant plus que le *Guide bleu* (seul livre que j'eusse emporté à mon départ d'Égypte), inspectant ruines sur ruines, passant des antiquités aux constructions byzantines ou aux vestiges des Croisades et, dans certains coins peu frayés, suscitant la curiosité des paysans qui me demandaient si je ne cherchais pas des trésors. Le plus souvent notre instrument d'échange était l'anglais approximatif introduit par les émigrés revenus d'Amérique, ceux qu'on appelait « Ameriki » et dont certains affichaient leur provenance d'outre-Atlantique soit en fumant de gros cigares et se coiffant de canotiers à bords en dents de scie, soit en faisant planter la bannière étoilée sur le toit de la maison qu'on venait de leur bâtir. Alors que je n'avais eu aucun véritable contact avec les Égyptiens (n'éprouvant même qu'antipathie pour les bourgeois prétentieux du Caire), je me sentis de plain-pied avec la population grecque dès que je fus hors de la capitale, cité commerçante aux beaux quartiers trop fiers du marbre blanc qui donne à leurs immeubles un vilain air de parvenus. Parfois, me voyant tout poussiéreux et tout en sueur au cours d'une randonnée que je faisais à pied par plaisir autant que par souci d'économie, un paysan m'invitait à me reposer devant sa porte et, trop démuni pour m'offrir du vin, m'apportait un verre d'eau. Tant bien que mal, des conversations s'engageaient avec les gens que je rencontrais dans les trains et l'un deux — un homme visiblement très pauvre — tint une fois à me faire don d'un crayon qu'il avait sur lui, en souvenir des quelques heures passées dans un même compartiment à essayer de nous entendre. Il n'était guère d'endroits ni de circonstances où la note ne fût à l'hospitalité. Un marchand de tabac d'Athènes, homme mûr qui aimait à parler français et avait été un certain temps mon commensal dans un petit restaurant de Nauplie, me fit héberger quelques jours chez sa sœur, dans un village de montagne dont le mari de celle-ci était le maire et où lui-même il était accueilli pour la fin de ses vacances. C'est là que j'entendis, chanté par des bergers en fustanelle, un long récit épique dont le thème était le suivant : le grand Marcos Botzaris est mort et ses compagnons désemparés viennent sur sa tombe lui demander conseil; un coryphée prête sa voix à l'ombre du rebelle défunt, que l'ensemble du chœur interroge. Sur un médiocre vapeur qui cabotait le long des côtes du Péloponnèse et que, venant de Sparte, j'avais pris à Gytheion (où un fortin datant des Turcs rappelle les châteaux forts crénelés de carton-pâte avec lesquels jouent les enfants), un lien cordial s'établit entre moi et le commandant, qui vers la fin du voyage, comme il n'y avait presque plus personne à bord, m'installa d'autorité dans une couchette de première alors que je m'étais embarqué comme passager sans cabine. Lorsque nous échangions des vues sur l'actualité politique française (motif de gêne pour moi, car j'en étais plus mal informé qu'il n'est permis), le marchand de tabac se demandait volontiers ce que l'astucieux Ulysse aurait fait dans la conjoncture dont nous parlions s'il s'était trouvé à la place du chef du gouvernement français Un jour de gros temps, alors que nous devisions sur la passerelle en observant l'assaut des vagues, le commandant du vapeur incrimina le vieux Neptune qui, ce soir-là, n'était vraiment « pas bon pour nous ». Dans le monde quotidien comme dans celui des statues le mythe était toujours présent et je vis, par une nuit où la pleine lune s'épandait au-dessus de je ne sais plus quelle ville, un loueur ambulant de télescope dont la pancarte apprenait aux badauds qu'il montrait Artémis pour quelques drachmes. Quant à moi, c'est mon mythe de voyageur que je vivais, n'ayant plus qu'un bagage réduit et promenant des vêtements qui bientôt seraient usés jusqu'à la corde, me nourrissant frugalement et croyant, quand je buvais du vin à la résine (ce nectar qui sent le cuir et l'ébénisterie), absorber toute la vérité de la Grèce, pays dont les académiques ont omis de marquer l'âpreté de même qu'ils ont négligé ce qu'il a de baroque et de composite.

Le mal que le vague pluriel « les fièvres » tend à situer dans un lointain mystérieux et indéterminé, j'ai toujours pensé (à tort ou à raison) que ce n'est pas en Égypte mais en Grèce que je l'ai contracté. Vers la fin du séjour d'un peu plus de deux mois que je fis dans la péninsule, une sotte histoire m'amena en effet à passer deux nuits dans un endroit infesté de moustiques dont mes détestables conditions de logement m'empêchaient de me protéger. Une négligence de ma banque, à qui j'avais demandé de l'argent pour mon retour maintenant proche, fit que je demeurai en panne à Olympie, faute de pouvoir régler ma note d'hôtel. Gentiment, le patron patienta quelques jours, mais comme j'étais son seul client il finit par se résoudre à me dire qu'il ne pouvait tout de même pas maintenir l'établissement ouvert pour un client unique et qui ne payait pas. Un télégramme que j'avais envoyé pour relancer mes bailleurs de fonds était resté sans réponse et mon hôte en concluait (ce qui était logique) que je n'avais plus à espérer recevoir l'argent que j'attendais. Sincèrement fâché (son attitude contrite me le montrait indubitablement) d'être obligé de me donner congé, il m'annonça qu'il avait loué à mon intention dans la ville la plus proche, Pyrgos, une petite chambre où je serais logé pendant encore trois jours sans rien avoir à débourser; je laisserais ma valise à Olympie, n'emportant avec moi que le strict nécessaire. Ainsi fut fait, et j'allai m'installer dans un local misérable, où les fenêtres fermaient mal et où le lit était privé de moustiquaire. J'avais très chaud entre les quatre murs de cette pièce qu'il n'était pas possible d'aérer sous peine d'être envahi par une nuée d'insectes, et les piqûres des innombrables bestioles qui s'introduisaient malgré tout grâce aux mauvaises jointures m'interdisaient le sommeil. La fatigue due à mes pérégrinations souvent effectuées sous un soleil de plomb aussi bien qu'à mon incurie alimentaire, l'embarras où le silence de ma banque m'avais mis et l'impression de délaissement qui en résultait ne pouvaient que me rendre plus lourde une atmosphère déjà passablement pestilentielle. Projetant de tenir le plus longtemps possible avec la somme infime que j'avais en poche, je décidai de simplifier à l'extrême mes repas : une part d'un gros pain que j'achetai et quelques grappes de raisin que j'allai marauder dans les vignes des environs suffirent à ma sustentation pendant un ou deux jours. J'envisageais sans gaieté le moment où je n'aurais d'autre ressource que de me rendre à pied, pour y solliciter mon rapatriement, dans une ville située à quelque soixante kilomètres, la moins éloignée d'entre celles où je pourrais trouver un consulat (ainsi que me l'avait appris le *Guide bleu* dont je ne m'étais pas séparé). Le plus naturellement du monde, et sans que j'eusse à m'imposer la fatigue et l'ennui supplémentaires d'une telle démarche, cette désagréable affaire se dénoua : avant d'entreprendre mon équipée pédestre, je résolus de faire à tout hasard le tour complet des banques de Pyrgos pour voir si aucun virement n'y avait été opéré à mon nom; dans l'une d'elles, on me dit qu'un ordre était effectivement arrivé mais qu'on ne m'avait pas prévenu, pensant que ma banque parisienne s'en serait chargée. Je retournai en triomphateur à Olympie et déjeunai à l'hôtel avant de reprendre le train. Content pour lui comme pour moi, le patron sortit de sa cave une bonne bouteille de Demestika dont il arrosa gratis mon déjeuner. Je bus à moi seul la bouteille entière, ce qui eût été beaucoup trop, aurais-je été plus dispos. Et je quittai donc Olympie dans un état tout à la fois d'excitation et d'euphorie, après avoir échangé avec mon hôte les démonstrations les plus cordiales.

C'est à Patras que j'allai, afin d'y embarquer à destination de Brindisi, d'où le train me ramènerait à Paris. J'avais décidé d'accomplir, avant de regagner la France, un pèlerinage à Missolonghi où Lord Byron est mort, dans des conditions qui ont achevé de faire de lui un personnage légendaire : terrassé par la fièvre, alors qu'il venait de se mettre au service des Grecs pour les aider à se libérer du joug turc. Je n'attachais à mon geste qu'un sens politique des plus vagues car, si je pensais encore qu'un véritable poète est forcément un ennemi de l'oppression, j'avais, lors de mon *lâchez-tout*, donné le coup de gomme sur mes velléités militantes. Simplement, je regardais Lord Byron comme l'une des figures littéraires les plus hautes parmi celles du siècle dernier et c'est au romantique que j'allai rendre hommage, voulant respirer l'air auquel devait rester mêlé un peu du dernier soupir de l'aristocrate boiteux qui — après tant de passions, de débauches et de scandales — s'en était allé finir au loin en héros de la liberté.

Missolonghi était en vérité une bourgade sinistre, nantie (s'il m'en souvient bien) d'une satue du lord au milieu d'une petite place sur laquelle il y avait également un Café Byron (ou plutôt « Mpiron » selon l'orthographe hellénique). La mer n'était même pas la mer, au moins dans sa partie côtière, qui avait l'apparence d'un marécage couvert d'une croûte d'immondices. Une mauvaise odeur régnait et il semblait qu'effectivement nul étranger, poète ou non, n'aurait été de taille à supporter longtemps pareils miasmes sans en être entamé comme par un poison. C'est, je crois bien, quand je fus revenu de Missolonghi à Patras que je me sentis en proie à un malaise si persistant et si profond que je ne pouvais pas l'attribuer simplement à l'effet de la fatigue et de la chaleur.

L'alerte me fut donnée alors que je buvais un verre d'eau glacée en me reposant à la terrasse d'un café : dès la première gorgée, il me sembla que j'absorbais un breuvage d'une effroyable amertume et je pensai qu'il s'agissait d'une eau malsaine. Un peu plus tard, prenant une autre boisson, je la trouvai aussi amère et compris que ce goût détestable n'était pas inhérent à ce que je buvais : le liquide le plus savoureux du monde m'aurait pareillement répugné puisque c'était de moi, et non pas du dehors, que cette amertume émanait.

Après l'incident qui m'avait retenu à Olympie puis à Pyrgos en me révélant tout à coup la réalité de mon éloignement, j'avoue que cette découverte me fit peur : je me voyais malade et m'efforçant d'être admis dans un hôpital de Patras, ville laide et déprimante, si délabrée que dans l'hôtel où j'habitais — le meilleur ou l'un des meilleurs — il pleuvait à travers le plafond de ma chambre. Sans plus attendre, je retins donc ma place sur le premier paquebot susceptible de me conduire en Italie.

Or, j'avais à lutter contre une abominable fatigue et c'est très tard dans la nuit que mon bateau devait lever l'ancre. Le plus sage eût été de veiller jusqu'à l'heure prévue pour le départ, mais je n'en eus pas le courage. Je me couchai, donnant au bureau de l'hôtel des instructions pour être réveillé en temps voulu. Vers cinq heures du matin un groom vint frapper à ma porte et, tout confus, m'annonça que le navire avait quitté le port. J'en fus si atterré que je ne sais même pas si j'eus la force de me mettre en colère. Le prix de mon passage perdu, il me faudrait télégraphier encore une fois pour qu'on m'envoie l'argent nécessaire au paiement d'un autre passage, cela avec les mêmes aléas que lors de ma précédente demande et, de surcroît, le risque d'être gagné de vitesse par la maladie. Mais à Patras comme à Pyrgos les choses, finalement, s'arrangèrent : dans le cours de la matinée le *deus ex machina* se présenta sous la forme d'un drogman tout galonné, qui avait appris par son agence ce qui s'était passé et s'offrait à me tirer d'affaire. Moyennant une forte gratification, il me procura, sans que cela entraînât un nouveau débours, une cabine dans un bateau qui partait pour Brindisi le soir même.

Cette fois je fus au port avec une sérieuse avance et j'embarquai pour me coucher presque aussitôt, excédé par une journée durant laquelle je n'étais pas parvenu à trouver le long moment de paix que je souhaitais. L'un des domestiques de l'hôtel m'avait en effet persécuté en frappant à ma porte à peu près d'heure en heure pour réclamer son pourboire (que j'étais bien décidé à lui donner mais quand je m'en irais et non point en cédant à une quête insolente par la méfiance qu'elle dénotait), conflit où chacun de notre côté nous nous butâmes et où nous fûmes l'un et l'autre perdants : si j'y laissai mon repos il y laissa, lui, les drachmes qu'il escomptait car je finis, exaspéré, par le jeter dehors en lui claquant la porte au nez avec le ferme désir de l'assommer.

A Bari — jusqu'où le bateau me conduisit sans supplément, étant arrivé à Brindisi avec un gros retard, de sorte qu'on n'avait pu obliger personne à débarquer en pleine nuit — je dus subir un autre genre de brimade : vers la fin d'une promenade en ville et dans le port, je fus interpellé soudain par des douaniers, qui me firent entrer dans leur poste de garde, me fouillèrent et malgré mes protestations me délestèrent de mon couteau de poche en se moquant. Mais l'irritation que me causa cet incident fut compensée par le peu que je vis de Bari (dont je n'ai pas oublié les maisons couleur de bonbon de l'un de ses quartiers pauvres) puis par le long parcours ferroviaire que j'effectuai jusqu'à Milan et qui me découvrit une Italie moins déshéritée que la Grèce sans virer pour autant au charme de carte postale et offrant çà et là ses étalages de grappes suspendues à des arbres ou à des entrecroisements de hautes perches.

Le mal me prit *rinforzando* quand je fus à Milan. Assis dans un café, j'entendis autour de moi un bourdonnement de conversations qui me paraissaient être tenues en français et non en italien comme elles l'étaient d'évidence : histoires de famille absolument oiseuses dont semblaient s'entretenir les autres consommateurs et que je devais suivre dans leurs détails les plus insignifiants, sans que rien me fût épargné, ce qui avait le même caractère absurde et obsédant que ces rêves qu'il m'est arrivé de faire et dont le contenu se réduit à un long texte (dictionnaire ou traité) que je déchiffre sans en sauter une ligne, croyant qu'il m'est donné par le rêve alors qu'en vérité je l'invente à mesure, travail horriblement fatigant et fastidieux qui me paraît durer la nuit entière et n'est peut-être qu'une image caricaturale de la façon que j'ai de me ressasser chaque phrase avant de passer outre quand je lis un livre, voire une préfigure de l'activité qui est depuis une quinzaine d'années l'occupation n° 1 de ma vie : la formulation écrite de cet immense monologue qui en un certain sens m'est donné, puisque toute la matière en est puisée dans ce que j'ai vécu, mais qui en un autre sens m'oblige à un constant effort d'invention, puisqu'il me faut introduire un ordre dans cette matière indéfiniment renouvelée, brasser ses éléments, les ajuster, les affiner jusqu'à ce que je parvienne à saisir tant soit peu leur signification.

Au buffet de la gare, où j'allai déjeuner, je commandai — pour me doper autant que par gourmandise — une bouteille de vin rouge mousseux qui, probablement, était du lambrusco (ce vin pétillant, d'un rouge éteint et de goût un peu âpre, dont ma femme et moi nous nous sommes régalés en 1954 à Mantoue au *Ristorante Albergo Ai Garibaldini*, endroit gastronomique mais à la bonne franquette dont les fondateurs auraient été trois garibaldiens, « deux pères et un fils », nous dit sans préciser davantage le garçon qui nous servait). Parfaitement lucide à la fin du repas, je réglai l'addition et voulus me lever : à ma grande surprise je constatai que mes jambes me refusaient leurs services et, bien que n'étant pas ivre à proprement parler puisque j'avais toute ma tête, je ne parvins à quitter la table qu'au prix d'un effort considérable. A peine dans la rue, où le soleil frappait fort, je fus pris d'un étourdissement et dus m'adosser un certain temps au mur pour ne pas m'effondrer, ne voyant plus devant moi — comme si j'étais entré dans un bizarre état d'extase — qu'un informe brouillard intensément lumineux. Cette dissolution momentanée du monde visible accompagnée d'une sensation de défaillance — le tout perçu de plein sang-froid — acheva de me plonger dans l'inquiétude et je ne commençai de me rasséréner que quand je fus sur le quai de la gare, valise à ma portée et prêt à monter dans le train après avoir subi (sans pouvoir en tirer cette fois la moindre volupté métaphysique) les atteintes d'un trouble intestinal dont j'avais dû, précipitamment, aller me soulager.

En wagon, me sachant enfin embarqué pour la dernière étape, ce fut la grande vague d'euphorie. Moi qui d'ordinaire me dérobe autant que je le puis à toute conversation telle qu'il s'en établit si souvent entre gens qui voyagent ensemble, je bavardai abondamment avec mes compagnons de route. Il y avait dans mon compartiment une troupe de musiciens revêtus de blazers comme en portent fréquemment ceux qui jouent dans les music-halls ou dans les casinos et il y avait encore une couturière qui elle aussi, la saison terminée, s'en revenait du Lido de Venise. Qu'ils eussent ainsi des métiers tant soit peu ambulants les douait pour moi du charme qu'on attache idéalement à ceux dont on peut se dire qu'ils sont des « banquistes » ou des « enfants de la balle ». Je leur tins, ainsi qu'à d'autres inconnus rencontrés dans le couloir, des propos exaltés sur ce qu'a d'enivrant le fait de voyager. Sorte de profession de foi, que j'avais beau jeu de faire maintenant que je rentrais en toute tranquillité au bercail, laissant derrière moi le voyage et ses aléas. Je crois qu'à certains de mes interlocuteurs je fis l'effet, sinon d'un fou dont il valait mieux se méfier, à tout le moins d'un de ces terribles raseurs dont j'ai coutume de soigneusement repousser les ouvertures, qu'ils me les fassent sur le pont d'un navire ou dans un compartiment de chemin de fer.

A Paris, descendant sur le quai de la gare, où personne ne m'attendait (ce qui était naturel puisque je n'avais pas annoncé l'heure de mon arrivée mais ne laissa pas de m'être désagréable), je me sentis vraiment déraciné : le sol glissant sous mes semelles de crêpe (ces semelles dont je me plaisais à dire qu'elles étaient en « mou de veau », comme les rails sur lesquels repose la statue en baleines de corset décrite dans *Impressions d'Afrique*), mes vêtements continuant à s'effilocher autour d'une maigreur conforme à l'idée que je me suis toujours faite de la sorte d'ascèse qu'est un séjour en « pays chaud », la fatigue que je ressentais et l'absence de tout proche venu pour m'accueillir me donnaient à penser que mon ébauche de départ m'avait mis peut-être plus en marge que je n'avais voulu.

Dès le lendemain de mon retour, je fus réduit à m'aliter. J'avais plus de 40° de fièvre et le médecin qu'on appela pour m'examiner conclut à un accès de paludisme. Il me soigna énergiquement et quelques jours suffirent pour que ma température tombât. Moi qui, d'ordinaire, ne lit que très lentement et au prix de grands efforts d'attention, j'occupai ma période de réclusion en lisant, à raison d'un volume environ par jour, une partie du romancero parisien où sont narrées les aventures de *Fantômas*, le bandit aux multiples avatars. Je n'ai pas oublié l'orgueilleuse impression d'extrême acuité d'esprit que j'éprouvai durant toute cette période. Il y avait, certes, des moments de relâchement où je projetais sur l'un ou l'autre des murs de ma chambre une succession d'images issues de mes plongées dans un demi-délire, mais un effort conscient me permettait toujours de retrouver ma lucidité dès que quelqu'un entrait dans la pièce et m'adressait la parole. Quand la fièvre m'abandonna, je transpirai à tel point que mes draps furent tout mouillés et qu'on put croire que le mal qui m'avait quitté, pompé par un autre buvard après celui de ma literie bonne à tordre, se résolvait en une immense tache d'humidité s'étalant sur le papier du mur contre lequel le divan où je couchais était placé.

A même maintenant de regarder cela d'un œil plus froid, et me connaissant mieux (car j'ai pris, le temps passant, une vue de plus en plus nette de mon répertoire étroit de gestes répétés avec peu de variantes), je puis me dire qu'en dehors de toute tricherie délibérée, mais comme si j'avais astucieusement tiré mon épingle du jeu, je sortais plutôt gagnant que perdant d'une équipée où l'aventure avait été vécue sans gravement m'éprouver : en effet, grâce à cette crise paludéenne, mal certainement bénin mais qui avait fondu sur moi comme une sanction céleste, je finissais en beauté mes quelques mois d'errance oisive et j'étais sacré à mes propres yeux *grand-pourchassé-par-un-sort-qui-jamais-ne-lui-concédera-le-repos.*

M'approprier le monde par le moyen symbolique qui consiste à s'y promener, vivre dans des décors nouveaux pour élargir mes perspectives mentales et rompre la filière du calendrier, étancher certaine soif tant cérébrale qu'affective par la prise d'autres contacts humains comptent — à un niveau plus profond que l'immédiat besoin de changement — parmi les raisons essentielles que j'ai eues de voyager. Mais je découvre, à la lumière de ce premier départ qui tout d'abord visait la seule Égypte, une autre raison plus secrète mais non moins déterminante que j'ai eue d'effectuer, alors même que rien ne m'y obligeait, des déplacements lointains qui m'écartaient matériellement de mes proches.

A la présence où je me débrouillais si mal substituer une absence, non point totale puisque je continuais d'exister pour ceux que j'avais quittés, mais telle que j'existais désormais *à distance*, cette conséquence naturelle de mon premier départ était aussi l'un de ses aspects les plus exaltants : me mouvant dans un monde différent de celui où demeuraient les miens, je leur échappais sans que toutefois les ponts fussent entièrement coupés, bien au contraire, puisque entre nous il y avait maintenant le lien créé par la flatteuse idée que mes lettres et mes cartes postales, avec ce qu'elles disaient de ma vie décousue et de mes itinéraires, les amèneraient à se forger du voyageur que j'étais devenu, — par l'idée (de mon côté) quasi mythologique et non plus simplement sociale qu'à travers la privation je me faisais de la compagne dont j'étais séparé. Comme si — dès longtemps pénétré d'un exemple fameux — j'avais voulu revivre à ma façon cette légende biblique dont, vers la fin du siècle dernier, une transcription sous forme d'ombres chinoises fut publiée en un album que j'eus, jadis, tout loisir de feuilleter parmi les ouvrages de la bibliothèque paternelle reconnus à ma portée, je jouais, en somme, l'Enfant prodigue dans sa période de misère, le fugitif qui verra son retour fêté par la mise à mort du veau gras et sera considéré d'un œil d'autant plus tendre qu'il aura hasardeusement vagabondé. Mais, à l'inverse du Prodigue qui n'a pas prévu le veau gras et risque le tout pour le tout quand il s'en va, j'avais, moi, toujours songé au retour et poursuivi un but foncièrement étranger à la satisfaction d'une curiosité dont on ne sait jusqu'où elle peut vous entraîner : désireux de n'être pas là mais point expressément appâté par ce que je trouverais ailleurs, j'étais parti moins pour voir que pour être vu voyageant, prenant sans rien trancher un peu de large vis-à-vis de celle qui suivrait ma course avec des yeux de Pénélope et tenant, certes, à être un solitaire mais à ne l'être que pour un temps.

Ainsi, même au cours de cette fugue (si je puis désigner d'un tel nom un voyage qui eut bien pour principal objet de me soustraire à mon entourage mais s'accomplit au grand jour et non subrepticement comme se font les fugues), je me gardai de supprimer le fil qui, par-dessus de larges étendues marines et terrestres, me reliait à mes dieux lares, ces dieux qui dans mon rêve récent transparaissaient sous le couvert d'un jardin et qui, à la façon de la plupart des dieux, présentent une double face puisqu'ils sont à la fois ce dont, là-bas, j'éprouve la nostalgie et ce en quoi, ici, je ne veux pas m'enraciner.

« Comment on cherche à rompre l'isolement, à ne plus être seul, à ce qu'un autre vous comprenne. Comment, dès qu'on a tout révélé (ou *cru* tout révéler), été compris, c'est encore pis : impression de promiscuité et que l'*autre* a sur vous tous les droits. » Quand je notai — en plein milieu de l'année 1934 — cette réflexion où ce même *je* (qui parle maintenant comme tel et non plus embusqué derrière le moins défini des pronoms de troisième personne) faisait pencher la balance du côté, non de la communion, mais du silence et du repli sur soi, il y avait seize mois bien comptés que j'étais revenu du plus long d'entre les voyages que j'ai faits : celui durant lequel je m'initiai à l'ethnographie de l'Afrique noire et qui, commencé en 1931 et achevé en 1933, aura occupé en vérité une large part de ma vie, si l'on tient compte non seulement de la période préparatoire et de celle, aussi tumultueuse, qui suivit la rentrée mais de toutes les séquelles d'un épisode qui a représenté un sérieux tournant dans le cours de mon existence, fût-ce dans la seule mesure où il m'a doté d'une profession.

Ce deuxième départ — celui qu'en un certain sens je devrais dire le dernier, puisque aucun de ceux qui vinrent après ne revêtit la couleur romantique apte à légitimer l'emploi du beau mot de « départ » — ce deuxième départ, plus nettement encore que le premier, fut motivé par le besoin d'une rupture de ban. Les choses allant pour moi de mal en pis, sans que les circonstances extérieures non plus que l'attitude de ceux qui m'entouraient pussent être sérieusement incriminées, j'avais dû reconnaître qu'il y avait à la base de mes effondrements et de mes incartades de plus en plus fréquents quelque chose de tant soit peu pathologique — constatation humiliante mais qui n'excluait pas une goutte d'optimisme car, s'il y avait maladie, il y avait du même coup chance de m'en guérir. J'eus donc recours aux soins d'un psychanalyste et c'est à lui, bien entendu, que je demandai conseil quand je dus répondre par oui ou par non à l'offre qui m'était faite d'assurer le secrétariat d'une mission dont le but était de travailler en Éthiopie, où elle devait se rendre en partant de Dakar au lieu d'emprunter une voie plus directe. Pensant qu'un pareil changement d'air et de longs mois d'études mêlées de vie active me seraient profitables, c'est au oui que mon conseiller m'engagea.

Durée de ce voyage-ci (prévu comme devant nous occuper pendant un an et demi ou deux ans), caractère des pays parcourus (ces pays noirs aux « indigènes » pareils à ceux dont me parlait jadis l'Oncle Prosper, le sergent de la coloniale qui avait servi à Madagascar sous Gallieni au nom presque aussi gros de chaleur tropicale que le mot « indigène » lui-même ou que le mot « Cochinchine » repoussé au fin fond du monde par son ricochet de syllabes, aux « indigènes » que malgré ce que j'avais appris des trop vite dits primitifs d'Afrique, d'Océanie ou d'Amérique en lisant tel exposé vulgarisateur des thèses de Lévy-Bruhl, j'étais bien près d'imaginer sous les traits conventionnels des sauvages qu'on voit dans les spectacles genre Châtelet en maillot chocolat pour imiter les peaux nègres, ce pays non assujetti qu'on appelait Abyssinie ou Éthiopie et dont les souverains jusqu'au Ménélik II à qui Rimbaud vendit des armes faisaient traditionnellement remonter leur généalogie à Salomon et à la reine de Saba), climats nocifs et dures conditions de vie que je devrais affronter (moi que mon goût du soleil brûlant, des mets fortement épicés, des alcools non liquoreux, de la viande rouge et un peu ferme, ce goût qui m'a toujours détourné des lits trop mous dans lesquels on s'enfonce et m'a longtemps induit à regarder un lit militaire aux souples ressorts d'acier comme représentant le comble du confort, moi que ce goût apparemment hostile à toute suavité n'empêche pas d'être un sybarite répugnant aux exercices violents aussi bien qu'à l'eau froide et aimant paresser dans des bains trop chauds), voilà les traits essentiels qui situaient ce nouveau départ dans une perspective autrement rigoureuse que l'espèce de trompe-l'œil à quoi s'était plus ou moins conformé le premier. A l'idée d'accomplir mon rachat en jouant mon rôle dans une équipée qui exigeait certaines qualités viriles chez ses participants, il se mêlait l'idée d'une perdition : plonger comme j'allais le faire au cœur du continent noir, me colleter avec sa réalité tantôt trop sèche tantôt trop luxuriante, vivre de plain-pied avec des hommes apparemment plus proches que moi de l'état de nature, c'était briser le cercle d'habitudes où j'étais enfermé, rejeter mon corset mental d'Européen pour qui le 2 et 2 font 4 est l'A B C de la sagesse, me lancer corps et âme dans une aventure dont je pouvais me dire en un sens que je ne reviendrais jamais puisqu'il semblait hors de question que je fusse intellectuellement et moralement le même quand j'émergerais de cette nage dans les eaux du primitivisme. Si le voyage que j'entreprenais était propre à me donner la connaissance directe de ce monde nègre qui, dès l'avènement du jazz, m'avait conquis par-delà toute raison et si, loin d'être une fuite solitaire marquée du sceau de la misanthropie, il avait la signification d'une quête humaniste que l'équipe de chercheurs dont j'allais faire partie mènerait avec ferveur tout en s'écartant le moins possible d'un plan préétabli, il reste qu'en dépit de son indiscutable justification et des auspices éminemment académiques sous lesquels il s'effectuerait je lui prêtais la même couleur de flamme qu'à une tentative de risque-tout sinon de *desperados*, couleur à peine atténuée par ce qui constituait pour moi comme pour mes compagnons la base même de ce voyage : la science quelque peu hétérodoxe qu'était alors l'ethnographie. Par-delà toute volonté d'étude, il est sûr que je m'apprêtais à jouer — sans souci des incompatibilités flagrantes entre ces personnages — divers héros conradiens : le marin déchu puis régénéré de *Lord Jim*, le parfait gentleman en complet tropical d'*Une victoire*, la tête brûlée que dans *Le Cœur des ténèbres* le narrateur découvre nigrifiée « aux avant-postes de la civilisation ».

Ces réflexions sur l'esprit dans lequel je me préparais à traverser l'Afrique — état dont je tâche en vain de provoquer le resurgissement souhaitable pour en parler, tant sa naïveté me semble anachronique — c'est au cours d'un voyage que je les écris. Toutefois, cette circonstance ne m'est d'aucun secours, car ce voyage est, en vérité, trop différent de celui dont l'ampleur m'aurait presque permis de me croire possesseur du monde et, isolé au point où je le ressentis bientôt malgré la vie en groupe et les contacts multiples, quelque chose dans le genre de Dieu ou de Lucifer en exil : le séjour que ma femme et moi nous faisons actuellement à Florence (après la cure thermale qui m'avait amené vers le début de ce mois aux eaux de Montecatini) n'a, en effet, d'autre but que le repos et le divertissement. Un tel séjour — simple façon de se délasser auprès de monuments et autres produits de la culture tout comme on se délasse à la montagne ou au bord de la mer — se distingue donc autant du voyage « engagé » que j'ai fait lorsque j'ai visité la Chine nouvelle (puisque participer à cette tournée effectuée en délégation était implicitement se déclarer sympathisant) que du voyage accompli sinon dans la solitude à tout le moins dans le célibat, de l'ouest à l'est de l'Afrique, poussé par un besoin qui n'était ni d'occuper des loisirs en dilettante ni de chercher une manière de salut dans la contemplation d'un pays présumé moins éloigné que les autres de la perfection.

Aussi vivement que je l'éprouve, cette dissemblance ne saurait à elle seule rejeter l'Afrique et ce que j'en attendais à une telle distance que, dans les conditions présentes, pareille évocation fasse figure d'anachronisme. Mais il se trouve que mon séjour en Toscane, dont la phase touristique n'est que le prolongement d'une phase médicale, a pris sans solution de continuité la suite d'un épisode assez aventureux pour que je puisse, à son propos avec plus de sûreté que pour n'importe laquelle de mes pérégrinations géographiquement repérables, me dire que je revenais de loin quand, à la manière d'un mort que des opérations magiques arrachent à sa plongée, je suis sorti de la ténèbre où je m'étais risqué.

Suis-je en état, d'ores et déjà, de relater cet épisode ou ferais-je mieux de le laisser en sommeil, attendant que la plaie qui lui a donné naissance comme à une mauvaise fièvre ait fini de se refermer? Que je dispose ou non du recul qui me permettrait d'en relever le dessin avec rigueur (au moins quant aux grandes lignes) et sans trop m'y brûler, il s'avère en tout cas que je ne puis ici parler de rien sans que cela sonne faux depuis ce qui aura été pour moi — presque littéralement — une descente aux enfers. Il est probable par ailleurs que la plaie en question n'est pas près de se cicatriser. Pourquoi donc attendrais-je et que gagnerais-je à un suspens dont je ne puis prévoir la fin dans un avenir rapproché et qui, aussi longtemps qu'il prévaudrait, serait pour moi comme une paralysie? S'il est encore trop tôt pour que je sois en mesure de *tout* dire, il m'est possible néanmoins de m'expliquer sur l'essentiel : comment s'est, un beau jour, concrétisée en le plus désespéré des gestes ma rêverie sempiternelle sur le thème du départ, moyen de biffer l'équation lorsque la vie qu'on mène apparaît trop embrouillée pour que même provisoirement on lui trouve une issue.

Parlant de la peine que j'eus à me décrocher pour m'en aller en Chine et du bonheur si vite désagrégé que me procurèrent les cinq semaines passées dans ce pays, j'ai donné à entendre déjà combien le mal dont je souffrais était profond : ayant ouvert avec de durs grincements la parenthèse de ce voyage (qui m'apparaissait comme le dernier de mes grands déplacements, celui après lequel je n'aurais plus ni l'occasion ni même l'envie de sérieusement bouger et dont l'accomplissement m'aurait conduit une fois encore à m'écarter de ma compagne alors que les années qui nous restent à vivre en commun sont maintenant terriblement comptées), c'est avec des grincements non moins durs que j'ai fermé la parenthèse au moment du retour. Déprimé quand fut pour se réaliser le désir que j'avais eu de m'envoler vers Pékin, je le fus également quand je revins à Paris, tout se passant encore comme si je ne rencontrais que malaise de quelque côté que je me tourne et n'en pouvais sortir que presque par hasard, pour de rares et éphémères satisfactions.

Être ou ne pas être : telle n'est pas la question sur laquelle je me casse les dents. Être ou ne pas être là, être ici ou être ailleurs : telle serait plutôt l'interrogation brûlante, pour ce qui me concerne. Quand j'aimerais être ailleurs j'ai peur de m'en aller d'ici, et ailleurs, quand j'y suis, ne m'apporte guère de repos, soit qu'il continue d'être ailleurs et que je m'y sente désorienté, soit que m'y suive un regret de ce que j'ai quitté, soit que cet ailleurs ne puisse être un ici que de façon trop fugitive pour que je l'estime autre que dérisoire. Qu'il s'agisse de quoi que ce soit, des choses les plus bénignes ou des choses les plus graves, de celles qui touchent au seul décor ou de celles qui intéressent la trame (occupations du jour, grands mouvements de la tête ou du cœur et pas seulement voyages), ce vain jeu de pendule, où que je sois, quoi que je fasse, ne me laisse que difficilement échapper à son exactitude accablante.

Aussi anciennement ancrée que soit en moi la méfiance à l'égard de la littérature — sans que, bien entendu, la mienne soit exceptée — c'est elle qui, sans contredit, donne sa couleur à ma vie. Mon premier voyage en Afrique représente à ce point de vue un paradoxe qui touche à la bouffonnerie : ayant découvert l'ethnographie et voulant y consacrer dorénavant le principal de mon activité, j'étais parti pour cette expédition en désirant tourner le dos à tout ce qui me paraissait n'être qu'un méprisable esthétisme; mais il se trouve que le journal de route que je m'étais astreint à tenir (sacrifiant à une habitude d'homme de plume par trop invétérée), ce journal publié presque sans retouches peu après mon retour aura été en fait le livre à partir duquel j'ai été édité autrement que de façon quasi confidentielle, celui en somme qui m'a situé comme écrivain professionnel. L'effort que j'avais fait pour m'éloigner de la chose littéraire aura donc eu un résultat inverse et aura seulement doté d'un second métier — l'ethnographie — l'homme de lettres que je serai resté. Quant à mon récent voyage en Chine il peut, du même point de vue, fournir une ample matière à mon ironie : alors qu'en Chine je m'étais dit que, Chinois de la Chine populaire, je pourrais fort bien m'accommoder d'une société dont les membres ont pour idéal de porter au maximum la production industrielle et agricole de même qu'ils ont éventuellement pour récompense d'être sacrés « héros du travail » (les plus forts en matière de tissage, de fabrication de barres d'acier ou d'élevage de porcs) — tout comme en d'autres sociétés on peut vous consacrer grand écrivain ou artiste génial —, alors qu'à mon retour de Chine les préoccupations proprement littéraires m'étaient devenues presque étrangères et que je ne voyais pas quelle justification l'on pourrait logiquement proposer à des hommes si ce n'est l'accroissement de leur emprise sur la nature, je trouvai en arrivant chez moi un paquet de coupures de presse qui me prouvaient que le livre dont j'avais fait le service peu de jours avant de m'en aller — *Fourbis* — était accueilli beaucoup plus favorablement que ne l'avaient été mes livres précédents. Ce succès relatif, survenu au moment où je venais d'acquérir la conviction que ma vie aurait pu très valablement se construire en dehors de la littérature, était une dérision qui ne pouvait me conduire qu'à des méditations amères sur ce qui arrive trop tard : jeune écrivain je souhaitais (sans me l'avouer) disposer un beau jour d'une certaine audience; vieilli sous le harnais et croyant de moins en moins à la nécessité de mon message, j'étais bien obligé de constater que je ne tirais qu'un mince plaisir de cette réussite et que mon existence, pour être devenue celle d'un écrivain estimé, n'était en rien changée. Je me trouvai, en somme, dans la situation de celui qui, sur le plan sentimental, commence à bénéficier de bonnes fortunes alors qu'il est désormais trop âgé pour avoir la capacité — voire même l'envie — d'en profiter.

Hormis deux ou trois études assez pertinentes pour m'aider à faire le point et que je lus avec intérêt, je crus, prenant connaissance des coupures rassemblées par ma femme à mon intention et des articles qui vinrent ensuite, avoir sous les yeux des notices nécrologiques : m'étant acharné comme je l'avais fait à façonner ma statue et n'ayant parlé que de moi, c'était de moi qu'on parlait quand on parlait du livre, et cette statue que j'avais pris tant de soin à sculpter je la voyais maintenant, avec horreur, se dresser comme une pierre funéraire dans la réalité extérieure qu'elle avait prise. Loin de m'encourager, l'accueil fait à *Fourbis* a donc été pour moi une cause de dépression et une gêne pour la continuation de mon travail. Au double sentiment d'horreur et de dérision dont je viens de parler il se joignit bientôt une sorte de trac d'acteur, entièrement neuf pour moi dans ce domaine et lui aussi paradoxal : comme si j'avais besoin maintenant de ces éloges dont j'affirme pourtant qu'ils m'ont causé plus de mal encore que de bien et comme si, ayant goûté de ce poison et l'ayant absorbé avec force grimaces, je craignais néanmoins de souffrir de son manque, je me suis pris à me demander si le même accueil bienveillant sera réservé au volume suivant, ces « fibrilles » auxquelles depuis la Chine je travaille avec une peine liée peut-être (j'y songe depuis un certain temps) au fait que la Chine n'a joué qu'un rôle infime dans mon exotisme enfantin de sorte qu'elle est privée de certaines résonances, une peine fondée indubitablement sur mon souci de véracité mais portée au degré le plus extrême par cette inquiétude neuve. La crainte de ne plus faire aussi bien, d'être jugé comme quelqu'un qui peut-être a eu son heure mais est aujourd'hui un homme fini, l'idée que j'ai maintenant raconté l'essentiel ou, en tout cas, ce qui avait par soi-même assez d'attrait pour supporter d'être conté sans trop d'art (de sorte qu'il me faudra déployer un art de plus en plus grand à mesure que s'amenuisera l'attrait de ce que j'ai à dire et que je devrai tôt ou tard me résigner au silence si je suis incapable d'inventer de belles fictions quand j'en serai arrivé à ne plus rien trouver dans ma vie qui vaille d'être raconté), de telles pensées me jetèrent dans un état d'incertitude et d'écœurement presque physique, qu'aggravait l'opinion plus que jamais détestable que je prenais de moi, vulnérable autant que le sont la plupart des hommes de lettres au jugement que peut porter sur eux leur clientèle. A jamais, un mythe au moins était détruit : celui de l'écrivain rebelle, situé en marge à tel point qu'il n'est plus à proprement parler un écrivain. Si écrire répondait encore pour moi à une exigence presque viscérale, ce n'était plus parce que j'espérais trouver, au bout de mon discours écrit, une règle de mieux vivre ni parce que j'avais sur le cœur quelque chose dont je devais me délivrer ni même parce qu'il me fallait à tout prix obéir au goût de me raconter; il me semblait seulement que me taire reviendrait en quelque sorte à mourir aux yeux de ceux et celles qui m'avaient suivi jusqu'alors. Nul changement visible n'avait affecté ma personne et je ne m'étais affublé d'aucun pantalon bouffant d'almée; pourtant j'étais devenu Shéhérazade, inquiète lorsqu'elle croit constater que le sultan a pris moins de plaisir à son récit de cette nuit-là qu'à celui de la nuit précédente, Shéhérazade qui ne peut pas rester à court d'histoires sous peine d'être mise à mort par le sultan.

A travers la plupart des études publiées sur *Fourbis* ou sur l'ensemble de mon œuvre un *leitmotiv* courait, mon obsession de la mort, et à les lire il me semblait qu'il en était de mes écrits comme il en est dans l'air des Cartes de *Carmen :* en vain j'avais mêlé, coupé, battu, espérant qu'il sortirait enfin une carte heureuse, ce qui se manifestait dans l'étalement des figures et des valeurs non imagées de mon jeu c'était *la Mort, encore, toujours la Mort.* Je voyais reconnu comme lié indissolublement à ce que je suis ce dont, précisément, je veux me dégager et, quels que fussent au demeurant les éloges, je devais conclure de la grande masse de ces articles que mon essai d'échapper à l'atmosphère irrespirable que crée la présence constante de l'idée du néant avait abouti à un échec. Certains critiques parlaient de mon masochisme quand je ne rêve que plénitude vitale et, s'ils voulaient bien voir dans mon trouble un cas intéressant, ils me traitaient comme un malade amoureux de sa maladie. Je ferais preuve, certes, d'aveuglement en niant le goût que j'ai de me pencher jusqu'au vertige sur nos abîmes intérieurs et j'aurais, d'autre part, mauvaise grâce à ne pas rendre leur dû à ceux dont le commentaire, d'une manière ou d'une autre, m'assiste positivement dans mon effort en me permettant une vue plus claire du point où je suis parvenu. Mais je puis — sans acrimonie bien que fermement — m'élever contre l'opinion avancée par certains comme quoi, sous l'effet d'une impulsion morbide, je m'ingénierais à rabattre mes enthousiasmes et chercherais systématiquement à détruire toutes raisons d'espérer. Se refuser à être dupe n'est pas se proposer de réduire tout à n'être que duperie. Je veux, en vérité, ne rien accepter que je n'aie soumis à un sévère examen; mais, s'il en résulte la mise à bas de beaucoup d'illusions, cela ne signifie pas que je poursuis avec une joie perverse la disqualification de toutes choses. Il me semble, au demeurant, qu'il n'est que trop naturel d'avoir à lutter pied à pied contre l'idée de la mort et que, sans être un névropathe, on peut ne résister à cet envahissement qu'avec difficulté; s'ils n'étaient le grand nombre, je tiendrais, moi, pour des anormaux ceux qui pensent apparemment si peu à ce dont on me dit obsédé et, à mon sens, témoignent ainsi ou d'un courage à toute épreuve ou d'un défaut de lucidité que ne sauraient justifier ses heureuses conséquences.

Mes laudateurs (je dois le souligner) n'étaient point unanimes à considérer ma statue avec le respect mêlé de commisération qu'on doit aux nobles formes dont a su se parer un vaincu. Tel allait, dans sa bienveillance amicale, jusqu'à conclure un essai (où des rapprochements ingénieux et pour moi-même révélateurs sont opérés entre mes divers écrits) en m'attribuant ce triomphe : la découverte du système qui permet de supprimer toute distance entre une vie personnelle et la mythologie. Mais, quelque joie vaniteuse qu'aient pu sur-le-champ me procurer les pages de mon *supporter*, elles cessèrent vite d'être un baume pour devenir plutôt le couteau dans la plaie, car je savais trop bien quant à moi que, même en admettant que je sois parvenu à transformer ma vie en mythe, elle ne l'est devenue que *par écrit*, dans le récit au passé que j'en fais et non pas en elle-même, dans le présent où je la vis. Je fus donc atteint tout compte fait par ce bulletin de victoire (dont le caractère outrancier ne pouvait m'échapper) à peine moins malignement que par les hommages de ceux qui saluaient ma défaite.

Jamais contents, disait dans son titre doré (ou noir sur fond doré) l'un de mes livres d'enfance dont le thème était le suivant : naïveté d'un jeune garçon et de sa sœur qui s'imaginent que les siècles anciens valaient mieux que le nôtre mais ne rencontrent que désillusions à mesure qu'ils font, en rêve, l'expérience de ces époques dont aucune ne s'avère sans faille. « Jamais content », pourrais-je dire à mon propre sujet, en m'accusant d'un manque de sagesse pire encore que celui de ces deux enfants, dont le tort est de mésestimer ce qu'ils ont en partage et d'attribuer des couleurs merveilleuses à ce qu'ils n'ont pas, mais qui du moins sont conduits par leurs déceptions successives à finalement apprécier ce que le présent leur apporte. Aux épines si l'on me rendait les honneurs en me plaignant de ma mauvaise fortune, aux épines également si l'on chantait mon dithyrambe, sensible à des jugements que j'ai moi-même provoqués et n'acquiesçant qu'à une minime partie d'entre eux, rebuté par cette série de coupures que je dus lire en arrivant mais ennuyé quand cela se fut tari, déprimé presque aussitôt que je me vis le titulaire d'un prix qui me consacrait en tant que travailleur des lettres (ce même prix que j'aurais été vexé de ne pas recevoir dès lors que j'avais su être pour l'obtenir), déprimé en revanche quand je suis hors d'état de continuer ma tâche d'écrivain et me dis que si cela persiste je ne tarderai pas à n'exister pour personne, il est sûr que dans mon domaine d'élection comme dans ceux dont relèvent, aussi bien que les grands voyages, d'autres façons de rechercher une Terre Promise (à la manière de ce petit garçon et de cette petite fille qui voulaient changer d'époque), je me comporte en enfant boudeur et comme si, malgré mon désir d'en sortir, j'entendais être la vivante illustration de ce « jamais content ».

Je me donne moi-même pour un esprit chagrin, je me dépeins tout le premier en éternel insatisfait et je me cabre néanmoins dès qu'un autre que moi vient me taxer de pessimisme. Est-ce volonté de contradiction ou susceptibilité liée à une coquetterie cachée, inconséquence totale ou illustration de ce paradoxe auquel il serait malaisé d'échapper une fois le doigt mis dans l'engrenage : être aimé pour ce qu'on est exige qu'on se dévoile et l'on y procède à tous risques, mais, l'aveu fait et reçu, l'on s'irrite dès qu'on se voit pris à la lettre et démasqué ? Si, dans ma réaction devant la simple créance accordée à ce que j'avais dit, il y a quelque chose de si injuste que cela peut porter à rire ou valoir un haussement d'épaules agacé, ce n'est pas encore là le comble de ma bizarrerie. Il se trouve en effet que, dans le temps même où j'affirmais ne pas désespérer et m'insurgeais contre ceux qui assignaient un sens trop noir à mes écrits, je me suis livré à ce qu'on peut regarder comme une tentative de suicide, et cela au moment où venait de se réaliser ce que depuis longtemps j'appelais comme une chance, l'aventure passionnelle dont je m'étais pris à penser (il y a déjà maintes années) que les autres espèces d'aventures auxquelles je pouvais me prêter n'en représentaient, si je voulais aller au fond des choses, que de timides substituts : les vains dérivatifs à mon ennui que s'avéraient avoir été fuites vers d'autres pays, recherches humanistes, velléités politiques dont (n'était ce qui se passe aujourd'hui en Afrique du Nord) je me serais probablement détourné à la suite des événements de Hongrie, qui m'ont fait voir dans quelle odieuse espèce de quiétisme religieux j'avais sombré quand, après le congrès viennois de 1952, j'étais devenu à peu près ce que les gens de droite appellent un « crypto-communiste ».

Sur la crise qui a motivé un geste dont le résultat (selon les idées reçues) faillit m'être funeste, je me bornerai à donner un minimum d'indications. J'y reste trop engagé pour être à même d'en parler plus amplement.

Qu'on sache donc d'abord que depuis plusieurs mois je stockais, au lieu de m'en servir, les lentérules de phénobarbital dont un médecin m'avait prescrit l'usage afin d'améliorer mon équilibre nerveux. Une complicité s'était établie entre une correspondante et moi sur le thème des « huit grammes de sonéryl », dose mortelle de somnifère qu'il est bon d'avoir à sa portée, car disposer en permanence d'un moyen doucereux de suppression ne peut qu'aider à vivre. A défaut de ce produit j'avais accumulé, sans le dire à quiconque et pas même à ma correspondante, une quantité de barbiturique qui s'élevait à quelque six grammes la nuit que je l'absorbai.

Qu'on sache ensuite que l'amour tant souhaité, bien que son avènement avec l'exaltation qui en était l'escorte me délivrât d'une partie de mes tourments, me faisait toucher du doigt cette dure vérité : tout se passe pour moi comme si, hormis de courtes périodes de véritable apaisement, j'oscillais entre un ennui à croire que j'en deviendrai fou et l'état d'insupportable tension où me jettent les conflits sentimentaux qui surgissent aussitôt que je m'engage dans la voie passionnelle pour échapper à cet ennui. Ce qui, sur le plan poétique, pouvait se dire incarnation d'un beau rêve s'écrivait adultère bourgeois dans le langage des relations sociales et je souffrais de cette dichotomie comme je souffrais du jeu de duplicité auquel j'étais pratiquement amené, m'efforçant de maintenir le secret vis-à-vis d'une compagne à qui, malgré les durs remous dont j'ai parlé, je suis uni de manière trop profonde et depuis trop longtemps pour vouloir la quitter, et n'ayant d'autre choix qu'entre la trahir elle en ne lui disant rien ou trahir l'autre en livrant mon secret.

Un mensonge ne fait pas qu'attenter à une vérité, c'est toute la vérité qui par lui se trouve bientôt mise en question : aimer dans le mensonge m'induisait à me demander si cet amour lui-même n'était pas mensonger, jusqu'à quel point ma partenaire me disait à moi la vérité, jusqu'à quel point aussi nous ne faisions pas notre régal d'une pièce à la Henry Bataille dont nous échangions les répliques et si, quand je souhaitais une rencontre qui balayât l'idée qu'avant de disparaître l'on n'a plus qu'à suivre son petit bonhomme de chemin, j'étais vraiment autre chose que le jouet soit du besoin de raviver des forces fléchissantes en leur donnant un point d'application nouveau, soit de l'un de ces prurits violents qui prennent les hommes sur le retour et plus particulièrement ceux qui, comme moi n'ayant pas assez vécu et ayant toujours douté terriblement d'eux-mêmes, s'acharnent à faire leurs preuves pendant qu'à la rigueur il en est encore temps. Ce qui m'arrivait là — d'une femme qui ne sera dans ce tableau qu'une figure dénuée de contours en vertu d'un mécanisme stupide qui fausse gravement la perspective : celui qui m'oblige souvent à taire tel détail qui importe alors que j'ai toutes commodités pour tels détails de second plan — cela se présentait (je n'en disconviens pas) comme une faveur du sort, mais une faveur qui m'arrivait trop tard comme m'était arrivée une certaine consécration littéraire et qui, de surcroît, se révélait pour moi impossible à saisir sans gravement m'y brûler. J'étais placé, en somme, devant l'alternative que voici : ou bien subir cette brûlure (sachant d'ailleurs que ma vie double ne pourrait guère se prolonger) ou bien rester dans mon ornière. C'est sur ce point précis que je butai, m'estimant dans une situation sans issue et m'abîmant plus que jamais dans un état nauséeux dont j'ignorais quelles parts je devais respectivement assigner à ses causes physiques et à ses causes morales.

D'antiques cosmogonies décrivent la formation du monde comme une dégradation de la primitive unité, qui se scinde en fragments qui se scindent à leur tour, de sorte que l'intégrité du tout se décompose finalement en la poussière d'une multiplicité. Mon unité à moi s'était en premier lieu scindée entre deux femmes et le mal, aussi pénible qu'il fût, n'aurait peut-être pas excédé les limites si la division ainsi amorcée en était restée là. Mais il en fut de cette division comme il en est dans les cosmogonies auxquelles j'ai fait allusion. Lors d'une visite de ma correspondante (venue à Paris du pays germanique où elle s'essayait fiévreusement à écrire en achevant des études médicales), une seconde et intolérable dichotomie s'opéra quand j'entendis, de la bouche de cette visiteuse un peu oursine qui gentiment s'était accusée de m'avoir trahi en quêtant pour ses essais d'autres conseils que les miens, une phrase que j'accueillis sans refréner (d'un geste avare) mon émotion mais qui ne me combla que pour me mettre au supplice car, ce que j'aurais voulu, c'était la recevoir d'une autre bouche : *Vous avez quelque chose de déchirant...* Cela se passait dans ce bureau peu à peu devenu pour moi une simple tanière, au sous-sol d'un Musée de l'Homme aujourd'hui bien ensommeillé après avoir été le plus moderne des musées d'ethnologie en même temps qu'un bastion de l'antiracisme. Aussi à fond de cale qu'il se sentît, tant chez lui que dans ce repaire entre les murs duquel cinq jours sur sept il s'enfermait quelques heures, le roué que je n'étais pas ne pouvait s'accommoder d'une arlequinade où Grâce et Vérité — la Chatte et l'Ourse — auraient alterné pour le sortir de la torpeur dont il était la proie. C'est pourquoi, comme on dit, il perdit les pédales.

L'idée du suicide me hantait depuis longtemps, il est superflu que j'y revienne, si ce n'est pour dire que son emprise s'était accrue depuis que, n'ayant plus ma foi du charbonnier en la valeur humaine de ce qu'on nomme la « construction socialiste », je me voyais non seulement privé d'une manière de religion mais atteint jusque dans l'activité à laquelle je m'adonne avec le plus de constance, puisque, faute désormais d'une lueur même lointaine et intermittente pour me guider, je m'enliserais définitivement dans le bourbier de mon livre. Comment, maintenant que m'était montré en noir sur blanc combien la voie du marxisme est une voie semée d'embûches et à quelles desséchantes analyses il est indispensable de se livrer si l'on veut prendre parti honnêtement, mener ce livre à la conclusion que j'avais entrevue et dont le rejet ne laisserait place (si je voulais encore conclure) qu'au brutal baisser de rideau que serait l'enregistrement de ma défaite : clef trouvée en réalisant la fusion du poétique et du social dans la ligne que m'avait indiquée l'expérience racontée tout au début de *Biffures*, expérience qui aurait été un peu mon *cogito* quand j'avais découvert, apprenant que c'est « heureusement » qui se dit et non « ...reusement » comme venait de le faire le bambin que j'étais alors, l'existence du langage en tant que réalité extérieure me dépassant, ce dont il faut déduire que l'*on ne parle pas tout seul* (les autres même absents étant impliqués dans l'acte de parler puisque c'est leurs mots qu'on emploie) et que dès l'instant que l'on parle — ou écrit, ce qui revient au même — on admet qu'en dehors de soi il existe un autrui, de sorte qu'il serait absurde de récuser, si l'on parle ou écrit, les nœuds qui vous attachent au cercle indéfini d'humanité que par-delà les temps et les lieux votre interlocuteur sans visage représente ? A cet embarras point tout neuf s'ajouta, comme pour faire déborder la coupe, le fait qu'il m'arrivait une chose telle que, sachant qu'il serait dorénavant hors de question de *tout* dire, je me voyais promis à une tricherie consistant à continuer de me raconter en gardant le silence sur cette chose pourtant plus importante que beaucoup d'autres sur lesquelles je m'étais étendu avec peut-être trop de complaisance.

Dans de telles conditions je risquais fort, à vouloir coûte que coûte terminer mon ouvrage, de décevoir ceux qui m'avaient jusque-là suivi attentivement et dont les signes de sympathie m'avaient prouvé qu'on peut, sans se leurrer, croire à une communication. Avec ma femme, l'existence paraissait vouée à dégénérer peu à peu en une danse de mort puisque, préférant l'hypocrisie à la séparation mais incapable de trahir dans une exquisité qui incite au pardon, je me discréditerais tellement à ses yeux et deviendrais si invivable qu'elle finirait par me mépriser et me haïr. Il y avait beau temps, d'ailleurs, que nos rapports étaient rongés par la mauvaise conscience que je nourrissais à son sujet, me reprochant les fugues qu'avaient été mes voyages, le rôle presque parasitaire que j'avais dans notre association (nos ressources venant surtout de son métier à elle et mon travail au musée ne représentant qu'un appoint, d'où une gêne également vis-à-vis de mes collègues, et cela d'autant que ce travail n'était même pas celui qui m'intéressait au premier chef), la façon déplaisante dont je l'avais mise en cause dans ma littérature (cette littérature à propos de laquelle je me disais aussi que « je ne jouais pas le jeu », n'ayant pas à financièrement en user et protégé, de ce fait, contre bien des tentations), le manque d'un impondérable fil d'or que j'aurais pu mêler aux liens étroits qui nous unissaient (moraux, intellectuels, physiques aussi, jusqu'au début de la vilaine période où je ne pus accepter sans m'enfermer dans l'humeur la plus hérissée d'être sujet à des défaillances allant parfois jusqu'au fiasco entier), le cas enfin que dès les origines je faisais de sa rigueur (appréciant, au mépris de tous mes principes d'égalité et de liberté, qu'elle fût une Pénélope ou une Lucrèce, alors que moi je n'étais rien de comparable).

A ces causes de démoralisation se joignait une autre cause, d'ordre plus général. Encore que je ne fusse devenu ni milliardaire, ni roi, ni célébrité mondiale, j'étais maintenant dans une situation telle que m'en plaindre eût été trouver la mariée trop belle : par suite d'un changement de local que des circonstances fortuites avaient imposé, la galerie d'art moderne qui depuis les premières mesures antisémitiques édictées par les occupants allemands porte le nom de ma femme était devenue la plus spacieuse et la mieux outillée des galeries de ce genre; nous disposions d'une maison de campagne connue dans la localité sous le nom pompeux de « château »; j'avais, de mon côté, acquis mon soupçon de gloire en tant qu'écrivain et en tant qu'ethnographe. Mais, considérant cette promotion dont j'aurais dû me réjouir dans les limites de ce qu'elle vaut, il me semblait que ma vie avait objectivement atteint une sorte d'horrible point culminant, tel qu'à partir de là il n'y avait, quant à la réussite sociale, plus rien que raisonnablement je pusse attendre. La fin de cette vie, telle qu'elle m'apparaissait, ressemblait un peu à ce que furent les derniers jours de mon séjour à Florence : de même que dans la ville toscane visitée par nous de fond en comble il nous restait quelques broutilles à aller voir, il me restait quelques broutilles à faire durant le temps que j'avais encore à vivre, finir *La Règle du jeu* pour simplement la finir, rédiger un gros pensum sur l'art nègre pour lequel je m'étais lié par un contrat, écrire sur Aimé Césaire une étude que j'avais promise. Plus de projets de voyages lointains ni même d'idée de vacances touristiques dans tel coin que j'aurais aimé connaître. Plaisir à voir quelques amis, quelques spectacles, mais pour quoi que ce fût plus aucune attirance véritable. Coupé de tout, à la façon dont je l'avais été un peu après la dernière guerre lorsque dans l'autorail qui me ramenait du Havre, le foie et les nerfs touchés pour avoir bu trop de vin, de café et d'alcool, j'avais ressenti la première atteinte violente de ce mal et craint de me mettre soudain à crier et gesticuler comme quelqu'un que saisit un incoercible délire, en regardant le paysage (hivernal mais ensoleillé) dans le jour déclinant et en évoquant cette Afrique qu'autrefois j'avais aimée mais qui avait perdu pour moi toute dimension mythologique. Affreuse angoisse, aggravée par ma claustration dans un étroit autorail rempli d'autres voyageurs, mais dont la source était l'idée d'un groupe paisible de cases africaines vues au soleil couchant comme je voyais le paysage de part et d'autre de la voie; douleur sans crocs ni griffes, que je puis définir comme une impression d'objectivité parfaitement nue et sèche face à un paysage qu'en d'autres temps j'aurais pu admirer. Avais-je le pressentiment de l'état qui serait positivement le mien quelque sept ans après, quand j'exprimais dans cette note datée de juin 1950 un doute sur la valeur du trésor que je pourrai trouver au bout de la route imaginaire où je marche chaque jour avec un peu plus de fatigue : « Quand — grâce à un effort patient — je me fus peu à peu défait de tout ce qui en moi était superstition, esthétisme, snobisme, enfantillage, etc. je constatai que ma vie ainsi émondée, amendée, dépouillée de parures superflues, était moins critiquable sans doute, mais ne représentait plus grand-chose qui valût d'être vécu. »

Ainsi parvenu à un point mort et souhaitant quelquefois que mon malaise prît une tournure assez aiguë pour me valoir la diversion d'un séjour au *manicomio* (comme je disais, en usant par plaisanterie de ce terme dont ma femme et moi nous savions, pour l'avoir lu sur les plans de villes italiennes que nous avions visitées, qu'il désigne les maisons de fous), j'étais, avant même les complications sentimentales qui survinrent, fin prêt pour accomplir le vrai départ : disparaissant, je laisserais à mes proches une effigie intacte et, quant au livre, qu'il demeure en suspens m'apparaissait moins grave que l'achever en m'abaissant à des truquages qui ruineraient sa portée; les fiches que j'avais amassées, un ami les publierait telles quelles ainsi que nous étions convenus quand il avait accepté d'être mon exécuteur testamentaire et de se charger éventuellement de cette publication. Je crois pouvoir conclure de tout cela que le conflit qui m'ébranla m'aurait porté je ne sais trop à quoi mais sans doute pas à tenter de me liquider si l'idée du suicide, malgré le changement qui avait redonné une saveur à ma vie, n'avait poursuivi son chemin, par la vitesse acquise. Pour que j'en vienne à ingurgiter le stock de phénobarbital que je m'étais constitué (utilisant pour augmenter ma provision, la veille même du jour où je fis ce que je nommerais volontiers le « coup du sonéryl », une ordonnance retrouvée qui me donnait encore droit à un flacon), il fallut même une cause presque accidentelle, qui prit figure de catastrophe étant donné mon trouble et fit jouer le déclic.

J'étais très énervé cette fin d'après-midi, par suite d'un rendez-vous manqué, un rendez-vous qui n'avait rien de formel et n'était guère qu'une perspective de rencontre. Loin d'elle, je n'étais que division, conflit, déchirement, nausée. Pour me faire oublier le malaise où son irruption dans mon existence m'avait précipité (en me délivrant, il est vrai, d'une autre espèce de malaise), il n'y avait que sa présence, cette présence dont je savais en même temps — avec une certitude atterrante — qu'elle n'aurait pas eu cet éclat si, devenue constante au lieu de n'être qu'intermittente, chose une fois pour toutes entendue et non plus problématique, elle avait cessé de se manifester comme une chance qu'on accueille en se demandant si elle sera suivie d'une autre pareille chance. Cet après-midi-là ce fut pire que jamais, car je ne l'avais pas vue après l'avoir espérée et je savais, en outre, que le temps était assez proche où elle s'en irait pour quelques mois comme elle le faisait chaque année. Fort mal en point, je me rendis dans l'étrange quartier du marché Saint-Honoré, aux aspects presque populaires alors qu'on y est à deux pas de la place Vendôme et du Ritz. Un cocktail dont le but était de fêter un essayiste anglais très *highbrow* de passage à Paris m'appelait dans ces parages, topographiquement peu éloignés de mon propre quartier mais séparés de lui par l'abîme idéal qui se creuse entre rive droite et rive gauche. Dans l'appartement moderne et aux entours désuets où j'étais attendu je trouvai, outre un nombre assez élevé d'indifférents, quelques personnes que j'aime bien, à commencer par les maîtres de maison, lui un Anglais qui a passé par le surréalisme et travaille aujourd'hui à une biographie de Picasso par qui je l'ai connu très peu après la Libération (et je le vois encore dans son bel uniforme de l'armée britannique), elle une Américaine débordante de vitalité, bâtie en cariatide et dont l'attrait repose sur cette grande allure qu'elle mêle cocassement d'un brin de saugrenu. A l'un comme à l'autre, je savais gré de quelques bons moments cordiaux : un week-end dans leur ferme du Sussex la dernière fois que ma femme et moi nous sommes allés en Angleterre; une promenade matinale que je fis avec elle seule pour admirer dans son quartier parisien une boutique de volailles et de gibiers dont la devanture exhibe jusqu'à des sangliers entiers, puis visiter aux magasins du Louvre, toujours en purs badauds qui seraient aussi bien allés voir des crèches de Noël, un rayon consacré aux arts divinatoires : astrologie, cartes et tarots, lignes de la main, et il est sûr que j'en oublie. Lors du cocktail où je pris le départ pour un parcours dont la dernière étape serait pire qu'aventureuse, tous deux venaient de faire un voyage en Belgique.

Je n'ai jamais aimé ce genre de réceptions, dès lors qu'elles ont une certaine ampleur et que je m'y sens perdu — debout et gauche — parmi une majorité d'inconnus, me contentant éventuellement de converser avec tel que je n'ai pas vu depuis longtemps, tel autre que je connais tant soit peu, négligeant (s'il en est) les plus intimes mais en revanche n'acceptant pas volontiers le contact avec ceux à qui l'on me présente. J'aime moins encore ces cocktails depuis que je suis forcé à la sobriété : autrefois, je buvais pour abolir la distance entre moi et les autres, ce qui réussissait parfois mais, dans certains cas, n'aboutissait qu'à des soûleries humiliantes; aujourd'hui, je suis privé de ce recours et je ne sais que faire de moi, l'idée d'être soustrait au danger d'une cuite ignominieuse ne m'étant, à cet égard, d'aucune aide.

A l'époque toute récente où eut lieu le cocktail dont je parle, un whisky de temps à autre (mais pas plus d'un) m'était encore permis par le très ancien ami médecin que j'avais appelé à mon secours au moment où l'espoir d'un peu de neuf s'était ouvert dans ma vie, m'incitant à faire tout le possible pour ne pas gâcher ma chance : outre que je pouvais sans honte et en n'hésitant pas à mettre les points sur les *i* me plaindre à lui des déficiences dont je souffrais, m'ayant lu et me connaissant beaucoup mieux que ses confrères ne me connaissaient il était certainement le plus à même de me remettre d'aplomb. Mon intention ce jour-là n'était nullement de boire avec excès mais, je l'ai déjà dit, j'étais très énervé. Alors que depuis un certain temps je me pliais d'assez bonne grâce aux interdits qui m'étaient imposés, je ne fus pas capable de résister aux tentations dans cette réunion où, malgré mon amitié pour mes hôtes, j'étais en proie à une gêne d'autant plus insidieuse qu'elle se greffait sur l'état de tension extrême auquel j'étais parvenu et se compliquait encore du trouble où m'avait jeté le rendez-vous manqué, ce rendez-vous qui pourtant n'en était pas un. Boire un unique whisky puis rester indéfiniment les mains vides après m'être défait du verre que j'aurais vite achevé me déplaisait grandement et, dès avant la réunion, je m'étais dit que deux ou trois coupes de champagne vaudraient mieux que ce whisky unique, sans être plus nocives. En fait, ce n'est pas deux ou trois mais de nombreuses coupes que j'avalai goulûment, l'une appelant l'autre et mon énervement aidant. Entre autres gens de ma connaissance, il y avait là un couple chez qui s'était donnée la veille ou l'avant-veille une *party* à laquelle j'avais refusé d'assister, alléguant mon état de santé mais tenant compte, en vérité, de ce cocktail auquel depuis longtemps j'avais promis d'aller et cherchant à réduire autant qu'il se pouvait mes occasions d'écart. Ceux qui, logiquement, devaient s'attendre à tout plutôt qu'à me rencontrer ne semblèrent pas me faire grief d'être là et se montrèrent même très cordiaux; mais je fus néanmoins confus d'avoir l'air de n'être mal portant que pour eux et il est fort possible que j'aie été poussé à boire encore un peu plus par cette confusion dont la cause première avait été un désir de sagesse.

Je bus donc en un peu plus d'une heure une quantité de champagne, excessive certes, mais pourtant pas énorme. Ayant toujours très mal supporté la boisson, je n'ai jamais vraiment *beaucoup* bu, même dans mes plus méchants jours, et avant que l'alcool soit pour moi plus que contre-indiqué vint un moment où, si j'en abusais, j'avais de tels lendemains que son goût m'en était en grande partie gâté dans l'instant même où je buvais : il me semblait absorber un breuvage dont la succulence ne parvenait pas à masquer une promesse perceptible d'intérieur en émoi, de bouche pâteuse et de tête à la fois plombée et cotonneuse. Comme cette impression s'accusait au fur et à mesure que je buvais, j'étais bientôt freiné sans avoir à me contraindre, en sorte que mes pires excès ne sont plus allés bien loin dès ce moment où une liaison presque organique s'est établie pour moi entre la notion d'alcool et celle de philtre délétère. Chez mes amis du marché Saint-Honoré je fus donc ivre, mais d'une ivresse plutôt légère, et pas du tout à divaguer ou à rouler.

Plus bavard que je ne suis d'ordinaire je parlai avec diverses personnes et, ma dépression première se muant en cette exubérance qui bien souvent s'allie au sentiment d'un vide plutôt qu'à celui d'une légèreté et recouvre le plaisir grinçant de vider en connaissance de cause la coupe d'absurdité, je finis par flirter outrageusement avec une jeune femme que j'ai connue à Bruxelles — par sa mère qui partageait alors la vie de l'un de mes amis — et que depuis quelque dix ou douze ans je vois de loin en loin, non sans lui reconnaître des agréments mais sans avoir jamais songé une seconde à la courtiser. Bien que cela se passât dans un milieu trop peu rigoriste pour s'offusquer de quelques baisers échangés sans se cacher, j'eus tôt fait de prendre conscience de mon incongruité : non seulement je n'aurais pas dû apporter à ces effusions autant d'ardeur passionnée mais ce laisser-aller, outre qu'il n'était vraiment plus de mon âge, semblait montrer qu'en l'absence de ma femme je n'hésitais pas à donner les marques publiques d'une complète indifférence à son égard. Soustrait à mon enchanteresse par les hasards des entrées, des sorties et des mouvements inopinés qui modifient les groupes, j'eus honte d'avoir cédé, pendant quelques minutes, à un entraînement dionysiaque durant lequel j'avais enfreint les lois d'un *savoir-vivre* que je crois bien distinct d'une vaine étiquette.

Les choses en seraient probablement restées là et n'auraient pas fait boule de neige au point où elles l'ont fait si je n'avais dû, à l'heure de l'après-dîner, aller à une seconde réunion. Assurément, j'aurais été mortifié de m'être aussi mal tenu après ma rechute dans une faiblesse que je pensais avoir surmontée et j'aurais pris plus mal encore de m'être comporté, après le rendez-vous manqué, comme un adolescent qui ne sait dans quelles jupes se jeter. Cela aurait accru le sentiment d'intolérable morcellement que j'avais éprouvé quand je n'avais pas pu refréner mon émotion en entendant la phrase venue de ma correspondante et non de qui, à l'instant où elle m'était arrivée, j'avais souhaité qu'elle fût plutôt venue. Mais je suis persuadé que ces nouveaux tourments, ajoutés par ma faute à mes autres tourments, n'auraient pas eu de conséquence pondérable si mon programme de ce soir-là avait été seulement de me coucher en remâchant ma mauvaise journée.

Cette deuxième réunion, à laquelle ma femme et moi nous allâmes ensemble, avait un caractère d'intimité plus grand que celle où les circonstances m'avaient fait aller seul, en fin d'après-midi. Un philosophe que nous connaissons de longue date rassemblait un certain nombre d'amis dans son appartement du boulevard Saint-Michel, à cinq minutes peut-être de chez nous, un peu au-delà de ce marchand naturaliste dont les vitrines regorgent de squelettes et de crânes d'animaux de toutes tailles et de toutes espèces. Je n'avais pas, en l'occurrence, à boire pour n'être pas gêné puisque j'étais déjà dopé et que les invités, pour la plupart rencontrés maintes fois ou bien appartenant à mon cercle habituel de relations, étaient pour moi bien loin de figurer les éléments d'une foule anonyme. Toutefois le pli était pris et l'incident qui s'était déroulé quelque deux heures auparavant n'avait pas, tant s'en faut, fait tomber mon énervement. Sur la rive droite j'avais bu du champagne, sur la rive gauche je me mis au whisky et je ne tardai pas à perdre si bien mon contrôle que, pour continuer mon récit, il me faut faire appel (tant mes souvenirs sont vagues) à ce que ma femme m'a raconté de mes faits et gestes de ce soir-là beaucoup plus tard, quand j'eus fini à peu près de rassembler mes esprits après m'être retrouvé entre des draps rugueux, dans un lit de l'hôpital Claude-Bernard où béait derrière moi (comme je l'appris bientôt) le gouffre irrémédiablement creusé par trois jours et demi de coma. Je me borne à consigner ici le peu que j'ai retenu, soit par moi-même soit grâce au rôle catalyseur qu'a joué, pour activer ma mémoire endormie, ce que m'a dit ma femme.

Sur la rive droite, je m'étais montré enclin un moment à un dévergondage d'adolescent. Sur la rive gauche, quand je fus engagé plus avant dans l'ivresse, je sombrai dans les eaux équivoques de la sentimentalité. Parmi les gens qui semblaient n'avoir d'autre souci que de causer paisiblement dans cet appartement un peu triste en dépit des lumières, il y avait un ménage avec qui j'entretiens des relations non seulement familières mais presque familiales. Lorsqu'ils se sont mariés, j'ai été son témoin à lui (l'homme de la musique dans le petit cercle de mes camarades de travail), et c'est un double sentiment d'affection et d'admiration que je porte à sa femme, une Américaine dont la gentillesse et la simplicité sont de rares adjuvants à sa beauté déjà grande. Perdu comme je l'étais, c'est à elle que je me raccrochai quand je fus las de parler avec les uns ou les autres, et disposé à donner aux échanges du cœur le pas sur les échanges d'idées, dont je ne suis pas si féru et dont les brumes que le whisky écossais avaient amassées dans ma tête contribuaient à me détourner. *J'ai un gros chagrin*, lui dis-je sans préciser davantage, m'exprimant comme un petit garçon qui cherche à se faire consoler. Puis, avec une tendre et enfantine avidité, je me serrai contre elle — qui n'en pouvait mais — et je restai longuement à ses côtés, assis sur un étroit morceau de divan ou sur un bout de fauteuil. (Convalescent, et ayant su que durant toute la fin de la soirée je m'étais obstiné à me tenir si près qu'elle en était gênée, je me suis excusé de l'avoir pareillement importunée mais elle a ri et m'a tout de suite rassuré par quelques paroles amicales.)

Du souper improvisé que ma femme et moi nous fîmes ensuite à la maison, nous installant à la cuisine avec deux ou trois de nos intimes partis en même temps que nous, je ne me rappelle à peu près rien et serais même incapable de dire s'il y avait là le musicien et cette Américaine au pâle visage triangulaire à qui je m'étais agrippé comme quelqu'un qui se noie peut le faire à une bouée ou un enfant à la robe de sa mère. J'entrevois seulement la silhouette de mon ami Limbour (dont le découpé m'a toujours semblé celui d'un pirate grimpant à des cordages) et je sais que pendant le repas je bus encore un peu de vin.

Nos hôtes nous quittèrent vers les minuit et ce fut, pour ma femme et pour moi, le moment du coucher. Ou bien je me dégrisai un peu en me déshabillant et me préparant pour la nuit; ou bien, rongé comme je l'étais sous mes dehors d'enfantillage ou de frivolité, je percevais avec des baisses et des recrudescences alternatives d'acuité ce qui ne cessait de se dérouler au fond de moi tandis que j'étais égaré dans mes gestes extérieurs. Toujours est-il que je me rappelle assez clairement la bouffée de réflexions consternantes qui, d'un seul coup, venait de m'envahir lorsque, debout devant la commode où mon linge est rangé, j'ouvris d'un geste soudain coléreux (à la manière dont on prend un objet pour le briser ou le jeter par la fenêtre) le tiroir où étaient déposés — parmi des lainages, des gants et d'autres accessoires vestimentaires — mes flacons de barbiturique.

Durant ces derniers jours, c'était décidément un drôle de

jeu que j'avais joué — quelque chose que je comparerai maintenant à une bizarre partie de colin-maillard. Qu'est-ce que j'étais donc, sinon (mais je ne prétends pas avoir, en cette minute, songé vraiment au personnage mozartien que j'évoquerai pour être mieux compris, étant d'ailleurs entendu que je puis tout au plus *traduire* ce qui était ressenti bien plutôt que pensé) sinon un Chérubin presque sexagénaire que la vue de chaque femme désirable affole mais qui, à l'inverse de Chérubin, en est aux dernières cartouches et non aux premières armes ? J'avais trahi tout le monde et, m'attachant à des êtres que je ravalais pratiquement au rang d'ombres dont chacune s'effaçait pour faire place à une autre qui s'évanouirait à son tour, j'avais agi comme si personne n'existait et tout anéanti en niant ainsi les présences faute desquelles on n'a plus devant soi que le vide. Pour moi qui, depuis longtemps, caressais l'idée de ma propre suppression, c'était le moment ou jamais. Si j'attendais, je le ferais trop tard ou ne le ferais plus et j'arriverais, du train dont j'y allais, à dégoûter purement et simplement ceux qui m'avaient aimé jusqu'alors.

Emportant ma provision de toxique, je passai aux w. c. comme je le fais chaque soir avant de me coucher. Enfermé là et attentif à ne rien perdre, je vidai dans le creux de mes mains le contenu des six flacons puis, d'un mouvement rapide, je me fourrai toutes les lentérules dans la bouche. Leur goût amer ne me parut pas trop désagréable quand je les mâchai. Je savais, du reste, ce que ce goût était car à l'époque où je faisais encore un usage médicinal des lentérules il m'advint parfois de sucer, au lieu de l'avaler, le petit comprimé de couleur mauve coupé d'une raie médiane permettant éventuellement de le casser en deux. Mais je n'en avais encore jamais goûté en quantité aussi considérable et ce fut, cette fois, toute une masse d'amertume douceâtre et violacée que je sentis dans ma bouche, avec une émotion qui n'était pas sans joie. Ayant dégluti le tout et tiré plusieurs fois la chasse d'eau (sans parvenir à faire disparaître la totalité des flacons que j'avais jetés dans la cuvette) je revins auprès de ma femme, me mis au lit et me blottis contre elle.

Si j'avais médité d'user d'une dose mortelle de somnifère ou autre voluptueux poison dans le cas où les choses iraient décidément trop mal, cela était resté en quelque sorte théorique; et même quand je thésaurisais pour constituer ma provision, premier pas vers la mise en pratique, c'était plutôt afin de me rassurer — au moyen de cette dernière carte que j'aurais tenue dans ma main — et non dans une intention délibérée de suicide. Quand je jugeai que le moment était venu d'effectuer le pas décisif, si — en cet instant — il y eut bien de ma part volonté de destruction, cela ne dura guère que le temps d'un éclair. Plutôt que me tuer, ce que je voulais faire en mangeant le poison, c'était un grand plongeon, quelque chose qui plus tard — quand, rescapé et décidé à ne pas recommencer, j'eus mis à l'ordre du jour un gros effort de redressement — me fit penser à ce qu'avait représenté pour moi, dans ce rêve dont je ne dois pas abandonner l'exégèse car pour reprendre pied il me faut plus que jamais clarifier, le plongeon de la chienne Dine se précipitant au bas d'une falaise avant de se lancer à la poursuite d'un oiseau : accomplir un geste de casse-cou, qui fonce tête baissée au mépris de ce qui arrivera et joue sa vie à pile ou face. Plutôt que l'anéantissement, ce que je cherchais aussi en consommant le toxique (comme s'il m'avait fallu couronner ma série de sottises par une dernière sottise assez énorme pour couper court à toutes critiques) c'était à m'abîmer dans un comble de gloutonnerie : poussant à une extrémité tragique mon pitoyable comportement de pochard de vaudeville, je voulais me gaver jusqu'à en mourir d'une substance plus nocive encore que l'alcool et dans laquelle (si l'on peut dire) on se dissout, en un bien-être qui est en même temps un non-être, à des confins qui relèvent de la mort mais ne sont pas exactement la mort, là (peut-être) où se dresse l'escarpement majestueux dont j'ai noté l'apparition dans plusieurs de mes rêves.

Mon coup fait, je gagnai donc ma chambre et m'allongeai près de ma femme, dans l'état d'esprit d'un enfant qui vient de s'empiffrer clandestinement de friandises et voudrait son pardon sans avoir à le demander.

J'ai suffisamment insisté sur la lâcheté qui est chez moi une tare presque congénitale, pour dire sans vaine restriction qu'en cette minute je n'avais pas peur. Au reste, si je n'ignorais pas que j'avais joué gros jeu et que mon espèce de mauvaise farce avait des chances de mener au plus loin, je ne croyais aucunement que mon sort fût réglé. C'était, comme je l'ai dit, un coup de pile ou face plutôt qu'un geste répondant à la décision arrêtée d'en finir.

Allongé auprès de ma femme, il me parut impossible de garder cela pour moi. L'un des côtés les plus durs de ma situation de ces dernières semaines, n'était-ce pas que, précisément, c'était à elle que j'aurais voulu me confier et qu'elle était la dernière à qui il m'eût été possible d'exposer mon tourment car, en parlant, j'aurais violé — et profané — le secret qui me liait à une autre? Ayant souffert quotidiennement de ne pouvoir lui faire toutes mes confidences (à elle qui me connaît mieux que quiconque) je lui fis du moins celle-là : quelques mots de ma bouche à demi endormie lui apprirent que je détenais une provision de phénobarbital et que je l'avais mangée.

J'avais à peine parlé que ma femme déclarait qu'elle allait téléphoner à notre ami médecin. Mais je lui affirmai qu'il était inutile de le déranger à pareille heure (souhaitant peut-être, en vérité, qu'il vînt mais ne voulant pas avoir l'air de flancher). J'allais maintenant tranquillement dormir et, ajoutai-je, quant à ce qui viendrait ensuite, *j'en serai quitte pour quelques lavages d'estomac*. Disant cela, je songeais à ce que ma correspondante l'étudiante en médecine, durant l'entretien que nous avions eu l'un des jours précédents, m'avait appris sur les suicides au moyen de produits tels que le sonéryl ou le gardénal et sur les soins qui permettent, même de longues heures après l'ingestion du toxique, le sauvetage de ceux qui ont fait ce mauvais pas. J'avais avoué, mon geste était sorti de l'irréparable et tout semblait promis — maintenant que j'avais lâché pied — à s'effondrer dans une lugubre comédie.

Je fis l'éloge (paraît-il) des deux Américaines que j'avais vues dans la journée, mon hôtesse de la rive droite et ma consolatrice de la rive gauche, les qualifiant de « femmes très bien ». Si j'évoquais leur double image de préférence à toute autre, c'était (je suppose) qu'elles étaient en l'occurrence les seules dont il me fût possible de parler sans remords, parmi les figures de la constellation où brillait celle que (bien plus tard) j'associerais à l'Étoile du Soir piquée dans un ciel tendre et enflammé pareil aux ciels d'automne que j'aimai si fort quand j'étais à Pékin.

Tout ça, c'est de la littérature... assurai-je enfin, voulant dire non seulement que la littérature m'avait vicié juqu'au cœur et que je n'étais plus que cela, mais que rien ne pouvait désormais m'arriver qui pesât plus lourd que ce qui s'accomplit par l'encre et le papier dans un monde privé d'une au moins des trois dimensions réglementaires.

C'est (suivant le récit de mon témoin) après cela que je m'enfonçai décidément dans le noir.

II

Maccheroni... suggérait (en articulant de son mieux et de sa voix la plus suave) le maître d'hôtel à veste blanche qui, depuis longtemps déjà, tentait vainement de trouver fût-ce un mot qui eût été leur bien commun dans quelque langue que ce fût parmi celles qu'ils pouvaient connaître, lui, maître d'hôtel à l'Hôtel de la Ville, via Sistina, Roma, et les deux dames apparemment japonaises bien que vêtues à la mode occidentale dont il lui incombait d'ordonner le dîner, opération aux résultats négatifs vu qu'elles semblaient ignorer l'italien, l'anglais et toutes les autres langues dont l'essai avait été fait tant par lui — bloc-notes en main, œil attentif et buste légèrement incliné — que par un ou deux acolytes appelés à la rescousse pour essayer des langues que lui-même ignorait. *Maccheroni*... proposait le maître d'hôtel, sa face replète épanouie soudain et comme illuminée par cette inspiration qui lui serait venue : *maccheroni*, nom d'un mets connu dans l'univers entier, fait partie du vocabulaire mondial et, sur ce point-là du moins, la glace d'incompréhension va être enfin rompue. Mais les deux dames continuèrent à sourire les yeux baissés et, sur la face du maître d'hôtel, l'épanouissement fit place à une stupeur désolée : *maccheroni* n'est pas plus un maître mot que le macaroni un maître mets et, puisqu'en l'occurrence il n'a pas été le Sésame ouvrant la porte de communication entre l'Europe et l'Asie, il n'y a maintenant plus qu'à tirer l'échelle.

Ce n'est pas au mot *maccheroni* — largement diffusé quoique non universel — que je m'accrochai comme au vocable mystérieux qu'un génie psychopompe m'aurait enseigné de bouche à oreille à des fins de résurrection, quand j'échappai à ce quelque chose qui, sur-le-champ, loin d'être positivement quelque chose n'était pas même en question mais que, maintenant, je puis me représenter comme une immersion de trois jours et demi dans l'absolue ténèbre. Si je m'accrochai quelque part à l'instant où je remontai de ma plongée — et encore est-il probable que je serrerais de plus près la vérité en disant : si quelque chose venu de quelque part m'accrocha et me fit un instant émerger — c'est la notion culinaire de macaroni (et non le mot considéré en tant que tel) qui, une seconde, joua ce rôle en s'immisçant dans la nuit qu'était devenu mon esprit. Une soudaine impression de dégoût — impression qui strictement ne succédait à rien ou, du moins, à rien de définissable —me saisit au moment où je crus que pour m'alimenter on cherchait à me faire ingurgiter un long tube de macaroni, en le faisant passer par une de mes narines : cela me rappelait l'ignoble sensation qu'on éprouve quelquefois lorsqu'on vomit et qu'on le fait dans un tel à vau-l'eau qu'une partie de la vomissure s'engage dans les fosses nasales. Pour que je fusse à même d'imaginer que des mains étrangères s'employaient ainsi à ma nutrition, il fallait, accumulées derrière moi, un certain nombre de perceptions confuses à partir desquelles je pouvais avoir déjà une vue très vague de ma situation. Mais ce dégoût, et ma révolte immédiate contre ce mode répugnant d'ingestion, représentent probablement ma première lueur de conscience véritable au sortir de l'espèce de mort où j'avais été : convalescent, je rapportai ce détail à mon ami médecin, croyant lui rapporter un pur phantasme; or il me dit en riant que le macaroni dans la narine n'était nullement de mon invention, puisque durant ma période d'inconscience on m'avait alimenté à l'aide d'une sonde nasale; que devais-je en conclure, sinon que cette sensation dégoûtante de corps étranger qu'on enfonçait à travers mon nez coïncidait avec la fin de mon éclipse et qu'elle est donc (logiquement) la plus ancienne dans le brouillamini des impressions que j'ai gardées de ma période de retour à la vie?

Se retrouver sur un lit que les deux planches dont il est bordé transforment en une sorte de boîte oblongue et sans couvercle, se découvrir pieds et mains enserrés dans des boucles formées par des espèces de boudins de toile rembourrée et se sentir, ainsi étroitement ligoté, comme un énergumène à qui l'on a passé la camisole de force, alors qu'on sait que l'excès qui vous a mené là n'était pas un délire violent mais la passion la plus tendre, voilà qui — à l'inverse du supplice du tube de macaroni dans la narine — prête à un certain déchaînement romantique. Dans cet hôpital bruxellois où des anonymes me soignaient j'étais quelque chose comme un Peter Ibbetson que ses fers de prisonnier séparent de la duchesse de Towers, un amant d'opéra captif de la faction rivale et chantant sa complainte, un pauvre Tom sur qui se sont refermées les portes de Bedlam ou tout autre reclus dont la peine, ancrée dans la profondeur d'un cœur souverainement sensible, a de quoi faire pleurer les pierres.

Je me rappelais clairement la minute où j'avais absorbé le contenu des flacons de barbiturique, mais c'était beaucoup plus vague quant à ce qui s'était passé ensuite. Je savais simplement que, mon coup fait, je m'étais jeté dans un train en partance pour Cannes, voulant aller voir Picasso et son amie Jacqueline tant pour leur dire adieu que pour ouvrir mon cœur et confesser un acte qui était ce que je pouvais faire de plus contraire à l'exemple que Picasso n'a pas cessé de donner, puisque me saborder revenait à me priver radicalement d'un certain nombre d'années que j'aurais eu encore toute latitude d'employer à un travail créateur. En compagnie de Picasso et de cette Jacqueline avec qui je parle quelquefois des régions soudanaises où elle a séjourné (ce qui crée entre nous comme un lien de franc-maçonnerie), j'étais allé chez un ami à elle, un médecin très gentil, qui fut pilote à l'époque où l'aviation relevait encore tant soit peu de l'artisanat et que j'ai rencontré à deux ou trois reprises. Là, j'avais beaucoup bu et, l'ivresse se joignant à l'effet du toxique, ma fugue avait ainsi tourné qu'on avait dû me transporter d'urgence à cet hôpital de Bruxelles. M'être soûlé chez ce médecin, sous les yeux de Picasso dont je sais le peu de goût qu'il a pour les divagations d'ivrogne, m'apparaissait une conclusion idiote à mon voyage-éclair et j'étais d'autant plus honteux de cet écart qu'il ne s'accordait guère avec l'esprit presque filial dans lequel, bien que durement touché par la drogue, j'avais quitté le quai des Grands-Augustins pour faire un saut jusqu'à la grande villa moulurée du Midi méditerranéen.

Ce que je puis, en usant de ma seule mémoire, retracer

de la journée où je revins à moi et de celle qui suivit est décidément bien confus. Non seulement je n'ai aucun souvenir précis du moment où l'on me débarrassa des attaches qui m'avaient été imposées, m'a-t-on dit, parce que j'essayais de me lever, mais j'ignore comment je découvris que j'avais au-dessous de la pomme d'Adam une ouverture dont il me faudrait attendre assez longtemps la cicatrisation : je constatai peut-être qu'une partie de l'air que j'expirais s'échappait bruyamment par cette blessure et que je ne pouvais parler qu'au prix de grands efforts, par phrases hachées, d'une voix rauque et avec des pauses fréquentes pour reprendre haleine; ou bien, lorsque après m'avoir revêtu d'une chemise de nuit de grossier tissu blanc (à peine plus longue qu'une veste de pyjama et qui me déplut fort) une infirmière me fit manger comme un enfant, approchant de ma bouche une assiette remplie d'une sorte de brouet dont elle m'enfournait des cuillerées, celle qui me gavait ainsi avec une autorité à la fois maternelle et bourrue me demanda si je pouvais avaler sans que cela me fît mal; ou bien encore, renouvelant le pansement que j'avais à la gorge, elle fit une quelconque réflexion sur l'état de ma plaie. A ce moment-là, je me rendais fort bien compte que j'étais mal en point, mais je ne savais rien du travail compliqué de renflouement dont j'avais fait l'objet ni de l'obligation où mes sauveurs avaient été de recourir — procédé aujourd'hui banal — à la trachéotomie pour faciliter ma respiration. J'avais seulement la certitude obscure d'être une manière de Lazare remonté du tombeau et — ni content ni furieux d'être rescapé, gonflé seulement d'un souffle véhément *d'amour et de mélancolie* — je tirais une certaine fierté de m'être jeté à corps perdu dans des vicissitudes qui me mettaient hors du commun. J'avais joué le grand jeu. *J'étais le ténébreux, le veuf, l'inconsolé* qui traite de pair à compagnon avec la mort et la folie. Toutefois, couché sur un lit de malade entre les quatre murs d'une chambre inconnue et soigné certes avec humanité mais réduit pratiquement à la condition de prisonnier, je n'étais pas moins accablé que grisé par ce malheur tout spécial dont je m'enorgueillissais. Aussi (probablement vers la fin de la première matinée) ma joie fut-elle des plus grandes quand je reconnus, silhouette blanche et brune dont je n'avais pas tout de suite décelé la présence, Jacqueline qui se tenait debout à mon chevet et m'observait avec une affectueuse vigilance.

Le soir même (quand ma femme et notre ami médecin vinrent me rendre visite et m'apprirent que j'étais en vérité dans le pavillon de l'hôpital Claude-Bernard où l'on procède aux « réanimations ») l'absurdité de toute mon odyssée m'est apparue flagrante. Comment, drogué à mort comme je l'étais, aurais-je pu m'échapper en pleine nuit de chez moi et me rendre à la gare de Lyon pour y prendre le train (ce train, j'y songe maintenant, dont l'heure si tardive de départ aurait été bien étrange) ? Comment, l'alcool bu à Cannes m'ayant finalement terrassé, l'hôpital où il avait fallu me transporter sans perdre une seconde aurait-il été un hôpital de Bruxelles ? Mais, sur le moment, il en était de cette odyssée comme il en est dans la plupart des rêves : aucune de ces invraisemblances ne posait pour moi de problème et j'adhérais totalement à cette construction tout affective, que j'avais derrière moi comme un acquis parfaitement évident auquel je n'avais pas même à réfléchir, loin qu'elle se présentât comme l'aboutissement plus ou moins heureux d'un effort de reconstitution répondant au besoin d'apaiser une inquiétude quant au lieu où je me trouvais.

Quelques phrases tombées des lèvres de mes visiteurs avaient réduit à néant la fable de mon incursion dans le Midi, cette fable dont je ne pourrais dire ni que je l'avais inventée ni même qu'elle était apparue comme quelque chose qu'un voile révèle en se déchirant puisque, reprenant connaissance, je l'avais trouvée derrière moi comme un passé qui, en tant que tel, existait le plus simplement du monde. Par ce contact avec des proches dont le témoignage pesait de tout leur poids de chair et d'os, le fil avait été renoué : Jacqueline à côté de mon lit n'était plus qu'un phantasme (ou plus exactement le fruit d'une fausse reconnaissance, car je compris que la silhouette ainsi identifiée était celle d'une infirmière porteuse de la classique tenue blanche); je n'étais plus le jouet d'aucune méprise sur le théâtre de l'action ni sur la manière dont j'étais entré dans cet endroit; le lendemain même, j'échapperais à ma condition de malade pratiquement anonyme puisque ma femme m'apporterait l'un de mes pyjamas contre lequel je troquerais l'odieuse chemise de nuit à la fois si courte et si large qu'on m'avait fait endosser comme une casaque d'interné. Tout semblait donc rentré dans l'ordre que définissent la géodésie et les éphémérides, conjointes avec l'état civil. Il ne me restait qu'à profiter de ce séjour forcé sur le terrain neutre de l'hôpital comme d'un suspens introduit par une situation d'exception dans le conflit qui m'agitait et y laisser mûrir, qui sait? le germe d'une solution puisque le ressuscité que j'étais avait payé assez chèrement le droit d'être amoureux sans se dissimuler. Je devais apprendre pourtant que je n'en étais encore qu'à mon tout premier pas dans la voie du retour à la réalité : mon espoir de détente s'avéra une rêverie utopique de convalescent à qui l'avenir semble rose après le tunnel qu'il a traversé, car mon geste n'eut d'autre résultat que de montrer non seulement l'étendue de mon mal mais mon peu de souci du mal que ma défection pouvait causer à autrui; d'autre part, les visites que me fit — sur ma propre prière — celle dont l'irruption dans ma vie avait poussé au comble mon désarroi, l'intimité surtout que manifesta sa venue — plus révélatrice encore que les regards, l'étreinte de mains qui refusaient de se quitter — dénoncèrent tout uniment le sentiment qui me liait à une intruse, d'un lien tel que je lui donnais entrée partout où je me trouvais et qu'en n'importe quelles circonstances elle était la désirée; quant à la structure même de ma personne (fondation de tout l'édifice que sur le mode ou non du château en Espagne il me fallait bâtir à neuf), plusieurs jours furent nécessaires pour qu'elle achevât de se remembrer, tant l'avaient bousculée ma longue période d'inconscience et les diverses drogues dont j'étais saturé.

Mentalement, avec la crise conclue par une plongée de plus de trois jours dans le néant du coma, j'avais subi un choc plus rude que je ne l'imaginais. Pendant peut-être vingt-quatre heures je fus, durant mes vagues moments de somnolence, la proie d'une idée en elle-même point tellement étrange mais qui montre combien était fragile le sentiment que j'avais de mon identité. Comme si, toute unité rompue, la division était décidément mon lot deux êtres se substituaient, le plus naturellement du monde, à ma personnalité ordinaire : je cessais d'être Michel Leiris pour devenir — sur un fond incertain et comme livresque ou iconographique de chaises longues et de pelouses — un couple d'écrivains anglais très snobs, m'identifiant tantôt à l'homme et tantôt à la femme selon que je reposais étendu sur le côté gauche ou sur le côté droit, n'éprouvant en aucune manière la pénible impression que peut causer une rêverie délirante, qu'on est sans force pour récuser mais que trouble pourtant comme une dissonance la perception confuse de ce qu'une telle divagation recèle d'impossible.

Quand, prisonnière de ma pensée après l'avoir tenue pour un temps sous sa coupe, cette fantaisie qui m'avait possédé fut réduite à la condition de souvenir dont l'extravagance m'amusait, deux idées elles aussi singulières occupèrent une part de chacune de mes nuits, l'une m'attaquant pendant les quelque deux heures de sommeil qui ne me conduisaient jamais beaucoup plus loin que minuit, l'autre s'ajoutant à celle-ci tandis que j'oscillais entre l'attente trop lucide de la première pâleur du jour et une songerie qui, même glissant au rêve, ne me faisait oublier ni ce lit où j'étais couché ni cette chambre enclavée dans un pavillon que je savais lui-même intégré à un vaste ensemble de bâtiments. Chose remarquable, et peut-être plus significative qu'il ne m'a semblé de prime abord, ces deux curieuses constructions avaient pour clef de voûte un personnage appartenant (dans l'une aussi bien que dans l'autre) au monde du théâtre, comme si elles étaient venues compléter ma première illusion et illustrer, d'une manière plus imagée que celle-ci qui se bornait à mettre en jeu un élégant ménage d'esthètes, le thème de l'activité artistique en tant que façon — directe ou indirecte — d'attirer sur soi les regards, seraient-ce ceux d'un petit nombre de personnes. Je dois aujourd'hui me demander pourquoi, à peine tiré d'affaire, je fus obsédé à tel point par l'idée de l'artiste comme figure *théâtrale* au moins à quelque degré et si une considération de cet ordre n'a pas été pour quelque chose dans le geste qui m'aura mené jusqu'à une sorte de mort temporaire.

A la première de ces constructions défaites chaque jour mais refaites chaque nuit à peu près sans variantes, un souvenir éloigné (puisqu'il remonte à l'année qui suivit l'autre guerre) n'est probablement pas étranger : le week-end qu'avec une fille et deux garçons, qui pendant quelques mois furent mes inséparables, je passai à la maison de retraite de Pont-aux-Dames, destinée (comme on sait) aux moins chanceux des professionnels de la scène et où la petite bande que nous formions à nous quatre avait été amenée par l'un des deux garçons, dont la mère — une ancienne actrice — exerçait là des fonctions de gérance. Rien de ce bref séjour ne mérite d'être mentionné, hormis peut-être l'incartade — en vérité bien anodine — à laquelle je me trouvai conduit : devant quitter mes acolytes pour être le lundi matin au bureau du commissionnaire de la Cité Paradis chez qui je travaillais (parce qu'il fallait bien que je fisse quelque chose) et ulcéré à la pensée de ce départ, qui me semblait signifier qu'ayant cessé ainsi d'être de toutes les fêtes j'occuperais dans notre quatuor jalousement uni une position désormais marginale, je décidai de me débarrasser d'un emploi qui s'avérait plus que jamais rebutant et j'adressai à mes patrons un télégramme dans lequel j'alléguais un ennui de santé ou quelque autre accident mais qui, rédigé sans grand souci de vraisemblance, équivalait à une démission.

Une vieille étoile du boulevard maintenant directrice d'une fondation qui, selon les nuits, était tantôt un établissement de bienfaisance du genre de ce Pont-aux-Dames où j'avais couché sans en avoir aucun droit, tantôt un conservatoire privé, tel est le personnage que j'incarnais, étendu dans ce lit qui me semblait être celui même de l'antique gloire parisienne, cette comédienne qui dans des pièces autrefois fameuses avait été si fêtée mais que seule sauvait du complet oubli la fondation philanthropique ou éducative à quoi son nom comme toute sa flamme intérieure étaient désormais attachés. Tel un commandant de navire qui, même lorsqu'il rêve dans l'obscurité de sa cabine, sait qu'il est responsable du bâtiment qu'on lui a confié et qu'il a charge d'âmes, j'étais cette idole solitaire dont le petit monde sur lequel elle règne lui semble exiger toute sa vigilance jusque dans les heures où d'elle à ce petit monde il n'y a plus aucun rapport précis. Artiste de la grande espèce, beauté qui sans ridicule peut rappeler le temps où elle eût saccagé allégrement sa carrière sur un mouvement du cœur ou sur un coup de tête, Dieu le père ou la mère (comme le capitaine à son bord ou la matrone respectée de toute une maisonnée), voilà quels étaient à peu près les aspects de la figure que dans la première moitié de chaque nuit je recommençais d'endosser. L'une des dernières fois qu'elle apparut et alors que, de moi à cette figure, un certain écart s'était créé (car si elle continuait de me hanter c'était maintenant à la troisième personne que son existence habitait ma pensée, scission esquissée dès la nuit où elle avait pris fugacement pour état civil celui de Mme Daynes-Grassot, que j'ai vue jouer étant moi un adolescent, et elle une vieille personne que mes parents avaient applaudie quand elle était plus jeune), elle portait un nom réduit au seul patronyme ainsi qu'il arrive pour celui de beaucoup de vedettes : quelque chose comme « Sandier » ou « Sanguier » mais dont les deux syllabes, au lieu de sonner sèchement comme celles-ci, donnaient vie à tout un passé de brûlantes émotions ressenties en même temps que dispensées par celle dont, pour quelques-uns, les triomphes obtenus sur des scènes et dans un répertoire qui n'étaient pas ceux de nos théâtres officiels demeuraient légendaires. Avec ce patronyme aussi loquace que de copieuses éphémérides, l'identité de ma visiteuse s'était, cette nuit-là, une fois pour toutes affirmée.

Comédienne dont le nom, adulé il n'y a pas si longtemps, ne pouvait guère avoir de sens maintenant que pour de rares survivants de sa génération ou pour les jeunes acteurs qui étaient ses élèves, cette créature qui pendant tant de nuits me fut attachée si étroitement qu'elle se confondait avec ma propre personne n'avait (je crois) aucun prototype particulier. En y réfléchissant, certes, j'ai trouvé deux noms qui ont probablement été les modèles du sien : celui du leader Marc Sangnier, dont, adolescents, nous approuvions mon frère et moi le *socialisme chrétien* et dont à tort ou à raison nous prononcions le nom « Sanguier » ; celui de l'actrice Aimée Tessandier, étoile de la même époque dont, depuis, une photographie m'est échue, la montrant avec une bouche à la fois étroite et charnue, de sombres yeux de bohémienne et des cheveux foncés croulant sur les épaules. Mais c'est là (je le sens) une filiation toute formelle, répondant à l'emploi mécanique de deux noms — pris l'un tel quel, l'autre amputé de sa première syllabe — pour baptiser une figure qui, en vérité, résumait à la façon d'un arlequin les prestiges de ces femmes de théâtre dont j'avais entendu parler étant enfant ou dont j'avais vu les portraits dans la série des *Célébrités contemporaines* éditée par Félix Potin, suite nombreuse de photos-primes insérées dans les paquets d'épicerie et figurant tantôt une sommité du monde des sciences, des lettres ou des arts, tantôt un homme politique ou un membre de famille régnante, tantôt un explorateur ou un sportif, tantôt un gros bonnet du clergé, de l'armée ou de la marine ou bien quelqu'un qui s'était illustré dans l'une quelconque des autres branches — crime excepté — où l'on peut se faire un nom. A l'inverse de cette figure incertaine, symbole aux contours embrouillés mais vifs et chaleureux des ombres et des lumières de la vie théâtrale, c'est un personnage dûment situé par rapport à moi et clairement étiqueté dans l'album de mes souvenirs familiaux — un cousin du côté maternel dont depuis des années je n'ai plus de nouvelles directes — qui fut le protagoniste sans couleur ni rayonnement de la deuxième de mes hantises nocturnes.

« Louis de Kipouls », de « Kipours », de « Kilpou »... tel était à peu près (informe les premières nuits, puis assez net bien que probablement tronqué ici d'une ou deux autres syllabes qui lui donnaient l'allure bizarre d'un nom de principauté perdue quelque part du côté des Indes) le pseudonyme dont mon cousin, effectivement prénommé Louis, s'affublait dans ma rêverie pour tenter de faire jouer dans de petites salles du XVIe arrondissement les pièces qu'il écrivait en amateur ou s'ingénier, faute de mieux, à caser dans les quotidiens ses essais de critique dramatique. A ce cousin, homme affable et fluet qui jusqu'à l'âge de la retraite dirigea un office de brevets d'invention et consacra tous ses loisirs à la pratique de l'équitation, je n'ai jamais connu la moindre ambition de dramaturge ou de chroniqueur. Mais je pouvais, quand son image est venue ainsi me poursuivre, lui attribuer des attaches avec le monde du théâtre sans que cela fût une pure divagation : le père de ce fervent de la haute école qu'on appela toujours enfantinement « Loulou », même quand il eut des cheveux gris, avait épousé en secondes noces la cantatrice belge Claire Friché, dont la voix somptueuse et la parfaite simplicité de cœur jointe à un physique impressionnant d'héroïne populaire en qui Flandre et Espagne se seraient heureusement conjuguées ont enchanté une partie de mon enfance; tout en n'osant l'affirmer, car cela s'inscrit pour moi dans un lointain beaucoup plus vague, qui est moins un passé qu'un ramassis hasardeux de traditions orales inégalement retenues, je crois même que mon cousin avait pour mère une actrice, tôt retirée quant à elle et demeurée dans une complète obscurité tandis que ma tante Claire eut à Bruxelles et à Paris son heure de notoriété, comme soprano spécialisé surtout dans les œuvres véristes.

Tout le temps que je subis l'intrusion, chaque nuit réitérée, de ce qui n'était pas même un semblant de personnage dont j'aurais perçu ou deviné les traits, mais un sec scénario que rendaient encore plus irritant sa totale insignifiance et sa vacuité de chose qui arrive jusqu'à vous par voie de racontar ou de lecture distraite des journaux, j'ignorai pourquoi le souvenir de ce cousin — avec qui j'ai toujours eu de bons rapports mais que j'ai perdu de vue depuis longtemps — me revenait avec la même insistance que si j'avais été l'un de ceux que, dans ses inlassables tentatives pour être joué ou imprimé, cet importun imaginaire devait solliciter à longueur de journée. Centrée sur un individu au pseudonyme primitivement indistinct (le prénom « Louis » flanqué d'un nom à particule) mais bientôt assez clair pour sembler, grâce au jeu d'une mystérieuse corrélation, définir son porteur comme un être à la fois minuscule et ridiculement sophistiqué que j'aurais aperçu, par exemple, en regardant au gros bout d'une lorgnette, cette construction — à mesure qu'elle se précisa et se figea en un stéréotype au modelé implacable — tendit à se situer à distance et à me persécuter, non point à la manière d'une idée fixe, mais comme aurait pu le faire je ne sais quoi d'étranger posé en permanence à mon chevet. Parvenue à son achèvement, la construction relative à mon cousin, bien que dénuée de tout aspect visuel (voire même sonore) qui peu ou prou l'eût rattachée au monde sensible, m'apparut localisée dans la partie droite de ma chambre. Ce que je savais, en effet, des agissements du raté à qui me reliait le fil impalpable d'une parenté prenait place, avec autant d'évidence que s'il s'était agi d'une construction matérielle, dans la portion d'espace qui s'étendait à ma droite depuis le bord de mon lit jusqu'au mur latéral de la pièce, portion occupée seulement par un lavabo et un nombre réduit de meubles ou autres ustensiles dont un lit sans habitant, alors que sur la portion gauche (au-delà d'un poste de télévision en panne rangé face à la porte) régnait un malade privé de parole et presque de mouvement — quelqu'un qui, frappé depuis plusieurs semaines par un mal dont on ignorait la nature, était plongé dans le coma et menait près de moi une existence larvaire qu'on entretenait au moyen des artifices les plus variés, étant incluse au programme une séance de culture physique à laquelle, de temps à autre, une gracieuse kinésithérapeute à petit béret blanc soumettait le corps inerte. C'était, en somme, comme si j'avais choisi la partie de la chambre que ne hantait pas ce mort vivant, pour y loger ce qui n'avait ni besoin ni possibilité concevable d'être logé : pas même arachnéenne, la construction plus abstraite qu'une épure, dans laquelle intervenait la seule *idée* de mon cousin, en l'absence de toute image qui me l'aurait fait voir tel que je l'ai connu (avec son sourire avenant, sa fine moustache, son binocle et sa mise toujours soignée) ou tel qu'il est, paraît-il, devenu (vieil homme reclus et presque aveugle qui téléphone chaque jour à l'un de nos parents communs, sans autre motif que d'échapper ainsi pendant quelques minutes à son isolement de veuf sans enfants).

Dans un bulletin paroissial ou autre feuille de chou de son quartier de Vaugirard, et parfois en une mince plaquette, l'oncle paternel de mon cousin Loulou — béquillard affligé d'un pied bot et dont souvent on disait « Louis l'infirme » pour ne pas le confondre avec son homonyme — publiait, en les signant « Louis de Lutèce », des chroniques grâce auxquelles dans le *Bottin mondain* (où il jugeait flatteur de figurer) il pouvait promouvoir au rang de « critique d'art » et décorer d'un nom qui fleurait chat-noiresquement son escholier de la grand'ville l'humble rond-de-cuir parisien aux goûts artistes et quelque peu bohèmes qu'il était. De « Lutèce » à « Kipouls... » le chemin est évidemment celui même qui va du descendant fantaisiste des nobles gallo-romains à un Hindou parisianisé comme le très select maharadjah de Kapurthala, des follicules bien pensantes du XVe arrondissement aux théâtricules réels ou supposés du XVIe et — reliant en oblique deux générations — de l'aimable peinturlureur manqué dont la jambe de Cour des Miracles et la barbe druidique semblaient être les armes parlantes, à son neveu l'écuyer tel que je le déguisais dans cette rêverie menée en un lieu que ses cadavres en instance de réanimation, ses modernes poumons d'acier et autres appareils de survie équipaient comme pour en faire, très au-delà du vaudeville auquel aurait prêté l'abondante literie, le cadre d'une intrigue à base de *science-fiction*. Au cadavre en sursis que moi aussi j'avais été, l'on avait appliqué plusieurs de ces moyens perfectionnés. Dans l'état quasi infantile où je me trouvais après cette espèce de mort suivie d'une nouvelle naissance, quoi d'étonnant si j'étais assailli par de lointains souvenirs d'enfance ? Il est curieux pourtant que ce soit justement ceux-là qui me soient revenus, plutôt que d'autres par lesquels je me sais plus marqué, et qu'ils aient, pour frapper à la porte de ma pensée, pris la forme de cette histoire inepte dont une vaine ambition théâtrale était l'unique ressort.

Les prétentions de l'oncle à la critique et même à l'art tout court (ces dernières illustrées par les tableautins qu'il peignait dans la manière impressionniste et dont au ministère des Finances il ornait son bureau), je les avais transférées au neveu en modifiant simplement leur objet. Époux et trois fois père, le fonctionnaire à maigre traitement qu'était l'oncle devait (d'après les cancans) recourir fréquemment à des proches pour faire face à ses échéances et c'est pourquoi, sans doute, le neveu se présentait dans mon phantasme sous les espèces d'un solliciteur, encore que dans la vie courante il eût été l'un des soutiens de cet oncle, en vérité doué d'assez de finesse pour que tout son entourage trouvât plus amusante qu'intempestive la façon qu'il avait de doubler d'un rapin tirant le diable par la queue son personnage de gratte-papier environné (comme il se doit) de cartons verts. Kipouls — on peut le présumer — devait certains de ses traits à Lutèce, des traits poussés à la grimace étant donné mon malaise et la conscience que je prenais peu à peu de la singularité de ce qui m'entourait. Mais, cela posé, il reste à démêler les raisons pour lesquelles j'étais obsédé par ce Kipouls ou, plus exactement, par l'intrigue dont il était le pivot.

Membres endoloris, corps marqué çà et là de larges dépôts violacés, veines durcies par les prises de sang et injections diverses et surtout (conséquence de la trachéotomie) poitrine travaillée par cette soufflerie dont le jeu semblait s'activer quand j'allais aux w. c., s'amplifier de façon presque terrifiante sous l'effort d'excrétion, et paraissait alors intéresser toute la partie de ma personne comprise entre la gorge et le fondement, d'où l'impression atterrante d'avoir été changé soit en accordéon crevé soit en tuyauterie de tout-à-l'égout, à cela s'ajoutant la bizarrerie de ne plus reconnaître mon sexe, qui m'était devenu comme étranger tant il avait été déformé par la sonde qu'on avait mise en place à mon insu et que j'avais gardée tandis que j'étais biologiquement réduit à une espèce de minimum vital — ces infirmités, progressivement découvertes, m'avaient donné le sentiment que jusqu'à nouvel ordre je n'étais plus qu'un estropié. Est-ce pour cela que s'immisçait, par un détour, le souvenir du stropiat familial et y avait-il pour mon cousin Loulou, dans ma tête où se déroulait un carnaval sans gaieté, d'autres motifs de se manifester que son mandat de substitut de son oncle affligé d'un pied bot?

J'ai dit que la préoccupation constante de mon cousin, l'obsession qui le rendait si insistant mais n'était que ma propre insistance dans la répétition indéfinie d'un même phantasme, cet inguérissable désir qui faisait de lui un importun alors qu'en vérité ce qui m'importunait devait venir du fond de mes désirs à moi, c'était de parvenir à prendre rang comme dramaturge ou, à défaut, comme critique théâtral. J'ai dit aussi — quant au cousin réel — les attaches qu'il avait avec le monde de la scène, par une personne au moins que j'ai fort bien connue et dont le souvenir ne laisse pas de m'émouvoir : celle qui, pour moi, était la « tante Claire » et, pour lui, la seconde femme de son père. Si l'intervention inopinée de ce cousin, que je suis loin de regarder comme un fâcheux mais à qui je n'ai jamais donné plus que son dû d'affection familiale, ne peut guère s'expliquer que par son rôle d'émissaire de quelqu'un ou de quelque chose dont ma piteuse condition provoquait le rappel, je crois que le pied bot — mon infirmité aurait-elle attiré la sienne et me serais-je basé sur ses travers pour composer un type d'artiste manqué et de quémandeur — pèse ici moins lourd que la cantatrice et que c'est vers ma tante honnêtement bruxelloise plutôt que vers le Lutécien si fier d'appartenir au cercle « Les Parisiens de Paris » que je dois me tourner, pour déchiffrer le message que je m'adressais en inventant l'intrigue dont mon cousin était le minable héros.

Ce parent à demi fictif que j'avais façonné à la manière dont on fait un personnage de roman, mêlant des traits pris chez un autre à certains de ses traits réels (la taille menue que semblait exprimer le mot « Kipouls », le côté fils de famille à quoi devait répondre le choix d'un quartier tel que Passy ou La Muette, qu'il n'a jamais habité, comme lieu de ses agissements), ce qu'il représentait dans l'immédiat n'était-ce pas le grotesque et l'odieux de ceux qui, en matière d'art, ne sont que des velléitaires avides de voir leur nom imprimé dans les gazettes ? Après l'élégant couple britannique placé dans un décor de verdure très poètes lakistes, après la vedette boulevardière qui toute sa vie avait brûlé les planches et, même retirée, brûlait encore d'un feu sacré, venait cet amateur besogneux essuyant ses semelles à tous les paillassons et jouant des coudes pour caser coûte que coûte une production si médiocre qu'elle ne pouvait intéresser quiconque. Ilote en même temps que repoussoir, cette vaine abstraction me montrait ce qui pour tout artiste — y compris le plus authentique — est le monstre qui peut un jour le dévorer : une certaine soif de succès susceptible de se déclarer avant même qu'il en ait pris conscience, une soif qu'il lui sera bien entendu impossible de jamais assouvir (un succès ne faisant qu'accroître l'envie de succès) et qui, une fois le grelot attaché, a chance d'entraîner dans une filière d'incroyables platitudes jusqu'à celui qui, sur ce point, aura donné le change pendant de longues années. Elle illustrait, en somme, ce que je me flatte de n'être pas devenu mais, aussi bien, ce que j'étais en passe de devenir à l'époque où mes prétentions intellectuelles naissantes et mon snobisme de petit bourgeois du XVIe arrondissement se fondaient en un même déplaisant amalgame. Tel que le dessinaient les échos qui me revenaient, mon cousin, en un sens, n'était-il pas un autre moi-même : une copie, sans doute aucun, simiesque mais non dénuée de toute espèce de ressemblance, exactement comme du singe à l'homme il y a, par-delà l'imitation qui prête à rire, un fond vrai de similitude originelle qu'on doit s'attendre à voir se manifester — fût-ce en de rares éclairs — chez l'homme le mieux policé ? Est-ce donc en raison d'une telle inquiétante analogie, supputée comme si j'avais été doué d'une seconde vue au plus épais de mes ténèbres, qu'à l'instar d'un remords dont on ne parvient pas à se débarrasser, le fantoche disposait de son inépuisable force tracassière ? Ou bien, à travers lui, n'est-ce pas la chanteuse qui tendait sournoisement à s'immiscer, elle qui avait été pour mon enfance le grand art en chair et en os et dont le souvenir ne pouvait guère ne pas être tapi dans un recoin de cette intrigue, qui non seulement mettait en cause quelqu'un de son entourage immédiat mais semblait parodier les efforts à la fois tendres et teintés de vanité puérile que son mari (m'a-t-on rapporté) prodiguait autrefois pour qu'elle fût reconnue comme elle le méritait?

Au couple d'écrivains anglais je m'identifiais si pleinement que je n'éprouvais nul embarras à me trouver divisé en la dualité d'un homme et d'une femme. Avec l'actrice du boulevard, vécue d'abord à la première personne, une distinction avait fini par s'établir. Quant au cousin calamiteux, nous n'eûmes d'autre communauté que ce rapport de cousinage et si je parle aujourd'hui de lui comme d'un double ironique, ce n'est que du bout des lèvres et à la réflexion, longtemps après mon séjour à l'hôpital Claude-Bernard pris tout d'abord pour un hôpital de Bruxelles. Du plus tôt jusqu'au plus tard venu de ces phantasmes on pourrait observer une dégradation, comme si, à mesure que s'abolissait l'extravagance mythique, la vie artiste — trame unique de ces trois illusions — m'était devenue assez distante pour être l'objet d'un jugement et s'était en même temps dépouillée de ses trop merveilleuses couleurs : j'adhérais, en une satisfaction totale, à ce prestigieux ménage de gens de lettres que j'étais; j'hébergeais comme s'ils avaient été les miens les souvenirs brillants et les actuels soucis de la grande comédienne; sans que fût, cette fois, le moins du monde éclipsée la notion de mon identité, j'étais hanté par le pitoyable petit homme dont les manigances risibles — qui m'atteignaient seulement comme des réalités de seconde zone puisqu'elles m'étaient portées par la rumeur publique — ne pouvaient ni de près ni de loin être mises à mon compte et m'irritaient, non point tant comme irritent les bévues commises par un proche, mais parce que j'en avais les oreilles rebattues. A un bout, il y avait donc l'acceptation les yeux fermés d'une métamorphose absurde mais séduisante comme un conte de fées; à l'autre bout, le refus de me compromettre dans de mesquines histoires qui, elles aussi, concernaient l'activité artistique mais prise du côté linge sale et regardée de l'œil le plus critique. Entre cette adhésion enfantine et ce rejet désenchanté, il y avait mon intérêt captivé pour les faits et gestes de cette Sandier ou Sanguier dont le nom à goût de sang et d'incendie aurait pu être celui d'un corsaire ou d'un chef de bande, actrice au talent certainement un peu gros mais empreint d'une générosité dont le couple évoluant souverainement dans l'intellectualité la plus haute était dépourvu tout autant que le pauvre sire vaniteux pour qui les théâtricules où il tentait platement de se faire jouer représentaient un Olympe inaccessible.

Menant sous les espèces de ce ménage la vie presque divine dont j'ai longtemps rêvé — une vie à la Coleridge ou à la Thomas de Quincey ouverts tout aussi bien aux sortilèges aventureux de l'opium qu'aux fins propos tenus devant le thé — j'étais fondu avec lui sans qu'il y eût entre nous l'écart, fût-il minime, qu'aurait exprimé le fait de lui donner un nom. A l'inverse, j'avais affublé du pseudonyme burlesque de « Kipouls » le personnage avec lequel je refusais de me découvrir la moindre analogie. Anonyme tant que je m'étais projeté tout entier dans son image encore éclairée sourdement par les feux de la rampe, la femme de théâtre avait reçu le beau nom de Sandier ou Sanguier à partir du moment où, sans me désimprégner d'elle, j'avais commencé à m'en différencier. Revenu des hauteurs utopiques du temps où les poètes à qui j'aurais aimé ressembler me paraissaient des êtres d'une autre argile comme les dandies, les prophètes ou les demi-dieux, invaincu pourtant par la décourageante foison de Babels lilliputiennes que ma vue — en s'aiguisant — m'a révélée peu à peu dans ce domaine, il semble qu'avec cette figure de la comédienne, bientôt posée à distance comme si je ne l'avais détachée de moi que pour mieux l'admirer, je tenais la balance égale entre l'effusion naïvement supra-terrestre et le regard qui réduit à l'état de poussière tout ce qu'il jauge pour le remettre à sa place.

Illusion disparue sans que j'eusse à tenter de m'y dérober, le couple d'esthètes anglais ne m'avait guère occupé que pendant vingt-quatre heures. Si mon cousin le raté se montrait plus tenace, c'était à mon corps défendant. Je subissais, en revanche, d'assez bon gré les incursions tout aussi indiscrètes de cette femme de théâtre qui, à la façon marginale d'une prostituée (elle aussi vouée au fard, à la vie nocturne et aux lumières factices), avait eu pour métier d'émouvoir un public et de l'enclore pour un temps dans le cercle magique d'une séduction toute personnelle. N'en faut-il pas déduire que si, avec le couple anglais, j'avais laissé rentrer chez eux les purs esprits qui trônent dans la transcendance de l'art et si, en repoussant l'indésirable Kipouls, j'entendais fuir les cuistres qui en usent — sans grâce — comme d'un moyen d'obtenir une certaine considération sociale, je me sentais de plain-pied avec ceux dont la vieille tête d'affiche parisienne — au jeu toujours scintillant de passion — m'apparaissait un exemple achevé? Ni ange ni démon, mais fantaisie au découpé bien vivant, elle avait probablement été mandée — dans cet enfer en chambre où ma rêverie tenait lit de justice — pour m'offrir, en un frappant raccourci, l'image de la condition d'artiste dans sa vérité pour moi la plus aiguë : mélange de splendeurs et de misères, de grandeur et de servitude, cette condition équivoque dont malgré la fulgurante indication de Baudelaire sur l'art considéré comme une prostitution j'ai été long à saisir que don de soi et désir de plaire, sincérité et mise en scène, s'y ajustent selon la même nécessité que l'avers et le revers dans une pièce de monnaie, quel que soit le souverain à l'effigie de qui les fondeurs l'ont frappée.

C'est une actrice, que sa retraite n'empêchait pas de travailler au bien de sa profession, qui était venue jusqu'à moi comme l'incarnation du type d'artiste que je tiens aujourd'hui pour le plus émouvant et que la crainte de bêtement légiférer, à partir de quelque chose qui me touche d'une façon toute personnelle et peut-être purement circonstancielle, me retient seule de déclarer exemplaire : la fougue avec laquelle elle avait toujours joué l'avait montrée prise au piège et comme amoureuse des gestes qu'elle faisait et des paroles qu'elle prononçait; c'est une relation elle aussi d'ordre amoureux qui l'avait liée à son public; or maintenant il était clair que, par-delà cet amour qu'à travers celui de son jeu elle avait de sa propre personne, elle aimait assez le théâtre pour ne pas songer qu'à elle-même, puisque l'unique attache qu'elle eût gardée avec le monde c'était son dévouement envers ceux dont elle pouvait se dire que la scène les avait consumés ou que, plus jeunes, ils se préparaient bravement à en subir l'épreuve. Voulais-je me prouver que si je n'avais pas le même amour inconditionné de mon métier j'étais capable moi aussi de jouer mon rôle avec fougue et d'entrer à fond dans la peau de mon personnage, quand j'avalai la dose de poison qui m'a conduit en imagination dans ce Bruxelles dont j'ai longtemps essayé de comprendre pourquoi mon délire l'avait choisi, pensant d'abord que ce choix avait pu m'être suggéré par le fait que mes hôtes de la cocktail-party y étaient allés dans les jours qui avaient précédé immédiatement cette réunion, par le fait encore que c'était à Bruxelles que j'avais rencontré pour la première fois cette jeune femme avec qui j'avais trop ostensiblement flirté, me demandant enfin si ce n'est pas pour une raison plus profonde en même temps que plus simple : attaché à cette ville par des souvenirs enfantins qui me restent très chers, et notamment par celui de ma tante Claire que je vis là dans tout son éclat de cantatrice, j'y étais peut-être revenu comme un taureau blessé retourne à sa *querencia* et cherche à se retrancher sur l'étroit morceau de terrain qu'il a choisi pour lieu d'asile?

Dans cette chambre qu'une fois l'illusion bruxelloise dissipée je ne parvins pourtant pas tout de suite à localiser (situant d'abord l'hôpital Claude-Bernard vers la rue de ce nom, soit au sud du quartier des Écoles, et non pas au nord de Paris, près de la Porte d'Aubervilliers), chaque nuit mon cousin prenait la relève de la comédienne. Il ne me vint pas à l'esprit qu'une relation pût exister entre deux personnages de couleurs aussi contraires et dont la succession répondait à celle de deux motifs très distincts. De l'ex-étoile à l'insipide aspirant dramaturge, la distance était telle que c'est à peine si je remarquai qu'il y avait d'elle à lui une certaine similitude de profession. Je relevai encore bien moins que tous deux ils me reportaient à la même époque révolue, elle, avec sa notoriété qui devait remonter aux premières années du siècle, lui, dans la mesure où les ragots dont il était l'objet concernaient, non l'homme marié que j'ai surtout connu, mais le célibataire que je rencontrais quand j'étais, moi, un très petit garçon. À plus forte raison, je ne remarquai pas qu'avec l'une comme avec l'autre je prenais pied dans un secteur assez particulier de mon passé lointain. La vieille gloire dont le nom rappelait à quelques-uns tant de belles soirées était, en effet, un condensé des gloires de ma prime jeunesse et le sillage étincelant de ce nom, qui avait couru sur toutes les bouches dans le tumulte du boulevard, ne laissait pas de refléter certains émerveillements que Paris m'avait jadis fait éprouver (comme le soir où l'on m'avait emmené dans les parages de la Madeleine ou de l'Opéra tout fourmillants de promeneurs voir les « illuminations » dont une visite, je crois, du roi des Belges avait été l'occasion). Mon cousin si injustement changé en zéro qui se pousse du col me rapprochait, malgré sa terne figure, du même fond brillant et légèrement équivoque, puisqu'en lui se rassemblait confusément cette branche « artiste » de ma famille maternelle à laquelle ce n'était sans doute pas par un simple hasard qu'une cantatrice s'était alliée et dont je sus assez tôt qu'elle comptait dans un rameau éloigné la trop fameuse comédienne Lanthelme (dont le collier de perles contribuait à son renom assez trouble de jolie femme et qui, presque à la veille de la guerre de 1914, disparut énigmatiquement dans les eaux du Rhin alors qu'elle naviguait en yacht avec le directeur d'un grand journal parisien et quelques autres personnes).

A l'inverse du couple d'esthètes, si inconsistant dans ses hauteurs éthérées qu'il avait été comme un parfum de fleurs en lequel on se perd mais dont la suite de la promenade a vite fait de vous séparer, l'actrice vieillie et le célibataire acharné à se faire connaître collaient à moi de tout le poids de la couche de souvenirs qui, en eux, était sous-entendue. Ce qu'ils portaient ainsi comme une richesse de contrebande, ce n'était pas la vie artiste telle que j'ai pu l'imaginer lorsque j'ai pris à cœur d'être un poète, mais un pan beaucoup plus archaïque de ma vie vécue : celui qui, par-delà les splendeurs dont m'avaient primitivement ébahi le pont Alexandre III (comme doré sur tranche) et le carrosse du comte de Chambord (rutilant à l'égal du nom de son royal propriétaire), me permit d'entrevoir ce monde à part que le petit mot « art » sert à poser comme un tout, bien qu'inapte à résumer la fantastique diversité de ses prestiges.

Ainsi nommée à cause de ses espaces ombreux d'où gens et choses paraissent émerger, alors qu'elle représente (comme chacun sait) une scène de plein jour, *La Ronde de nuit* de Rembrandt est le premier monument de la peinture qu'il m'ait été donné d'admirer en étant dûment informé de sa qualité de chef-d'œuvre. J'avais huit ou neuf ans, et mes parents nous avaient emmenés faire un tour en Hollande à l'occasion soit de vacances de Pâques commencées à Bruxelles — où depuis son veuvage résidait ma tante Claire — soit d'un séjour d'été sur une plage de la mer du Nord. En même temps que le « clair-obscur » qui faisait ressortir, avec le personnage central, une figure au second plan qu'on pourrait croire celle d'une femme très petite (comme l'était ma mère) mais dont je sais aujourd'hui qu'elle est celle d'une fillette à longue robe, j'appréciai le caractère historique du tableau et, singulièrement, l'allure Louis XIII des costumes masculins et des grands feutres mousquetaire, le tout enduit d'une noble patine et ainsi embrumé dans l'exacte proportion qu'exigeait l'ancienneté de la scène. Au cours de ce voyage, je vis encore *La Leçon d'anatomie* (à propos de laquelle mon père fit remarquer que le cadavre qu'on dissèque semblait éclairer la pièce où le tableau était accroché) et d'autres grands échantillons de la peinture flamande parmi lesquels (si c'est bien là qu'il se trouve) un *Christ en croix* de Van Dyck, ce Christ aux chairs fauves et ravinées que ma mère, en Hollande ou ailleurs, jugea si émouvant dès qu'elle y porta les yeux et dont le pathétique, convoyé jusqu'à moi par l'attitude de ma mère, me frappa moi aussi. Les vacances de l'été précédent s'étaient écoulées dans une localité proche du lac Léman que nous avions quittée pour quelques excursions, allant à Fribourg (où je vis, dans un décor de ville ancienne dont je ne me rappelle nul détail mais seulement l'atmosphère vieillotte, un chat gris ou tigré d'une taille phénoménale qui se tenait assis devant une porte), à Berne (dont je n'ai retenu que les ours), à Zermatt d'où nous montâmes sur une montagne qui mesure, je ne l'ai pas oublié, 3.136 mètres de haut et qui s'appelle le Gornergratt. Commencé par une nuit de chemin de fer, ce voyage-là avait été le premier que je faisais hors des frontières et je n'ai pas oublié comment, dans les gares suisses, le spectacle des chefs de station à casquette rouge et abondamment galonnée me donnait le sentiment émerveillé d'être loin de chez nous. J'en rapportai plusieurs bibelots de bois représentant des ours, quelques pierres verdâtres et feuilletées ramassées dans des chemins montagnards, ainsi qu'une carte postale ou autre image en couleurs montrant l'express du Simplon lancé à toute vapeur. L'attraction n°1, qui fut aussi l'attraction finale, avait été la montée au Gornergratt où j'appris, devant le mont Cervin et le mont Rose (qu'animait comme une file de fourmis une caravane d'alpinistes visible au télescope), quel orgueilleux enivrement l'on éprouve en face des hautes cimes, même quand on a pour belvédère un endroit où vous a mené le funiculaire. Révélation de la nature sous son aspect « neiges éternelles », comme un premier degré d'initiation avant celui qui, l'an suivant, consisterait à prendre un avant-goût des beautés que peuvent produire des mains humaines.

Entre la découverte du site montagnard où les touristes viennent de loin pour contempler le panorama et celle du chef-d'œuvre qui semble n'avoir été peint que pour devenir lui aussi un but de pèlerinage, entre ces deux découvertes de merveilles du monde qui ne jouaient pas sur le même plan — la première au niveau de ce qu'on m'avait enseigné des sept jours de la Création, la seconde au niveau plus proche mais à peine moins imposant des prodiges que certains hommes ont eu le privilège de réaliser — c'est une année au plus qui s'était écoulée. Mais il est sûr qu'en passant de l'excursion au Gornergratt à la visite du musée d'Amsterdam le gamin que j'étais avait franchi un seuil important : alors qu'au Gornergratt le voyage en funiculaire et la présence d'instruments tels que table d'orientation et télescope étaient entrés pour beaucoup dans mon plaisir, en cela guère distinct de celui que je trouvais au milieu de mes jouets (sauf que cette fois les choses se passaient en grand et qu'il était bien entendu que ce n'était pas « pour rire »), le musée d'Amsterdam ne m'avait rien offert qui fût de l'ordre du jeu ou de la pièce à grand spectacle et le plaisir que j'y avais pris, s'il n'était pas encore celui d'un dilettante, était du moins le contentement profond d'un jeune garçon tout fier d'avoir été jugé en mesure d'apprécier ce qu'on lui présentait comme un haut lieu de la peinture.

Pesante robe de la frêle créature qui semble avoir croisé la garde civique par hasard et, en passant, s'être tournée vers celui qui observait la scène et en a fait le tableau, vestes barrées ou ceinturées de soie, chapeaux emplumés, barbes pointues des deux officiers qu'on voit marcher en tête du cortège, lueurs de casques et de pertuisanes (ou autres armes au large fer compliqué), drapeaux à demi déployés vers le fond et, dans un angle, tambour dont on croirait entendre le battement voilé, quelque part un chien qui fait penser au chien du régiment, — comment savoir ce que releva exactement de ces détails l'enfant de huit ou neuf ans bouche bée devant *La Ronde de nuit*, si galvaudée que je la range maintenant parmi les œuvres dont on arrive à douter de les avoir vues, tant il est malaisé de faire la part de ce qu'on a tiré de leur vision réelle et de celle, maintes fois renouvelée, de leurs reproductions! Me reportant à une gravure de dictionnaire (aide-mémoire le plus discret et de ce fait le plus sûr) pour essayer de retrouver ma première impression en la faussant le moins possible, j'ai tout de suite constaté que cela ne menait à rien... Ce qui reparaissait à travers la gravure, c'était une quantité de *Ronde de nuit* regardées à diverses époques et dont la plus ancienne — si toutefois mon désir de réminiscence ne me pousse pas à imaginer — était non point l'original (à la chaude tonalité sombre et dorée) contemplé lors de la visite du musée d'Amsterdam, mais une estampe qui devait faire partie du modeste trésor artistique exposé sur les murs de notre 8 rue Michel-Ange. Outre sa pièce maîtresse, le portrait au fusain ou au crayon que le célèbre Munkacsy avait dessiné sous les yeux de mon grand-père maternel en copiant sa propre image reflétée dans un miroir (ce qui nous était présenté comme une manière de tour de force et expliquait, à en croire nos éducateurs, une certaine singularité du regard), cet assemblage hétéroclite comprenait, avec un *Rouget de l'Isle composant « la Marseillaise »* ainsi qu'une lithographie de Léandre représentant Pierrot et Colombine en compagnie d'un chat noir dont la pâle lunule qu'il serait malséant de nommer apparaissait au-dessous de sa queue dressée, une peinture à l'huile de dimensions moyennes signée « Horace de Callias », envoi au Salon dont je ne sais pourquoi la carrière s'achevait chez nous et qui montrait, vue je crois à l'automne, une allée de jardin public avec une promeneuse en toilette de ville et présentée de profil, à cela s'adjoignant plusieurs œuvres de techniques et de formats divers qui n'avaient guère d'autre sens que celui de reliques familiales : miniatures datant de la grande Révolution et figurant trois ou quatre de ces aïeux qui, du côté de ma mère, furent des royalistes mais, du côté de mon père, comptèrent un républicain catalogué comme régicide; portraits à l'eau forte de mon père et de son propre père le déporté de Lambessa par celui de mes oncles paternels qui, mort trop tôt pour que je l'aie connu, avait été un graveur de métier; groupe d'amours XVIIIe siècle qu'avait peints, lui aussi en professionnel, un parent défunt de ma mère et dont les ailes agrémentant leurs corps potelés faisaient pour moi de charmants « petits anges »; vieille toile, enfin, reproduisant les traits de l'une de mes arrière-grand-mères, une femme entre deux âges, me semblait-il (bien qu'elle dût être jeune encore quand elle posa ainsi en Maternité), coiffée d'un vaste chapeau de paille à brides et tenant endormi dans ses bras un bébé nu — ma grand-mère maternelle — entre les mains de qui le portraitiste anonyme avait placé une grappe de raisin.

Comme tout ce que notre troisième étage de la rue Michel-Ange contenait d'objets d'art ou de bibelots, ces œuvres peintes, dessinées ou gravées et jusqu'à celles que pas la moindre invisible fibrille ne reliait à quelque séquence de la mythologie familiale — l'affiche au blanc Pierrot de Léandre, par exemple, ou le jardin public peint par Horace de Callias qui n'étaient, l'une, qu'une image encadrée que mon père aimait bien, l'autre, qu'un tableau dont j'ignorais pourquoi il était là et qui au demeurant ne me racontait rien —, ces œuvres fixées aux murs entre lesquels je respirais étaient, avant tout, des morceaux du décor quotidien et ne se différenciaient guère d'un objet de piété comme le crucifix sur fond de velours rouge que ma mère conserva jusqu'à son dernier jour, ni des autres repères auxquels pouvait s'accrocher ce que je savais de mes parents et de ceux qui, vivants ou morts, appartenaient à notre cercle. Pour m'ouvrir une première lucarne sur l'espèce d'autre monde que l'œuvre d'art a pour fonction d'instaurer, il fallait non seulement un authentique chef-d'œuvre devant lequel je serais invité expressément à m'extasier mais sans doute également un chef-d'œuvre qui fût hors de portée de la main, comme *La Ronde de nuit*, et qu'un voyage aussi considérable que l'était pour moi le voyage de Hollande à l'âge où je le fis m'amènerait à découvrir. Ce que j'aurais pu voir au Louvre eût, faute de l'écart voulu, participé tant soit peu du souvenir de famille, ainsi qu'il en était pour moi de monuments tels que le Palais de Versailles ou le Tombeau de Napoléon. Plus distante, et pourvue de prolongements historiques distincts de ceux qui m'étaient plus ou moins familiers, *La Ronde de nuit* m'en imposait de tous les kilomètres qu'il avait fallu parcourir pour être à même de la regarder et m'amenait à commencer de soupçonner qu'il existe des peintures dont, par-delà leur sujet, la vertu inappréciable est de montrer ce que c'est que la grande peinture.

C'est en Hollande, donc, que j'ai franchi le seuil préliminaire après lequel viendrait un autre seuil que je ne franchirais, celui-là, qu'une fois devenu un adolescent si ce n'est un jeune homme : être ému par un tableau qu'aucune gloire ne magnifie et qui ne doit son attrait à nul aspect historique ou anecdotique. Ce sont, je crois, des paysages de Jongkind — autre peintre flamand — que je vis ainsi au hasard d'une promenade au musée du Louvre. Je serais très en peine de dater cette promenade et, tout aussi bien, d'en indiquer les circonstances. Ce dont je suis pourtant presque certain, c'est que devant ces tableaux ou aquarelles de Jongkind j'éprouvai pour la première fois quelque chose qui n'était ni le sentiment d'admiration un peu protocolaire que m'avait inspiré *La Ronde de nuit*, costumes et accessoires du genre grand opéra aidant, ni l'intérêt encore tout enfantin que j'avais eu pour l'élégiaque et coquette expression de l'amour maternel qu'offre le double portrait dans lequel Mme Vigée-Lebrun (qui peignit la reine Marie-Antoinette) s'est représentée serrant sa fille entre ses beaux bras qu'on présume très doux, ni l'ébahissement devant d'imposantes compositions comme *Les Noces de Cana* ou *Le Sacre de Napoléon*, ni l'émerveillement amusé que me procurait la verve romantique de Gustave Doré quand je feuilletais les ouvrages qu'il a illustrés (*Roland furieux*, *Don Quichotte*, *La Divine Comédie*, les *Fables* de La Fontaine ou bien *Le Capitaine Fracasse* qui se trouve être le premier livre proprement littéraire que j'aie lu et dont j'aie apprécié qu'il fût, comme on disait chez moi, « bien écrit »). Paysages que je me rappelle comme étirés dans le sens horizontal à l'instar des longues plaines qu'ils représentaient, avec peut-être des moulins, des bateaux sur des eaux de fleuve ou de canal, des ciels aux nuages effilochés au-dessus de la terre jaune, peut-être aussi des arbres maigres, les œuvres de Jongkind — quel qu'ait pu être exactement leur contenu — avaient ouvert pour moi d'étonnantes trouées dans les murs solennels du musée. Cet état ambigu de tendresse et de tristesse passionnées auquel, beaucoup plus tard, mon engloutissement volontaire dans le coma provoqué par le phénobarbital répondrait comme s'il en eût été l'achèvement au sens complet du terme, il me semble en avoir ressenti une annonce très lointaine devant ces paysages dont, même aujourd'hui, je ne suis pas capable de dire avec précision sur quoi se fondait leur pouvoir insidieux. A regarder les touches légères de couleurs avec lesquelles cet homme au nom de joncs ou de jonquilles poussant dru dans la froidure du Nord a évoqué des sites indubitablement localisés mais dont elles nient plutôt qu'elles ne posent les limites, je me sentais comblé, mais en même temps comme aspiré hors de moi-même et projeté vers un horizon indéfiniment reculé. Mélange bizarre de détresse et d'exultation analogue à ce que, depuis, m'ont paru sécréter les produits du génie moderne qui — sur un plan bien distinct de celui de la peinture pure — me touchent au plus près. Mettons, sans essayer de faire un florilège : les saltimbanques de Picasso et son rideau pour le ballet *Parade*, les toiles cubistes en échafaudages gris et beige syncopés comme des ragtimes pour troupes de girls anglaises, certaines séquences de Max Jacob et de quelques autres poètes où c'est la poésie qui devient thème de poésie, le conte *L'Enfant polaire* de mon ami Limbour (natif du Havre) et la musique étrangement dénudée de Satie (né comme on sait à Honfleur). En termes mieux pesés : ce que j'aime en dehors de tout jugement intellectuel ou esthétique et qui, en des instants certes mélancoliques mais dont je doute que j'en connaisse de meilleurs, exprime avec une mélodieuse simplicité ce qui — le temps au moins que dure cet enchantement — me semble être ma vérité, inintelligible dans toute autre traduction...

De la chambre d'hôpital que je peuplais chaque nuit de mes rêveries tandis que végétait à quelques mètres de moi une sorte de mort vivant, l'on avait vue, le jour, sur les chantiers et dépôts de la Compagnie du Gaz de Paris. Après un lever de soleil dont, sortant du lit pour regarder à travers la fenêtre le ciel enfin éclairci, je pouvais admirer les délicates couleurs pendant que mon oreille s'égayait de pépiements d'oiseaux, un beau et sinistre paysage se formait, avec des tas de charbon presque aussi gros que des terrils, une passerelle métallique de hauteur et de longueur impressionnantes, un édifice surélevé en poutrelles d'acier, vitres et bois, le tout très délabré. C'est maintenant seulement que je mesure à quel point le tableau qui, jusqu'à la fin du jour, m'était ainsi offert s'apparentait à ce qu'on voit des régions charbonnières de France et de Belgique quand on fait par le train le voyage Paris-Bruxelles. Sur le moment, je me bornais à goûter un spectacle qui m'émouvait d'autant qu'il me semblait à l'image de l'ambiguïté de ma vie : ciel aux roseurs exquises au-dessus d'un morceau affligeant de banlieue industrielle, chants d'oiseaux qui m'arrivaient dans une retraite si empoussiérée de charbon (malgré les soins des filles de salle) qu'un jour que je m'étais frotté le crâne avec un peu d'eau de Cologne j'avais noirci mon tampon d'ouate en un instant, chants d'oiseaux pareils à ceux que, dans mon sous-sol du Musée de l'Homme, au moment où se fermait la plaie d'une mauvaise querelle nous avions soudain entendus, avec celle qui cet après-midi-là m'était clairement apparue comme dépêchée pour restituer une fraîcheur à mon existence mais y instiller en même temps un poison. Si certains aspects de la Belgique et des Flandres se sont finalement accolés à ce fragment de banlieue nord, il a fallu pour cela que j'eusse l'occasion de retourner à Bruxelles alors que je piochais depuis déjà longtemps dans le magma de rêveries d'où je cherche indéfectiblement à extraire quelque substance identifiable.

Ce déplacement qui m'a permis de revoir les pyramides minières guère moins belles à distance que les tombeaux de Gizeh, je l'ai fait l'an dernier, pendant que se tenait à Bruxelles une exposition internationale déprimante comme l'est d'ordinaire ce genre de manifestations, qui tendent en fait à mettre au rang d'inventions pour Concours Lépine les produits de nos arts et de nos industries et à faire toucher du doigt le peu à quoi se réduisent nos créations. Manque de temps plus encore que découragement, c'est à peine si, en passant, j'ai jeté un coup d'œil sur les monuments ou ensembles architecturaux (Sainte-Gudule par exemple et la place des Corporations) dont la visite avait été l'un des clous du premier de ces tours effectués en Belgique quand j'étais tout enfant et qui, suivis de la Hollande puis d'un séjour outre-Manche deux ou trois ans après comme si le Nord nous attirait à la manière dont il le fait de l'aiguille aimantée, ont préparé les voies au goût que j'ai professé pour les régions nordiques jusqu'à l'époque où mes voyages d'adulte ont commencé de m'apprendre qu'un romantisme peut trouver son climat ailleurs que dans les brumes ou dans les neiges du septentrion.

Sauf une première journée pluvieuse, il fit assez beau durant le week-end élargi que ma femme et moi, escortés d'un ami, nous passâmes là-bas, de sorte que nous circulâmes beaucoup, ceux qui nous recevaient nous menant tantôt à l'exposition, tantôt en d'autres points de Bruxelles (dont les grandes voies commerçantes étaient le soir abondamment illuminées, avec à perte de vue des sortes d'arcs de triomphe en rampes légères d'ampoules électriques comme une suite de ponts minces et brillants jetés par-dessus la chaussée), nous conduisant aussi à Gand (saluer bien sûr *L'Agneau mystique*), à Bruges (pour les musées, le Béguinage et la promenade en barque à moteur sur les canaux), à Liège, à Ostende et même à Waterloo (où un vaste et poussiéreux panorama reconstitue en chambre la bataille). Détail ethnographique, j'ai observé çà et là ce que (m'a-t-on dit) l'on appelle des « postures », vases, statuettes ou autres objets d'art de pacotille que maintes gens de la petite et de la moyenne bourgeoisie exposent derrière la vitre de leur bow-window, face à la rue, ce qui prête à ironiser sur l'art comme réponse à un besoin d'ostentation : une belle chose, n'est-ce pas la chose qu'on aime (ou aimerait) à faire voir, côté collectionneur ce qu'est un beau diamant pour qui le porte au doigt, côté auteur ce qu'est son membre en gloire pour l'exhibitionniste? A Gand, je crois, j'ai bu de ce breuvage que d'aucuns (comme d'autres parlent punaise écrasée à propos du whisky) qualifient de pissat de cheval mais dont je suis très friand, la *gueuze lambic*, au goût aigre, sur, en même temps qu'un peu fruité, dont la belle couleur orangée tire sur l'acajou et qui, de façon plus surprenante encore que les boissons fermentées africaines comme la bière de mil et le vin de palme, donne lorsqu'on l'absorbe l'impression que l'on s'assimile le monde végétal lui-même. Bref, malgré les réflexions désabusées auxquelles m'avaient conduit l'exposition et son tumulte forain, j'ai eu là-bas quelques jours agréables, avec des gens que j'aime bien, auprès de qui je pouvais oublier tant soit peu la vilaine tournure prise en France par la politique depuis déjà plusieurs mois, avec la guerre d'Algérie s'éternisant, l'armée bien décidée à n'en faire qu'à sa tête et la totale désorientation de la plupart en face de la volonté réactionnaire de certains.

L'église Sainte-Gudule, je n'avais aucune envie de la revoir; non qu'une visite de cathédrale réveille en moi quelque bile anticléricale, mais parce que je n'ai plus le même goût qu'autrefois pour les églises gothiques d'un style très fleuri (celles de Rouen et de Reims par exemple, autres objectifs touristiques de certaines vieilles vacances de Pâques), ces monuments dont mes parents me faisaient admirer la « dentelle de pierre » et dont j'appris, peut-être un peu plus tard, que l'élancement de leurs ogives invite à la prière. La place des Corporations, je m'y serais au contraire arrêté volontiers, car le souvenir que j'en ai est celui d'un ensemble, sinon d'une haute qualité, du moins pittoresque et vivant, que je vois aujourd'hui comme un décor de théâtre encadrant de sa guirlande de figures sculptées un défilé des divers corps de métiers, dans quelque petite ville germanique, helvétique ou bel et bien flamande du Moyen Âge ou de la Renaissance, artisans et marchands passant par groupes avec des bannières et des emblèmes à profusion devant les bourgmestres et les échevins, pour le final d'un spectacle qui tiendrait de *Hans le joueur de flûte*, de *Guillaume Tell* et des *Maîtres Chanteurs de Nuremberg*.

Non loin de la place des Corporations — qui est située, je crois, dans le vieux quartier des Marolles ou à proximité — il y a la rue des Éburons, où habitait ma tante Claire. Cette rue-là, j'avoue que malgré mon attachement je n'y suis pas retourné depuis l'époque où ma tante y vivait, partageant la vraie maison de poupée qu'était son minuscule hôtel avec une domestique dont je me souviens que, point toute jeune et de maintien plus qu'honnête, elle portait un prénom en *a* comme une soubrette d'*opera buffa* et qu'après plusieurs années d'abnégation totale, la tête soudain tournée par un amant, elle fila, main basse faite sur ce que la jolie bonbonnière recelait de plus précieux. Lors de ce voyage-ci, ce qui me lie à cette rue avait repris en moi trop de vigueur et me touchait par un canal trop actuel pour que je n'eusse pas un franc désir d'y aller, avec cette réserve pourtant que, si je souhaitais une promenade, je répugnais au pèlerinage. Expliquer à mes amis pourquoi je tenais à insérer cette visite dans un programme déjà chargé, leur demander éventuellement de me guider, cela m'aurait mené à des considérations sentimentales auxquelles je veux bien me livrer si je le fais par écrit, avec la prise de distance inhérente à ce mode d'expression, mais que je ne pourrais aborder de vive voix sans éprouver une gêne, qui eût été en l'occurrence d'autant plus forte que je me trouvais engagé dans la prospection de cette couche même de souvenirs, pour le travail qui trouve ici sa réalisation formelle. Provoquer une visite qui m'aurait rappelé à point nommé un certain nombre de choses, il ne le fallait d'ailleurs à aucun prix, car c'eût été, en fait, organiser un ramassage de documents et impressions qui, s'ajoutant à ce que d'elle-même ma mémoire me fournit, auraient comblé des vides, mais si mécaniquement que cela grèverait le tout d'un poids mort. Pour un peu, je serais donc reparti de Bruxelles sans être revenu à cette rue des Éburons dont le nom m'est resté à cause, bien sûr, de ma tante Claire, mais à cause également de ce qu'il a de curieux pour un enfant qui, dans les « Éburons », peut voir des gens de métier (bûcherons ou forgerons) aussi bien que les espèces de Hurons qu'étaient, si les noms ont un sens, ce peuple dont l'appartenance à notre cercle n'est marquée par aucune filiation semblable à celle qui conduit des *Alamans* aux Allemands et des *Burgondes* aux Bourguignons. Mais, par chance, tout s'arrangea sans qu'il y eût besoin d'une requête en forme : passant place des Corporations dans la voiture de notre hôtesse, je demandai si ce n'était pas dans ces parages que se trouvait la rue des Éburons, où avait habité une parente à moi qui chantait au théâtre de la Monnaie. Aussitôt dit, aussitôt fait : à vitesse réduite nous remontâmes la rue paisible que j'avais connue et qui était effectivement toute proche. À la croisée d'une autre rue, j'eus le temps d'apercevoir la blancheur crémeuse d'une maison très exiguë, située en coin et dont la pièce d'angle du rez-de-chaussée, coiffée d'une étroite terrasse, pointait à l'intersection des deux rues comme une proue de navire. C'était bien là l'endroit que je cherchais et, à le mieux examiner, peut-être aurais-je reconnu d'autres détails qui m'auraient ouvert la voie des réminiscences... Toutefois je me contentai de cette vue rapide, car je ne voulais pas — ce qu'il m'eût semblé faire de façon trop criante si nous avions stoppé — prendre à l'égard de la maison retrouvée l'attitude du peintre en arrêt, les yeux clignés et le crayon déjà prêt, devant le site ou la tranche de vie qui n'est plus pour lui qu'un motif dont il tâchera de tirer tout ce que son savoir-faire peut lui permettre de tirer.

Hormis son extérieur, dont je ne pensais d'ailleurs pas me souvenir assez pour tout de suite le reconnaître, ce que je me rappelle de cette maison se réduit à fort peu de chose : le calme et l'ordre qui régnaient dans le salon dont la préciosité de bonbonnière cadrait mal avec la beauté robuste de son habitante, façonnée à l'échelle des scènes de théâtres lyriques sur lesquelles elle se produisait; la présence, en bonne place dans ce salon trop mignard, d'un meuble vitré où ma tante conservait des objets dont je serais incapable aujourd'hui de dresser l'inventaire — fût-il borné aux têtes de chapitres — mais dont je sais que plusieurs au moins se rapportaient à sa vie de théâtre. Parmi les bibelots ainsi gardés sous vitre, je crois bien que ma tante nous montra une petite danseuse espagnole pareille à celles que nous avions vues au deuxième acte de *Carmen* quand nous étions allés à la Monnaie l'entendre dans cet opéra; mais il est très possible que je ne fasse ici que transférer dans la vitrine un souvenir du spectacle auquel nous avions assisté et que je voie maintenant, ramené aux proportions d'une mince figurine, ce qui était originellement une ballerine aperçue de toute la distance qui me séparait de la scène. Je me rappelle, en revanche, de la façon la plus nette la joie un peu intimidée que j'éprouvai quand ma tante nous fit voir et toucher — prélevée dans ce trésor de bibelots, peut-être aussi prise sur une table ou sortie d'un tiroir — la paire de castagnettes qui était celle-là même dont elle se servait lorsqu'elle chantait le rôle de la cigarière qui sait jouer du couteau, tourner la tête aux hommes, courir la montagne en aidant à la contrebande et déchiffrer l'imminence de sa mort dans une combinaison de cartes contre laquelle sa malice ne peut rien.

Que ma tante eût appris à manier des castagnettes pour donner à la Carmencita tout son mordant et sa couleur locale, cela me semblait témoigner d'une conscience professionnelle digne de la grande artiste qu'elle était. Mais qu'à ses autres talents elle ajoutât ce talent-là, et celui-là précisément, c'était pour moi chose aussi merveilleuse que si elle avait démontré que l'étendue de ses dons n'avait pas de limites : elle qui, si besoin était, joignait à l'art de la cantatrice celui de la gitane, y avait-il une performance ou une transformation dont elle fût incapable quand l'un de ses rôles l'exigeait? La paire de castagnettes qui rappelait que, chez notre Bruxelloise, nous étions chez Carmen avait donc tout le poids d'une pièce à conviction et je ne saurais dire à quel titre elle m'en imposa le plus, quand ma tante nous la présenta comme l'un entre autres des objets qui faisaient le décor de sa vie quotidienne : accessoire de théâtre et — telle une baguette de fée que j'aurais pu toucher du doigt — emblème d'une magie ainsi brusquement introduite entre les quatre murs d'un salon, ou bien preuve formelle des multiples capacités de cette belle et bonne chanteuse d'opéra que j'avais le bonheur d'approcher, grâce à la parenté qui nous liait.

À Bruxelles, pour la première fois, j'avais vu ma tante Claire sur la scène d'un théâtre et, pour la première fois aussi, je l'avais vue dans son intimité. Nous avions rencontré sa plus proche famille : une sœur, je crois, et un beau-frère dont je sais maintenant qu'il dirigeait une entreprise d'ameublement, alors que j'ai pensé jusqu'à ces derniers temps qu'il possédait une verrerie et que nous avions même visité sa fabrique, confusion irritante parce qu'elle me force à me demander où diable j'ai pu voir cette verrerie dont il me reste, à défaut d'un tableau plus complet, une image précise (un ouvrier soufflant sous nos yeux une bouteille ou un autre récipient) et parce qu'elle m'oblige à regarder comme suspects bien des souvenirs d'enfance qui, jusque-là, étaient pour moi des certitudes. Ces gens étaient les parents d'une gentille petite fille brune qu'on appelait « Clairot », diminutif de Claire, le prénom de sa tante. *Sais-tu, Clairot...*, lui disait souvent d'une voix douce et modulée sa mère, avec un accent dont mes propres parents ne laissaient pas de s'amuser, comme tant de Français sensibles seulement à ce qui leur paraît une déformation de leur langue et portés à sourire d'inflexions qui, dans certaines bouches, ne font pourtant qu'agrémenter les mots de quelques fioritures et leur donner une saveur neuve.

L'accent belge, ma tante ne l'avait certainement pas. Mais c'est bien là tout ce que je me rappelle, négativement, de sa voix de tous les jours. Lorsqu'elle chantait, la voix richement timbrée ne semblait ni sortir de sa gorge ni arriver à vos oreilles. C'était une onde qui vous enveloppait, vous émouvait sans qu'on sût d'où venait exactement son pouvoir : de ce qu'avaient de dramatique les paroles prononcées (et qu'illustrait le visage facilement convulsé de celle qui les émettait), du caractère de la mélodie en laquelle s'incarnaient ces paroles ou bien de cette seule substance sonore, étoffée comme le corps même de sa productrice dont elle paraissait, plus encore que l'expression, l'irradiation ou la transposition sur un autre registre. Que me ferait cette voix si maintenant je l'entendais? Et que me faisait-elle au juste quand tout le volume d'air que renfermait le salon de mes parents en était si pénétré qu'il me semble, rétrospectivement, que c'était cette voix même qu'on respirait ? L'unique chose sûre est que tel me revient le souvenir qu'elle m'a laissé et que, si j'écoute aujourd'hui une voix de même catégorie, ce qui me sert de pierre de touche pour estimer l'or de cette autre voix c'est ce que je crois avoir retenu de celle-ci.

D'art et d'amour... Ainsi commence, dans la version de langue française, le grand air du soprano au deuxième acte de *La Tosca*, dont ma tante, qui déjà s'était fait connaître en Belgique, avait été la créatrice parisienne comme je le sais depuis peu grâce à un compte rendu lu dans un vieux magazine. Avec le grand air de *Louise*, celui de *Samson et Dalila* dédié au « printemps qui commence », l'air des Cartes de *Carmen* et la Chanson du Cœur de *La Glu*, cet air était l'une des pièces maîtresses de son répertoire, à l'époque où elle venait chanter à la maison et où, trop jeune encore pour chicaner sur mon plaisir et pour m'embarrasser de vaines discriminations esthétiques, je me laissais en toute simplicité enivrer par le philtre vocal dont, nature elle-même sans détours, elle possédait comme de naissance le secret de fabrication.

A cette époque, je n'avais qu'une idée très confuse de l'opéra de Puccini, dont je n'avais entendu que cet air où s'épanche la passion de la cantatrice Floria Tosca et celui dans lequel son amant, sur le point d'être fusillé, dit adieu à la vie. Je ne faisais guère attention au sens précis des paroles ; mais, à un niveau plus profond que celui de l'anecdote, l'alliance de l'art et de l'amour, celle de l'amour et d'une mort désespérée, étaient véhiculées non pas tant par les mots que par la mélodie, comme si art, amour et mort désespérée avaient été par définition inclus dans cette musique dont la beauté eût exprimé, par sa seule existence, qu'il n'est pas de sommet qui ne participe de tout cela. Pour enfoncer en moi le clou de cette vérité ou m'en donner, du moins, comme une obscure prescience, il n'était donc besoin que du chant, aidé de ces quelques mots guides : art et amour, amour et mort, maillons d'une même chaîne ou planètes d'un même système.

La voix qui déployait ainsi quelque chose d'analogue à ce qu'on nomme en cartomancie le *grand jeu*, je me rappelle combien elle était ample, pure, puissante et veloutée. Mais le souvenir que j'en ai, s'il me permet d'évaluer le trésor que possédait ma tante Claire, n'y répond que d'une manière toute formelle et n'a pas l'acuité voulue pour que je puisse, mentalement, l'entendre à nouveau chanter. Peut-être cette voix me touchait-elle de si près que je m'en laissais imprégner sans presque l'écouter? Peut-être n'était-elle pour moi que l'une des façons, entre autres, qu'avait de se manifester la créature rayonnante que je ne parviens pas aujourd'hui à séparer nettement du décor de ses épiphanies et dont, aussi, je confonds plus ou moins ce qui fut sa présence réelle avec l'image gravée en moi, depuis lors, par ses photographies? La cheminée de marbre blanc avec ses deux chandeliers de bronze à tortillons, le piano, le lustre qu'au moment des vacances on enveloppait dans un tissu jaunâtre et légèrement brillant qui ressemblait à du taffetas gommé, la grande lampe au « lusol » dont la lumière me semblait avoir un tel éclat et cet autre objet vu souvent dans ce salon qui chez nous était la salle de musique, le violon de mon frère, en bois d'ébénisterie aux ondulations de chevelure châtain, avec son manche dont l'extrémité se recourbait en accroche-cœur ou en crosse d'évêque et son archet à crins blancs que l'usager, chaque fois qu'il devait jouer, frottait sur un bloc de colophane (qui, si j'y pense avec quelque insistance, m'apparaît de la même blondeur à demi translucide qu'une pierre de myrrhe), ces choses jadis inanimées font corps avec tout ce que j'ai retenu de ma tante Claire en tant que personne visible : la noirceur de ses cheveux et de ses sourcils, le rouge de sa bouche fortement dessinée, la blancheur de sa peau, sa féminité un peu lourde, plus luxuriante encore qu'il ne seyait dans ces premières années du siècle, et les robes facilement criardes qui revêtaient cette déesse bien en chair quand, gentiment et sans la moindre condescendance d'étoile, elle venait nous rendre visite.

Le grand chapeau plumeux, la haute canne enrubannée et l'élégance un peu trop appuyée qui marquent chez Floria Tosca un déclassement comparable à celui qu'a longtemps évoqué pour moi le qualificatif bizarre de « demi-mondaine », c'est à travers un portrait de ma tante provenant du studio de je ne sais quel photographe alors réputé que je les vois. Ce portrait d'elle, dans un personnage dont les particularités de costume paraissent naturelles puisqu'elles peuvent s'expliquer par le fait qu'il s'agit d'une femme de théâtre, me la montrait en quelque sorte dans sa vérité, puisque le métier d'artiste était l'essentiel de sa vie et que, de celle-ci, je ne connaissais guère que cet unique aspect. D'autres portraits — que j'ai maintes fois considérés — la représentent tout à la fois elle-même et autre chose qu'elle-même : Salomé contemplant le chef tranché d'Yokanaan, Élektra dansant avec sa torche, Léonore travestie en Fidelio (accoutrement qu'elle portait très mal et qui lui donnait l'air d'une océanide de blanchisserie que de fâcheuses illusions sur son genre de beauté auraient conduite à se déguiser en ramoneur ou en petit Savoyard montreur de marmotte pour quelque bal masqué), princesse à volumineuse couronne de l'antique cité d'Ys, ou bien encore vieille Bretonne en coiffe roulant des yeux tragiques, fille de ferme accorte offrant un pichet de vin avec un clair sourire, fraîche gaillarde aussi des *Pêcheurs de Saint-Jean*, la tête chargée d'une vaste corbeille emplie de fleurs, de fruits, de poissons ou de quelconques victuailles. Vus presque tous à Nemours parmi la foison de souvenirs dont ma sœur ne s'est jamais séparée, ces autres portraits ont en moi plus de réalité que celui — trop lointain — de ma tante dans les atours qui situent ostensiblement la Tosca, tueuse du policier qui persécute son amant, à mi-distance de la courtisane au grand cœur et de la belle espionne. Pourtant, celui dont volontiers je me dirais épris c'est ce premier portrait, si flou qu'il en devient douteux et que j'en suis à me demander si — partant d'une photo de ma parente en toilette de ville ou de photos de théâtreuses brillamment attifées comme j'en voyais autrefois aux pages des programmes, et procédant à une sorte de collage tel qu'une figure enrichie peut-être artificieusement des traits radieux de Claire Friché s'appuierait sur cette canne qu'une autre cantatrice portait à l'acte I du drame quand je le vis représenter voilà quelques années — je ne l'aurais pas, en grande partie, reconstitué avec l'innocente mauvaise foi d'un restaurateur de monuments qui croit faire vrai en ajoutant une tour à un vieux château ou une flèche à une cathédrale.

Rue des Éburons, lors de mon dernier passage à Bruxelles, une crainte m'avait retenu : me montrer à la fois trop fleur bleue en réclamant une halte et trop avide de tirer professionnellement parti de cet arrêt. Or je suis maintenant penché

— comme un amoureux ou comme un érudit examinant des pièces d'archives — sur des photographies que je cherche à faire resurgir afin d'y retrouver l'image réelle de ma tante en même temps qu'elles me fournissent, littérairement, ce qu'en langage de cinéma l'on nomme une séquence. Cette équivoque manipulation de reflets que je mets en mots est-elle plus défendable que la démarche, à dire vrai naturelle, à quoi je m'étais refusé? Je devrais en douter, s'il n'y avait cette différence : une chose est de manœuvrer pour grossir artificiellement mon stock de souvenirs, autre chose de préparer, façonner et mettre bout à bout les phrases où des souvenirs que je possède sans l'avoir fait exprès reprennent un peu de solidité.

De ces photos que je compulse — idéalement — pour me rapprocher de quelqu'un qui m'avait ébloui, je n'ai aucune sous la main. Mais sans doute vaut-il mieux qu'elles ne soient pas des documents auxquels je pourrais paresseusement me référer : ainsi dérobées elles créent, de leur modèle à moi, un lien d'autant plus positif que je me trouve, en quelque sorte, précipité dans le sillage de l'absente par cette course à laquelle me provoquent des images toujours à ressaisir et à recomposer.

Si je ne puis guère que cataloguer ces portraits, dont je n'ai revu aucun depuis que la poursuite s'est engagée, il en est un autre que j'ignorais mais ai maintenant toute latitude de contempler et de décrire, l'ayant découpé dans l'hebdomadaire féminin où il fut publié il y a plus d'un an, quand l'Italie célébra le centenaire de Puccini. Ma tante y est représentée telle qu'elle était en 1903, lors de la création française de *La Tosca*, soit à une époque antérieure à celle de mes premiers souvenirs. Très jeune, et plus belle encore que je ne l'ai connue, on la voit de profil, les bras nus (avec deux larges bracelets au-dessus des deux coudes), la tête couronnée d'une lourde crinière que contient une superbe parure : tenue de l'acte médian de l'opéra, quand Floria Tosca vient de chanter à la cour et se rend chez le baron Scarpia, qu'elle frappera finalement d'un couteau ramassé sur un coin de table. Avec sa lèvre inférieure épaisse et ses paupières baissées, ma tante a sur cette photo quelque chose d'une bête très douce et, dans la mélancolie à la fois sensuelle et farouche où elle paraît repliée, quelque chose aussi d'une odalisque telle que permet de les concevoir la *Schéhérazade* de Rimsky-Korsakov (dont l'orientalisme, autrefois, fut une riche pâture pour mon imagination d'adolescent). Ses cheveux bouffant sur le front et cachant entièrement les tempes et la nuque sont coiffés d'un curieux harnachement qui, en haut, les comprime de deux brides réunies à leur base (juste au-dessus des deux oreilles) et, par-derrière, les soutient dans une sorte de résille dont la forme rappelle assez lointainement celle d'une tranche de pastèque coupée très large ou, mieux, d'une mentonnière de casque qui s'accrocherait, de part et d'autre de la tête, là même où s'accroche la double bride. A l'attache approximativement hexagonale commune à cette résille et à cette double bride, une perle ou autre concrétion précieuse pend en goutte d'eau, sur la tignasse brune recouvrant l'oreille au lobe de laquelle est fixée une assez longue pendeloque dont la croix terminale semble conforme à la piété de cette Floria, qui prendra soin — après le meurtre — de disposer deux flambeaux allumés auprès du corps du bourreau devenu sa victime et de le sanctifier en plaçant sur sa poitrine un crucifix.

Cette photo, la seule que je possède et que j'aie pu regarder jusque dans ses moindres détails — les bras qui s'épaississent fortement en s'attachant aux épaules, les sourcils noirs et arqués, le nez fermement dessiné, la tunique aux plis très amples sous lesquels les deux seins ne se laissent pas deviner —, cette photo que je gage ressemblante et où, bien que plus jeune, celle qui y est figurée ne diffère probablement pas beaucoup de celle que j'entendais chanter, elle ne m'apporte, en vérité, à peu près rien. Ce n'est pas ma tante que j'y retrouve et ce n'est pas non plus la Tosca que j'y vois. Elle m'offre simplement l'image de la fraîche et un peu sibylline créature qui en fut apparemment le modèle et que j'ai grand mal à identifier aussi bien à la cantatrice que j'admirais qu'à l'héroïne du drame où la chambre de tortures qui en est le principal accessoire semble si terriblement actuelle maintenant que chez nos militaires florissent les barons Scarpia (sans jabot de dentelle ni perruque poudrée mais en tenue mouchetée façon panthère, et c'est la seule différence). Peut-être, les autres photos dont j'ai parlé ne m'apporteraient-elles rien de plus que de tels motifs de rêverie stérile, si j'en disposais comme de celle-ci ?

Étrangement oublié tandis que je procédais à cet inventaire (doutant de son efficacité mais trouvant quelque satisfaction à l'établir, comme si cette procédure même incluait déjà la trouvaille vers quoi elle n'est, en principe, qu'un patient acheminement), un autre portrait m'est revenu à la mémoire, reproduction photogravée qui figure dans l'un des numéros du vieux magazine *Musica* que ma sœur m'a remis, comme un cadeau de haut prix, un jour que j'étais allé la voir à Saint-Pierre-lès-Nemours. Si facile était l'accès de ce document (puisqu'il me suffit, pour l'atteindre, de me rendre muni de la clef voulue dans la pièce appelée chez moi la lingerie) que refréner mon envie de le consulter eût été plus artificiel encore que me servir de cet aide-mémoire. J'ai donc tiré la série dépareillée du placard où elle est rangée parmi diverses revues, livres, catalogues, programmes et papiers de toute espèce, dont un monceau de lettres, cartes postales ou autres billets que je conserve soigneusement sans avoir guère fait plus que les entasser. Le feuilletant de bout en bout, j'ai découvert, à ma surprise, que c'est en fait une bonne dizaine de portraits que contiennent ces numéros défraîchis, où de surcroît j'ai pu lire ou relire maintes notes qui concernent ma tante et me démontrent que la beauté de sa voix n'était pas plus un mythe que tous les autres dons qui m'ont permis de reconnaître en elle une authentique bête de théâtre.

Vita, de *L'Étranger*. Trois photographies me la présentent dans ce rôle, dont l'une — la tête, de profil — est justement l'image que je m'étais rappelée, à cela près que j'avais fait erreur sur le personnage, attribuant à la boulangère de *L'Enfant roi* (œuvre naturaliste d'Alfred Bruneau et de Zola que ma tante avait créée) ce profil qui est en réalité celui de la fille de marin « Vita », dans un opéra de Vincent d'Indy tout cousu du fil blanc de médiocres visées philosophiques, si j'en juge par le compte rendu qu'en avait donné *Musica* et qu'illustre la plus séduisante des trois photographies : ma tante debout et vue de face, une jarre sur l'épaule (ce qui la fait un peu se déhancher) et sensiblement plus mince que sur ses autres portraits, reconnaissable pourtant avec son visage empreint d'un mélange de force, de tendresse et de gravité passionnée, un visage comme il en fallait sans doute un pour incarner cette jeune fille dont le prénom veut dire qu'elle est la vie ainsi que le courriériste ne manquait pas de le souligner, à l'intention des naïfs pour qui le mot *vita* serait — à proprement parler — demeuré du latin. Bon public comme il m'arrive souvent, j'ai mordu à l'hameçon de ce prénom symbolique : un matin, entre sommeil et veille, il m'a semblé que « Vita » m'indiquait en langage clair ce que je cherche à retrouver derrière l'image de ma tante et j'ai pensé qu'un tel mot clef devrait être représenté, dans l'algèbre que j'élabore ici, par un signe spécial qui serait un petit triangle équilatéral noir reposant soit sur l'une de ses pointes (pour résumer le mot en rappelant son *V* initial) soit sur l'un de ses côtés (pour exprimer ce qu'il a de fondamental en lui donnant la ferme assise d'une pyramide). Cela n'a pas excédé les limites d'une brève rêverie, et il m'est vite apparu que je n'avais bénéficié d'aucune illumination, mais seulement reconnu l'évidence, en découvrant qu'à travers son souvenir toujours trop indécis j'essaye de m'accrocher à ce qu'avait d'intensément vivant celle que les chroniqueurs de naguère nommaient « Mademoiselle Friché », suivant le bon usage. Quant à l'infime signe noir — dont je ne remarquai pas que, pointe en bas, il évoque une femme au moment où rien n'existe en dehors de son triangle touffu — il prit bientôt un sens moins pythagorisant que celui qu'il avait comme marque typographique possible : en pleine veille, et quelques jours après que cette espèce de chiffre ou de monogramme eut fait à ma pensée ses offres de service, je tins soudain pour évident que, disposé pointe en haut, il aurait quelque ressemblance avec ce motif oriental en forme de cœur renversé, l'« arbre de vie » selon ce que m'avait dit, au temps de notre intimité, l'amie dont j'étais encore occupé bien après ma sortie de l'hôpital Claude-Bernard et de qui j'avais voulu savoir ce qu'était l'ornement que je voyais, au niveau de son épaule, sur la blancheur damassée de l'étoffe dont, ce matin-là, elle était revêtue. Ainsi, tandis qu'à la remorque de la Bruxelloise voilée par les mousselines du temps et devenue ombre empourprée de fabuleux reflets je m'engageais dans les voies d'une louche idéalité, un travail souterrain s'opérait, si bien caché qu'un moment viendrait où je pourrais m'imaginer détourné de l'entité privée de chair à qui je demandais asile, et rappelé à la réalité brûlante, rien que par le passage quasi mécanique du signe trop abstrait que j'avais inventé à cet emblème dont le dessin lancéolé résume quelque chose que j'ai vécu au présent du désir ou de l'étreinte et non en une rumination anachronique.

Vita, sans fardeau et la tête un peu renversée (le portrait même d'où est extrait le profil qu'un autre numéro de *Musica* reproduit), Vita ici entière, dans un photomontage occupant une double page du magazine et rassemblant, sur un fond de forêt aux allures de bois sacré, les cantatrices les plus marquantes de l'année 1903 en costume de théâtre, étrange carnaval où tous les caractères et toutes les époques voisinent. Belle brune au rire éclatant, Carmen avec mantille et castagnettes telle que je l'ai vue sur les planches de la Monnaie de Bruxelles. Lourde et triste dans sa vêture folklorique, Senta, l'amoureuse nordique du Hollandais Volant. Cette photographie même que je me rappelais avoir vue chez ma sœur : la porteuse de corbeille des *Pêcheurs de Saint-Jean*. L'air stupide et le corps trop gras sous la tunique qui moule, une hétaïre dans l'*Aphrodite* de Camille Erlanger. Éléonore de *Fidelio* (plus gracieuse que là où on la voit avec sa hotte). La Sicilienne Santuzza de *Cavalleria rusticana*, avec de très grands anneaux d'oreilles, qu'on peut présumer d'or. Floria Tosca, moins rayonnante que quand je la façonnais de mémoire mais attestant la véracité de l'image dont je me demandais si, en partie au moins, je ne l'avais pas inventée. Claire Friché accoudée à un piano, qu'entourent quelques autres personnes : son visage, aux larges pommettes et aux yeux obliques, fait légèrement mongol; son chapeau, d'un goût 1900 très tapageur, lui va si mal qu'on dirait je ne sais quoi d'insolite qui serait venu d'une autre planète pour se poser sur le sommet de sa tête. Avec ce portrait qui montre censément l'artiste au naturel j'en ai fini — je crois — de cette galerie, tellement inégale et diverse qu'elle embrouille plutôt qu'elle ne la définit la figure que je ne voudrais pas abandonner avant de l'avoir déchiffrée.

Le grand art en chair et en os. Vita. L'arbre de vie. Ce que Mademoiselle Friché avait d'intensément vivant, comme la nommée Sandier ou Sanguier qui, durant mes nuits de malade, alternait avec le lamentable Kipouls. La voix que ma tante Claire eut si vite fait de gâcher, trop fière d'en prouver la surprenante étendue en assumant des emplois ordinairement incompatibles, trop heureuse aussi de la prodiguer dans toute sa force chaque fois que l'occasion s'en présentait. La chair somptueuse dont, plus coquette, elle aurait pu se glorifier, malgré l'excès visible de santé qui lui rendait difficile d'aborder des rôles plus délicats que ceux d'amante déchaînée ou de mère en proie à tout ce que le fruit de ses entrailles lui inspire de sentiments passionnés. Art et vie, voix et chair, soit ce dont plus durement que jamais j'éprouvais la nostalgie depuis qu'en tant qu'écrivain je me pensais un homme fini et que, conscient du vieillissement sous ses aspects les plus tangibles, je m'étais pris à considérer avec effarement et dégoût l'évolution de ma personne physique.

Dans ma cervelle de rescapé que son peu de courage rendait sourd à toute raison de récidive, un renouveau de cela même dont j'avais désespéré pointait à l'horizon de la double rêverie qu'animaient ironiquement ces deux masques de danse macabre : une actrice retirée, au talent comme à la beauté devenus purs souvenirs; un grotesque dépensant naïvement, pour de vains buts de gloriole littéraire, le peu qu'il avait d'existence. L'art sans cheveux en quatre. La vie comme un opéra, avec l'amour pour infléchir la ligne mélodique et la mort pour donner toute son ampleur au finale. L'art lyrique, lié à la vie plus directement que tout autre, si l'opéra est une fête au lustre de laquelle concourent meneurs de jeu et témoins de leurs performances, tous costumés ou parés, et s'il n'est d'œuvre offerte au public ainsi rassemblé qui, d'une façon ou d'une autre et sur le ton le plus grave ou le plus léger, ne soit un appel à l'effusion. Lustre adamantin de l'art et nudité houleuse de la vie, fiction et réalité, *là-bas* et *ici même* dont la conjugaison — « pour de vrai » et non en allégorie ou le temps d'un éclair — est peut-être mon grand problème, la seule quadrature sur laquelle me fonder pour me réconcilier...

Parti de rien, ou de la mince hypothèse selon laquelle mon cousin burlesquement transfiguré n'aurait été qu'un délégué de l'époque où régnait ma tante Claire, je me suis laissé envahir bientôt par cette absente dont l'image, d'abord exclue, s'est peu à peu imposée et a fini, sinon par prendre tout à fait corps, du moins par se matérialiser en des photographies. Comme si, obstinément, j'avais cherché à rejoindre cette figure défunte quand — peu après mon retour de Toscane — la toile fut tombée sur le vivant duo d'amour que j'avais chanté d'une voix si incertaine, ou bien à découvrir derrière les traits de ma parente ce qui jadis était pour moi la Beauté afin de m'en faire une loi et de n'être plus désemparé, voire encore à me fixer sur une image dont la description ou la seule recherche serait en elle-même beauté, je me suis appliqué à la ressusciter, et c'est un long rêve éveillé qui pendant des mois et des mois a pris la relève de la rêverie première. Chemin faisant, certaines idées flottantes ont cristallisé autour de cette image, qui me semble aujourd'hui avoir surgi armée de pied en cap dès ces nuits ni de veille ni de rêve durant lesquelles j'étais le jouet de deux divagations indéfiniment répétées.

Embourbé dans mes divers travaux, revenu de la naïveté qui longtemps m'avait fait croire à la magie des voyages et même plus désireux d'aller où que ce soit, engagé dans une aventure qui elle non plus n'était pas une issue puisque je ne voulais ou ne pouvais ni briser ce qui me lie à ma compagne ni m'installer dans la duplicité, j'avais — presque par accident — consommé l'espèce de *provision suicidale* qui depuis de longs mois me tenait lieu d'en-cas ou de viatique. Sorti du coma et ma première exaltation tombée, je m'étais dit que tout allait reprendre en un peu plus difficile encore qu'auparavant : impossible maintenant de me reposer sur l'idée de cette provision, que je ne pourrais reconstituer sans dépenser beaucoup de patience et de ruse et que, d'ailleurs, il vaudrait mieux ne pas reconstituer si je ne voulais pas devenir un spécialiste du suicide manqué (sachant que je n'aurais jamais le courage du geste décisif, celui qui eût consisté par exemple à absorber le toxique, non chez moi, mais enfermé à clef dans mon bureau du Musée de l'Homme, à une heure où personne n'aurait pu me secourir). Puisque je n'envisageais pas de répéter le geste, cette fois sans rémission, il me restait à retrouver quelques raisons de vivre, aussi problématique que cela fût. De quel côté me tourner, sinon vers le domaine dont j'avais la preuve que, pour ma bonne ou ma mauvaise fortune, il était mon domaine d'élection? Survenus alors que j'étais encore en plein chaos, esthètes anglais, actrice retraitée et jusqu'à ce risible dramaturge (que la cantatrice éclipserait bientôt) n'étaient-ils pas à ce point de vue des flèches indicatrices, toutes pointées dans une même direction : l'art — mais illustré par ces divers fantômes en tant que mode de vie plutôt que pris en lui-même, comme si son insertion dans l'existence avait été le centre de mes préoccupations.

Quand j'étais encore enfant, ceux qui étaient pour moi les « grands artistes » qu'on n'évoque pas sans émotion, ce n'étaient ni des écrivains, ni des peintres ou sculpteurs, ni des compositeurs de musique — gloires lointaines et que personne de mon entourage n'avait même aperçues — mais les grands interprètes, et particulièrement les acteurs ou chanteurs, qui m'apparaissaient comme des personnages bien réels, quoique revêtus d'une allure légendaire tenant à leur métier même et au fait que mes parents n'en parlaient guère que sous l'angle du souvenir et comme de gens dont la transcendante espèce aurait à peu près disparu : Adelina Patti ou plutôt « la Patti » (que ma mère, jeune fille, avait entendue au Théâtre Italien), Sybil Sanderson la soprano anglaise ou américaine (dont le nom milliardaire est voisin de celui de Sangar, sœur d'Ivan Ogareff et femme fatale dans *Michel Strogoff*), le ténor wagnérien Van Dyck (qui n'avait pas son pareil pour chanter le récit du Graal), Coquelin aîné (créateur au panache inégalé de *Cyrano de Bergerac*), la fine diseuse Anna Judic, Sarah-Bernhardt à sa grande époque (ou quelque autre monstre sacré dont on racontait comment des enthousiastes avaient dételé ses chevaux pour l'escorter en tirant et poussant sa voiture), les spécialistes du mélodrame tels que Tailhade et celui-là qui jouait les traîtres de façon si convaincante qu'on l'attendait à la sortie des artistes pour lui faire un mauvais parti, d'autres encore dont je pourrais citer les noms, presque oubliés de nos contemporains mais toujours prestigieux quand il m'advient de les prononcer mentalement.

Non seulement des créatures de ce genre étaient auréolées de tous les fastes du théâtre, mais je les situais de surcroît dans une espèce d'âge d'or : cette grande époque que mes père et mère avaient connue et dont quelques très rares artistes de mon temps me permettraient, tout juste, de me faire une pâle idée. La vie privée de certains — de maintenant ou de naguère — prêtait à des racontars qui ajoutaient une note un peu canaille à cette mythologie : celui-ci avait ruiné sa voix en allant trop souvent aux Halles festoyer jusqu'à l'aube;

celui-là, qui dépensait sans compter, était mort comme un gueux après s'être produit devant des parterres de souverains; l'une, un soir, était entrée en scène ivre à rouler; il arrivait à l'autre de ramener chez elle le beau pompier de service qu'elle avait repéré en jouant un drame ou une tragédie. Par contraste, ceux qu'on se plaisait à citer pour leur vie régulière paraissaient doués d'une vraie sainteté, faute de quoi ils n'auraient pu affronter sans dommage une carrière pareillement semée de tentations.

Sur quelques-uns, on se bornait à rapporter une anecdote pittoresque, propre à inspirer l'estime, à provoquer le rire complice ou à tirer les larmes : les risques, par exemple, qu'avait pris cet interprète d'un rôle de malandrin quand, pour se documenter, il avait hanté les pires bouges et fréquenté les dangereux voyous qui en étaient les habitués; l'aventure de ce baryton célèbre que sa mémoire infidèle avait forcé un soir à chanter une bonne partie d'un air d'opéra sans articuler les paroles; la fin misérable de ces frères ou amis, chez qui l'on avait ensuite trouvé un gros billet glissé entre deux pages de programme ou de morceau de musique par un mécène trop discret dont leur numéro de duettistes avait charmé les invités. Parallèles aux prodiges accomplis derrière les feux de la rampe, ces épisodes prenaient figure d'exemples montrant qu'il y a quelque chose de naturellement épique chez les gens de théâtre, même s'ils ne sont ni des « enfants de la balle » ni les passagers cahotés d'un « chariot de Thespis » tel que celui des comédiens ambulants du *Capitaine Fracasse*. Un halo d'épopée, est-ce autre chose que je requiers quand, derrière une œuvre que j'admire, je veux que se tienne un « beau personnage »? Bête de théâtre ou virtuose fougueux, génie en butte à la misère ou à d'autres souffrances, pionnier d'une époque héroïque, poète voleur de feu ou révolutionnaire, écrivain au jeu tragiquement conditionné de torero, créateur rebelle à toute compromission ne sont-ils pas les avatars de cette figure dont j'ai fait mon modèle et qu'après maintes oscillations j'ai dépouillée de son clinquant et rationalisée, mais certainement aussi embourgeoisée, dans la mesure où j'ai dû pour une part subir l'influence de l'âge, qui pousse à des ajustements grâce auxquels l'écart entre soi-même et ce qu'on a rêvé peut être tant bien que mal réduit? L'artiste qui paie de sa personne et dont la vie est battue par les mêmes vents que son art : c'est lui que, dès mon lit d'hôpital, j'avais retrouvé sous sa forme première, par le truchement de la vieille actrice à laquelle je m'identifiais. Puisque je ne pouvais me remettre à exister sans tout reprendre aux origines pour ce qui reste le cœur même de mon intérêt, ne devais-je pas rencontrer — à peine remonté de mon abîme — celle qui fut (bien qu'à l'abri de tout scandale) la « grande artiste » de mon enfance, ma tante, la cantatrice Claire Friché?

Triste tâcheron après les suaves esthètes et pendant dérisoire d'une silhouette qui me semble illustrer ce que l'art théâtral a humainement de plus émouvant — un art où tout se passe au comptant, ovations ou sifflets sanctionnant sans délai le mérite ou le démérite, un art qui prend corps par le moyen d'êtres vivants et agissants, capables de grands moments qu'on évoquera plus tard comme des dates historiques — mon cousin m'offrait de mes ambitions littéraires une image aussi déplaisante que si elle m'avait été présentée par un miroir déformant (de ceux qui suscitent le rire et qu'à Changhaï j'ai entendu nommer « *ha ha* mirrors » par les interprètes qui nous escortaient, mes compagnons et moi, dans la visite du *Ta Si Kia* ou « Grand Monde », bâtiment aux escaliers et terrasses piranésiens, avec des attractions au rez-de-chaussée et des étages comprenant chacun plusieurs salles de spectacles où se jouaient simultanément les choses les plus différentes). Je n'ai jamais sollicité pour me faire imprimer et n'ai rien entrepris pour me gagner un public, mais cela ne prouve pas que, dénué de toute vanité, je suis indifférent à l'effet que je peux produire : enragé de théâtre j'ai, tel un acteur, mon rôle que je veux jouer, m'attachant seulement à jouer un rôle qui me ressemble et ne m'oblige pas, ensuite, à le désavouer. Histrion de lettres alternant avec une figure féminine, certes conventionnelle et non exempte de vulgarité mais qui était du moins celle d'une vraie nature d'artiste, mon cousin me rappelait, d'une part, ce qu'il convient à l'écrivain de fuir comme la peste mais dont la lecture des coupures de presse et l'aubaine d'un prix littéraire m'avaient peut-être donné le goût : cet encens dont les acteurs sont si friands (ce qui cadre avec leur mode d'action en *prise directe* sur une foule affrontée dans une sorte de champ clos), cet encens qui au théâtre fait partie de la liturgie mais que les autres professionnels de l'art ne peuvent humer sans risquer de se perdre, eux qui travaillent dans le silence de leur chambre ou de leur atelier et pour qui le public — dispersé dans le temps comme dans l'espace — est en principe le simple destinataire d'un message qu'on lui adresse de loin, sans le voir ni l'entendre. Lié à moi par certaines séquences communes de notre passé, mon cousin, d'autre part, me ramenait vers la portion de mon enfance qui avait eu pour ornement cette femme tant admirée dont le chant pur et direct m'avait indiqué obscurément le ton, mi-enivré mi-désolé, du message qu'un jour je me croirais tenu de délivrer. Mais l'état de bouleversement physique et moral où je me trouvais n'était-il pas propice à toutes sortes de retours et était-ce vraiment vers cette phase préhistorique de mon existence, à l'exclusion de tous autres commencements, que je tendais à remonter quand se localisaient étrangement à la droite de mon lit les rumeurs concernant ce fantoche, mon cousin métamorphosé en aspirant dramaturge?

J'aimerais aller à Taormina... Celle qui parle est une jeune fille brune, un peu rondelette, mais au visage vif et fin. Elle est vêtue (je crois) d'une robe noire et se tient debout à côté de moi, sur un balcon du vieil appartement bourgeois où nous venons de déjeuner. Cela se situe dans les premières des années 20, et sans doute à la belle saison puisque, le café bu, nous sommes passés du volume clos de la salle à manger ou du salon à cet étroit rectangle presque à ciel ouvert, pour causer et profiter du spectacle de la rue. Notre hôte est mon cousin Loulou qui, depuis assez longtemps déjà, n'est plus le célibataire que prendrait absurdement pour pivot l'une de mes très ultérieures obsessions d'hospitalisé. Il a pour femme une excellente personne, plus âgée et surtout beaucoup plus grande et plus forte que lui, ce qui accentue cette allure que je lui ai toujours connue de petit jeune homme dont les façons souriantes mais un peu en retrait (liées partiellement à l'écran du binocle que lui imposait son extrême myopie) peuvent être l'effet aussi bien d'une bonne éducation que d'une naturelle timidité. Par des ramifications de cousinages maternels et d'alliances que, même à l'époque, je n'aurais su démêler, la jeune fille qui m'exprimait son désir de ruines grecques et de soleil appartenait — très lointainement — au cercle de ma parenté. En mourant, son père les avait laissées — elle, ses deux sœurs et sa mère — plus serrées, à beaucoup près, qu'elles ne l'avaient été quand il gérait dans la région parisienne sa fabrique d'émaux. Est-ce pour cela (je me le suis demandé depuis) que le couple de bonnes âmes qu'étaient mon cousin et sa compagne avaient eu l'idée de ce déjeuner? Trois filles à marier sont un poids pour une veuve plus guère en âge de « refaire sa vie » et c'est en bien user à son égard que ménager pour au moins l'une des trois une rencontre d'où peut naître un penchant susceptible de prendre, ensuite, un tour matrimonial. J'étais loin de représenter un riche parti, mais on me connaissait et l'on devait à tout le moins me penser un garçon fréquentable. Une honnête et gentille espérance ne pouvait-elle être placée dans une conjonction entre cette jeune fille aux goûts « artistes » qui rêvait Sicile (pays alors point si galvaudé) et moi-même dont plus aucun de mes proches n'ignorait que je rêvais art moderne et poésie?

Qu'on nous ait invités pour la seule joie de nous réunir ou pour un peu plus que cela, le fait est que ce déjeuner demeura sans lendemain. Bien que sensible à ses attraits, je ne cherchai pas à revoir mon interlocutrice et rien, par la suite, ne me permit de savoir si notre accord de quelques heures signifiait qu'une complicité était possible entre nous. Nos hôtes, en vérité, ne connaissaient ma vie que dans ses traits les plus extérieurs et leurs calculs — si vraiment ils en avaient fait — reposaient sur une mauvaise base : d'une promenade achevée en un tendre et double accotement contre le bastingage de l'un des bateaux-mouches qui remontaient et descendaient alors la Seine comme des omnibus ricochant de ponton à ponton était née, sans qu'il y eût besoin du ciel de la Sicile, une idylle qui ne mena guère au-delà des limites où s'arrête une amitié passionnée mais me prenait corps et âme au moment où le vœu touchant Taormina aurait pu m'inciter à entreprendre d'y conduire moi-même celle qui le formulait. Qu'y avait-il dans son corps et dans son âme à elle? C'est, assurément, me faire une flatteuse idée de mes pouvoirs que songer à cette entrevue comme si, n'eût été le lien qui me retenait, un engagement réciproque aurait pu s'y esquisser! A quarante ans d'écart ou presque, et quand je pourrais être le père de celui dont je parle, il m'est aisé de me dire : « Il ne tenait qu'à moi... » Tout s'aplanit à si longue distance et c'est comme un de ces rêves heureux où l'amour se fait de lui-même et sans le moindre obstacle qu'apparaît, dans la mémoire, telle rencontre dont la saveur de promesse demeure inaltérée puisqu'on n'est pas même allé jusqu'à tenter sa chance.

La jeune fille avec qui je m'étais senti en sympathie si immédiate (ce que ne justifiait ni le vague lien de famille dont j'ai parlé ni le fait, au demeurant incertain, que je l'eusse aperçue avec ses sœurs une fois ou deux quand nous étions très petits), cette jeune fille qui m'avait charmé par cela même dont je manquais, la grande ardeur à vivre perceptible à travers ses mouvements et ses propos, c'est strictement vêtue de noir que je la revois, sur ce balcon surplombant, dans le quartier de la Bastille, le tranquille boulevard que le nom du dramaturge Beaumarchais désigne sans le qualifier, comme il en est pour la plupart des noms attribués aux voies de Paris. Un deuil récent l'obligeait-elle au port de cette triste couleur ou bien, me la rappelant à demi orpheline, l'ai-je revêtue après coup de la tenue de l'emploi ? Bien que je sache d'expérience quelles mutations peut subir la matière rarement indifférente des souvenirs, je ne pense pas que ma mémoire soit ici en défaut, car il est sûr que dans l'état d'esprit qui était alors le mien cette jeune fille m'aurait paru moins attachante sans ce contraste entre le goût qu'elle avait apparemment de la vie et le deuil que semblait indiquer la sévérité de sa mise. Mais il est sûr aussi que ce n'était pas la perte de son père qui l'endeuillait ainsi et qu'elle devait à un malheur plus proche la terne enveloppe dans laquelle (je l'estime aujourd'hui) elle apparaissait un peu de même substance que ces filles ou femmes de certains villages pauvres des pays méditerranéens, si souvent vouées au noir à cause de morts accumulées et dont la peau solaire nous étonne, nous qui sommes habitués à associer le deuil à la pâleur. Plutôt que vers l'usinier dont vaguement je me rappelle le maintien à la fois rude et compassé, c'est du côté — plus gracieux — de sa veuve qu'il me faut me tourner pour trouver le destinataire probable du pan de nuit dont, ce jour-là, leur fille était enrobée : l'ombre qu'honorait ce vêtement devait être, en effet, celle de l'un de ses grands-parents maternels, tous deux gens de théâtre qui s'étaient illustrés dans le genre bouffe et dont, à l'époque de notre rencontre, le survivant venait (je crois) de disparaître à son tour dans des enfers nullement offenbachiens.

Sans doute avais-je parlé, rhabillant à ma façon des lieux communs romantiques, de ma prédilection pour les pays du nord : la dignité du froid, les sites et les gens d'un grain trop dur pour l'effet de carte postale, une ville comme Liverpool attirante dans la mesure où son nom nous met l'hiver dans les os, l'aventure qui dans les ports parfumés de goudron couve au fond des petits bars à lumières tamisées. Avec mes ciels renfrognés j'étais loin, certes, de son azur à elle, mais il y avait entre nous un même désir de voyager. Quelle figure pouvais-je faire à ses yeux ? Je ne sais. Quant à moi, je lui prêtais d'autant plus de piquant qu'elle était la petite-fille d'une divette dont maintes fois j'avais entendu louer le charme et le talent. Nièce aussi (par sa mère) d'un acteur connu, elle était à n'en pas douter une enfant de la balle... A ses façons primesautières, ne se mêlait-il pas un peu de coquetterie comme si, tout bonnement, elle avait décidé de jouer dans la vie quotidienne un personnage conforme à ce qu'offraient de plus séduisant les rameaux de sa généalogie ? Ce genre de choix, toutefois, ne peut guère être absolument prémédité et je n'ai, au demeurant, nulle raison de soupçonner de sophistication une fille dont les allures si agréablement spontanées avaient permis ce dialogue où quand l'un disait « sud » l'autre, sans prendre ses distances, pouvait répondre « nord ».

Je le sais depuis peu, cette aimable grand-mère (dont je veux croire que c'est à elle qu'était dédié le deuil de ma commensale) avait créé, entre autres œuvres légères, *Les Cloches de Corneville*, opérette à laquelle je ne puis penser sans mêler au souvenir plus qu'aux trois quarts éteint de sa musique un bruit confus de tocsin, ayant appris lors de mon premier séjour à la Martinique qu'au moment de la désastreuse éruption de la montagne Pelée elle était à l'affiche du théâtre de Saint-Pierre, ville qu'en un clin d'œil la catastrophe changerait en un monceau de cendres. Avant même de savoir cela (son lien avec ces *Cloches* qui, un soir, éveillèrent des échos tragiques), j'ai projeté sur l'effigie de la divette — effigie tout idéale car c'est à peine si je connais d'elle quelques mauvaises photographies — une lueur un peu de diablerie, sortie droit d'une pièce à grand spectacle qui l'eut aussi pour créatrice : *Les Quatre cents coups du Diable*, montés par le Châtelet plusieurs années avant l'autre guerre et dont, très jeune, j'ai lu le texte dans un périodique illustré qui devait se nommer *Mon beau Livre*.

Je me le rappelle très clairement, la pièce comportait un premier tableau ou prologue situé — comme l'indiquait le texte — « sur les bords du Styx ». Une reproduction assez petite montrait, au centre d'un décor rocheux, la fameuse divette costumée en Satan : maillot collant, coiffure méphistophélique et grand manteau qui, pendant de ses deux bras étendus, lui faisait comme deux vastes ailes. Ensuite, le diable abandonnait ses attributs infernaux et c'est en travesti que la divette apparaissait, habillée notamment d'un élégant complet moderne pour chanter (peut-être au milieu des hivernants et des joueurs de Monte-Carlo) des couplets dont j'ai tout oublié, sauf que la brochure spécifiait qu'ils se chantaient sur l'air de *Big brass band* qui — je le suppose aujourd'hui — devait être un cake-walk ou un ragtime. Il y avait presque au début un tableau dit « Les Valentins et Valentines », prétexte à une entrée de ballet; puis un autre intitulé « Le laboratoire d'Alcofribas » dans lequel, grâce à des trucs de machinerie ou de pur théâtre, on assistait à divers prodiges; enfin, peu avant le finale, une scène militaire avec fusillade et explosion qui se déroulait dans « la forteresse des Karpathes ». Est-ce vrai? Est-ce faux? D'après les illustrations et le texte lui-même, je me souviens de soldats engoncés dans de grosses capotes sombres (et c'étaient, peut-être, des enfants déguisés), d'un magicien à ample robe et grande barbe blanche, de jeunes gens offrant à des jeunes filles les bouquets de la Saint-Valentin, d'une grotte indiquée seulement par les simulacres d'aspérités qui encadraient la scène, antre sauvage dans lequel le spectateur était censé se trouver (à l'instar de ses habitants diaboliques) et dont l'entrée béait sur le plein air évoqué par la toile de fond.

Aussi brouillé que s'avère finalement le souvenir de cette féerie — lue sans doute plusieurs fois mais dont à peine quelques scènes m'avaient été montrées par le détour de la photographie — il reste qu'elle me fit une impression assez forte pour que certains détails (exacts ou déformés) soient en moi plus vivants que telles réalités dont je pourrais rendre compte avec une moindre marge d'approximation. Il va de soi que je pensais à autre chose qu'à recomposer tout cela tandis que, sur le balcon de mon cousin, je devisais avec la petite-fille de la défunte actrice qu'en tout petit format et sans couleur ni relief j'avais vue incarner Satan. Mais il est presque sûr que j'ajoutais, sans y songer, à la vivacité naturelle de la petite-fille une pointe de diablerie prise chez la grand-mère et que la mention « bords du Styx » affleurait en une espèce de lointaine résonance au plus secret de mon oreille quand elle disait « Taormina ». Éclat qui embellit ses traits tandis qu'elle parlait de ce lieu? Texture d'un nom qu'on dirait fait, comme ceux d'« Oloossone » et de « Camyre », pour une pièce de vers alexandrins chantant les fastes antiques? Éclosion — alors que je l'écoutais — d'un mirage de site heureux en contraste avec l'âpre teneur de mon propre mirage nordique? Nul besoin (peut-il paraître) de chercher ailleurs pourquoi, de tous nos propos, celui qui déploya soudain la blancheur de Taormina est le seul que j'aie retenu. Prévenu comme je l'étais contre une Méditerranée aux enchantements trop faciles, il me semble toutefois qu'indifférent ou rebuté bien plutôt que séduit j'aurais — sur ce point-là aussi — été porté à l'oubli si les tenants et aboutissants de cette plaisante fille n'avaient donné plus de couleur à son propos, dans lequel des feux capricieusement teintés de lanterne magique interféraient avec la pure lumière classique où baigne la bourgade sicilienne.

Boulevard Beaumarchais, lors de ce déjeuner, je ne prévoyais pas qu'un jour — au retour d'un voyage que presque sans bouger de chez moi j'aurais fait « sur les bords du Styx » — un curieux substitut de mon cousin viendrait quotidiennement me visiter. Sur l'instant, cette série de visites m'apparut une fantaisie absurde liée à mon état déficient, rien de plus (à la répétition près) que ces rêves provoqués par la fièvre et que leur excès de bizarrerie distingue du commun des autres rêves, comme si le monde onirique lui-même y était déformé autant que l'est le monde réel dans le rêve ordinaire. Très vite, j'ai reconnu que cette invention avait pour base un mythe du théâtre, vieux de toute la distance qui me sépare de mon enfance. Mais je n'en ai découvert la véritable racine qu'après examen de tout ce qui, en mon cousin tel que le définissent nos places sur l'échiquier familial et les rares détails vivants que m'offre l'histoire de nos rapports, pouvait le prédestiner personnellement au mandat au nom duquel il était intervenu avec tant d'insistance.

C'est une randonnée bien étrange que j'avais imaginée, quand j'avais cru qu'après mon saut nocturne à Cannes je me trouvais dans un hôpital de Bruxelles, comme si le diable du tableau monégasque des *Quatre cents coups* avait mis dans le même sac les bords de la Riviera dont parle la chanson et les bords de la Senne dont Baudelaire s'est moqué. Tel était le désordre qui régnait en moi quant aux points cardinaux et quant à ma propre cartographie qu'on peut dire que, littéralement, j'avais *perdu la boussole :* au Midi apparu comme but d'une sorte de pèlerinage ou de pardon le Nord s'était substitué, et la ville où réside l'artiste que j'admire entre tous depuis mon âge adulte s'était muée en celle qu'avait habitée la grande artiste de mon enfance. Après l'espèce de négation mortelle à quoi le désarroi m'avait poussé — mouvement dont je ne pouvais qu'avoir honte au regard de l'indéfectible défricheur qui a nom Picasso — un contrecoup s'opérait et me faisait me replier sur l'époque naïve où ni l'amour ni l'art ne me posaient de grave problème puisque le premier, en ce temps, n'était guère plus qu'un joli mot et que le second, encore tout extérieur comme un lustre ou une garniture de cheminée, s'incarnait en une émouvante et belle personne dont la gentillesse tempérait le trop de majesté. Retour aux origines, bientôt repris sous le couvert de mon cousin qui aurait, quant à lui, pour charge de me ramener — par des voies également détournées — à deux niveaux distincts du temps et non à ma seule enfance.

Par sa mère, par ma tante Claire et, plus subtilement, par la divette dont l'ombre planait sur cette jeune fille avec qui je les soupçonne, sa femme et lui, d'avoir songé à me marier, mon cousin touchait à un monde qui me fascinait et, dans le demi-sommeil de mes nuits d'hôpital, il avait ses entrées à titre plénier d'ayant droit puisque (symboliquement) ils s'entrelacent, le théâtre et lui, en de brillantes cordelettes qui, par-dessus vieillesse et désenchantement, me rattachent à deux phases cruciales de ma vie : la période enfantine des premières grandes admirations; le moment où, les jeux pas encore faits, le débutant cherche sa voie en même temps que, privément, il se prépare à miser sur l'une des quatre Dames. Pouvais-je m'avouer que ces innocents préambules à ce qui, par la suite, s'embrouillerait si terriblement sur le plan de l'art comme sur celui de l'amour étaient devenus pour moi un double objet de nostalgie? Si j'aspirais secrètement à m'en rapprocher, j'avais à ma portée un truchement idéal en la personne de mon cousin, déguisé autant que l'exigeait le caractère clandestin de sa mission mais vêtu d'oripeaux qui en dénonçaient la nature en même temps qu'ils la voilaient. Promu ilote ivre de la dramaturgie — comme si, au moment où l'art me proposait une planche de salut, j'avais dû, afin de repartir d'un autre pied, accabler de dérision l'artiste que depuis si longtemps j'ai rêvé d'être — mon cousin m'indiquait, en noir sur blanc, ce dont je ne devrais jamais cesser de me garder et, en langage sibyllin, quels parages recelaient les sources fraîches où je souhaitais me retremper.

Nord et Sud, Bruxelles et Taormina. Ce n'est pas en écoutant celle qui exprimait son désir ardent de visiter, non la Sicile, mais le site en lequel sans doute elle lui semblait se résumer que j'ai opéré ma conversion, tournant vers le bas de la carte des yeux portés jusqu'alors vers le haut et prenant pour terres de prédilection les pays que le soleil chauffe avec tendresse ou dureté. C'est deux ou trois ans après un entretien resté (comme je l'ai dit) unique chapitre que je changeai mes batteries, alors que pour la première fois j'allais sur cette Côte d'Azur où, en des temps et des lieux fort divers, j'ai passé beaucoup d'heures illuminées par Picasso et où je reviendrais fictivement pour me confesser, à lui qui a été le témoin non seulement de ma vie d'écrivain mais de ma vie conjugale depuis les débuts de celle-ci et qui, voyant la chose sous cet angle encore, aurait pu doublement critiquer ma tentative de désertion. Me rendant à Antibes en 1925 pour des vacances d'été, j'entendis quant au Midi français ce que j'avais seulement écouté quant à Taormina et je découvris, en même temps que notre accord sur la beauté du Sud, une entente plus profonde avec celle qui, avant la mise en route, me l'avait annoncée et qui jusqu'à maintenant est demeurée ma commensale et mon interlocutrice de toutes les saisons en dépit des traverses que, par ma faute, notre union a pu rencontrer. De Taormina je crus avoir une vue lointaine quand — allant en Égypte lors de l'accès de dépression dont j'ai parlé — je passai en bateau au large des côtes de la Sicile : il me sembla distinguer quelques fûts de colonne blancs, pareils à ce que j'avais entrevu, non d'un pont de navire, mais les pieds fermement posés sur un balcon dominant le boulevard Beaumarchais. En même temps ou presque on me montra l'Etna, que sa nature de volcan ne différenciait pas d'une autre montagne. Quand, peu après la dernière guerre, je me trouvai dans le lieu affreusement touristique dont avait rêvé devant moi la gentille brunette, je ne rencontrai rien en quoi dût être reconnue cette suite de colonnes blanches et j'en conclus que mon imagination avait beaucoup travaillé au moment où j'avais su que le paquebot *Lamartine* était en vue de Taormina. Pendant le court séjour que j'y fis avec ma femme, je vins souvent me promener ou m'asseoir dans les débris du célèbre théâtre, mais l'image la plus attachante que m'ait léguée cette période de farniente est celle d'une autre jeune fille brune. Dans la rue principale bordée de nombreuses boutiques de dentelles et de souvenirs dont les vendeuses n'hésitaient pas à raccrocher les chalands, elle se tenait à toute heure du jour sur le seuil de sa porte et nous souriait dès que nous approchions, en sorte que je pris l'habitude de la saluer d'un cordial *buon giorno* en laissant un instant mon regard s'appuyer comme s'il y avait eu entre cette inconnue et moi une complicité tacite.

Flamande à la voix pure et aux noirs sourcils de Tosca, jeune fille brune éblouie par ce qu'elle avait entendu ou lu de Taormina, boutiquière à la sombre chevelure et au sourire accueillant, si j'ai tourné les yeux vers ces images trop estompées ou trop fugacement imprimées pour n'être pas de tout repos, c'est peut-être avec le souci d'éviter celle de la très vivante, elle aussi au crin couleur de corbeau, qui sut un jour me faire pleurer alors que depuis longtemps je ne pouvais retrouver qu'au figuré cette sorte de délivrance, quand il m'arrivait d'éclater en sanglots dans tel des rêves de plus en plus rares que je faisais.

Effondrement causé, lors de notre mauvaise querelle, par des paroles à la fois dures et sottes, dont la bienséance abusivement affichée marquait (par-delà le grief précis) toute l'épaisseur de ce qui nous séparait et face auxquelles je mesurais honteusement ma faiblesse, me soumettant faute de pouvoir enterrer un espoir dont elles prouvaient pourtant que, réalisé, il ne répondrait pas à mon souhait. Larmes jaillies comme d'un puits qui, au plus intime de moi, aurait atteint cette nappe d'angoisse, de tendresse, de désespoir et d'ironie en quoi consiste à peu près ce que je voudrais exprimer mais qui — très probablement — est aussi l'indicible. Soudain afflux de chants d'oiseaux alors que, le beau temps venant à peine de succéder à la pluie, mes yeux se mouillaient de trop d'exultation et non plus de chagrin. Pépiements qui parvenaient jusqu'à ma chambre de malade et qui, reproduisant ceux qu'une réconciliation avait eus pour fanfare peu de semaines avant mon geste de déroute, me rappelèrent aussi le bruit qui m'avait tant intrigué la première nuit de mon séjour en Chine : notes que je crus d'abord issues de harpes éoliennes ou bien (selon je ne sais plus quelle histoire réelle ou inventée que j'avais lue) des légers tuyaux de bambou que les Chinois attacheraient sous le ventre ou les ailes de certains oiseaux pour que l'air s'y engouffre, notes qui en vérité n'étaient rien autre que le son, étrangement flûté, des sifflets de locomotives à l'approche ou au départ de la gare de Pékin. Grand vacarme de volatiles et d'insectes, ardeur à vivre et irréductible mélancolie dont le ramage d'une nature foisonnante paraissait chargée tandis qu'au lendemain de la Libération, lors du deuxième voyage que j'ai fait en Afrique, je traversais à la nuit tombante, en camion Dodge, la zone frontière limitrophe de la Côte-d'Ivoire et de la Guinée.

Jours d'agonie, dont mes proches — et non pas le zéro que j'étais alors devenu — avaient vécu les affres. Morte en sursis que j'incarnais chaque nuit et dont la force ne le cédait en rien à celle de ce fusillé de la guerre d'Espagne qui, durant sa dernière veille dans une prison de Barcelone, aurait eu (mais je ne connais aucun de ses compatriotes qui s'en étonne) le cœur de formuler son mal en chantant des *coplas*. Musique gentiment sauvage, exécutée par ces moineaux que ne pouvait raisonnablement héberger le triste paysage où régnait la société du gaz, mais qui perdirent à peine de leur mystère quand me fut révélée l'existence d'une cour-jardin sur laquelle s'ouvrait l'autre face du pavillon où s'effectuaient les réanimations. Précieuse technique qu'on m'avait enseignée, dès les premières journées de mon retour à la conscience, pour que ma voix cessât d'être rauque et saccadée : presser de la main, quand je parlais, le pansement que je portais à la gorge, ce qui obturait ma blessure et me permettait de respirer normalement.

C'est une jolie kinésithérapeute qui m'avait indiqué ce procédé, une fille plutôt petite, brune, ronde et gaie, originaire de Toulouse, la même qui me découvrit — quand je fus un peu mieux — l'enclos pour moi édénique que représenta la cour-jardin et me montra, en me guidant, le chemin que je devrais prendre quand je voudrais aller m'y promener : quelques mètres de couloir sur la gauche en sortant de ma chambre puis, à main droite, une porte vitrée. Entre ces deux leçons, je lui donnai des cartes que j'avais reçues pour une soirée à la Salle Pleyel où l'on projetait des films chinois et, d'après ce qu'elle me dit le lendemain, je crois que cette séance lui plut. « En vous voyant, j'ai repris goût à la vie », lui déclarai-je une fois, non par vaine galanterie mais parce que toute sa personne m'engageait positivement à voir l'avenir sous un angle meilleur, comme si sa fraîcheur avait eu un pouvoir du même ordre que celui des trois jeunes garçons mis au service de Zarastro par le librettiste de *La Flûte enchantée*. C'est, toutefois, à la lumière du seul souvenir que m'est apparue cette analogie, très ultérieure contrepartie à une impression ressentie au sortir d'un examen de ma plaie — pas entièrement cicatrisée — chez les médecins oto-rhino qui m'avaient opéré : la suite de salles souterraines où ils officiaient, leur front bardé d'une grosse lampe électrique comme d'une visière en forme de museau de chien ne les changeaient-ils pas en juges infernaux devant qui j'aurais comparu, dans une Égypte aux hypogées curieusement modernisés plutôt que dans un hôpital ?

Sciemment, j'ai métamorphosé en génie bienfaisant qui m'eût aidé à franchir certains caps d'un voyage outre-tombe la jeune femme à qui je devais une double initiation : mieux respirer quand je parlais, prendre l'air dans la cour-jardin. Mais c'est en parfaite innocence que, l'un des tout premiers jours, je changeai l'infirmière plus robuste et plus mûre qui prenait soin de moi en une Mère Gigogne. Qu'elle eût douze enfants à sa charge, cela me semblait chose acquise, et sans doute était-ce que — cloué sur un lit d'hôpital et retourné presque à l'état de nouveau-né puisqu'il fallait me faire manger et que je n'avais pas le droit de me lever tout seul — j'étais enclin à situer dans une perspective où assistance publique, secours aux orphelins, procréation de jumeaux ou de portées records se seraient agités pêle-mêle avec des idées feuilletonesques sur la maternité dans les classes populaires la personne qui, à ce moment, était pour moi ce qu'est la nourrice au marmot. « Mon pauvre monsieur Leiris ! Qu'est-ce que j'en ferais de douze enfants ? J'en ai deux, et c'est bien assez... », me dit-elle, quand je crus bon de lui exprimer mon intérêt reconnaissant en la plaignant de l'embarras que cette nombreuse progéniture ne pouvait manquer de lui causer, harassée comme elle devait l'être déjà par les obligations d'un métier des plus ingrats.

C'est à plusieurs niveaux et dans les branches diverses d'une hiérarchie aussi nuancée qu'une hiérarchie céleste que ces femmes étaient situées, toutes en blanc de la tête aux pieds mais de grâce inégale, les unes passant, d'autres entrant pour nettoyer la chambre, escorter les médecins à l'heure de la visite, quand ce n'était pour s'occuper directement de moi ou, plus souvent encore, du pauvre compagnon qu'on espérait chaque jour voir revenir à la vie d'homme et dont, loin pourtant de ne pas m'associer à l'espérance commune, je me prenais parfois à penser qu'ainsi discrète au maximum sa présence était probablement moins lourde qu'elle ne le deviendrait s'il s'élevait au rang de voisin avec lequel je devrais converser. Comme je le sus un peu plus tard, celles qui travaillaient au ménage ou, telle ma très bonne et très experte nourrice, constituaient le menu peuple du personnel sanitaire, parce qu'elles étaient sans diplômes, n'avaient droit qu'à ces humbles pièces d'étoffe nouées autour de la tête comme des foulards de bohémiennes, alors que les coiffures beaucoup plus élaborées, de formes et de dimensions variées, qu'on remarquait chez certaines étaient l'apanage des surveillantes et infirmières à parchemins. Tranchant sur cette multitude où les anges portaient le voile et les archanges la coiffe comme pour une manifestation folklorique, les kinésithérapeutes arboraient une sorte de petite calotte à peu près hémisphérique, toquet bravache accentuant le côté corps de ballet de leur équipe jeune et preste. Malgré les cruelles questions que j'avais loisir de débattre et le fond d'inquiétude qui perçait dans mes rêveries, il est certain que ma retraite forcée, en m'apportant un répit, prenait un peu figure de vacances, assez durement gagnées, de surcroît, pour que je pusse en jouir sans le moindre remords. Aussi étais-je disposé à regarder en dilettante, d'un œil toujours curieux et volontiers amusé, ce monde en vérité plus sinistre que pittoresque puisque la maladie et la mort en étaient les pierres angulaires.

Un matin, alors que je savais déjà qu'aussitôt ma blessure fermée je rentrerais chez moi, un événement se produisit, plus important qu'il ne pourrait sembler, car la conversation de quelques minutes en quoi il consista aida beaucoup au renflouement intérieur sans lequel mon sauvetage n'aurait pas eu de sens. Je ne sais à quoi j'étais occupé lorsque entra, vêtu de sa blouse blanche, l'un des médecins qui procédaient quotidiennement à la visite. Peut-être étais-je en train de griffonner, du bout de mon stylo à pointe, quelques lignes sur le cahier que j'avais très vite demandé, entre autres objets jugés de haute nécessité : un gros cahier tout neuf dont la couverture portait une assez large vignette collée représentant, vus de l'aval, le milieu du Pont-Neuf et le square du Vert-Galant, avec en caractères d'un corps très fort le mot LUTÈCE dont j'ignore, faute des données chronologiques voulues, si sa présence en tête du cahier (rencontre qui me frappe maintenant) pourrait avoir été pour quelque chose dans l'intervention de mon cousin sous un nom inspiré, comme j'ai dit, par le noble et antique pseudonyme que son oncle avait adopté ? Peut-être étais-je plongé (autant que me le permettait une faculté d'attention qui n'a jamais été grande) dans l'un ou l'autre des deux livres que je m'étais fait apporter : les notes prodigieuses et saugrenues de Mallarmé relatives à son fameux « Livre », finalement jamais écrit, mais dont il avait fait le but même de sa vie et qu'il paraît avoir conçu comme l'œuvre totale en laquelle l'univers se résume et se justifie ; *L'Afrique ambiguë* de l'ethnologue Georges Balandier, où l'on voit tradition et modernité s'affronter chez les hommes du continent noir, ouvrage qui m'était arrivé en service de presse et relevait de l'autre face de mon activité professionnelle, la face ethnographique (celle du savoir et de l'engagement humaniste), alors que l'inédit de Mallarmé — à la lecture duquel je consacrais bien plus de temps et d'application passionnée — relevait de la face pas même littéraire mais strictement poétique ? Peut-être encore ne m'adonnais-je à rien de défini, songeant à ma difficile reprise d'équilibre sur le plan du travail comme sur celui de la vie et remuant dans ma tête les signes idéaux de quelques désirs toujours pareils et en eux-mêmes assez simples mais dont j'étais impuissant à trouver le moyen d'opérer pratiquement la synthèse? Quoi qu'il en soit, le médecin franchit le seuil et vint s'asseoir à côté de mon lit.

La présence de mon compagnon de chambre n'était même pas ce qu'eût été celle d'un homme enseveli dans un sommeil profond, car avec lui aucun réveil soudain n'était à craindre. Aussi, mon visiteur et moi parlâmes-nous comme si nous avions été seul à seul. Ne s'embarrassant pas de vaines circonlocutions, l'homme au visage calme et au sourire très léger plutôt sage que gai, au regard ni trop détaché ni trop inquisiteur, à l'allure parfaitement saine sans excès désagréable de prospérité, l'homme assez jeune mais un peu lent et probablement point bavard qui, installé près de moi comme l'aurait fait l'un de mes proches, m'apparaissait comme l'être le plus ponctuel dans ses devoirs en même temps que le plus raisonnable aborda presque d'emblée ce qui devait, pour lui, être le nœud de la question ou, du moins, y mener droit : on lui avait parlé (et j'ai pensé depuis que c'était un rapport de police qui l'avait renseigné) de mes « habitudes d'intempérance », de sorte qu'il voulait apprendre de moi exactement ce qu'il en était. Je ne niai pas absolument mais, souriant un peu, je lui rétorquai que, s'il m'était arrivé en effet bien trop souvent de trop boire et si cela m'arrivait encore quelquefois, jamais je n'avais été à proprement parler un ivrogne et moins encore un alcoolique; un moyen de me tirer du malaise en certaines circonstances et dont, sans avoir à y mettre du mien, j'avais socialement de fréquentes occasions d'user, voilà ce qu'était pour moi la boisson, à laquelle j'étais fort loin de recourir aussi régulièrement qu'on avait pu le raconter. Comme il m'interrogeait sur mes occupations précises, je m'expliquai en quelques mots sur ma double profession, écrivain et ethnographe, puis je vidai à peu près tout mon sac. Très placidement, il me dit alors qu'un homme comme moi ne devrait pas se laisser aller ainsi que je l'avais fait. Ne pouvais-je pas, grâce à la campagne et au sport, avoir une vie physiquement plus active, ce qui arrangerait bien des choses? Je repoussai un tel programme, alléguant la nécessité où j'étais de consacrer mes moments de liberté à un travail littéraire auquel j'accordais beaucoup de prix; mais je répondis affirmativement quand il me demanda si, parmi mes relations, il n'y aurait pas un psychanalyste ou un psychiatre à qui je pourrais m'adresser. J'acquiesçai au conseil qu'il me donna de me plier à un traitement de cette espèce quand je serais sorti de l'hôpital et j'y mis tout le cœur qu'on peut mettre à une résolution dont on sait non seulement qu'elle représente la dernière chance et que l'élémentaire bon sens ordonne donc de la prendre mais que, dans la mesure où elle est le contraire d'une solution paresseuse puisque sa mise à exécution ne pourra se faire sans effort, elle n'a pas seulement une signification d'utilité. L'entretien étant sur cela parvenu à son terme logique, mon visiteur n'insista pas et moi, lui disant au revoir, je le remerciai chaudement d'être venu ainsi me parler d'homme à homme.

Dès avant mon colloque avec l'une des têtes de ce groupe d'hommes et de femmes que je voyais se dépenser pour leurs malades comme sur un front de combat, je m'étais dit qu'à côté des travaux douteux de la politique, aux effets trop souvent inverses de ce qu'on s'était proposé, il y a une chose dont, par contre, la valeur d'efficience est au-dessus de toute discussion : la marche d'un établissement comme celui (si bien équipé techniquement et humainement) où j'avais recouvré mes esprits. À une telle entreprise on ne saurait juger absurde de dévouer tout son temps et le fait que cela existe suffit peut-être à réhabiliter la vie, au cas même où elle ne nous offrirait rien autre de défendable.

Si persuadé que je fusse de la beauté du métier médical, il n'est guère besoin d'ajouter que je ne m'ouvris pas un instant à une idée qui eût été pure chimère, ne fût-ce qu'en raison de mon âge : me consacrer à cette activité secouriste dont, à tout le moins, le *bien-fondé* ne peut pas être contesté. Mais de l'exemple que me proposait — comme pour me détourner des utopies — le bon fonctionnement d'un hôpital, je retins que le goût du travail bien fait est une vertu cardinale et que, sans me disperser comme naguère dans toutes sortes de velléités, je devais avant tout reprendre ma vraie tâche professionnelle en y mettant simplement le plus possible de conscience et de largeur de vues.

Comme les « résolutions » qu'à l'époque (je crois) de ma première communion j'inscrivais sur un cahier réservé à de pieux usages, des projets littéraires — sommairement indiqués — figurent parmi les notes rapides et irrégulières dont se compose ce qui fut un fourre-tout plutôt que le journal de mon temps de maladie. Faire le procès de la monogamie, voilà qui peut-être aurait encore un sens, et je m'y emploierais dans la suite même de cette *Règle du jeu* en sorte que, sans s'écarter de l'expérience vécue, elle perdrait, en s'orientant vers la critique de nos mœurs, le caractère trop personnel qu'elle avait eu dès l'origine et dont j'étais écœuré. Docile à la leçon de Mallarmé, me donner pour point de mire l'idée de livre total et tenter avec cet enchaînement de récits et de réflexions — déjà serpent qui se mord la queue puisque la recherche de sa propre justification en est, au fond, le principal moteur — d'aboutir à une œuvre existant comme un monde fermé, complet et irrécusable, telle pourrait être aussi ma façon d'échapper au subjectivisme, prenant alors de la hauteur au lieu de choisir une issue qui déboucherait à ras du sol. M'acquitter, en toute modestie, d'un travail accepté dès longtemps mais qui n'avait pas dépassé le stade de la promesse — la rédaction d'un article sur l'évolution des thèses politiques et de la poésie d'Aimé Césaire — c'est ce que je devrais en tout cas porter en tête de mon programme, à titre de première urgence. Presque aussi cursifs que les notes, de brefs poèmes ont été jetés directement ou recopiés sur certaines pages du « cahier scolaire » que ses fabricants avaient placé sous l'invocation de Lutèce. Comme ceux de quelques lignes qui jalonnaient depuis ses débuts le développement de mon aventure, ils tiraient leur chair et leur sang de cela même qu'ils vivifiaient à leur tour : cet état de *tendresse et tristesse passionnées* dont l'ambiguïté, un beau soir, avait eu mon enivrement presque mortel pour expression muette et abrupte. Sentiment rebelle à toute mise en lumière par les voies ordinaires du discours, mais que chacune de ces combinaisons lyriques de mots faisait briller devant moi comme un cristal ainsi arraché de vive force à ma nuit intérieure.

Retours sur moi et sur ce qui m'était arrivé. Notations pures. Poèmes qui, plus que des chants, étaient des fulgurations issues tantôt du cœur et tantôt du cerveau. Projets touchant à ma remise en selle tant par mes propres moyens — travailler — que par des moyens médicaux : psychanalyse (bien rebutante, car je ne pouvais sans nausée m'imaginer étendu de nouveau sur le divan-confessionnal); médecine psychosomatique (qui m'attirait depuis longtemps, avec ses lueurs sur l'étrange partie qui se joue entre corps et esprit jusqu'à ce que le premier entraîne le second dans sa chute); ne rien décider, en tout cas, sans avoir consulté l'ami qui tous ces derniers mois s'était occupé de restaurer mon foie et purifier mon sang. Sur le cahier dont quelques feuilles se couvrirent ainsi de pattes de mouche pas toujours très lisibles, je tirais donc des plans, essayais d'y voir clair et amassais des lignes. Au lendemain même de ma liquidation manquée un choix s'était opéré, presque à mon insu et sans que j'eusse à en débattre : simplement, je m'étais cramponné. Comment faire pour vivre? Vivre en faisant *quoi* et le faisant *comment?* Ces deux questions étaient les seules brûlantes et si, à l'arrière-plan, un autre point d'interrogation se lovait — *pourquoi* vivre? — c'était d'une manière toute formelle et presque ornementale.

Quand je reviens maintenant à cette période singulière, je la constate heureuse malgré le déplorable état physique dans lequel je me trouvais, la quasi réclusion qu'impliquait mon statut d'hospitalisé et l'angoisse qui pointait lorsqu'au lieu d'envisager l'avenir sous l'angle presque scolaire du programme à déterminer je le considérais sans voile aucun jeté sur le conflit que ma descente aux abîmes n'avait pas résolu. Une certaine quiétude était venue après la turbulence, supplantant peu à peu l'excitation tout d'abord inconsciente qui m'avait fait imposer les attaches que j'ai dites puis, quand j'eus été débarrassé de celles-ci, provoqua une fois la rude intervention de deux infirmières de nuit qui, à l'aide d'un drap plié et replié, me sanglèrent étroitement sur mon lit comme si elles s'étaient apprêtées à me battre. Toutefois l'espèce de sérénité torride à laquelle j'accédais, cette joie *en soi* si je puis dire — tout à fait nue ou, pour le moins, dépouillée d'attributs proprement agréables — se révéla bientôt n'avoir été qu'une réaction de circonstance et non le sacre d'une sagesse : tension de toutes mes fibres vers la guérison, en même temps que réponse au dévouement sans ambages de ceux qui m'avaient fait revivre et dont la conduite apparaissait dominée par l'idée que l'existence humaine vaut qu'on lutte afin de la prolonger. Ce qui marqua le tournant, ce fut — au moment où l'on me reconnut à peu près convalescent — mon transfert dans la « galerie des hommes », partie du pavillon qui (de même que son pendant la « galerie des femmes ») était habitée en principe par des malades pour le salut desquels on n'avait plus à combattre pied à pied.

Objectivement, j'avais gagné à ce changement de local : je disposais d'une chambre à lit unique, sorte de box dont les cloisons n'atteignaient pas le plafond mais constituaient des séparations suffisantes. Malgré le peu de gêne que m'avait causé dans l'autre chambre l'homme quasi absent qui végétait à mes côtés, mieux valait, assurément, ma solitude de maintenant : elle me permettait une liberté plus grande avec mes visiteurs et, le reste du temps, plus de tranquillité que dans cette pièce sujette aux allées et venues qu'entraînaient les multiples soins nécessaires à mon compagnon. Il n'en est pas moins vrai que j'éprouvai ce changement comme un retour à la platitude la plus morne. A peine installé, je sentis l'ennui se substituer à l'ardeur qui, sous des formes diverses, m'avait animé jusqu'alors. A la période de haute tension succédait celle du charme rompu, comme si j'avais été dégrisé, tiré d'un rêve ou brusquement rendu aux servitudes profanes après la ferveur de quelque pèlerinage.

Une chambre à un seul lit au lieu de celle à trois lits dont l'un était le mien, l'autre le reposoir d'entre vie et mort où gisait un dormeur obstiné, le troisième un meuble qui n'aurait pas compté si je n'avais craint de le voir empli un beau jour par Dieu sait quel arrivant! Selon cette arithmétique, j'aurais dû me réjouir d'un sort beaucoup amélioré. Mais, à ne considérer que l'aspect aussitôt mesurable, c'est une vue trompeuse qu'on prendrait de la chose, car dans cette chambre où je n'étais plus qu'un, et délivré des trop fréquentes intrusions, je me trouvais en revanche à la merci de tout ce que laissaient filtrer des cloisons dont l'opacité ne se doublait, malheureusement, de rien d'équivalent quant à ce qui pouvait assiéger mes tympans.

Radios régulièrement branchées sur les pires inepties des programmes, propos que mes voisins échangeaient, tantôt blaguant comme des militaires à la veille d'être libérés, tantôt gouaillant miteusement sur l'état de leur gorge après la trachéotomie qu'ils avaient subie eux aussi (car la plupart étaient des tétaniques guéris par la méthode qui consiste à provoquer le coma en injectant du curare puis à « réanimer »), tout cela m'arrivait à travers les cloisons comme si matin et soir une Providence maligne m'avait donné à écouter un sottisier pour laver mon cerveau de toutes velléités d'optimisme. Avec ce que j'entendais, n'étais-je pas en effet amené à me dire que ce travail d'hôpital, malgré son apparent « bien-fondé », n'était pas moins aberrant que le reste puisqu'il s'avérait, en dernière analyse, représenter beaucoup d'intelligence, de cœur et d'énergie dépensés à seule fin d'augmenter la longévité d'une bande de sinistres crétins (presque tous prouvés tels, compte non tenu d'un Nord-Africain que je repérai un peu plus tard grâce à un jeu de portes ouvertes et que sa différence d'origine ou son ignorance du français soustrayait à l'affligeant colloque) ? Aussi, à l'instar d'un croyant qui ne peut supporter l'écroulement de sa foi, accueillerais-je bientôt comme une vérité dont l'évidence éclate au moment même où l'on touchait le fond cette idée propre à recomposer la goutte d'espoir trop vite évaporée : serait-il vrai que le médecin — et aussi bien l'artiste ou le militant — gaspille ses forces pour de lamentables usagers et pourrait-on, au mieux, faire partie d'une *élite active* brassant le vide à quoi (en gros) se réduit la masse passive, cela ne disqualifierait pas de tels efforts et montrerait seulement l'urgence de les lier à l'éducation de cette masse qu'on ne saurait dire vouée par destin à une constante inanité. Philosophie simplette mais qui, sur l'heure, serait la bienvenue puisqu'en me libérant du désespoir logique elle ferait taire mes scrupules quant à mon manque de courage pour renouveler, cette fois sans possibilité d'échec, ma tentative de tirer le trait.

Éloigné de cette espèce de ligne de feu, les chambres de grands malades dont j'avais partagé l'une avec un demi-mort qu'on s'acharnait à prolonger en attendant son réveil, je me sentais comme un soldat évacué qui traîne son cafard dans les hôpitaux de l'arrière. Plus rien, ici, de l'ambiance héroïque de mon ancien secteur : aux amazones souvent hautes en couleur qui se relayaient dans une bataille sans trêve contre les forces de mort, des créatures plus falotes semblaient s'être substituées, soit que les convalescents n'eussent plus besoin d'être assistés par la fine fleur, soit que le fait qu'ils fussent hors de danger entraînât un relâchement pantouflard chez des femmes aussi vaillantes à l'occasion que celles du groupe de choc. Mais, que cela fût affaire de personnes ou simplement de circonstances, il est sûr qu'une moindre vigilance et des façons plus détachées concouraient à me donner l'impression que c'étaient de vagues femmes de ménage — neutres et anonymes — qui, autour de moi, avaient pris la relève.

Au hasard d'une marche de couloir en couloir (comme j'en faisais même la nuit, aller aux w.c. étant alors mon alibi), je rencontrai l'infatigable soigneuse qui, les premiers jours, m'était apparue si maternelle et si capable de parer à tout qu'il me semblait aller de soi qu'elle eût, chez elle, à se mettre en quatre pour une encombrante marmaille. J'aimais bien cette femme que son dévouement efficace — profond, sans doute, au point de n'être pas conscient — n'empêchait ni de vous rembarrer ni de vitupérer comme si à l'instant même elle allait tout envoyer promener. Aussi, voulant lui dire quelque chose de gentil, je lui exprimai mon ennui d'être maintenant un pensionnaire de la galerie des hommes et combien je me plaisais mieux dans le secteur dont elle s'occupait. *Oui... Chez nous, c'est plus vivant!* opina-t-elle en riant, sans que je pusse savoir si ce rire répondait à son pur acquiescement cordial ou à la perception de l'étrangeté d'un tel jugement sur la suite d'ateliers où d'habiles techniciens s'attachaient à dépanner des êtres qui, d'humains, n'avaient plus que la forme.

Passé de cette zone que la mort survolait à un lieu où tout semblait calculé pour me faire déplorer d'être rentré parmi les hommes, j'avais — aussi atterrant que cela fût — progressé au moins sur un point : plus question, désormais, de goûter tranquillement le répit que ma retraite m'apportait; rester même un seul jour de plus que le strict nécessaire, ç'eût été m'attarder lâchement au sein d'une bêtise avilissante. La décision de partir au plus tôt et d'affronter, sans surseoir, un avenir dont je m'étais un moment demandé si tout ne risquait pas de s'y remettre au point, dans le simple dégoût, plus vite que je ne l'aurais cru, telle fut ma réaction presque immédiate à ce milieu déprimant. J'acceptai donc, enfin sans atermoiements, l'aléa de mon retour à la vie de naguère. Aurais-je pris aussi aisément ce parti si je n'avais la vertu d'espérance fortement chevillée au corps, malgré ce que j'ai pu penser en d'autres temps?

Jusqu'alors j'avais attendu que, ma plaie guérie, l'on me

juge apte à retourner chez moi. Or l'ami qui m'assistait au titre de médecin traitant m'avait dit qu'à faire ainsi je m'exposais à être gardé assez longtemps : il me fallait demander ma sortie, on me l'accorderait sûrement, car les soins que ma blessure réclamait encore pouvaient m'être donnés ailleurs qu'à l'hôpital. Ma découverte malheureuse de la galerie des hommes coupant court à toute hésitation, j'exprimai mon désir de départ. On m'inscrivit d'emblée pour la prochaine consultation oto-rhino-laryngologique ; je m'y présenterais dans la matinée du samedi et m'en irais l'après-midi.

Muni d'une « grosse curette », le grand patron oto-rhino avait éliminé de petites excroissances qui s'étaient formées sur les bords de ma plaie encore partiellement ouverte. Cela m'avait fait assez mal et, rentré dans ma chambre au sortir de l'antre souterrain où la consultation se tenait, je m'étais étendu sur mon lit afin de récupérer. Puis une infirmière était venue me faire un dernier pansement et j'avais déjeuné de gâteaux et de fruits. Il faisait très chaud, ce qui n'arrangeait rien après la nuit presque blanche que j'avais passée. Mon mince bagage préparé, il ne me restait qu'à me reposer jusqu'au moment où arriveraient, pour me ramener quai des Grands-Augustins, ma femme et l'un de nos amis les plus proches, celui-là même que j'ai choisi (parce qu'il est sensiblement plus jeune que moi) comme exécuteur posthume de mes volontés et qui, peut-être, devra s'occuper de publier, disposées comme il les trouvera, les fiches non employées de *La Règle du jeu*, ce travail que dès longtemps je crains de ne pouvoir finir, faute de temps, et que cette crainte, en me nouant, m'empêche encore un peu plus de finir rapidement.

Mon attente fut longue et d'autant plus irritante que, les adieux faits, et la rupture opérée, j'aurais voulu décamper à l'instant. Coucher là encore une nuit si l'arrivée trop tardive de mes convoyeurs rendait impossible, par malchance, l'accomplissement des formalités de sortie, je ne pouvais l'envisager sans angoisse. Deux ou trois fois j'allai jusqu'au bureau des surveillantes pour savoir si quelque communication téléphonique n'était pas parvenue, m'informant de je ne sais quel accroc ou modification apportée au protocole prévu. Les surveillantes me rassuraient et me renvoyaient à ma chambre où, trop énervé pour lire, écrire ou faire quoi que ce fût, je ne pouvais que recommencer à me morfondre en me demandant si je n'avais pas compris de travers ce que ma femme m'avait dit la veille. Procédant moins de la réflexion que d'une folle impatience, mon inquiétude était vaine et je pus, l'après-midi point tellement avancé, m'installer en pyjama et robe de chambre dans la conduite intérieure que notre ami, pour m'éviter quelques pas de trop, avait menée d'autorité à la petite cour toute proche où stationnaient les voitures des médecins.

Dans la forte chaleur de ce mois de juin, le parcours fut fatigant. Un peu crispé, j'ouvrais les yeux tout grands sur cet été apparemment plein de violence dont, reclus (deux semaines trop chargées pour répondre à leur mesure selon le calendrier), je n'avais pas soupçonné l'éclosion, même quand je prenais l'air dans l'éden qu'une gaie kinésithérapeute m'avait révélé. L'avenue d'Aubervilliers et la rue du même nom, frappées par un soleil suffisamment oublié pour m'apparaître d'une extrême dureté, se déroulèrent de part et d'autre des vitres et je les regardai comme je l'eusse fait d'artères d'un modèle inconnu dans une ville exotique qui m'aurait à la fois surpris et vaguement effrayé. La splendeur d'une lumière à deux doigts (pouvait-on croire) de l'explosion dotait d'un merveilleux éclat ce quartier mal réputé où, çà et là, un café-bar m'étonnait par sa rutilance et l'allure de coupe-gorge qu'il devait à sa tranquillité même. Parmi les rares personnes qui circulaient ou se tenaient debout sur les trottoirs, je remarquai quelques hommes — Nord-Africains ou autres — auxquels j'attribuai, sans doute un peu vite, la profession de souteneurs et surtout je notai, campées comme des poissardes ou des tragédiennes, des femmes en robes d'été bon marché qui ne les vêtaient pas plus que des peignoirs et dont, vénales ou pas, elles semblaient prêtes à se dépouiller en un tournemain pour l'amour à quoi incitait cette journée si radieuse qu'à elle seule elle donnait envie de nudité. Plus peuplé, le faubourg Saint-Denis m'offrit, toutes voiles dehors sur ma gauche et sur ma droite, son florilège de pègre féminine peu ragoûtante dans l'ensemble et, parfois, hideuse à faire froid dans le dos.

Rendu chez moi, je montai d'une traite mes quatre étages d'escalier, bien que mon souffle fût court et que mes jambes n'eussent guère de vaillance. Craignant les retrouvailles avec ce qui avait été, symboliquement, le décor de mon dernier jour, je voulais m'attarder le moins possible sur le seuil et foncer comme on se jette à l'eau vers le tête-à-tête que je redoutais. Cette tactique, en vérité, ne me servit à rien et j'eus beau, d'un même élan, aller jusqu'au bureau où se trouvait la commode dans le dernier tiroir de laquelle j'avais pris mes tubes de phénobarbital pour me gaver de leur contenu, c'est un gros choc que je ressentis quand, allongé sur le divan et cherchant à reprendre haleine, je laissai mes regards se poser sur la commode, les autres meubles et les divers ornements d'un lieu qui avait été le théâtre d'une crise dont je n'avais jamais vécu l'équivalent.

Couché sur le dos, j'avais en face et au-dessus de moi le plafond avec les pâtisseries d'angle et les autres moulures de sa décoration surannée, dont le motif central est une ellipse à peine moins longue et moins large que le rectangle tracé par le haut des corniches qui surmontent les quatre murs. Comme à l'accoutumée, la vasque d'éclairage — une coupe en verre dépoli maintenue par un disque d'acier vissé à l'extrémité inférieure d'un axe vertical qu'on ne voit pas — englobait le point médian du plafond dans cette protubérance en forme de sein bien rond et discrètement bombé que je me plais parfois à comparer à une sorte d'*omphalos* ou de nombril du monde. Mais ce n'est pas cela qui força mon attention. A peine étendu je perçus, avec une acuité qui touchait au malaise, le relief singulier de l'ellipse pourtant banale et intégrée si parfaitement à mes entours quotidiens qu'en temps ordinaire elle a, pour moi, presque cessé d'exister. Ainsi décapé par la vision toute neuve que j'en avais, ce modeste produit du style bourgeois Second Empire se gonfla d'un pouvoir tellement précis de fascination qu'il n'est sans doute nul chef-d'œuvre qui eût été de taille à le lui disputer, pendant le long moment houleux que je passai là tandis qu'on préparait la petite chambre que j'ai abandonnée seulement quand mon retour à des nuits de sommeil normal eut marqué la fin de ma convalescence.

Au cours de la dernière guerre, j'eus une fois la chance de boire du vrai café et ce breuvage dont nous manquions depuis longtemps me fit presque le même effet, je pense, que si j'avais pris du haschisch; dans le métro rempli de gens, tous (semblait-il) d'un pittoresque étonnant, j'admirai le modelé d'un nez des plus vulgaires comme un peintre en extase devant une pauvre bicoque sur quoi jouent les rayons du soleil; un antiquaire que je connais me crut ivre, tant je marquai de joie à regarder lignes et couleurs doter d'une profondeur vivante et constamment changée les velours africains de sa collection; le soir, dans une salle de concert, il me parut que les sons issus des instruments traversaient tout mon corps et, pendant l'entière durée de l'audition, cette musique devenue ma propre résonance me causa de fantastiques transports. Sans l'appui d'aucun excitant, c'est une sensation de l'ordre de celles-là que la vue du motif elliptique me donna, tandis que je reposais sur le divan.

Telle que je la voyais, la pièce où je me trouvais était d'une implacable objectivité qui, vers le fond, s'imposait lourdement avec l'avancée de la commode et, en haut, s'affirmait de manière plus abstraite dans les ombres et lumières des moulures dont l'ensemble paraissait dessiner la carte d'un univers simplifié et réduit à l'extrême. Mais, aussi crûment que ces éléments mobiliers ou ornementaux me fissent sentir leur présence, les uns et les autres se compliquaient de significations plus ou moins lointaines comme si, en même temps que des réalités closes sur elles-mêmes, ils avaient été des aide-mémoire placés là pour orienter ma rêverie. De tout son cubage menaçant la commode m'oppressait, et son volume était la traduction spatiale de la grosse bouffée de passion et de désespoir dont s'étaient enflés mes poumons la dernière fois que je l'avais considérée. Les moulures du plafond et surtout ce que, dans leur exubérance figée, je pouvais voir des pâtisseries (tempêtes silencieuses et de vitesse nulle) qui masquaient les angles trièdres formés aux quatre coins de la pièce par la rencontre du plafond avec les murs, — ces stucs Napoléon III tels qu'il devait y en avoir rue de Rome chez l'ordonnateur des illustres mardis, c'était vers la poésie de Mallarmé qu'ils me guidaient et vers ce *Livre* qui, dès l'hôpital, m'avait été d'un grand secours en m'ouvrant, par son exemple, des perspectives de travail. Tout le luxe de l'érotisme y était également condensé : ces merveilles en chambre que crée le commerce amoureux et dont miroirs, consoles, flambeaux, crédences ou autres ingrédients des sonnets mallarméens sont, pour moi, la plus pure expression. La terrible fixité de la mort aussi, que dénonce la rhétorique pétrifiée de ces fioritures plus vieilles que nous (puisqu'elles datent de nos grands-parents) et à la fois plus jeunes (puisqu'elles nous survivront et seront peut-être les témoins de notre effondrement biologique).

Alors que c'étaient de vastes surfaces (plaine s'étendant à l'infini ou haute et large paroi verticalement dressée) qui captaient mon regard dans ces rêves de plein air dont une falaise abrupte était l'élément commun, ce qui maintenant s'incrustait dans mes yeux et m'obligeait à une sorte de rêve éveillé c'était le rectangle bien délimité d'un plafond dans une pièce, étroitement confinée, d'appartement bourgeois. Avec la dureté géométrique de son dessin et la cruelle précision de ses reliefs, l'ellipse m'apparaissait, non comme le signe lancinant d'une vérité qu'un peu d'ingéniosité et de patience m'aurait permis de découvrir, mais comme une *présence* si extraordinairement accusée que son intensité semblait hors de proportion tant avec le témoignage de ma vue qu'avec celui que mes mains auraient pu me fournir si ces minimes renflements de plâtre avaient été à leur portée. Plus que réelle, dans la mesure même où elle tenait de l'hallucination, cette présence rien que présence était sentie jusqu'au vertige et, tandis que je la subissais, de curieuses choses dont on m'avait parlé à l'hôpital me revenaient en mémoire : l'espèce de décalage ou de désorientation dans leurs perceptions visuelles qu'éprouvent les tétaniques qu'on a traités au curare et qui (telle cette convalescente anguleuse en même temps que bizarrement gracieuse rencontrée quelquefois lors de mes flâneries dans les couloirs) restent un certain temps des manières d'automates aux gestes déréglés ou de démoniaques que leurs maîtres infernaux auraient déviés de la symétrie, sans forcément les enlaidir puisque — je l'avais constaté de mes propres yeux — un charme un tantinet simiesque peut s'attacher à leur allure de guingois.

Celle qui, me disant en substance : *On croit regarder par ici et c'est par là qu'on voit,* m'avait décrit ce trouble auquel me fit penser d'emblée la gênante acuité de l'ellipse était une sorte de miraculée de vingt-trois ans, mince, pâle sous le fard et brune, qui s'appelait Monique. Assez jolie et touchante dans sa maladie, cette petite sainte, petite fée et plus sûrement petite reine à l'échelon cousette ou sténo-dactylo (qu'elle était) faisait figure de vedette au Pavillon Lassen : revenue de très loin grâce au traitement par le curare, on l'avait exhibée à une délégation de médecins soviétiques et cela, disait-elle, l'avait bien amusée de se trouver en face de ce groupe d'hommes qui la regardaient comme un phénomène. L'une de mes infirmières m'avait souvent parlé d'elle et, sans la connaître, j'avais eu l'occasion d'un geste aimable à son égard. L'ami qui me reconduisit chez moi — grand connaisseur en matière d'art moderne et, par surcroît, fin gastronome — m'avait envoyé une corbeille de fruits si magnifique qu'il eût été indécent de la manger à moi seul. J'en goûtai donc, j'en offris à mes infirmières et, comme il en restait encore beaucoup, je fis porter à cette Monique si populaire un petit panier de fraises qui semblait parfaitement préparé pour être distrait de la corbeille. Inapte à se déplacer, mais désirant me remercier autrement que par intermédiaire, la destinataire me fit dire qu'elle serait contente d'une visite que, bien sûr! je m'empressai de lui rendre. C'est ainsi que nous eûmes un assez long entretien, elle à demi couchée et coquettement vêtue d'un pyjama d'intérieur, moi assis et drapé dans la robe de chambre à dessin écossais qui était alors ma tenue d'apparat aussi bien que celle de tous les jours. La grâce de la jeune fille, l'espèce d'auréole dont elle était parée, sa position de dame de cour qui reçoit dans sa ruelle ou de Violetta mourante au dernier acte de *La Traviata* me firent un grand effet. A la figure de la jolie kinésithérapeute s'est donc adjointe celle d'une autre plaisante personne, comme si leurs fraîches apparitions avaient été prévues pour que, malgré son appareil macabre et le dégoût qui me saisit à la fin, l'hôpital Claude-Bernard s'inscrivît dans mon souvenir sous des couleurs plus roses que noires. Comme tous les tétaniques guéris par le curare la jeune Monique dut réapprendre à marcher et, le matin où sans appui elle risqua quelques pas entourée d'infirmières et de kinésithérapeutes prêtes à prévenir la chute possible, je tins à être là pour la féliciter et prendre en même temps congé car ma sortie était alors imminente. Il me semble à présent que cette malade si choyée aura peut-être ainsi vécu, en dépit de toutes les affres dont elle m'a fait le récit, la plus belle époque de sa vie : celle qui lui laissera le souvenir d'un temps où elle était l'objet des mêmes soins et presque des mêmes hommages qu'une *prima donna*.

Rentré chez moi très amaigri, les nerfs fragiles et le sommeil déréglé, j'étais certes obligé au repos, mais cela n'impliquait pas la réclusion totale. Je devais me réaccoutumer, ne pas m'enfoncer dans une immobilité à tous égards néfaste, et l'on me conseilla de sortir un peu chaque jour avant même que ma blessure soit complètement fermée. Je fus docile, bien sûr, à cette prescription et plutôt trop docile car je pouvais ainsi retrouver l'amie à l'amour de qui je n'avais pas renoncé. Fort du droit que j'estimais avoir gagné par ma dure pénitence, je profitais candidement de nos rendez-vous et, romanesque, je tirais un surcroît de félicité des efforts mêmes que chaque fois il me fallait déployer pour m'abstraire de ma fatigue. Ces heures-là, qui répondent à la période où mon état de convalescent s'était mué en pure liberté, comptent — je le crois fermement — parmi les meilleures que nous ayons passées ensemble.

La pénitence, au demeurant, était encore loin de son terme. Presque dès mon retour, je fus soumis à un interrogatoire de police. Convoqué au commissariat de mon quartier (d'où l'on me relança par téléphone après une première communication qu'avait reçue ma femme et que j'avais négligée), je dus m'expliquer sur ma « tentative de suicide », signalée administrativement par l'hôpital Claude-Bernard. Lors de mon transfert, ma femme, répugnant à révéler la triste vérité, avait parlé d'un accident et le commissaire adjoint voyait là une contradiction qui appelait une mise au clair. J'assurai qu'il y avait eu effectivement « tentative de suicide » mais presque accidentelle vu que, sans l'effet de l'alcool, je n'aurais rien tenté. Le commissaire adjoint voulut savoir le pourquos et s'irrita quand je lui dis que, simplement déprimé, j'avaie agi sans motif précis (ce qui, dans le style journalistique de notre dialogue, signifiait qu'il fallait écarter toute idée d) mésentente conjugale, chagrin intime ou ennui financieri. Alléguer seulement la dépression, c'était mentir; mais — au cas même où j'aurais eu le temps et la patience d'exposer la chose depuis *A* jusqu'à *Z* et d'en montrer la complexité — allais-je faire ma confession générale à ce policier? Mon interlocuteur se refusait à comprendre qu'on puisse se suicider *sans raison*. Excédé, je lui demandai s'il savait ce que c'est que la « neurasthénie ». En prononçant ce mot, qui faussait tout plus que jamais puisqu'il faisait de moi un pur malade, j'avais été bien inspiré : la possibilité ainsi fournie à l'enquêteur de ranger l'acte incriminé dans un compartiment qu'il connaissait l'apaisa sur-le-champ et entraîna du même coup la fin de l'entretien. Avais-je des enfants? Telle est la question qu'il me posa encore et qu'aucune autre ne suivit quand j'y eus répondu négativement.

Il me fut donné lecture de ma déclaration, rédigée et dactylographiée par un secrétaire. Ce que j'avais dit, assez éloigné déjà de la réalité, elle ne le reproduisait pas même exactement. Comme si j'avais voulu jouer ma sainte nitouche l'on y notait, par exemple, que les « libations » m'étaient « inhabituelles » et que mon attitude aurait été « tout à fait différente » sans l'excès de boisson auquel je m'étais livré. En fait, j'avais déclaré que je n'étais pas à proprement parler un ivrogne, bien qu'il m'arrivât de dépasser la mesure, et j'avais ajouté que, cette nuit-là, ma dépression à elle seule n'aurait pas suffi pour m'amener à ingurgiter le poison. Je me moquais absolument de ce papier destiné à se perdre dans un vague dossier et je le signai donc sans réclamer aucune retouche. Le secrétaire, du genre bon type costaud, me suggéra le grand air et la pratique des sports, rejoignant ainsi mon conseiller du Pavillon Lassen et un autre médecin qui, il y a quelques années, s'était occupé de moi. J'ai subi, depuis, deux interrogatoires de police et celui d'un juge d'instruction, lors de l'affaire de la *Déclaration sur le droit à l'insoumission dans la guerre d'Algérie* que la presse baptisa tout de suite « Manifeste des 121 », comme si le nombre exact de ses premiers signataires avait été de nature à retenir l'attention. Combien la vérité est difficile à cerner, y mettrait-on la meilleure volonté du monde, c'est ce dont ces conversations d'une sorte un peu particulière ont achevé de me persuader.

Durant la période de liberté heureuse dont j'ai parlé, mon bonheur (s'il en fut vraiment un) avait tenu à ces sorties gagnées de haute lutte sur la fatigue et autres gênes dont j'étais affligé au point de me sentir comme estropié : impression de gel et d'engourdissement dans le bout de la langue (parce qu'on m'avait, paraît-il, maintenu cet organe serré entre les branches d'une pince avant que la trachéotomie permît de me faire mieux respirer) ; inflammation des gencives qui me fit croire un moment à un mal de dents et me donnait à penser que, décidément, toute ma bouche était détériorée; infirmité, enfin, qui s'avéra plus tenace, les difficultés que j'éprouvais, surtout quand j'étais couché, pour jouer de mes poumons et, aussi bien, pour désencombrer ma gorge de ses mucosités (devoir prendre mon souffle lentement, profondément et bruyamment, racler obstinément ma trachée en de longues quintes sans parvenir à tout à fait la dégager). Longtemps il me sembla aussi que ma voix n'était plus la même : vieillie, et comme si l'émission de chaque son me coûtait un effort; plus plate, et démusicalisée jusqu'à se montrer inapte à passer (fût-ce quelques secondes) de la simple parole au chant ou à la déclamation. En vérité, cela ne me privait guère, puisque jamais je ne me suis essayé à chanter, sinon pour rire, et qu'aujourd'hui comme hier mon mode d'existence m'entraîne bien rarement à user d'une diction soutenue pour réciter ou lire quelque chose. Mais, pendant un an à peu près, je me sentis lésé et comme mutilé par cette altération, en laquelle je voyais — à tort ou à raison — une humiliante séquelle de mon opération. Être atteint dans ma voix, c'était me trouver blessé au plus profond, attaqué dans ce qui est le véhicule vivant du langage, — de ce langage qui me paraît toujours représenter le lot proprement *sacré* des bipèdes que nous sommes, sans doute parce qu'il est l'instrument de communication — et donc de communion — par excellence.

Le pansement qui bombait sous ma pomme d'Adam, aussi réduit qu'il fût, et la crainte de frottements dont l'état de ma plaie pourrait se ressentir m'amenèrent, au moins les premiers jours, à sortir sans boutonner le col de ma chemise. Tant que cette peur me contraignit, je cachai le tampon de gaze et les collants de sparadrap que j'aurais été gêné d'exhiber dans la rue avec un ample mouchoir de toile, plus commode qu'un foulard parce qu'il se nouait plus fin et se tenait mieux serré. Pour ma sortie inaugurale, je me rappelle en avoir pris un de couleur rose unie, qui non seulement était du format voulu et se recommandait par son absence de bariolage mais allait à merveille avec le costume en mince tissu grisâtre que j'avais jugé le mieux approprié à la chaleur de cette journée (un complet de confection très bon marché qu'au cours des dernières ou avant-dernières grandes vacances j'avais acheté à Venise, dans une boutique du quartier des Marzarie, la « Wiener Mode »). Un peu trop grand pour moi, ce vêtement d'allure négligée pouvait être porté sans cravate plus aisément qu'un autre et, en l'occurrence, convenait donc à mon horreur du débraillé autant qu'à la température. Tenue que m'imposaient, cela n'est pas douteux, le souci de mon confort et celui d'un minimum de correction mais qui (je dois le dire) ne répondait que trop bien à un certain montage dramatique de la situation : le repêché que marque encore la griffe de la mort et qui se met n'importe quoi sur le dos pour courir, pantelant, à son colloque d'amour.

Avec ce complet de rien, si vaguement à ma taille qu'on pouvait croire à un costume d'emprunt (trop long et bizarrement étriqué en même temps que trop ample par endroits), avec ce mouchoir dont le rose — d'autant plus provocant qu'il contrastait avec ma face creusée — faisait légèrement pédéraste ou voyou, ma toilette avait beau être à peu près improvisée, le fait est qu'elle flattait ma coquetterie mieux que tout arrangement prémédité. Comme par chance, elle me donnait en effet une apparence conforme à l'esprit de ce personnage dont je subis depuis longtemps l'attrait : quelqu'un qui, sans être un bohème non plus qu'un déclassé, reste en marge faute de coller exactement aux choses et — tel Hamlet toujours à la charnière du monde commun et d'un autre — se meut dans la zone équivoque où le fantastique prend naissance; selon une alchimie toute moderne, quelqu'un qui, s'imbibant jour et nuit d'une drogue exquise et dévorante (poésie, amour, érotisme, alcool, n'importe), exalte sa vie boitillante jusqu'à la douer, par-delà ses hauts et ses bas, d'un éclat souverain quoique (évidemment) dérisoire.

Au-dessous ou au-dessus du monde plutôt qu'au vrai niveau et tendu à l'extrême pour mater ma faiblesse, j'étais dans la peau du rôle sans avoir à composer mon personnage. S'il y avait comédie, c'était innocemment que je la jouais et porté par des circonstances complices : un accoutrement presque fortuit, parachevant les effets de mon état physique. Pourtant, avec son romantisme, cette complaisance momentanée me semble maintenant de même veine (malgré le demi-siècle écoulé et mes efforts vers la rigueur) qu'une réelle comédie à quoi une fois je me suis livré, bien avant l'âge où l'on se plaît à voir toutes choses — à commencer par soi-même — sous des couleurs expressément romantiques. Ce jour-là, c'est en m'aidant d'un doigt de vin (peut-être du champagne) et, je crois, d'un bonnet rouge de Méphistophélès — accessoire de cotillon en papier dont j'étais coiffé — que je me pris à incarner un personnage qui, obscurément, m'apparaissait celui d'un débauché. C'est, probablement, la note diabolique introduite par le bonnet qui me pousse à relier cette image, par l'entremise de souvenirs que j'aimerais plus sûrs, à la figure de la créatrice du rôle de Satan dans *Les Quatre cents coups :* je me demande, en effet, si ce n'est pas à cet arbre de Noël — ou autre matinée enfantine donnée 8 rue Michel-Ange par mes parents — que j'ai rencontré les trois petites-filles de la divette et si l'aînée (une rousse?) n'était pas déguisée en bohémienne. Mais il est fort possible que, ce disant, je rassemble des éléments éparpillés et les fonde en un seul bal masqué, brillante scène de théâtre dont l'enfant à coiffure rouge — annonciateur de l'homme à foulard rose — aurait été le protagoniste.

Ni les inconvénients que j'ai énumérés, ni mon sommeil déréglé n'entamèrent sérieusement mon euphorie des premiers jours, troublée seulement (à l'heure des eaux basses) par la certitude de sa courte durée : cette oisiveté forcée, cadre assez lâche pour que ma liberté pût s'exercer sans alibis, et cette immunité apparemment conquise, mais dont il était impensable qu'elle tienne quand je serais tout à fait revenu de ce côté-ci du monde, étaient les conditions provisoires d'un bonheur bien précaire! Comment n'avais-je pas saisi qu'après le déferlement de la vague la situation, un moment bousculée, s'affirmait égale à ce qu'elle était lorsque j'avais tenté de me supprimer? Je pouvais même présumer que, bientôt, cela serait encore pire, quand mon amie aurait quitté Paris comme elle le faisait chaque année dès qu'arrivait la belle saison. Ou bien je souffrirais durement de son absence; ou bien notre aventure s'évanouirait dans l'irréalité et je n'aurais plus entre les doigts que du vide. Si nous restions unis quoique matériellement séparés, il me faudrait tirer des plans, invoquer je ne sais quels prétextes cousus de fil blanc pour aller la rejoindre, ce qui me vaudrait d'une compagne ennemie de tout mensonge et cruellement touchée par ce que j'avais fait une condamnation insupportable au cas même où notre nouveau conflit demeurerait latent. Certes, je subissais la séduction de mon amie; pas une seconde je ne m'ennuyais avec elle et je m'émouvais de la sentir *féminine* de la tête aux pieds. Mais, si grand que me parût son pouvoir d'enchantement, l'idée d'une dévotion exclusive effleurait à peine mon esprit et je ne laissais pas de m'interroger sur l'authenticité de cet amour : peut-être, de ma part, ultime sursaut d'homme vieillissant et, de sa part à elle, simple satisfaction vaniteuse trouvée dans l'attention que je lui portais. Une goutte de venin s'était, d'ailleurs, infiltrée très tôt dans nos rapports : quelque chose de plus ancien que par hasard je savais d'elle, qu'elle aurait pu tenir à m'apprendre mais sur quoi, toujours, elle avait gardé le silence; ce qui n'était pas assez pour attirer le blâme, assez toutefois pour créer une défiance.

Comme par un jeu de bascule, ces pensées se firent plus préoccupantes à mesure que je progressais physiquement, et j'en vins à me dire qu'avec mon geste manqué — complètement absurde puisque j'étais toujours là, face au même dilemme, et que je n'avais su que donner la mesure accablante de mon égocentrisme — ce serait pour ma femme et pour moi un bel enfer que j'aurais préparé.

Contraint de me censurer (comme chaque fois qu'une totale mise à nu risquerait de trop ressembler à une délation), je ne puis que survoler la fin de cet épisode au lieu d'entrer dans le vif, ainsi que j'en aurais licence si j'avais choisi de m'exprimer sous le voile du roman. Sans en dire plus long, j'évoquerai les quelques autres jours ensoleillés, aussi légers qu'une escapade de collégien, qui furent — au plein cœur de l'été — le bouquet du feu d'artifice. Et j'ajouterai (non sans regret) que ce bouquet, selon la norme, aura été à la fois sommet et achèvement.

De Montecatini Terme, où j'allai me soigner et où, ma femme et moi, nous eûmes notre chambre commune au *Grand Hôtel e la Pace* (une Paix de luxe moins excitante que celle, en russe *mir*, que poursuivaient au congrès viennois de 1952 les pèlerins internationaux parmi lesquels on me comptait), j'écrivis — en me dissimulant plus ou moins — bien des lettres qui eurent leur tendre réponse. Puis ce fut la diversion d'un bref séjour à Florence où, restauré par la cure, je retrouvai cette belle vie de « grandes vacances » que j'ai toujours aimée mais à quoi mon humeur acariâtre m'avait fermé depuis longtemps. Rentré à Paris, je dus me rendre compte qu'en dépit de quelques à-coups ce voyage en Italie avait représenté, pour l'amant que je croyais être, une détente au moins autant qu'une privation, de sorte que le proche retour de mon amie — événement dont la perspective aurait dû me combler — était chose crainte plutôt que désirée, par moi qui pouvais mesurer plus froidement que naguère quelle somme de cachotteries et autres gymnastiques déplaisantes (sans parler de tout le temps rongé ou franchement dilapidé) me coûterait la reprise de nos rencontres. Aussi quand ma correspondante, constatant la métamorphose, prit sur elle de briser là en m'écrivant qu'il faudrait renoncer à nos entrevues, j'en ressentis moins d'amertume encore que d'allégement. Alors que la première flambée datait d'à peine quelques mois, c'est donc à travers ce commerce épistolaire et tout ce qu'il drainait de confidences en noir sur blanc, d'aveux surpris entre les lignes et aussi de malentendus que s'est dénouée — sans fracas mais pour ne jamais se renouer — l'intrigue qui m'avait enfiévré jusqu'à me faire presque mourir.

A Montecatini, petite ville où presque rien n'existe qu'en fonction des thermes, le protocole de la cure avait été pour moi un motif d'amusement bien plutôt que d'ennui. Ce qui, ailleurs qu'en Italie, m'aurait semblé routine déprimante devenait sous le ciel toscan cérémonial bouffon auquel je sacrifiais, verre gradué de 250 centimètres cubes en main, avec le même sérieux qu'un habitué des grandes réunions hippiques, jumelles pendues à l'épaule, ou qu'un abonné de l'ancien Opéra, chapeau claque sous l'aisselle. Sachant que Giuseppe Verdi avait fréquenté cette station, je m'étais accordé avec son défaut même de pittoresque bien avant de découvrir que l'une de ses voies principales est consacrée au musicien qui fut aussi l'un des drapeaux de l'Indépendance italienne, et bien avant d'avoir déchiffré la plaque qui, apposée sur la façade de l'hôtel dont Verdi fut le client, signale que c'est dans les eaux de Montecatini qu'il trouva « le secret de la longévité et de la jeunesse » non seulement pour lui-même mais pour son génie créateur. Mes obligations, qui me tenaient toute la matinée avec parfois un jour de repos, étaient de deux espèces : absorption d'eaux provenant de sources différentes (Regina, Tettuccio) dont les noms, comme ceux de deux autres sources étrangères à mon régime (Tamerici, Torretta), me séduisaient autant que la rigoureuse minutie des prescriptions, présentées pour chaque phase de mes trois semaines de séjour en un tableau qui m'indiquait en quelles quantités, sur quel rythme, selon quelle alternance et sous quelle forme (froide ou chaude) je devais boire ces eaux; applications de boue volcanique aux endroits, ventre et reins, marqués de quelques traits par le médecin sur la double figure ornant une autre feuille imprimée (personnage entièrement nu, dénué de système pileux et le crâne lisse, les bras légèrement écartés du corps et les paumes tournées vers l'avant, sorte d'homme-microcosme dessiné en deux exemplaires, l'un de face, l'autre de dos).

Ces enveloppements dans un épais corset de terre chaude et gluante, un seul établissement pouvait me les dispenser : les *Terme Leopoldine*, robuste bâtisse d'une sévérité toute romaine sur le fronton de laquelle était gravée l'inscription « Aesculapio et Saluti ». Mais pour l'autre partie (la plus importante) de mon traitement plusieurs options étaient possibles. Parmi les établissements où l'on consomme l'eau des diverses sources, c'est l'*Excelsior* que je choisis tout d'abord, parce qu'il était le plus proche de mon hôtel. Toutefois, à ce bâtiment assez discret dont le constructeur s'était seulement permis une loggia dans le style de Brunelleschi, je préférai finalement le *Stabilimento Tettuccio*, grandiose ensemble aux allures de temple antique corrigé et multiplié par quelque Victor-Emmanuel. Compris dans la même enceinte que le hall où se débitent journellement d'énormes volumes d'eau et dont de puissantes batteries de locaux hygiéniques sont la contrepartie nécessaire, comptoirs pour les tabacs, les journaux et les livres, bureau de change, agence touristique (tout cela rassemblé dans une sorte de salle des pas perdus), postes, télégraphes et téléphones, multiples dépendances telles que kiosque à musique, café, boutique de couture et autres magasins (dont une joaillerie et une galerie d'art) font de ce monument agrémenté de portiques, de cours et de vastes jardins une manière de cité dont la fontaine de bronze d'où jaillit l'eau de la source Tettuccio, hors d'un fouillis de crocodiles et autres monstres à écailles, serait le cœur symbolique. Plus modeste à l'époque de Verdi (comme le font voir, entre autres cartes postales que j'ai acquises cette année-là et lors d'un second séjour, deux photographies représentant le maestro avec sa barbe blanche un peu garibaldienne, son grand feutre paysan, un costume noir ou sombre, à la sortie de l'ancien

Tettuccio, sur l'une, alors qu'il monte dans une voiture à cheval que son dais et ses toiles de protection contre le soleil font ressembler étrangement à un corbillard, sur l'autre, alors qu'à pied et solitaire il va pour traverser en s'abritant sous une ombrelle la place au fond de laquelle s'élève l'établissement), cette buvette si grande et si fastueuse qu'il m'avait fallu un certain temps pour découvrir que telle était sa destination me rappelait, par son excès, les stations les plus spacieuses et profusément décorées du métro de Moscou. Mon imagination mise en route, ce surabondant complexe architectural me semblait également évoquer ce que des villes de plaisance comme Herculanum et Pompéi devaient être avant leur destruction par la pluie de feu et par les laves.

La distribution des eaux s'opérait dans une longue galerie, sur le côté gauche de la cour centrale. Coiffées de petits bonnets, munies de tabliers et vêtues de robes cerclées bleu clair et blanc (ce qui faisait penser aux baigneuses 1900 voire à celles des films de Mack Sennett), des jeunes femmes échelonnées derrière un immense comptoir de marbre s'occupaient du service. Actionnant d'invisibles pédales, elles faisaient couler — tiède ou fraîche selon l'ordonnance — l'eau de la source à laquelle elles étaient préposées et les curistes la recueillaient, à la bouche de tuyaux recourbés, dans leurs verres gradués à anse. Sur toute la longueur du mur auquel elles étaient adossées, une série de larges et hauts panneaux en céramique s'étendait : l'Enfance (avec une mère aux formes épanouies, allaitant au milieu de petits enfants qui versaient de l'eau ou en buvaient et dont quelques-uns urinaient), l'Adolescence (avec filles et garçons portant des cruches ou buvant et, en bas, un groupe de trois ou quatre jeunes discoboles), la Beauté, la Source, la Force, la Maturité, la Vieillesse — panneaux dont le thème commun était la bienfaisance de ces eaux, vraie liqueur de Jouvence qui donne vigueur et santé à quiconque veut bien s'en abreuver. Conçue de manière telle que tout buveur, jusqu'au plus décrépit, pouvait y trouver son réconfort, cette glorification païenne de la vie se prolongeait, sous forme d'allusions précises à l'activité érotique, dans la grande salle de café où une foule de gens, une fois leur eau absorbée, venaient manger de copieux petits déjeuners : d'innocents paysages italiens de caractère archaïque en décoraient les murs mais, au plafond, étaient peints des amours, quelques femmes nues grandeur nature aux poses de courtisanes que ni pudeur ni crainte ne retiennent dans la divulgation de leurs appas et plusieurs scènes galantes, idylles de l'Antiquité ou de la Renaissance dont les personnages féminins paraissaient doués d'une langueur perverse à la Sarah-Bernhardt. Ces visions d'art tendaient-elles simplement à donner à la généralité de la clientèle une assurance de beauté gardée ou récupérée? Ou bien ceux de la fraction mâle qui se sentaient dépossédés de la vertu la plus intime du plus intime de leur chair devaient-ils lire dans ces images l'annonce d'une sorte de Risorgimento dont l'ithyphalle serait le seul emblème? Pour ce qui me concerne, c'est un tel gage de rémission de l'un de mes pires tourments que je voulus trouver dans cette apologie de la sensualité.

Bercé par les airs d'opéra ou de musique légère qui émanaient du kiosque — à droite de la cour centrale, une rotonde à la coupole ornée intérieurement de trois compositions non moins académiques bien qu'un peu plus modernisantes que celles du café (concert champêtre, musique de chambre, audition de salon) en alternance avec trois balcons en trompe-l'œil garnis de spectateurs et spectatrices à notre mode ou peu s'en faut — je restais là le temps de boire mes cinq verres d'eau. Avec les pauses obligatoires cela me prenait presque une heure. Négligeant le livre dont j'étais muni, *Guerre et Paix*, précieux lors de la sieste consécutive aux manipulations des Terme Leopoldine mais ici encombrant plus qu'autre chose, j'observais la masse cosmopolite des baigneurs qui devisaient ou écoutaient l'orchestre, tantôt se promenant le verre en main aussi graves que pour l'accomplissement d'un rite, tantôt assis sur des chaises métalliques et leur verre, plein ou vide, toujours à leur portée. Je jouais alors à me supposer parvenu, après les inéluctables traverses, dans le palais d'un Zarastro dont les adeptes, en groupes aux va-et-vient réglés par l'harmonie céleste, disputeraient des plus hauts problèmes tout en absorbant le breuvage d'immortalité.

Cette double cure — eau et boue — qui m'occupait à peu près chaque matin et fait l'objet de plusieurs pages de notes (sur le ton reportage plutôt que journal intime) dans mon cahier cartonné rouge de l'hôpital Claude-Bernard, les après-midi et jours de plein congé passés en d'autres points de la Toscane vers lesquels des amis — Rose et André Masson, venus en purs touristes — nous voituraient presque quotidiennement (*André Masson qui, au soir d'une vie dont les débuts furent orageux, a su trouver une sérénité*, inscrivis-je dans mon cahier peu après le retour à Paris, comme pour m'encourager du précédent offert par l'évolution de ce grand peintre), les montées à la ville ancienne (car il en existait tout de même une, Montecatini Alto, desservie par une route et par un funiculaire), nos flâneries de dilettantes plus curieux qu'ironiques à la terrasse du café chantant le *Gambrinus*, telles promenades dans les parcs sagement aménagés ou jusqu'à un endroit que signalaient maintes pancartes et affiches *Le Panteraie* (piscine-restaurant-dancing d'une fausse élégance située sur une assez jolie colline plantée de pins), la note baroque introduite à l'hôtel tant par les bons vivants avides de trop embrasser, puisqu'ils voulaient à la fois maigrir et continuer à bâfrer, que par l'apparition, un beau soir dans la salle à manger, de cette statue du Commandeur en vêtement bourgeois, Giorgio de Chirico (blanc, spectral autant que ses tableaux et la mine torve comme un empoisonneur de petite cour du XVIe siècle), l'usage parfois d'un comprimé d'équanil (sachant pourtant que le calme procuré par les « tranquillisants » n'est pas forcément préférable à son contraire et que, de toute façon, l'on ne peut pas songer à se reposer la vie entière sur un pareil recours), tout cela — ravalement d'un foie usé, sourdine à des nerfs criards ou simples distractions — m'aidait à remonter la pente. Certes, je ne voyais toujours pas d'issue à ma situation : comment recomposer une vie non seulement coupée en deux sur le plan de l'amour (l'étroite union d'un côté, le vertige de l'autre) mais sujette à une autre espèce encore de division puisque mon travail d'ici même — dont le retard sur les événements était plus criant que jamais sans que j'eusse ni la force ni la lucidité voulues pour m'attaquer tout de suite à mon actualité la plus brûlante — m'apparaissait chose franchement anachronique et, pour ainsi dire, étrangère ? Aussi tristes que fussent ces considérations, je sais toutefois qu'elles ne m'entamaient plus autant que l'avaient fait naguère des réflexions de même ordre.

A Florence où, libéré de la cure, je me sentais la bride sur le cou, je profitai presque sans arrière-pensée des beautés d'une ville qui se révélait *grande cité* alors que pendant des années j'avais répugné à m'y arrêter, lui attribuant sur la seule foi des récits et des lectures tout ce qu'implique de rebutant la notion de *ville d'art*. Mieux portant, j'étais à même de me prêter allégrement aux peines et aux joies de la vie touristique : heures de travail avec les visites (plus ou moins bousculées) d'églises, de musées, de monuments et autres curiosités en parcourant à pied les rues souvent étroites et aux trottoirs insuffisants où, à la menace des imposantes bâtisses en pierre d'allure cyclopéenne et d'une opacité de forteresses, s'adjoint le danger moins imaginaire créé par une anarchique circulation de scooters; heures de *farniente*, tantôt pour les repas dans les restaurants les plus toscans ou pour les achats dans les boutiques élégantes, tantôt à une table du principal café de la place de la République (plus accueillante que la superbe mais trop achalandée place de la Seigneurie) pour écouter les *arie* qui alternaient avec les chansons style radio en regardant du coin de l'œil la façade du Savoy Hôtel ornée de statues faussement anciennes que renferment des niches éclairées le soir, tantôt sur le balcon de notre chambre — quand le soleil se couchait ou quand brillait la lune — à contempler l'Arno et toute la rive sud (où, en se promenant sur les collines boisées, l'on voit se succéder de somptueuses villas et des coins tout à fait agrestes garnis de vignes et de meules). Moi qui ai toujours su fort mal me diriger, je m'habituai très vite à me guider dans cette Florence qui doit tenir de ce que fut la puissance financière des Médicis ce petit air de Londres méridionale grâce auquel, peut-être, les Anglais y semblent à tel point chez eux. Avais-je paradoxalement acquis ce qu'on appelle le « sens de l'orientation » au moment même où, dans ma vie intime, j'étais le plus désorienté? Ou, plus simplement, n'était-ce pas la sympathie qui aiguisait mon attention et me rendait ainsi Florence plus familière que toute autre ville parmi celles où je n'ai fait que de brefs séjours?

A Paris, où je me retrouvai avant que mon amie y fût elle-même rentrée, le conflit sentimental qui m'avait tant préoccupé se résolut (je l'ai dit) beaucoup plus simplement que je ne l'avais présumé. Une fois de plus je m'étais conduit, dans toute cette affaire, comme un bouchon flottant selon le gré des courants : la bonne fortune était venue puis s'était retirée sans que j'eusse pris aucune véritable décision et, si je différais du bouchon, c'est en cela seulement qu'il n'aurait pas, lui, songé à se faire couler. Jusqu'à maintenant j'ai gardé à mon cou — telle une bête toute en crocs qui l'aurait attaqué et s'y serait enkystée — la cicatrice laissée par la trachéotomie : un trait vertical barré de trois traits horizontaux plus courts et aujourd'hui presque invisibles (celui du bas surtout), pâle figure assez irrégulière qui me rappelle ces motifs si répandus en Afrique sous la forme, notamment, de graffiti schématisant divers animaux eux-mêmes emblématiques : sauriens tels que le crocodile, le varan (souvent confondu avec l'iguane et qu'on appelle communément gueule-tapée), le lézard et la salamandre; insecte tel que l'iule (dit vulgairement mille-pattes). Autre espèce d'« arbre de vie », que je porte imprimé dans ma peau et que, les premiers temps, je comparai (satisfaction de dandy autant que d'ethnographe) à une scarification marquant la face d'un initié. Trace de ma candidature à l'acte qui plus que tout autre, muant la mort en tragédie, en fait un achèvement et pas seulement une fin. Coche rappelant l'instant passé en un haut lieu de même famille que la falaise de mes rêves et d'où, comme d'un balcon, j'avais embrassé mon sort d'un seul regard. Accroc qui s'était refermé sans qu'il y eût à le recoudre, mais qui signe ma gorge d'une sorte de grossière reprise comme si l'autre déchirure ainsi matérialisée n'avait pu se réparer qu'imparfaitement et grâce à un artifice.

Tranquillisants et plus tard un « décontrariant », relaxation (inspirée par le *yoga* des Asiatiques mais qui, de prime abord, a l'air tellement bête comme chou qu'on est surpris ensuite par l'étendue de ses effets), croix faite sur ce qu'avec abus l'on avait appelé mes « habitudes d'intempérance », zèle que malgré les conseils prudents de mise en sommeil j'apportai à rattraper mon retard dans le présent livre (qui, même s'il n'épuise pas mes démêlés avec ce *je* dont je joue depuis si longtemps et qui n'en a jamais fini d'être craché, vaudra peut-être un brevet de « héros du travail » au paresseux que je me suis toujours senti), ces diverses médecines — dont la dernière pourtant aurait pu relever d'un furieux désir de couteau dans la plaie — se conjuguèrent efficacement. Je retrouvai ce qu'il faut d'équilibre pour faire un compagnon vivable et mon existence se poursuivit comme si jamais elle n'avait déraillé. Toutefois, il m'apparaît de plus en plus que malgré l'irrécusable *happy end* issue de ma propre défense comme des soins à quoi je me prêtai il y a, au fond de moi, quelque chose de détruit et que je ne puis espérer voir se reconstituer : cette vieillesse qui toujours m'a fait si peur a fini par s'installer et la crise aussi vite apaisée qu'elle m'avait âprement saisi aura été le combat d'arrière-garde ou le *baroud* d'honneur que je lui ai livré, chaque jour m'en convainc davantage.

J'ai franchi je ne sais quel mur du son. C'est moi seul qui ai entendu l'explosion. Sous la date imprécise de novembre 1959, ces lignes écrites peu après une deuxième et dernière cure à Montecatini figurent dans mon cahier cartonné rouge. Je me proposais, non de noter une découverte, mais de traduire — en vue de l'actuel récit — ce que je ressentais depuis déjà longtemps et dont l'aspect le plus manifeste était une certaine indifférence envers mon travail d'écrivain comme si, ayant poussé trop loin mon effort de lucidité, j'avais passé un seuil après quoi, toute ardeur étouffée, il ne me restait plus qu'une sèche application de bon élève. L'idée d'avoir outrepassé et d'en être puni me donnait bien quelque fierté (ou du moins c'est ainsi que, pour échapper à l'atterrement, j'essayais de me représenter la chose). Mais ce que j'éprouvais en vérité, c'était un équivalent — dans un domaine bien distinct — d'une impression antérieurement notée et rattachée aux réflexions que m'inspirait ce pays si lointain en même temps que si proche où tant de femmes m'avaient touché par leur sérieux, leur grâce tranquille et l'exquisité affectueuse de leurs manières, composant une image qui détrônait en moi celle de l'Africaine conçue comme une émanation de la nature, sorte de faunesse ou de dryade : *Vient un jour où il n'y a plus de magie à être nu; plus moyen de se convertir imaginairement en quelque chose comme la jeune sorcière qui, robe ôtée, attend l'envol vers le bal démoniaque après s'être frotté tout le corps d'un onguent. Peut-être est-ce à ce moment-là qu'on est mûr pour goûter la douce austérité des filles de la Chine nouvelle en costume d'allure masculine ?* Et de cette note je remonte à une autre beaucoup plus ancienne, qui me paraît exprimer par anticipation — avant que j'y aie cru vraiment et, partant, avec assez de détachement pour en parler sans détours — l'état dont l'essentiel est dit quand on emploie à ce propos le mot « état » (l'un des plus neutres et privés d'ailes de tout le dictionnaire), l'état d'atonie et de repli en quoi d'aucuns verront peut-être une sagesse mais que je reconnais pour celui de vieillesse : *Incapacité de s'exalter, l'âge venu, parce qu'on a mesuré ses limites. Le plafond devenu solide, il n'y a plus moyen de le crever. Quand il a fallu en rabattre sur l'idée qu'on se faisait de soi-même, la poésie a fait son temps.* Cela n'est donc pas neuf et c'est bien avant l'âge que j'ai subi ce genre d'assauts. La différence est que les mauvaises passes d'autrefois, qui répondaient à des périodes de dépression, il me semble maintenant les vivre en permanence.

Crise au Laos. Tentative de débarquement contre-révolutionnaire à Cuba. Putsch militaire en Algérie, heureusement avorté après menace de son extension à la France. Ces événements, qui m'ont secoué comme ils l'ont fait de millions d'autres personnes, auront accompagné de leur bruit de grandes orgues l'établissement d'un sinistre constat, préparé avec une longue avance mais aujourd'hui sanctionné par la chronologie, puisque celui qui l'avait si prématurément dressé vient d'avoir soixante ans. A mon dégoût devant la fièvre qui agite un certain *gang* prêt à vouer l'Occident, sous couleur de lui garder la première place, aux désastres matériels et à la négation de ses propres slogans de liberté, s'est donc joint l'écœurement de me sentir pris de court et exclu, par le jeu du temps qui me laisse une marge maintenant bien étroite, des jours meilleurs dont on peut, sans folie, espérer l'éclosion finale. *L'Est est rouge*, dit l'un des chants que j'ai le plus souvent entendus lors de la fête nationale à Pékin. Mais, croirais-je aveuglément en ce qu'annonce une telle aurore, les chances resteraient nulles pour que jamais elle vienne m'éclairer et quand, aux yeux des vivants, je serai de l'autre côté — au verso d'une page qui pour moi n'aura pas même été visiblement tournée — j'aurai fait (au mieux) quelques pas indécis à l'amorce de ces « voies neuves », les *Vie Nuove* dont, à Palerme, je m'étais demandé ce qu'exactement elles étaient, ne sachant pas alors que c'est ainsi qu'un grand hebdomadaire communiste italien a choisi de s'intituler. Si je vieillis, toutefois, et si je meurs, c'est autant mais pas plus que quiconque; je le sais peut-être un peu mieux, je suis moins apte que beaucoup à m'en distraire, mais il n'y a pas d'autre différence. Malgré ma forte propension à prendre les événements (grands ou petits) pour les péripéties d'un règne qui serait le mien, je ne puis ignorer que tout être pensant est, comme moi, centre du monde. Or, puisque pareille royauté s'avère ainsi partagée, un drame ou n'importe quelle aventure a beau n'être jamais vécu qu'à la première personne, il est clownesque de faire comme si l'on était la seule attraction du programme. Assez, donc, d'imiter les ivrognes qui déambulent en discourant dans le vide et battant l'air de leurs bras. Deux des visites que, pour des raisons de procédure médicale, je fis à l'hôpital Claude-Bernard après en être sorti m'ont permis de percevoir avec une précision gênante le peu de chose qu'est, en dehors même de sa vulnérabilité au tranchant de la mort, cette première personne si pleinement à nous et sur quoi l'univers nous paraît reposer.

J'étais rentré chez moi depuis vingt jours à peine quand je retournai là-bas, ainsi qu'il avait été convenu lors d'une précédente visite, pour me soumettre à un contrôle radiographique de l'état de ma gorge. C'est une femme qui s'en chargea et, les clichés pris, elle me congratula, me disant aimablement que cela faisait plaisir de me voir tel que j'étais maintenant. J'en fus surpris, car je ne la connaissais nullement. Mais il se révéla que j'étais connu d'elle sans l'avoir jamais vue, car c'était elle qui m'avait radiographié alors que j'étais dans le coma. Aussi logique et simple que fût l'explication, être connu pareillement par quelqu'un qui m'était tout à fait inconnu m'apparut fort étrange et ce n'est pas sans malaise que je me rendis compte que, pendant un certain temps, j'avais été littéralement un *corps sans âme*, un mannequin qui n'a guère que sa forme pour le différencier d'un meuble. Dans le même sens, je me rappelai un peu plus tard les signes cordiaux que m'adressaient infirmiers et infirmières lorsqu'ils passaient devant la porte ouverte de la chambre que j'habitais avec un être qui persistait, lui, à ne plus vivre qu'à la troisième personne : ces hommes et ces femmes, qui me disaient bonjour comme à une vieille connaissance, m'avaient vu — peut-être même manipulé — tandis que l'intoxication m'avait réduit à n'être plus qu'une chose et c'était à celle-ci, maintenant capable à son tour de les regarder, que s'adressaient les marques d'une amitié aux débuts de laquelle, bien que premier intéressé, je n'avais pas assisté.

Un an après ou presque, j'allai une fois encore au Pavillon Lassen, convoqué par l'un des médecins qui tenait à s'assurer que je ne souffrais d'aucune séquelle de la trachéotomie. Quand je fus devant ce médecin, je constatai avec un certain dépit qu'il n'était pas celui à qui je m'attendais : confondant les deux noms, j'avais cru que le signataire de la lettre était l'un de ses confrères, dont je me souvenais beaucoup mieux et avec qui je me serais sans doute senti à un moindre degré matière pratiquement anonyme d'une observation. La surveillante en chef, quant à elle, me reconnut parfaitement et, sur une question que je lui posai, elle m'apprit que celui qui avait été naguère mon compagnon de chambre avait fini purement et simplement d'exister, sans avoir jamais été tiré de la condition d'objet où une tumeur au cerveau (ainsi qu'on le découvrit) l'avait précipité. « Un homme si gentil! » m'avait dit une fois une infirmière, ajoutant : « Cela se voit sur sa figure... » quand je lui demandai comment, en l'absence du moindre mot ou signe qu'elle aurait reçu de lui, elle pouvait le savoir. Dans les couloirs je rencontrai divers membres du personnel subalterne dont les visages me restaient familiers; mais c'est moi qui dus aller à ceux d'entre eux que je voulais saluer car — oubli ou discrétion? — ils ne me prêtaient pas plus d'attention que si je leur avais été totalement étranger. A me trouver en face de ces personnes que je reconnaissais sans que ce fût réciproque et qui, après avoir prodigué soins ou encouragements à la loque que j'étais un an auparavant, n'avaient même pas l'air de remarquer ma présence, il me sembla être revenu dans cet hôpital comme un fantôme inconsistant jusqu'à ne pas offrir de prise à la lumière et, vedette d'antan, j'éprouvai la décevante impression d'être devenu moins vivant aux yeux de tous ces gens que quand j'étais à moitié mort.

III

Je devais avoir quatorze ou quinze ans quand je vis, à l'Alhambra de Paris, le numéro suivant.

Vêtu d'un complet de couleur foncée et de coupe très correcte, un homme dans la force de l'âge — annoncé comme illusionniste et porteur, il me semble, d'un nom hollandais —, entrait en scène d'un pas pressé. Parlant avec volubilité et ne cessant de se déplacer du côté cour au côté jardin et dans le sens inverse, il déployait des mouchoirs ou autres pièces d'étoffe, manipulait des ustensiles cueillis sur des tables volantes ou prélevés dans des valises. Puis il invitait un et bientôt plusieurs spectateurs à monter sur les planches, collaborateurs bénévoles ou compères tels qu'il en intervient souvent dans les numéros de prestidigitation. Une fois là, en une sarabande ponctuée d'incidents nombreux et même d'un coup de pistolet, il les faisait virer comme des totons, leur confiait des emplois qu'on pouvait croire utiles, les encombrait d'une quantité d'accessoires et mettait dans les bras de certains les charges les plus inattendues (à l'un, par exemple, un énorme bloc de glace apporté des coulisses). Après un bon quart d'heure de ce manège, la scène remplie de monde et jonchée d'objets hétéroclites, il laissait tout en plan. Le rideau se fermait et l'on s'apercevait alors — confirmation d'un soupçon qui venait seulement de pointer — que du début jusqu'à la fin de son exhibition il n'avait absolument rien fait, pas même le plus innocent tour de passe-passe.

Avec ce livre où j'ai jeté presque en vrac descriptions, évocations de personnages, récits de rêves et d'événements réels, notations d'états d'âme et aperçus très divers, le tout s'accumulant sans grand profit en une profusion baroque, n'ai-je pas fait un peu ce que faisait cet esbroufeur professionnel ou, plutôt, ce qu'avec humour il s'ingéniait à ne pas faire? Mon but à moi n'étant pas d'amuser le tapis et de mystifier en créant un vain imbroglio, il est temps que j'en sorte...

A un ou deux kilomètres à vol d'oiseau de ma maison de Saint-Hilaire, sur une éminence boisée que des sentiers à peine frayés permettent de gravir sans effort car (à l'inverse de la falaise dont j'ai plusieurs fois rêvé) elle n'est ni très haute ni très abrupte, il y a une petite tour en ruine qu'on aperçoit vers la gauche, de la route qui mène de Châlo-Saint-Mars à Boutervilliers et qui, après un passage à niveau, longe un certain temps sur la droite une voie ferrée, voie unique où les jours de semaine circule un court train de marchandises à locomotrice allant dans un sens le matin et revenant le soir dans l'autre. Un peu plus loin sur la route, et à main gauche également, avant de passer sous un pont dont le seul rôle semble être de relier deux tronçons d'une même et vaste propriété dominée par un bâtiment qu'on prend de loin pour un château (masse aux murs zébrés de bandes horizontales blanches et rouges, de tons éteints et salis, sur le bord d'une terrasse sensiblement plus élevée que le sommet de la tour), on trouve un curieux monument composé d'un dolmen manifestement imité et d'une grande croix de bois. Au pied de cet assemblage, sur un cartouche coincé entre les blocs grossiers d'une murette de pierres, est gravé le texte suivant dont la fin, effacée par l'usure, n'est malheureusement pas déchiffrable : *L'homme achève la conquête de la terre. L'humanité aborde le grand terme. Ce pays fut la Gaule avec le druidisme, la France avec le catholicisme.*

Fermée par une porte à gros loquet qui maintenant s'est abattue, probablement sous les coups de quelque déprédateur adulte ou enfantin, la tour est couverte intérieurement de graffiti — dates, prénoms et autres inscriptions — laissés là par des visiteurs dont un bon nombre au moins, promeneurs du dimanche, devaient être des couples d'amoureux. « Chocolat de Bevoie », « Mémé de Belleville », « Mimile » (de je ne sais plus où) sont un trio de noms que j'ai lus sur le bois de la porte depuis que, posée presque à l'horizontale, elle recouvre une bonne part de l'étroit espace rond que circonscrit le mur de pierres, revêtu quant à lui d'une broussaille de lettres et de chiffres dont, à ma connaissance, le curieux ne peut rien dégager que de parfaitement honnête ou, tout au plus, de banalement idyllique. Si ce donjon de modèle réduit et peut-être au passé bien court (car rien n'atteste son authenticité médiévale) fut le théâtre d'amours à ciel ouvert en même temps qu'à huis clos il n'en reste, bien sûr, d'autres traces que cet enchevêtrement abstrait de signes qui, au demeurant, ne sont la preuve formelle de nulle étreinte. Si d'aucuns l'ont utilisé, solitairement ou non, comme lieu écarté où l'organisme peut se libérer de ses produits plus ou moins nauséabonds, chaque fois que j'y suis allé je n'en ai pas non plus trouvé la moindre marque. Quelques tessons de bouteilles, un ticket hebdomadaire pour les voyages en autobus, plusieurs papiers froissés, voilà tout ce qu'en fait de détritus ma dernière visite m'a permis d'observer.

Cette ruine d'allure romantique, légèrement patibulaire pour celui qui pénètre à l'intérieur, c'est en compagnie de ma chienne Dine que trois ou quatre fois j'y suis allé, au cours de promenades qui avaient un autre but que celui-là, trop proche de chez moi et admissible seulement comme prétexte à un bref détour sur un parcours plus long. La dernière fois, la chienne s'est fait beaucoup prier pour entrer. Je la tiens toujours en laisse car autrement elle s'en irait chasser, risquerait de se prendre dans un piège et reviendrait en tout cas le diable seul sait quand. Aussi, en tirant fortement sur son collier clouté par l'entremise de la lanière de cuir, suis-je parvenu à l'entraîner à ma suite. Mais on eût dit qu'elle était retenue par une franche répugnance, que ne pouvait guère expliquer l'état sordide du lieu, un chien boxer, et rustique comme celui-là, n'ayant pas de telles délicatesses. Capable, par nature, de m'abandonner à des constructions romanesques, je ne manquai pas de remarquer qu'en retournant à la tour j'accomplissais un pèlerinage à l'endroit même que j'avais songé à élire pour dernier réceptacle de mon corps vivant, à l'époque où je caressais des projets de suicide. Partant, comme je le fais assez régulièrement, me promener avec la bête, j'aurais emporté dans ma poche ma provision de phénobarbital et c'est là que je serais allé me retirer pour le pique-nique mortel, à la fois loin de tout secours et en un lieu tel que la découverte ultérieure de ma dépouille y serait (me semblait-il) moins macabre qu'ailleurs, vu le tour école buissonnière que prendrait — ainsi conçu — l'ensemble du scénario. Aussi tentante que soit une pareille explication (les mystérieuses antennes que posséderait mon amie Dine et qui l'éloigneraient d'un endroit auquel son maître avait pensé comme au théâtre le plus souhaitable de sa disparition), le sens commun m'empêche d'y souscrire : lors de cette récente promenade, ce n'était pas la première fois que j'effectuais le pèlerinage et le refus de la chienne aurait donc eu déjà l'occasion de se manifester, s'il avait été motivé par la signification funèbre que la tour a gardée pour moi. Or le fait est que quand — deux ans après ma guérison — j'avais été pris du désir de revenir sur les lieux (rien que symboliques) d'un crime qui, même réussi, n'eût pas été réellement criminel puisqu'il n'aurait atteint que son auteur, ma compagne au noir museau était entrée avec moi, sans résister en cherchant à s'ancrer dans le sol avec ses quatre grosses et fortes pattes. Tirant sur moi la porte (alors encore en place) et essayant vainement de la fermer en poussant le loquet intérieur, je constatai simplement que la pointe de celui-ci butait contre la muraille un peu plus bas que la cavité prévue pour le recevoir et qu'il était en conséquence impossible de le faire jouer. L'idée me vint alors que si, tandis que j'en rêvais, j'avais voulu réaliser mon sinistre dessein, le fait de ne pouvoir m'enfermer — circonstance imprévue, grain de sable arrêtant la marche du mécanisme — m'en aurait vraisemblablement détourné.

Corps peut-être à moitié pourri qu'on aurait découvert dans cette ruine, si je l'avais effectivement choisie comme définitive tour d'ivoire. Cadavre déchiqueté que nous pouvions imaginer, mes compagnons et moi, au pied de la Montagne de l'Ouest quand, alors que nous visitions son temple taoïste, on nous raconta le suicide de celui qui en avait sculpté la chapelle la plus précieuse et le plus haut située, habitacle de deux figures assises et barbues encadrant un dieu doré qui, de son pied droit, se tient debout sur un dragon aquatique et, sur la plante de son pied gauche apparemment relevé par la course, porte un arbre fruitier. A en croire notre guide — le président de la section locale de l'Association pour les relations culturelles du Peuple chinois avec l'étranger — la conque ou corne d'abondance que la statue tient dans sa main gauche serait une monnaie, et un pinceau l'objet qu'elle tient dans sa main droite. Le personnage doré ne serait pas un dieu mais un homme qui, après la maladie et la mort de celle qu'il aimait, aurait jugé que la vie n'avait plus de sens pour lui et décidé de se consacrer exclusivement au travail artistique. C'est pourquoi il aurait exécuté les figures et autres ornements de la chapelle, puis se serait précipité du haut de l'escarpement, faute de trouver dans son travail une suffisante consolation. On aurait mis ensuite un pinceau dans la main droite de la statue si curieusement bondissante, emblème rappelant celui-là même qui l'avait façonnée et que (nous disait-on) elle représentait.

Pour confus que soit l'ensemble des explications qui nous furent données (incertaines dans l'esprit de notre guide, imparfaitement traduites par notre interprète ou mal comprises de nous-mêmes, d'où quelques bizarreries sinon invraisemblances comme le caractère d'autoportrait assigné à une figuration évidemment divine), je retiens de ce récit, pour le moins imprécis et peut-être altéré par la traduction, que l'amour, l'art et la mort y apparaissent intimement mêlés.

La splendeur du personnage doré (surpris, aurait-on dit, comme il se ruait pour simplement se ruer et non pour conquérir une proie), la paix qui régnait souverainement à l'intérieur de la chapelle (animée, non par un monde de choses à chacune desquelles successivement l'œil aurait pu s'accrocher, mais par la seule et extraordinaire présence des trois figures), l'âpreté du flanc de montagne choisi par les fervents du Tao pour y nicher leurs constructions vertigineuses suppléèrent à la pauvreté d'une narration émise par un homme qui, usant là d'un évident lieu commun, avait d'abord dit que cette chapelle — vieille de guère plus d'un siècle mais relevant de l'ancienne Chine — attestait le « haut niveau culturel » de ceux qui l'avaient bâtie. S'il n'y avait eu pour m'y rendre sensible cet étonnant décor, il est sûr que les trois mots clés du récit (ces mots non prononcés que paraphrasait l'anecdote) se présenteraient, dans mon souvenir, avec un moindre relief : « amour », « art » et « mort » qui désignent des réalités que je crois étroitement conjuguées, puisque entre l'art et l'amour il y a le trait d'union de la beauté et que tous deux — le premier comme dépassement des données naturelles et confection d'une simili-éternité, le second comme explosion du *soi* par sa précipitation dans l'*autre* — ils nous entraînent sur un terrain sans lisières qui n'admet pas plus de cadastre que l'immense plaine de la mort.

L'homme au teint de pain bis, en tenue grise au col fermé sous le menton (avec casquette style soutier de même étoffe et même couleur), le fonctionnaire — ou quelque chose d'approchant — un peu maussade à l'inverse de la plupart des Chinois rencontrés jusqu'alors, le terne président de la section locale de l'organisation dont nous étions les invités n'avait pu dire tout à fait vrai ou, s'il avait dit juste, nous avait transmis un message qui se déformerait en un ou plusieurs points du parcours de lui à l'interprète Wang Sien et de Wang Sien à nous-mêmes. Autant semblait digne de crédit — dans sa perspective légendaire — la touchante anecdote qu'il nous avait contée au sujet du bufflon dont nous avions vu la statue au cours de notre montée (ce petit buffle qui, en pleurant, avait supplié le boucher de l'épargner et, cachant sous son ventre l'outil d'égorgement, avait si bien attendri son bourreau que celui-ci, constatant que les animaux ont eux aussi des sentiments, avait renoncé à son cruel métier et s'était retiré dans la montagne pour se faire bonze), autant l'histoire du suicidé était suspecte, sans qu'on pût taxer d'ignorance ou de mauvaise foi un informateur que ses fonctions culturelles n'habilitaient pas, pour autant, à nous renseigner sur le folklore relatif aux diverses constructions du temple. Peut-être allait-il de soi que l'amant malheureux ne s'était découvert une vocation d'artiste qu'à travers celle de moine et que c'était dans le cadre seulement d'une pieuse contemplation que son travail avait eu pour lui, temporairement, une signification ? Quand il s'était jeté au bas de la montagne, était-ce vraiment en homme désabusé qui constate que l'art ne guérit pas le chagrin ou en mystique qui pousse au comble son ascèse et fuit la vie après avoir renoncé à son train ordinaire, comme s'il n'était possible d'accéder à une plénitude que par le geste extrême dans lequel, à jamais, l'individu se nie ? En d'autres termes, cet acte avait-il été le fruit quasi accidentel d'une déception ou le point d'aboutissement que le moine artiste s'était déjà obscurément fixé lorsqu'il avait entrepris de décorer la chapelle ? Si l'objet placé dans la main droite de la statue est réellement un pinceau qu'elle ne comportait pas à l'origine, y voir soit une offrande au dieu représenté soit l'un de ses attributs tardivement ajouté paraît plus sensé que d'en faire ce qu'en faisait notre guide : un signe commémoratif qualifiant l'œuvre comme autoportrait du sculpteur. L'histoire du suicidé de la Montagne de l'Ouest, telle que je l'ai recueillie, présente donc bien des points litigieux et sans doute bien des failles. Ce n'est pas, toutefois, pour cette raison de seule logique que je ne puis m'en contenter, mais parce que l'apparence même de la statue — pivot de tout le récit — incite à repenser ce mélodrame : quel qu'ait été exactement le destin du disparu, son œuvre n'est en rien celle de la pitoyable victime d'un désespoir sentimental.

Je ne l'avais pas remarqué sur-le-champ, mais la discordance était criante entre cette triste histoire de veuf inconsolé et la fougue exubérante de la figure dont il était l'auteur. Supporté par son seul pied droit, le personnage semblait avoir été saisi en plein élan vers un but inconnu, peut-être inexistant et point distinct de la pure joie de s'élancer ainsi, en une tension de tout l'être animé par un excès de vie. Ce qu'il avait de radieux l'aurait fait croire invulnérable, n'était l'instabilité de sa pose qui, par elle-même, évoquait un péril. Mais le rayonnement n'aurait pas dépassé ce qu'il était — vulgaire dorure sur une sculpture sans grand style, un peu plus haute que nature — s'il n'y avait pas eu ce mouvement impétueux, receleur (paraissait-il) d'une menace pour celui-là même qui s'y abandonnait. Quelqu'un d'expert en matière de religions et philosophies orientales aurait peut-être identifié d'emblée le personnage — dieu ou sage — grâce au monstre marin sur lequel il était debout, grâce à l'arbuste dont le jaillissement avait pour source son pied gauche, grâce à la prétendue monnaie plutôt conque ou corne d'abondance et grâce au problématique pinceau. Mais moi, forcé de m'en tenir à ce que j'avais sous les yeux et que n'éclairaient guère les propos de notre guide, je fus sensible seulement à l'ardeur effrénée qui émanait de cette créature livrée apparemment à rien autre que l'ivresse d'exister et de se dépenser.

Poussée à l'extrême, une telle fureur de vivre ne diffère pas de la fureur de se détruire : le papillon grisé par le foyer lumineux et qui vient s'y consumer est un symbole courant de cette fusion des contraires qu'exprime aussi, dans le langage familier, la locution *brûler la chandelle par les deux bouts* appliquée à celui qui abrège ses jours en s'abandonnant avec excès à sa soif de plaisirs. Dans une sphère apparemment moins délétère, n'est-ce pas un blason de souffrance et de mort que composent ces emblèmes classiques de l'enthousiasme amoureux : feux et flammes, coup de foudre, flèche qui perce le cœur, accessoires verbaux ou graphiques dont le dernier, quand on le grave dans l'écorce, équivaut cependant à un arbre de vie? Et si, le plus souvent, *aimer à en mourir*, *aimer jusqu'à la mort* ne sont que de pieuses hyperboles, manquent-elles pour autant d'indiquer de quel sinistre point de fuite les amants à l'ancienne mode, quand ils atteignent le comble de l'exultation, dotent la perspective de leur paradis? Du viveur qui ne cherche qu'à « vivre sa vie » mais le fait sans compter, au héros légendaire type Tristan ou Liang Chan-po, qui meurt l'amour (si l'on peut dire) plutôt qu'il ne le vit, il est certain que la distance est grande. Reste que, chez l'un comme chez l'autre, le grand ressort est un désir qui ronge et qui joue finalement comme un appel de mort.

Vertige de l'amour, éprouvé physiquement lorsqu'on prend une femme dans ses bras pour oublier, nier le trouble — comme chimique — né de la sensation presque tactile de sa présence et lorsque s'accrocher à ce pilier animé semble l'unique moyen de rétablir l'équilibre rompu. Vertige de la mort ou plus exactement de son idée, guère moins étourdissante que la vue d'un gouffre dont l'horreur même qu'on en a se double de la tentation de s'y jeter pour couper court au malaise qu'il engendre. Vertige de l'art, propre à ce quelque chose qui n'est ni jeu ni religion mais découverte et exposition de réalités non chiffrables que leur mise en forme permet seule de dégager, de sorte que, poudre aux yeux et révélation, illusion et vérité, il est une marche sur la corde raide pour quiconque s'y adonne sans trop de naïveté. Pallier les effets d'une présence par sa proximité accrue, fuir en tombant exprès la crainte de la chute, muer en un catégorique porte-à-faux l'accidentel défaut d'assiette (évident chez l'artiste et surtout chez le poète car, dans une vie où tout collerait, comment se décoller des choses et les transcender), ces mouvements ne peuvent que dénoncer l'existence de certaines ambiguïtés fondamentales, à moins de relever de la vulgaire sottise ou de porter la griffe du fameux *démon de la perversité* qui, en maints cas, change malignement l'envie d'échapper à une angoisse en celle d'entrer dans ses voies (démon qu'à l'échelle de l'actualité historique on prendrait aisément pour une éminence grise de la politique occidentale, prodigue en mauvaises farces de ce genre : les tenants d'une Algérie aussi française que possible agissant de manière à creuser plus encore le fossé entre Algériens et Français, les anticommunistes américains jetant Cuba dans les bras de l'Union soviétique, pour ne citer que ces deux exemples — à rire ou à pleurer — de troc, délibéré pourrait-on croire, d'une menace supposée contre cela même qu'on redoutait).

Générateurs chacun de son vertige (ou peut-être du même, puisque l'étreinte n'est pas seulement un refuge mais un remous dans lequel on croit s'anéantir et que la création esthétique, ce tour de funambule, fait toucher à un au-delà où s'abolissent les lois de la nature), amour, art et mort semblent liés par un fin réseau d'appels réciproques : qu'il faille mourir accroît le besoin d'aimer (soit pour trouver l'oubli, soit pour qu'avant la disparition quelque chose arrive encore) mais la fièvre des amants se traduit chez beaucoup par le vœu de mourir ensemble (afin d'atteindre à l'impossible fusion ou faute d'accepter pour l'avenir que l'un survive à l'autre) ; aiguisant une soif qu'il n'étanche qu'au figuré, l'art porte à en chercher l'assouvissement dans la passion, qui en revanche débouche sur l'art parce qu'elle doit, croit-on, être entourée d'enchantements et que dans son beau château (tout aussi bien chaumière) l'étiquette veut qu'on s'exprime autrement qu'en un langage profane (témoins, outre les fleurs et les présents, tant de propos et de lettres d'amour dont même les plus maladroits sont œuvres de poésie) ; enfin, si l'art présuppose un refus de la condition mortelle (nier l'usure du temps, la souffrance et le mat final en échappant au monde courant ou, plus avaricieusement, produire quelque chose d'un peu moins transitoire qu'une vie humaine), sa pratique peut connaître des paroxysmes et — dans la même ligne que l'ivresse, l'érotisme et autres façons communes de se mettre *hors de soi* — aiguiller vers un simulacre de mort. Cela, je l'ai fortement ressenti autrefois alors que, l'état poétique m'apparaissant comme une sorte de fureur (notion qui me semblait mieux répondre au fond même de l'esprit surréaliste que celle de révolte, déjà trop idéologique), j'étais quand je voulais écrire saisi d'un désir de transe aux manifestations violentes — griffer les murs ou sauter au plafond, basculer en arrière — comme si j'avais jugé qu'une gesticulation d'homme en proie à quelque haut mal serait apte à déclencher son équivalent mental et à me faire passer sur un plan, sinon extérieur à la vie, du moins tel que mes limites y seraient effacées.

Non sans peine, je tente ici de rationaliser ce qui, pur sentiment, me fut donné d'un bloc au lieu de me venir par voie de réflexion : dès mon enfance (je l'ai déjà dit), amour, art et mort m'ont été présentés en un même bouquet par tout ce que je connaissais des grands airs d'opéra, pour moi sommets de l'art, et qui ne me parlaient guère que d'amour et de mort. Sous des formes variables, cette mythologie qui veut, en somme, que la vraie beauté soit tragique par essence n'a pas cessé de m'en imposer et quand, il y a une quinzaine d'années, je me suis détourné des courses de taureaux, renonçant à en voir autrement que par occasion alors que mon *afición* (loin de s'éteindre) se reportait sur l'opéra italien, c'était un retour à la source car je retrouvais là, dans sa fraîcheur première, le philtre proprement dionysiaque auquel, tout enfant, j'avais été autorisé à goûter. Toutefois, si je préfère aujourd'hui à la réalité sanglante de la tragédie taurine le tragique fictif de l'opéra, ce n'est pas simplement du fait que l'âge et le tour atroce qu'ont pris les événements, avec cette dernière guerre qui ne s'est pas éteinte, m'ont rendu plus sensible à la vue de la mort et ont accru mon attachement aux temps où ma conscience était encore en train de s'éveiller; c'est également parce qu'il m'est apparu qu'on éprouve au théâtre — devant son trompe-l'œil flagrant — une émotion paradoxalement plus authentique (vu la moindre équivoque) que dans une *plaza de toros*, où l'on se croit si volontiers au niveau du tragique vécu quand ce sont d'autres qui le vivent. Repousser cette illusion commode et m'orienter, un peu ironiquement, vers un dilettantisme qui n'est plus de notre siècle ne m'a pas éloigné des fastes de la tragédie : un beau soir, je m'y suis jeté tête baissée pour échapper, certes, à des problèmes que je me sentais impuissant à résoudre, mais surtout (j'en suis maintenant persuadé) parce que l'art et l'amour — la poésie et son illustration la plus directe, double objet de ma convoitise avant même que je me fisse écrivain — étaient en moi le foyer d'une exaltation trop tendre et trop lancinante pour ne pas se confondre avec le désir d'en mourir. Gavé de ce que j'avais bu comme un enfant goulu et de la drogue propre à me soûler littéralement à mort, je m'allongeai entre les draps qui auront été mon péplum de tragédien à défaut de ma robe de gisant, et je m'y engloutis sans songer que c'est aussi dans la blancheur du lit qu'aux approches de l'adolescence on vit fiévreusement ces mystères dont, plus tard, j'ai voulu que le métier de poète me restitue au moins un lointain reflet : les gros chagrins en quoi l'on aime à s'abîmer en plongeant sa face dans l'oreiller, les jouissances fulgurantes couronnant les féeries charnelles qu'en un délire halluciné l'on se donne à soi seul, autant pour chasser la peur de la nuit ouverte au défilé des cauchemars et apparitions de toutes sortes que pour le plaisir lui-même.

Le ciel a retenu ses hôtes, dit courtoisement le président de l'association, observant lors des grands au revoir le temps pluvieux qui appelait (expliqua-t-il) l'emploi de ce dicton et dont sa tenue grise, aussi bien que l'ennui émanant de toute sa personne, semblait l'accompagnement exigé par le céleste protocole. Les feux solaires, en cette région qu'une vague de froid avait surprise, s'étaient peut-être condensés dans la statue dorée qui, par-delà pluie et beau temps, poursuivait sans bouger sa course inexorable et donnait une tout autre leçon que le médiocre apologue dont elle avait été le prétexte. Qu'elle fût douée d'un pareil éclat et d'un pareil mouvement m'interdit, à distance, de voir dans son auteur quelqu'un que l'adversité aurait finalement écrasé. Bien plutôt, elle témoigne des ressources de l'art pour fondre heur et malheur en un seul tout et faire admettre la mort comme une des dimensions de la vie. Aussi, négligeant d'en rechercher le sens positif — quel homme ou quel dieu? — et ne retenant que sa réponse tacite à la question qui m'inquiète, ai-je fini par la classer dans mon panthéon personnel, comme un pendant sublime et masculin des héroïnes auxquelles ma tante la cantatrice prêtait sa voix et les richesses de sa plastique : Carmen qui pique du couteau et paraît courir droit au coup fatal de *navaja*, Salomé en extase devant la tête coupée et jusque sous les boucliers, Tosca qui tue, croit sauver puis avec un grand cri de ménade s'élance du haut des remparts, celles enfin qu'une dévotion passionnée amène à se précipiter dans les flots, l'amoureuse du Hollandais Volant et son épigone Vita.

Tout le chagrin du monde dans une seule coupe de vin. Les désespoirs qu'on rumine la face enfouie dans l'oreiller enfantin. La sentence latine *Est quaedam flere voluptas* (traduite par l'un de nos humoristes *Il est des dames qu'on flaire avec volupté*). Voir Naples et mourir. Écouter sur son lit d'agonie *Casta diva* de Bellini (comme le souhaitait Chopin ou tel autre illustre romantique et comme moi aussi j'en formulerais le vœu si je devais remplir un questionnaire de préférences). Cette fureur que, vers le milieu des années 20, je tenais pour préjudicielle serait-elle la forme plus mâle que j'ai voulu donner à un fond de tristesse qui date de ma prime jeunesse et représente le socle ancien sur quoi tout ce que je fais s'édifie? Tristesse inconditionnée, qu'il ne saurait être question de simplement écarter et à laquelle, dès le départ, m'auraient lié les moments — pleins de trouble, me semble-t-il, et de douceur — où avant le sommeil je mouillais de pleurs mon oreiller et le pressais de ma bouche, ouverte comme pour une morsure. Sorte de *chagrin originel*, peut-être aussi déterminant pour moi qu'à l'échelle universelle le fut le premier péché, selon les Écritures et bien d'autres mythologies.

Que le mauvais temps ait été un geste hospitalier du ciel ou (comme je croirais plus volontiers) un signe de son humeur ennuyée, notre excursion à la Montagne de l'Ouest n'en fut nullement gâchée. Mais le fait est que nous eûmes de Kounming une vision qui ne répondait en rien aux promesses de Wang Yuen-chen : la ville d'éternel printemps où notre interprète était née nous apparut — à l'image de son prénom, *Nuage couleur de perle* — baignée dans une grisaille humide et j'en garde un souvenir aussi brouillé que l'était l'atmosphère elle-même. Sans les témoignages de mes carnets, je me demanderais si c'est bien là que nous fut offert, grâce aux hasards de la rue, un spectacle dont je fus charmé, malgré mon peu de goût pour la chose militaire : dans l'une des voies principales un groupe de soldats sans armes allant, comme il se doit, en rangs; tous identiques, à cela près que certains — mêlés aux autres et marchant du même pas de promenade — portaient la double natte, différence que rien ne permettait de présumer avant qu'on les vît de dos. Ces soldats hommes et femmes se rendaient, nous dit-on, à une conférence (qu'on pouvait deviner marxiste-léniniste) et cela expliquait sans doute leur air de sages écoliers. L'allure martiale, que je n'apprécie guère chez les représentants du sexe fort, me semble moins admissible encore chez ceux du sexe faible, et quant aux femmes soldats (porteuses de fusil ou simples auxiliaires comme les « souris grises » de l'Occupation), elles me rappellent à peu près toutes une scène de la mobilisation de 1914 qui me choqua par son côté chienlit, bien que je fusse alors trop jeune pour juger répugnante la guerre en elle-même : près de chez moi, boulevard Suchet où il y avait une caserne, un régiment défilant « la fleur au fusil » flanqué d'une femme probablement ivre que son excitation chauvine et, peut-être, sa condition de fille à soldats avaient amenée à se coiffer gaillardement d'un bonnet de police. Rien qui relevât de la mascarade chez les jeunes fantassines que je vis à Kounming ; hormis la couleur tirant sur le kaki, leur tenue différait peu du vêtement style bleu de chauffe si répandu pour l'un comme pour l'autre sexe en Chine nouvelle et, surtout, elles semblaient assumer leur rôle avec un parfait naturel, comme si ce n'était là qu'un devoir parmi leurs ordinaires devoirs : travail aux champs ou à l'usine, éducation politique, tâches plus ou moins militantes, occupations familiales. Il s'agissait, nous dit-on, de femmes restées dans l'armée depuis la Libération ou bien d'épouses de militaires employées à des fonctions telles que celles d'infirmières. Que des femmes se muent aussi benoîtement en soldats — serait-ce comme simples réparatrices de la force guerrière — peut sembler pire que lorsqu'une note carnavalesque, en les montrant déguisées plutôt que métamorphosées, atteste l'incongruité de leur militarisation. Mais cet affront apparemment sanglant des Chinoises à la féminité est justifié par le cadre dans lequel il s'inscrit : le grand mouvement qui anime toute la vie de leur pays et qui ne serait pas une émancipation véritablement *populaire* si certaines activités demeuraient, comme chez nous, l'apanage presque exclusif des hommes.

De la Montagne de l'Ouest on nous emmena passer la nuit aux Sources Chaudes, fréquentées naguère par les Français d'Indochine qui venaient à Kounming se reposer, pas trop loin de leur port d'attache, sous un climat que l'altitude rafraîchit. L'hôtel restait équipé en établissement thermal, de sorte qu'au petit matin je pus, tel un curiste, me baigner dans une eau chaude provenant directement des sources. Je n'eus pour cela qu'à emprunter quelques escaliers et couloirs puis, possession prise d'un local comprenant avec la chambre de bain et le réduit pour la douche un vestibule garni de plus qu'il n'en fallait de meubles de repos, linges d'essuyage et paires de pantoufles, descendre encore un assez grand nombre de marches et, parvenu à des profondeurs de catacombes, descendre encore plus bas en me plongeant dans la cuve rectangulaire pourvue d'un fond en caillebotis et de deux sièges ronds entièrement immergés.

Étape extrême de mon tour dans les provinces du sud-ouest, les Sources Chaudes représentent avec Kounming le point le plus méridional que j'aie atteint en Chine. L'humidité m'y valut une déception quant à la commodité des chemises en tissu synthétique pour les randonnées durant lesquelles on n'a pas le temps de donner à blanchir : si d'ordinaire elles sèchent vite, il n'en est pas de même là où règne la moiteur et, au départ des Sources Chaudes, je dus remettre mouillée la chemise de nylon qu'innocemment j'avais lavée avant de me coucher. Impression tropicale en contraste avec celle, franchement nordique, que m'avait donnée la première ville de Mandchourie où nous nous étions arrêtés : Tchang-tchouen, dont l'aspect revêche me fit penser à Charleville (où je ne suis jamais allé mais qu'à travers le prisme de Rimbaud j'imagine la plus ingrate des cités). Parcourue par des tramways à trompe très sonore et sillonnée de chariots tirés par de robustes petits chevaux blancs à courte crinière en brosse, cette ville aux maisons sans pittoresque m'apparut peuplée de gens à vestes molletonnées, les mains frileusement enfoncées dans leurs manches comme dans des manchons et dont quelques-uns, coiffés de bonnets de fourrure, en laissaient pendre les oreillettes prévues contre le froid. Comme je souffrais d'un gros rhume et avais eu le ventre atteint d'un désordre encore plus gênant (suites d'un déjeuner à l'européenne accepté l'avant-veille au Peking Hôtel, contrairement à mon habitude de ne manger qu'à la chinoise, ce dont je m'étais toujours très bien trouvé) on me soumit d'autorité à un examen médical. A peine plus d'une heure après notre arrivée, la gentille Wang Yuen-chen pénétrait dans ma chambre escortée de deux femmes, dont l'une était une doctoresse portant la double natte et l'autre une infirmière dans le costume classique de sa profession. Wang Yuen-chen s'assit familièrement sur le bras du fauteuil que j'occupais face à mes deux soigneuses et c'est par son intermédiaire que se fit l'interrogatoire. J'avais grand-peur qu'un souci trop zélé de ma santé n'amenât la doctoresse à m'envoyer à l'hôpital, ce qui aurait été en soi une expérience intéressante et sans doute une occasion de dorloteries mais m'aurait privé de pas mal de joies touristiques. Le thermomètre qu'on plaça sous mon aisselle indiqua une température normale et je pouvais, par ailleurs, déclarer en toute bonne foi que mes autres ennuis paraissaient terminés. C'est pourquoi la douce et grave doctoresse se contenta de me donner des médicaments contre la toux et me laissa poursuivre ma route dans cette contrée où l'automne s'avérait moins souriant que celui de Pékin.

La fillette de sucre candi, aux nattes de réglisse, prend notre main pour nous conduire au club des papillons, Monelle marxiste-léniniste. A Changhaï, dont les rues grouillent d'une foule plus turbulente que celle de la capitale et où l'ex-quartier des concessions présente un échantillonnage des produits peut-être les plus affligeants de l'architecture occidentale, je vis, sur l'emplacement de l'hippodrome anglais devenu Parc du Peuple et dans ses dépendances, des troupes d'enfants qui se prêtaient apparemment avec le même entrain aux exercices de plein air et aux conférences-promenades : danses et cortèges sur le terrain où le jeu et le spectacle des courses devaient, en leur temps, attirer des turfistes des deux races; théories bourdonnantes d'écoliers et d'écolières parcourant, sous la tutelle de jeunes femmes ou de jeunes filles, le Musée historique dont les salles occupent deux étages dans des locaux attenants aux anciennes tribunes. J'admirai qu'on eût épargné ces bâtiments et il me sembla tenir là une preuve du sens pratique et de la bonhomie des révolutionnaires chinois qui ont changé en instrument d'éducation ce que d'autres (sans qu'on puisse, en ce cas précis, les taxer de vandalisme) auraient probablement incendié ou dégradé de quelque manière, n'y trouvant qu'un symbole scandaleux de l'emprise étrangère et de la corruption inhérente au capitalisme. La nuit tombée, quand un compte rendu de la journée vint nourrir mon livre de bord comme à l'accoutumée, je notai ce qui m'avait le plus frappé parmi les quelque deux mille objets que montrait ce musée, déjà riche bien qu'encore embryonnaire. Ordonnées chronologiquement, les collections comprenaient — sans parler des produits généralement peu réjouissants de l'artisanat moderne — beaucoup de très belles choses en bronze, en jade, en céramique, en porcelaine, en pierre, en terre, en bois, quelques peintures (notamment de l'époque Song) et d'autres témoignages du passé qu'en dehors de tout point de vue esthétique on ne pouvait regarder sans émotion, tels des documents relatifs à l'écriture (une grosse écaille de tortue et un humérus de bovidé gravés de caractères archaïques, plusieurs manuscrits séculaires, ainsi que de vieux spécimens d'impression sur papier, cette invention chinoise), tels aussi des outils trouvés à Chou-kou-tien où vécut et mourut l'illustre préhominien dont les modernes livres d'école font le premier grand homme de l'histoire de la Chine.

Un seul fil qui ne s'est jamais rompu, depuis le Sinanthropus Pekinensis *jusqu'au camarade Mao Tsé-toung.* Contemplant, du haut des douze étages savamment empilés d'une pagode large à la base mais plus étroite au sommet, un superbe spectacle fluvial (dans le soleil couchant et sous un ciel assez nuageux du côté de la montagne, la progression d'une file de huit paires de jonques tirées par un remorqueur sur le miroitement des eaux aux fines couleurs tandis qu'un train franchissait le pont métallique enjambant le large coude de l'estuaire qu'en ce point l'on nomme « Tchou » à cause de sa forme serpentante) nous fûmes quelques-uns, au terme de notre visite de Hangtcheou et de ses environs, à rêver d'une nouvelle Prière sur l'Acropole : plus de miracle grec mais le miracle de la Chine, pays où règne un prodigieux accord entre passé et présent, monuments et êtres vivants, pays aussi dont les jardins partagent avec ceux que les Arabes ont su créer l'honneur d'être des « lieux de vrai confort spirituel ». Cette dernière constatation, nous la faisions le matin même, l'un de mes compagnons et moi, au cours d'une excursion lacustre où notre groupe avait été conduit jusqu'à une île chargée de pavillons de plaisance par une flottille de légères embarcations propulsées qui par un batelier qui par une batelière.

Le pouvoir exemplaire que posséderaient les nègres — comme tous ceux qu'on dit « sauvages » — de s'abandonner sans réticence aux pulsations de la vie (ainsi que leurs dons rythmiques suffiraient à l'attester), la gravité sereine des gens du lointain Orient, dont le faciès mystérieux aurait pour clef leurs rapports de bon voisinage avec la mort, sont des notions simplistes si ce n'est fallacieuses; mais le fait est qu'elles exercent sur moi la séduction des grandes utopies. Pour l'Occidental que je suis, elles représentent deux pôles dont chacun indiquerait une vérité possible et, ces deux buts, je crois les avoir visés successivement — par-delà les motivations directes — le premier quand, jeune encore, j'ai consacré vingt-et-un mois à la traversée de l'Afrique, le second quand, un quart de siècle après, j'ai passé cinq semaines en Chine, voyage dont la ridicule brièveté me convenait en ceci que, sous le double poids de l'âge et de mon existence peu à peu régularisée, j'étais devenu plus avare de mon temps et pratiquement moins disponible. Tropiques chargés de « poésie involontaire », Extrême-Orient sage et courtois comme on ne peut plus l'être, industrialisation de pays dont on accepte mal qu'ils se dépouillent peu à peu d'un exotisme qui nous charmait, songeries fondées sur leur passé (celui du moins que l'on imaginait), espoirs autorisés par ce qu'on voit de leur présent, tels sont les arrière-plans d'un rêve que j'ai fait en Chine et qui, pour moi, serait encore noyé dans un total oubli s'il ne m'avait été rappelé, longtemps après notre retour, par l'un de mes camarades à qui je l'avais raconté parce qu'il en était le héros : de même qu'en Polynésie de belles insulaires donnent aux voyageurs de larges colliers de fleurs que chacun portera à son cou comme s'il était le Bœuf Gras, de jeunes Chinoises en vestes et pantalons nouveau style offrent des pneus ou des chambres à air de bicyclette à celui de mes compagnons qui, pour le film qu'il intitulerait *Un dimanche à Pékin*, promenait alors partout sa caméra.

Pâques à Kumasi. Soulignés d'un trait ondulé, ces mots — qui me rappellent des couleurs plus crues que les nuances délicates du *Dimanche à Pékin* — figurent en tête de quatre de mes fiches, copie d'un extrait du carnet que j'ai tenu durant mon tour en Côte-d'Ivoire et dans cette Gold Coast aujourd'hui débarrassée d'un nom qui faisait allusion lui aussi à l'époque de la traite. Ce dimanche 1er avril 1945, résidant depuis quelques jours dans l'importante ville-marché qu'est la capitale ashanti, j'étais allé à la cathédrale pour jouir du spectacle de la grand-messe, cérémonie où l'évêque — un Blanc, dont j'ignore quelle était la nationalité — officiait en personne, assisté de deux Pères hollandais. C'est là que je vécus, non mes *Pâques à New York* comme le poète et globetrotter Blaise Cendrars, mais ces Pâques africaines que je nommerais plus tard mes *Pâques à Kumasi.*

Quand j'entrai, l'église était toute fourmillante d'une foule nègre où les femmes en robe d'indienne et en madras, les hommes en pagne drapé laissant nue l'une des épaules l'emportaient de très loin sur les gens vêtus à l'européenne. C'était la fin de la messe de huit heures, on distribuait la communion et un nombre énorme de fidèles défilaient pour la recevoir. Je me mêlai d'abord à la masse merveilleusement bariolée qui emplissait la nef et je m'y trouvai bien, éprouvant cette impression de paix, d'entente immémoriale avec la nature, qu'utopiquement j'ai toujours recherchée auprès des Noirs. Je n'aurais pas songé à m'extraire de cette masse si quelques femmes ne m'avaient fait comprendre par signes que c'était dans le chœur que je trouverais ma juste place. Docile, je marchai en direction du maître-autel et m'assis, dans la partie droite du chœur, sur le premier siège que je vis disponible. Or il m'apparut bientôt qu'en m'installant ainsi j'avais commis un autre impair : ce côté occupé par des Blancs n'était pas celui des Européens, tous rassemblés dans la partie gauche du chœur, mais le côté des commerçants levantins. Personne, cette fois, ne me fit signe de me déplacer. Aussi, ne poussai-je pas plus avant mon souci de me conformer à la bonne règle comme la mimique des dames à madras m'y avait engagé.

Tout de suite, j'avais reconnu dans l'un des deux servants de la messe l'ecclésiastique barbu que j'avais rencontré la veille en jetant un premier coup d'œil au-dedans de l'affreuse cathédrale et avec qui j'avais parlé de l'enquête à laquelle je participais. Elle comprenait, entre autres points, l'éclaircissement des motifs pour lesquels chaque année affluaient en Gold Coast des travailleurs venus subrepticement des territoires français pour s'employer dans les mines ou sur les plantations, alors que notre administration se demandait comment, après la suppression du travail forcé, elle remédierait à la pénurie de main-d'œuvre dont le sud de la Côte-d'Ivoire souffrait endémiquement. Motifs en vérité bien simples, qui se réduisaient à peu près à ceci : chez les Anglais on était payé *cash,* on vivait plus librement et le marché de Kumasi abondait en cotonnades de Manchester et autres beaux articles qu'au retour on offrirait aux parents, vêtu soi-même avec faste et tout glorieux d'avoir trouvé sa chance dans une Ville Lumière non moins riche en plaisirs qu'en produits manufacturés. Tel était, du moins, le mirage qui attirait les immigrants, car un bon nombre d'entre eux demeuraient sans travail et, n'osant rentrer après un pareil échec, ne faisaient que grossir la tourbe de la ville. A en croire le bon Père, la prison de Kumasi regorgeait de ces chômeurs devenus délinquants et, quant aux plus chanceux, l'attrait qu'avait eu sur leur imagination ce qui se dit de la Babylone ashanti leur valait de rapporter chez eux, outre la maladie du sommeil, des affections d'origine vénérienne.

Les habitants aux costumes hétéroclites d'une Babylone ou d'une cité marchande comme Alexandrie, c'est ainsi que m'apparaissaient les gens de tous âges, sexes et autres catégories dont la cathédrale était pleine à craquer. Au fond, des soldats noirs en uniforme de drill kaki que rehaussait, chez ceux de la musique, une sorte de gilet rouge vif. A l'orgue, une chorale de jeunes hommes à longues tuniques cramoisies serrées à la ceinture. Presque partout, des ribambelles d'enfants et d'adolescents habillés de façons diverses. Non seulement il y avait là une grande troupe de négrillons en surplis d'enfants de chœur, ainsi qu'un groupe important de négrillonnes vêtues de petites robes blanches à bordure bleu ciel et coiffées d'espèces de bérets de marins américains, eux aussi blancs et bordés de bleu ciel, mais une marmaille assez nombreuse était assise sur le sol, dans l'espace du milieu, et l'on dut chasser de derrière le maître-autel des enfants qui encombraient le passage. Cette jeunesse ne témoignait pas toujours du recueillement voulu et je vis un petit garçon — l'un des occupants du dégagement — s'amuser pendant toute la cérémonie avec le cordon qu'habituellement il devait porter à son cou mais qui, en la circonstance, lui servait d'instrument pour ces jeux de ficelle si appréciés des ethnographes parce que les figures obtenues grâce aux entrecroisements variables déterminés par la position et le mouvement des doigts des deux mains placées en vis-à-vis semblent répondre à de très anciens symbolismes.

La messe fut dite et celui des servants que je connaissais lut en anglais je ne sais quel mandement ou texte pieux que traduisit en ashanti un Noir d'une cinquantaine d'années, homme sec à petite moustache dont la vêture était celle d'un parfait gentleman. Puis l'évêque, mitre en tête et crosse en main, assis le dos tourné à l'autel, prononça un sermon que le même interprète traduisait bout par bout, pendant les pauses que l'évêque faisait à cet effet. Malgré les difficultés qu'une langue étrangère m'oppose plus qu'à quiconque (et même l'anglais que j'ai pourtant étudié et que j'ai assez souvent l'occasion de parler), je compris que l'un des thèmes du sermon était l'histoire de Jonas, cela, grâce aux quelques bribes que je saisissais des paroles de l'évêque et surtout grâce à la répétition fréquente du nom, aisément repérable, de l'homme à la baleine. Cette histoire, en dépit de mon incroyance, me touche d'une manière toute spéciale, et ce n'est pas pour rien qu'un philosophe — dans l'un des livres qu'il a consacrés à ce qu'il nomme l'imagination matérielle — rapporte au « complexe de Jonas » l'un des morceaux les plus spontanés que j'aie écrits, expression à demi onirique d'un désir profond : descendre dans l'épaisseur de la nuit organique et regagner ainsi la matrice originelle, à l'instar du prophète avalé par le monstre marin qui lui est un refuge en même temps qu'une geôle. Bien que cet épisode soit lié, je crois, à la promesse d'une résurrection et qu'il soit donc normal qu'on s'y réfère dans un sermon pascal, le rappel qu'en fit l'évêque me frappa autant que s'il m'avait été personnellement destiné, en vertu de quelque décret du sort.

Tout s'acheva sur un *Haleluiah!* fortement rythmé par la grosse caisse et les tambours des militaires. Précédé de la croix et parcourant à pas lents toute la longueur de la nef médiane, le prélat opéra une sortie théâtrale qui, sitôt qu'il fut dehors, se mua en procession. Venaient d'abord deux files de belles et robustes jeunes filles noires en longues robes bleu franc bordées de blanc (probablement des Enfants de Marie), nu-tête et leurs cheveux crépus coupés très courts, de sorte qu'on pouvait admirer dans toute sa pureté la forme de leurs crânes. Escortant la croix et l'évêque, venaient ensuite les jeunes hommes de la chorale, dans leurs tuniques cramoisies. Quant aux militaires, ils s'en allèrent de leur côté, en une double phalange : batterie d'une part, cuivres beaucoup plus loin. Peut-être étaient-ce ces mêmes musiciens que, vers la fin du jour précédent, j'avais vus animer les ébats d'un cortège populaire mené par deux pitres aux déguisements qu'on aurait dits médiévaux et le visage masqué d'espèces de cagoules peintes en rose à la semblance de visages européens ?

Finalement, la fête à quoi une curiosité plus futile que savante m'avait poussé à assister — ces Pâques turbulentes et colorées dont l'accompagnement tant instrumental que vocal m'émut à l'égal de *negro spirituals* que j'aurais entendus au milieu des champs de coton, quelque part du côté de la Louisiane — me parut de l'ordre des événements qui donnent après coup l'impression de n'avoir pas valu simplement par eux-mêmes mais de s'être produits parce que nous étions seuls à pouvoir totalement les vivre. Depuis, j'ai pensé parfois que si je ne suis pas revenu au catholicisme ce jour-là (ainsi que semblaient m'y convier cette foule nègre et ce discours auquel sa traduction par fragments conférait plus de solennité et une poésie qui sans doute n'y était pas), c'est que, décidément, mes croyances enfantines m'ont bien abandonné!

Dimanche plus dimanche que les vrais dimanches de Pékin, la grande journée de la fête nationale chinoise, prétexte du voyage en délégation auquel le cinéaste Chris Marker avait pris part comme moi. Dimanche officiellement dimanche et peut-être le seul authentique pour l'ensemble de la chrétienté, ce jour de Pâques qui depuis ma prime jeunesse avait perdu pour moi tout son éclat, mais l'avait momentanément recouvré tandis que je le voyais célébré dans l'une des bâtisses coloniales les plus laides qu'il y eût à Kumasi. En Gold Coast et en Chine, j'avais joui d'un spectacle qui, dans l'un et l'autre cas (malgré la moindre ampleur de la fête africaine), se présentait tant soit peu comme un Jugement dernier où tous — chacun au poste qui lui revient — se trouveraient rassemblés dans l'espoir plutôt que dans la terreur : les Pâques ashanti, avec leurs diverses cohortes d'anges et la stricte ordonnance qui en face de la masse plus nombreuse, remuante et colorée dont la nef était emplie plaçait, à la droite du porteur de la bonne parole, les Européens au maintien compassé et, à sa gauche, les Levantins qu'au bout d'un certain temps seulement j'avais pu distinguer de ceux-ci; la fête commémorative où toute la vie chinoise m'était apparue résumée en un seul défilé, au pied d'un édifice qui remonte à l'époque des Ming, la « Porte de la Paix céleste », aujourd'hui transformée en tribune pour les sommités et les hôtes les plus marquants de la République populaire. Toutefois, il est certain qu'à Kumasi j'avais suivi comme au théâtre (me laissant émouvoir mais restant à distance) le service que pourtant j'aurais cru volontiers ordonné tout exprès pour m'ouvrir à la Grâce, tandis qu'à Pékin, en assistant à cette parade au regard de quoi je n'étais qu'un atome, j'avais pris part à une cérémonie dans laquelle, acteur autant que spectateur, j'assumais une fonction modeste mais précise : celle de membre de l'un des groupes dont la seule venue d'Europe occidentale était un geste d'amitié envers la Révolution. Si (à en juger par ma propre réaction et ce que je pus saisir de celle de mes compagnons) la fête de Pékin était d'essence religieuse autant que la fête de Kumasi, entre les deux manifestations il y avait cette différence : l'une répondait à une pure mythologie, le christianisme avec ses idées de Dieu fait homme, d'âme immortelle et de résurrection; l'autre à une espérance qui ne laisse pas non plus d'être un mythe (car on peut seulement rêver d'humanité maîtresse de son destin) mais un mythe qui, toutefois, enveloppe une réalité — la possibilité de remaniements sociaux tels que le sous-homme ne soit plus qu'un cas pathologique — et qui invite à une action dont les perspectives, nullement surnaturelles quoique démesurées par rapport aux limites de la vie de chacun, n'excèdent pas celles de l'aventure rien que terrestre de l'espèce à laquelle nous appartenons.

D'un côté, le vieux rêve de pérennité; de l'autre, la préparation d'un avenir plus juste. J'en suis convaincu dès longtemps, ce que le marxisme-léninisme oppose aux mystiques du passé, c'est encore une mystique, car une doctrine de pure raison est sans pouvoir moteur, comme une machine privée de combustible ou autre source d'énergie. Mais cette nouvelle religion, qui se défend d'en être une et donne cyniquement le pas au facteur économique sur les facteurs plus nobles de l'évolution des sociétés, exige la connaissance positive du monde contradictoire qu'on ne peut valablement amender qu'en se fondant sur ses tensions et ses déchirements mêmes. C'est pourquoi, science autant que messianisme, elle a le privilège d'être paradoxalement une *religion vraie*, à la fois moyen de désembourber la vie et dévoilement de processus naturels. D'où cette règle primordiale, qu'à mon sens tous les militants — et les sympathisants parmi lesquels je me range — devraient regarder comme absolument impérative : éviter que le recours trop vite usuel aux mensonges que les nécessités du combat peuvent paraître justifier place décidément sous la coupe de la mythologie l'ensemble de l'entreprise et, toute rigueur abolie, la désaxe au point de lui faire rater son but, la fin de l'exploitation de l'homme par l'homme, réelle seulement lorsqu'il n'y a plus ni mystificateurs ni mystifiés.

Aperçus trop abstraits et, certainement, bien nuageux que ceux-là, en ce temps où notre vocabulaire s'émaille de mots d'emprunt dont frappe la sécheresse brutale (*putsch*, *clash*, *twist*, *jet*, qu'on dirait sortis du même moule, encore que les deux derniers soient assez innocents, l'un ne désignant qu'une danse aux déhanchements véhéments, l'autre ces engins aériens qui en six ou sept heures d'horloge jettent les Parisiens à New York et vice versa), ce temps où des termes naguère tout à fait anodins se teintent de lueurs sinistres : « sigle », d'usage rare il y a quelques années mais aujourd'hui d'emploi courant dans les quotidiens et qui évoque essentiellement l'homme aux jambes écartées et au ventre barré par un fusil à la façon SS qu'on imagine, flanqué d'un œil imbécilement arrondi et d'un serpent prêt à lâcher sa bave ou son venin, au centre de l'inscription *O. A. S.*; « arts plastiques », qu'on ne peut lire ou prononcer sans que l'adjectif, passant au singulier, se détache et devienne substantif, non plus coloré d'une pointe d'érotisme à travers les formes qu'il désigne au féminin mais lesté, au masculin, de l'effective substance dont les fascistes, en France comme en Algérie, se servent pour leurs attentats. Aperçus qui — à l'heure où ce qu'on nomme la « décolonisation » suscite tant de remous et de soubresauts sanglants — ne sont que pâles généralités, mal accordées à ce grand coup de gong si grave et si sourd que, sur-le-champ, beaucoup ne l'avaient pas entendu : *Bandoeng*, autrement dit la conférence qui se tint entre Africains et Asiatiques rebelles à la suprématie de l'Occident, primauté d'autant plus douteuse qu'en répandant sa culture il a, matériellement, livré une partie de ses armes et, spirituellement, perdu le monopole dont il argue pour se dire en droit d'occuper le haut du pavé.

Que le flux des événements me pousse à des semblants d'action ou qu'un reflux me rende au fil de mes songeries, à chaque instant je reste tiraillé entre deux sortes d'affinités qui s'opposent à la manière de deux factions dont l'une continue ses menées quand l'autre détient le pouvoir. Sensible à cette image comme aux planches d'un vieil atlas dont les cartes sont agrémentées de figures représentant des hommes des diverses races, des animaux féroces ou plaisamment farfelus, des dauphins, des sirènes et des monstres d'autres espèces, je les ai baptisées — pastiche d'un goût discutable — mon « côté de chez Mao Tsé-toung » et mon « côté de Kumasi », pensant pouvoir ainsi les définir mieux que par la froideur d'un exposé en forme. D'une part, le désir d'acquérir — afin d'être vraiment un homme — l'intelligence pratique et le courage dont les bâtisseurs du monde nouveau me donnent l'exemple; d'autre part, l'envie de fraîcheur récupérée que mes Pâques ashanti satisfaisaient doublement, puisque cette nostalgie me porte aussi bien vers les lointains de la mémoire que vers les lointains tout court. En somme, deux côtés dont deux fêtes où j'étais mêlé à une foule de fin des temps m'ont fourni les repères et qui répondent approximativement aux pôles du rêve où, après une promenade en montagne, je me trouvais dans une maison pourvue d'un jardin : une maison qui était le lieu d'une intrigue touchant à la politique, puisque j'y hébergeais Césaire le tribun et que je la voyais envahie, sans doute en période électorale, par des gens que je trouvais gentils en même temps qu'un peu pesants, éprouvant à leur égard un sentiment aussi mêlé que celui que je ressens quant à l'activité militante (on n'est viril que si l'on prend parti, mais quel ennui et quelles contraintes quand on a pris parti); un jardin dans lequel il ne se passait rien et qui — peu distinct, outre son enchevêtrement de brousse — était là comme un simple rappel d'autres jardins, tant de jour que de nuit, receleurs d'émerveillements, de craintes ou de peines lancinantes. Maison sans mystère, où la présence de ces Antillais — sans parler de la relique de mon premier voyage en Afrique qu'étaient les bottes lacées — introduisait pourtant un peu d'*ailleurs* ou d'*autrefois*, comme s'il y avait eu entre la maison et le jardin (étrangement diffus quoique tout proche) un peu plus que le lien qui unit organiquement la partie architecturale et la partie terrienne d'un même domaine campagnard. Et le fait est que, si je tourne le dos aux prestiges anachroniques de Kumasi et regarde vers l'actualité des communistes de Pékin, les enchantements émanés de contrées ou d'âges reculés ne sont pas étrangers à cette conversion. Pour que je fasse quelques pas dans une voie où la considération des misères voisines avait été impuissante à m'engager, n'a-t-il pas fallu que la nécessité d'une refonte me soit montrée en des pays qui, Chine comprise, m'apportaient une ample mesure d'enchantements de cet ordre?

De plus en plus précipitée, la course, autour de moi, d'événements dans lesquels j'interviens en tant qu'individu s'agitant parmi des milliers d'autres a pour effet de ralentir, si ce n'est de bloquer, la course que je mène ici. Non seulement je m'inquiète et gâche mes loisirs à écouter les nouvelles (au poste radio s'ajoutant le diabolique *transistor*, toujours à portée de la main et qu'on peut, presque sans bouger, déclencher aussi bien au réveil qu'au moment du sommeil), non seulement j'ai transféré comme un avare dans notre maison de campagne — précaution contre ces risques du jour, plastic et perquisition policière — les fiches et les cahiers qui sont respectivement les bases de mon travail et les réceptacles de ses résultats (de sorte que j'en suis coupé matériellement et que seul l'entracte du week-end me permet un contact réel avec ce livre, tissé de ma vie et devenu ma vie même, point tellement parce qu'il en contient le récit et que j'use à le fabriquer le meilleur de mon temps, mais parce qu'il est à la fois ce dont je me souviens et le souvenir que je veux laisser, un substitut de ma force défunte sans avoir jamais véritablement existé et le tombeau que je me bâtis), il est certain en outre qu'une menace comme la menace fasciste, avec la perspective d'enlisement massif dans la bêtise et la cruauté qu'ouvre cette exacerbation mi-délirante mi-concertée du sentiment de groupe en ce qu'il a de plus archaïque, me fait douter plus que jamais de la validité d'un effort aussi parcellaire que le mien. Entre le moi que je suis et le moi que j'écris, un double écart se creuse donc : avec ces pages qui grippent et piétinent, folle avance que, sur l'éternel retardataire qu'est le *je* raconté, prend le *je* raconteur, entraîné par le cours des choses aujourd'hui plus vite encore qu'hier; désaffection qui m'éloigne de cet autoportrait, déprécié d'autant que son modèle est réduit à l'insignifiance quand tout me dit que je ne suis qu'un fétu bousculé par le grand vent de l'affaire algérienne, elle-même simple détail dans le vaste mouvement qui ébranle jusque dans ses fondements notre monde familier.

Posséderait-on — tel un ascète tibétain — l'art de se voir

du dehors comme si l'on n'était pas soi, faire son portrait écrit resterait illusoire, si l'on entend par là peindre dans son intériorité celui qui sur l'instant tient la plume et non un autre que, déjà, l'on ne connaît que de mémoire quand il se profile sur le papier. Due à ce qu'avant même que la transcription soit achevée la chose à transcrire s'est modifiée, cette impossibilité radicale n'a, en vérité, nulle conséquence pratique dont il faille sérieusement se garder : si l'on a changé, ce n'est pas à tel point que l'image ainsi tracée nous ressemble aussi peu que le reflet renvoyé par un miroir déformant; d'autre part, un portrait de ce genre n'a pas à imiter l'instantané photographique, puisque c'est à une sorte d'intemporalité que l'on vise plutôt qu'à l'actualité quand on essaye (ce que je fais ici) de définir ses propres traits en s'attachant au circonstanciel pour en extraire ce qu'il enveloppe de constant. Pourtant, malgré ces attendus rassurants, l'inévitable décalage entre le moment où l'on décrit et le moment qu'on décrit peut devenir une dissonance criante pour celui qui, comme moi, ne sait aller qu'au ralenti lorsqu'il s'agit de faire le point en lui-même, de rendre compte des événements au regard desquels il se situe, voire d'établir n'importe quel énoncé où l'effusion lyrique serait hors de propos. Ce que j'écris au présent n'étant que trop souvent du passé largement dépassé, je me vois (non sans malaise) divisé entre deux durées : temps de la vie et temps du livre, que je n'arrive presque jamais — serait-ce approximativement — à faire coïncider.

Obéir à deux mouvements d'horlogerie allant chacun leur train, c'est un peu ce que je ressens. Position d'autant moins confortable qu'au désaccord s'ajoute l'irrégularité de ces mouvements : la vie qui tantôt traîne et tantôt galope malgré la mesure imperturbablement battue par le calendrier, le livre qui se bloque soudain alors qu'il paraissait assez lancé pour arriver vite à son terme. Cela ne serait encore rien si le temps du livre ne se dédoublait lui-même en deux durées : temps de l'auteur, très long quand une page me coûte beaucoup d'heures (voire de journées) de travail, plus court lorsque, par chance, la rédaction n'est pas trop difficile; temps du lecteur, pour qui l'écoulement des lignes est aussi uniforme que celui du sable dans le sablier, de sorte qu'il se trouve à tout instant décalé par rapport à moi, qui voudrais être saisi au présent — un présent vrai et non de convention — dans toutes les parties de ce livre qui ne traitent pas expressément de choses anciennes. Sans doute, un exemple précis me fera mieux comprendre et montrera à quelle absurdité peuvent me conduire ces *flashes* touchant au contexte d'existence pratique qu'il me semble en certains cas ne pas pouvoir laisser dans l'ombre.

Il y a plusieurs semaines, j'écrivais que par mesure de précaution j'avais transporté à la campagne mes fiches en instance et mes cahiers de mise au net; or il y a une quinzaine à peu près, la menace s'estompant, j'ai rapporté à Paris tous ces papiers dont l'absence, en m'ôtant la possibilité de les manipuler quotidiennement, empêchait l'espèce d'hypnose grâce à laquelle je puis faire corps avec ma tâche, faute de quoi je suis aussi désarmé devant elle que devant une dissertation française que m'imposerait un pédant. Au moment où j'ai parlé du transfert (opéré déjà depuis un certain temps), j'étais donc à la veille de prendre la décision inverse et j'en suis gêné comme si, en rapportant cela sous l'angle *dernières nouvelles*, j'avais été de mauvaise foi, puisque je songeais à revenir sur ma décision première lors même que je ruminais les phrases qui feraient état de cette décision. En outre, les quelques semaines en question, ici franchies en quelques lignes, occupent — mesurées par l'œil qui lit — un espace dont la minceur ne répond ni à la cataracte des événements (provoquant d'ahurissants télescopages d'espoir, de rage et de dégoût) ni à ce que furent mes tergiversations. Voilà, certes, un beau résultat : confusion et discordance venant fausser un passage qui, en principe, devrait augmenter la véracité de mes paroles en indiquant quels en sont les entours.

Pour ne rien négliger je mentionnerai, bien que la chose soit évidente, un autre tour que le temps peut me jouer, même à brève échéance : tout va si vite aujourd'hui que plusieurs de mes allusions aux circonstances (allusions capricieuses et souvent indirectes, car ce n'est que par à-coups et presque à la sauvette que je mêle un élément, somme toute, journalistique à un écrit dont l'optique est très différente) seront peut-être devenues étrangement sibyllines lors de l'achevé d'imprimer ou ne renverront qu'à des réalités oblitérées par des réalités qui s'avéreront historiquement plus marquantes mais auxquelles je ne me serai pas arrêté, soit qu'un autre thème alors sur le chantier ne m'en ait pas laissé le loisir, soit que j'aie répugné à voir les phrases de stricte information se multiplier dans mon texte. Des corrections faites dans les délais voulus remédieraient pour une part à cet inconvénient. Toutefois, à cause non seulement de ces coupures, ajouts ou substitutions mais des raccords de pure composition que de tels changements imposeraient, le livre perdrait de son authenticité (ou pour mieux dire la perdrait toute, car en pareille matière il n'y a pas de moyen terme). Et ce remède pire que le mal serait d'autant moins justifié que mon propos n'est pas celui d'un mémorialiste puisque j'aimerais, plutôt que reconstituer ma vie en la suivant pas à pas, la dominer en l'embrassant d'un regard unique (un regard situé dans le temps mais déjà hors du temps, comparable à celui qu'on attribue à l'homme en train de se noyer et qui revoit, en un clin d'œil, l'entier déroulement de son existence).

Or ce regard en quoi tout devrait soudain se condenser et prendre la fixité d'un panorama, je le jette à travers ces *Biffures*, ces *Fourbis*, ces *Fibrilles* que j'écris non pas simplement dans le temps (en cette époque qui est la mienne et me fournit mon langage) mais, puis-je dire, avec le temps puisqu'il me faut de longs délais pour ajuster ces matériaux pêchés aux quatre coins de ma vie et enchaîner des réflexions dont chacune, loin de se proposer d'un bloc, est un mouvement décomposable en plusieurs phases. Attendre d'une méthode discursive, prosaïque, l'impression de présence absolue et de saisie totale que seule peut donner la poésie, dans son surgissement apparemment sans racines, c'est — bien sûr — espérer l'impossible... Mais si le mot « attendre » se rapporte ici à une vaine expectative, le relisant maintes fois en tête de cette phrase qu'il amorce et sur la teneur négative de laquelle je butais (de sorte que j'y revenais sans cesse afin d'y découvrir le joint qui me permettrait de poursuivre), je l'ai relié finalement à quelque chose de plus concret : l'attente continuelle où me met un procédé si lent qu'il me fait presque toujours manquer mes rendez-vous avec moi-même — implication dernière d'un terme dont j'avais usé presque fortuitement sans prévoir qu'un jeu de double sens l'amènerait à dénoncer, par un biais analogue à celui du lapsus, le vice de ma méthode.

Ces fiches que je conserve dans une boîte en attendant

de les utiliser et dont le contenu, quand j'y retourne, a perdu sa fraîcheur. Les éléments de conclusion que j'ai déjà notés, en avance donc sur le cheminement de cette série d'écrits, mais que je laisse en attente comme un bureaucrate laisse en sommeil un dossier inexploitable tant qu'il n'est pas complet. Patience masquant peut-être une paresse ou l'envie d'éluder l'heure de vérité, tactique à la Fabius (ce *cunctator* dont le *De Viris* de ma première année de lycée m'avait conté l'histoire en même temps qu'il m'apprenait ce que c'est que temporiser), l'attente du mûrissement des quelques phrases qui, venant en succession d'éclairs, devraient culminer comme l'étreinte au regard de quoi ce qui a précédé représentera tout au plus de savantes approches. À l'orée même de mon travail, une attente en prise directe sur le siècle, puisque c'est au début de l'Occupation que je me suis mis à l'ouvrage, pensant — tous projets en suspens — ne pouvoir employer mieux qu'à un large tour d'horizon intérieur le temps qui s'écoulerait jusqu'à la sortie du tunnel, cela, sans voir que c'était m'engager dans un autre tunnel : ce livre qui viserait bientôt à l'invention d'une règle de vie basée, compte tenu de mes faiblesses, sur mes désirs les plus réels mais qui s'avère trop compliqué pour aboutir en temps utile et dont peut-être, accablé plus qu'aidé par le constant passage au crible qu'il exige, j'aurai failli mourir avant que le sort se charge de m'éliminer. Las d'attendre d'en arriver à mes fins, j'incrimine toute attente qui, dès la source, a pu jouer dans la rédaction de ces pages. Parti pris certain, qui toutefois me permet de déboucher sur ceci : poser des jalons, laisser venir, projeter une enquête à mener par paliers et pour laquelle on prend sagement des notes, c'est remettre à plus tard l'atteinte de ce qui doit, si l'écriture est autre chose qu'un outil vulgaire, se réaliser à chaque instant et sans aucun sursis. Rien de commun entre l'échéance que préparent ces approches et le midi ou minuit éternel qu'édicte souverainement la création poétique. Et si j'agite ainsi dans mon cornet pierraille de mon passé, caillots de présent vivant et grains de ce futur en gestation, au lieu que s'y fomente le coup de dés grâce à quoi tours de cadran et horizons seraient enfin dominés, je me débats dans un temps qu'on pourrait dire *détraqué* s'il s'agissait de météorologie.

Saturation? Doute croissant — à l'approche du dernier

tournant — sur ma capacité et même l'intérêt de conclure, puisque la règle que je voudrais formuler en quelques phrases de la même eau que les oracles serait, en vérité, un lourd système impossible à bâtir sans raisonnements spécieux? Peur de m'être fourvoyé quand ce qui avait d'abord été un florilège de faits singuliers, et leur restitution plus encore que leur étude, devint l'inventaire réfléchi de ce qui m'importe le plus et l'essai d'en déduire la loi en quoi se résumeraient pour moi savoir-vivre et art poétique? Conscience — et mauvaise conscience — d'avoir appliqué sans rigueur ce programme plus sévère et confondu trop volontiers ce que j'aimais à raconter avec ce dont une leçon devait être tirée? Trouble, rien qu'à songer à ce changement de cap qui prouve (fût-il resté de pur principe) combien tout ce travail offre de prise au temps puisque son but, se modifiant en cours de route au lieu de conserver une sorte d'idéale intemporalité, s'est avéré lui-même le jouet de la succession des années? Toutes ces raisons que je puis avoir de marquer le pas, et dont aucune n'exclut l'autre, sont brochées sur un fond de défiance mais aussi de déconvenue et je retrouve en chacune les stigmates de cet assujettissement au temps auquel, en écrivant, je voulais échapper. Soit qu'un effort trop languissant me mène à l'écœurement, soit qu'avide d'une vérité aux fulgurations instantanées je récuse d'avance une doctrine patiemment architecturée, soit que, le pli pris, je reste attaché à des façons de procéder que je sais périmées, soit que me déçoive un projet dont je constate qu'il a subi des fluctuations avec le temps, c'est celui-ci qui apparaît toujours comme le tyran ou le fâcheux aux agissements de qui, sans parvenir à mieux qu'à ressentir un peu plus leur pesée, je m'ingénie à me soustraire!

Une aventure qui, pendant la « drôle de guerre », avait eu le Sud-Oranais pour théâtre m'a fourni l'occasion d'un portrait : l'Algéroise Khadidja dont j'admirais — beauté morale presque autant que physique — les longues foulées de meneuse de chèvres, trace (aimais-je croire) d'une ascendance nomade d'où cette recluse bassement professionnelle aurait tiré une part de sa noblesse. C'est à la veille de mon départ pour la Chine que parut le récit de notre rencontre; les seize années écoulées avaient sans doute assez marqué ma compagne du *bousbir* de Béni-Ounif pour altérer sensiblement sa ressemblance avec le portrait, déjà rétrospectif, que contenaient mes cahiers. Pour la retrouver telle que je l'ai connue, dans la splendeur et la misère des vingt-trois ans que lui attribuait sa carte de prostituée, ce n'est d'ailleurs pas à cette image amoureusement dessinée que je dois me reporter, mais au simple mot « Sarrasins », qui me rappelle — à cause de la céréale et à cause de la rime — l'un des régals de mon enfance, ces petits pains au raisin de forme ronde et dont la mie de même couleur que celle du pain de seigle était mouchetée de grains noirs, le régal aussi que m'offrait en se dénudant la Clorinde sans casque ni cuirasse qu'était mon amie à la démarche d'une hardiesse toute sarrasine, avec sa chair de couleur bise, plus foncée là où pointaient les deux raisins de ses seins, et dont elle dédaignait de masquer l'arôme légèrement aigre ou pimenté en l'imprégnant des vulgaires parfums de bazar qui seuls eussent été à sa portée.

Maintenant qu'à la « drôle de guerre » bientôt muée en vraie guerre ont succédé des conflits — Viêt-nam et Afrique du Nord — dans lesquels c'était le tour des Français d'être les oppresseurs acharnés à briser une résistance populaire, l'aventure que j'ai contée m'apparaît sous un jour moins innocent, car il me semble avoir fait preuve de l'une des formes de l'esprit colonial les plus difficiles à déraciner (parce qu'elle est prise pour un simple signe de fine réceptivité) en ne voyant de l'Algérie que les aspects propres à me séduire, en une divine méconnaissance des problèmes qui déjà la travaillaient. Négligeant tout le reste, n'ai-je pas été seulement sensible au pittoresque pur cristallisé dans cette idylle terriblement *Butterfly* si ce n'est *Petite Tonkinoise*, digne — à ne considérer que les faits bruts — du marin ou du soldat qui de retour au pays rendra justice, la larme à l'œil, à la femme d'outre-mer (mousmé, congaïe, mousso, vahiné ou fatma) dont il a fait son joujou ou son fauve familier, sans jamais lui accorder un amour à part entière, voire, ce qui fut mon cas, en ne lui concédant que de chiches profits matériels? Là aussi, dans la joute que je mène contre lui, c'est le temps qui a le dernier mot. Peut-être le portrait que j'ai écrit a-t-il fixé pour moi — de manière indélébile — Khadidja telle qu'elle était à vingt-trois ans et s'est-il incrusté au point de me faire oublier qu'en cette année 1962, qui a vu les combats d'Algérie s'achever, son modèle a le double de l'âge dont je me souviens et est sans doute une vieille femme (car les femmes de son pays et de sa condition ont vite fait de se faner). Mais le temps n'en garde pas moins sous sa coupe le personnage livresque dont les vingt-trois ans devraient échapper à tout changement : avoir dépeint Khadidja comme pour l'éternité ne l'a pas protégée — même en tant qu'héroïne de conte de fées — contre l'action aux mille ressources des années, puisque la perspective que les récents événements m'ont imposée doue ce conte naïvement vécu d'une signification qui rabaisse singulièrement celle que je lui donnais en décrivant mon merveilleux commerce avec cette fille à la fois si servile et si fière que je ne pourrai plus, désormais, regarder exactement des mêmes yeux.

Souvent, certes, j'ai imaginé Khadidja tenant un rôle conforme à l'idée que je me faisais — par la presse, la radio ou simplement les on-dit — de telle des phases de cette guerre algérienne d'où la France est sortie crottée jusqu'aux hanches et bonnet phrygien vilainement chiffonné : prostituée refusant patriotiquement ses faveurs aux Européens ou, à l'inverse, se dévoilant au cours de la comédie de fraternisation qui suivit le trop fameux 13 mai; militante voilée porteuse d'un drapeau du F. L. N. (où je retrouve, avec le sang de ses oreilles un soir blessées, la robe blanche et le turban vert qu'elle avait revêtus comme une parure cérémonielle le matin de nos adieux), ou bien femme déjà mûre debout sur une terrasse encore chaude du soleil de la journée et encourageant de ses you-yous les manifestants de la Casbah. Ce ne furent là, toutefois, que des pensées fugaces et même si — marque probable d'un respect qui n'a pas diminué — j'ai apposé le voile traditionnel sur son visage que j'ai toujours connu découvert, c'est la Khadidja de jadis, presque intacte, qui s'est intégrée à ces tableaux et non ce que j'aurais pu deviner de la Khadidja qu'en ces dernières années elle a dû devenir, à moins qu'une mort prématurée ne l'ait définitivement rejetée dans le monde immuable des images.

Avant de l'insérer ainsi, comme j'aurais pu le faire en rêve, dans des scènes dont la trame était fournie par l'Algérie en rébellion, je m'étais demandé ce qu'il aurait pu advenir de Khadidja dans une autre révolution dont le sort me tient particulièrement à cœur : celle de la Chine d'aujourd'hui, qui a fait de l'émancipation des femmes l'un de ses objectifs premiers. Aux confins de la Mongolie, dans un long paysage de plaine onduleuse tout au fond comme une file de camélidés (l'un de ces paysages dont le chant *L'Est est rouge* suffit à me découvrir en pensée l'étendue), se serait-elle employée à une activité pastorale selon la vocation que semblait indiquer son physique de meneuse de chèvres? Portant en guise de voile le petit masque blanc qui protège la bouche et le nez contre la poussière, aurait-elle travaillé dans une filature telle qu'à Pékin j'en ai visité une dont le personnel était presque entièrement féminin? Ou bien, fidèle à elle-même et réfractaire au reclassement qu'ont subi ses pareilles, aurait-elle émigré à Hong-kong pour avoir liberté de continuer d'exercer sa profession de toujours, dans la tiédeur opiacée et le cosmopolitisme de ce port qui représente pour moi un immense Kumasi asiatique? A ces suppositions modelées et remodelées au gré du seul caprice, j'avais pourtant une double raison de me livrer : mon intérêt pour les réformes accomplies en Chine et le désir secret d'y associer une figure à laquelle je demeure profondément attaché, afin de relier à mon univers passionnel ce que malgré tout elles gardent pour moi d'abstrait; le besoin de diluer dans ces réflexions apparemment sérieuses la honte que j'éprouvai vis-à-vis de Khadidja et de son peuple, vis-à-vis aussi des Chinois et Chinoises que j'ai connus au cours de mon voyage (cette fois sans mythe d'amour ou d'aventure) et qui restent des « camarades » dont l'opinion qu'ils pourraient avoir de moi influe sur ma conduite, — cette honte tardive qui me prit quand la sévérité de la lutte où l'Algérie était engagée m'eut amené à penser que, tout imbu de dilettantisme bourgeois, j'avais vu sous l'angle étroit d'une intrigue d'opéra-comique un pays dont la plupart des habitants étaient, chacun à leur manière, des humiliés et offensés.

L'image que j'ai voulu préserver en l'enfermant dans un livre s'y est, en somme, figée sans échapper à la coulée toujours active du temps. Sa projection sur le papier l'eût-elle rendue intangible, cette intangibilité serait celle d'une sorte de Judith ou de Rachel, froide figure circulant à travers des combinaisons successives où, bien qu'identique à elle-même, elle revêt chaque fois un sens nouveau comme dans le *grand jeu* d'une cartomancienne qui groupe, en mosaïques aux dessins imprévisibles et mouvants, les rectangles de carton dont j'apprends — vérifiant dans un dictionnaire si les deux reines aux noms bibliques sont bien de la couleur rouge, seule assignable à Khadidja — qu'un vieux texte italien en situe l'origine au « pays des Sarrasins », rencontre qui vient consolider mon parallèle entre une reine de cœur ou de carreau et l'image de l'amie dont j'ai dit que, pour recouvrer un peu de sa présence malgré le mur interposé par le temps, « Sarrasins » est un Sésame plus efficace que toutes mes phrases patiemment élaborées.

Ce qui passe aujourd'hui de cette Sarrasine à travers des hypothèses issues de mon humeur aussi bien que des conjonctures et qui, tout en persistant dans son être, ne saurait cesser de bouger tant que moi-même je bougerai encore s'avère, en définitive, aussi conventionnel qu'une lame de tarot ou qu'une carte à jouer et certainement aussi mince. Pour que cette image ait une consistance dont ne suffit pas à la doter sa formulation écrite, ne faudrait-il pas, en premier lieu, que l'intéressée puisse s'y reconnaître comme dans un miroir où elle se découvrirait *telle qu'en elle-même enfin ?* Or, en admettant que Khadidja soit à même de me lire, l'histoire que j'ai racontée et la façon dont elle y est montrée lui resteraient impénétrables ou, s'il en était autrement, la feraient sans doute rire autant de voir attacher une telle importance à de simples relations de fournisseuse à client que de se trouver promue du rang méprisé de putain à celui de magicienne, de démon de midi ou d'ange de la mort. Ainsi non partagée et rien que subjective, cette image — idole dont la fixité n'empêchera pas sa signification de se perdre — relève de l'onirisme au même titre que les rêveries auxquelles je m'abandonne à son propos. Mais songerait-on à qualifier un portrait peint de chimérique, parce que l'original ne le juge pas ressemblant, ou parce que le spectateur futur en aura une autre vue que le contemporain ? Le négativisme auquel j'aboutis peut tenir à la seule absurdité de cette exigence : demander à la littérature ce qu'elle n'est pas en mesure d'apporter, une vérité indépendante des époques et des milieux.

Me résigner. Admettre que l'écriture, soumise au temps, ne saurait être un moyen de le domestiquer, ni avant ni après le terme de notre vie. Pratiquer la littérature comme telle, en pleine conscience de ses limites, ou bien me retirer du jeu, en imitant cet abbé de Bucquoy dont Nerval conte (dans le récit très romancé que *Les Illuminés* donnent de ses aventures) comment il se serait défroqué pour avoir constaté que la discipline ascétique ne l'avait pas rendu capable de faire des miracles. C'est à l'une de ces deux solutions — finir ce livre en artisan qui exécute sa tâche tout bêtement ou baisser le rideau — que je devrais en arriver, s'il m'était possible toutefois de quitter une partie que logiquement je sais perdue mais pour l'issue de laquelle, tel le joueur que rien sinon la ruine n'empêchera de tenter encore sa chance, j'espère que surviendra providentiellement le coup gagnant; si je ne pensais pas aussi qu'en matière d'art (là où ne prévaut plus la raison mathématique) une expérience commencée vaut toujours d'être poursuivie, devrait-on basculer finalement dans ce qui, selon cette même raison, ne peut être tenu que pour un non-sens; si je ne soupçonnais pas, enfin, que je soulève ces difficultés un peu comme un négociateur qui remet tout en question à la veille même de signer les accords ou comme une femme que sa pudeur ou sa coquetterie pousse à trouver un motif impérieux de se refuser alors qu'elle est déjà décidée à succomber. D'ailleurs, est-il juste d'assimiler à un travail d'artisan toute littérature pratiquée sans illusions? *L'art pour l'art* revient certes à quelque chose de ce genre mais on peut, bien qu'écrivant sans se leurrer, dépasser la confection pure. Lorsqu'au moyen de cet écrit j'essayais de dégager mes lois et mes idées-forces, ce n'est pas un objectif surhumain que je poursuivais, mais seulement d'atteinte difficile. Et si j'ai trébuché, c'est quand — le livre s'étirant au point que les parties déjà rédigées se fondaient derrière moi en une masse confuse et que le but s'estompait — il m'a paru que je devais faire entrer expressément le présent dans cette divagation trop longue pour que des jalons temporels n'aient pas à y être posés, avant l'effort terminal consistant à essayer de condenser en un bloc saisissable d'un coup l'essentiel de ce que je veux dire par-delà toutes les sortes de changements et d'événements survenus au gré des années. C'est, en fin de compte, à cause d'une lenteur telle que ma pensée me semblait s'émietter au lieu de se fortifier que l'idée du temps m'a occupé jusqu'à l'obsession, tandis que s'affermissait ma folle exigence à l'égard de l'écriture, sommée de le mettre en échec. Je sais fort bien, au demeurant, qu'un certain goût du baroque m'incite à accumuler (comme si elles participaient directement de ma recherche) les fioritures et les digressions au lieu de marcher droit au but, manière de faire qui contrarie mon désir d'aboutir rapidement. Mais je sais tout aussi bien que je ne pourrais y renoncer sans m'écarter de mon propos, puisque ce goût représente (que je le veuille ou non) l'une de mes tendances en matière d'esthétique et que ma quête d'une vérité trop sensible pour ne pas être inextricablement mêlée à la beauté doit passer par ce qui, dans la vie, m'émeut ou me séduit et par ce que, sur le plan littéraire, une attirance invincible me conduit à introduire dans le jeu.

A ce goût dont participe ma prédilection si souvent exprimée pour les opéras de Verdi (baroques en ce sens qu'une ardeur volcanique s'y associe miraculeusement à une architecture tant soit peu académique) doivent répondre, au moins partiellement, non seulement ma façon d'écrire mais plus d'une de mes façons de faire et jusqu'à ce qui me semble m'appartenir en propre dans les événements qu'ébloui et effrayé (comme je l'étais en rêve, face à une falaise sculptée de multiples figures terriblement hautes et belles) j'ai pu tenir pour des sommets de mon existence. Goût, certes, ondoyant (comme le veut son objet même) car si, chez Verdi précisément, j'aime la riche musculature et la diversité nettement articulée du commentaire apporté aux péripéties du drame, j'aime aussi — et peut-être surtout — les radieuses déchirures dont cette luxuriance, à laquelle font écho ors et moulures de la salle, voire imagerie des décors en trompe-l'œil, s'ajoure quand l'impétuosité de la musique (apparemment jetée dans une course haletante pour atteindre un présent que dérobe aussitôt la fluidité du temps) se résout en l'une de ces phrases très simplement lyriques qui sont de grands et purs épanchements surgissant comme, d'une ornementation dont le foisonnement bouscule la dure géométrie d'un édifice, telle statue qui semble reproduire les sinuosités mêmes de la vie plutôt que celles d'un corps vivant et par quoi l'œil sera d'autant plus captivé que cet assemblage de lignes aux cheminements en apparence incontrôlés a l'air d'être la résultante presque paisible du tumulte où le reste est plongé. Goût, donc, qu'il serait vain de vouloir enfermer dans une définition rigide, mais dont je suis intimement persuadé qu'il a sa cohérence et qu'il est le ressort commun à nombre de mes comportements, disparates à première vue : mener ce livre comme si une part plus ou moins grande de surcharge —

un luxe, pourrais-je dire — m'était, quelque irritation que j'en ressente, indispensable pour échapper à une sécheresse qui me répugnerait plus encore que les retards ainsi causés; au lieu de conduire selon les voies classiques celles de mes publications qui relèvent de la science pure, procéder par « explosions successives de pensée » comme l'observait, voilà près de trente ans, un spécialiste de l'Islam commis à juger mon premier mémoire d'africaniste, dont l'agencement était baroque au plus haut point, la mise en place de détails exposés avec prolixité s'y substituant à toute espèce de plan réel; m'attacher exagérément aux formes de ce qui, dans la vie, est susceptible de nous exalter, et agir, en amour par exemple, à la manière modernisée d'un précieux pour qui la passion — affaire essentiellement romanesque — se moule sur la rocaille de la Carte du Tendre plutôt qu'elle n'obéit aux mouvements directement issus du cœur et des sens; loin de considérer globalement une action à quoi je suis mêlé, en retenir un élément isolé, une scène pathétique ou simplement pittoresque et accorder, en somme, moins d'importance au développement d'ensemble qu'à ce motif spectaculaire; élire, pour y retrouver mon enfance et tenter de voir clair dans mes émois de toujours, une figure non seulement liée à ce qu'avaient de biscornu les intérieurs des environs de 1900 mais baroque en elle-même, comme l'était ma tante Claire, cariatide toute en courbes et dont le visage rayonnant savait si bien (quand il fallait) se convulser en mascarons tragiques; au cours de mon voyage en Chine, m'enticher de l'adventice et traiter comme si elles représentaient l'essentiel fleurs dans les gares ou autour des agents de police, modulations ensorcelantes des voix tant à la ville qu'à la scène, combinaisons architecturales ingénieuses, inventions telles que le cuveau de bronze vibratile et le miroir convexe où se reflète la montagne (jeux piquants comme ceux qui font, dans certaines de nos églises d'il y a deux ou trois siècles, que la jambe d'un ange passe par-dessus la corniche ou qu'une partie exécutée en ronde bosse complète un personnage dont le reste est en à-plat), toutes choses qui ne sont que des broutilles rococo dont il n'est pas surprenant qu'elles n'aient pu me fournir de quoi donner un témoignage consistant sur le pays que j'avais parcouru en visiteur émerveillé; en maints cas, enfin, être sensible à quelque chose par le détour d'une ironie (préférer, par exemple, à toute autre résidence un local anachronique par lui-même ou par certains au moins des caractères de son mobilier, apprécier telle chanson ou musique dont l'excès de sentimentalité m'amuse ou dont à l'inverse l'allure gaie et simplette m'arracherait presque des larmes, priser plus que d'autres hauts lieux de la gastronomie des endroits bien cuisine bourgeoise et Troisième République, aimer que dans une œuvre un parti surprenant soit tiré d'éléments très anodins ou qu'au contraire il s'y manifeste un soudain mépris de toute modération, ce qui fait que le grand air de *Rigoletto*, où avec les invectives et les supplications du bouffon bafoué véhémence et douceur s'en donnent à cœur joie, sera par excellence l'air que je voudrais savoir chanter, mais que, chez Mallarmé, j'admirerai qu'une métaphysique jaillisse d'un bibelot ou de quelques bouffées de tabac et, chez Proust, qu'il fasse voir aussi bien que Freud quoique sous un autre angle quel monde de révélations peuvent contenir des riens).

À des titres fort différents, tout cela n'indique-t-il pas à tout le moins mon antipathie pour la régularité de la ligne droite, sentiment peut-être du même ordre que celui de cette femme, au demeurant intelligente et fine, qui travailla longtemps dans notre maison de Saint-Hilaire et qui (estimant sans doute que parallèle ou perpendiculaire et plaisante ordonnance ne sont pas compatibles) replaçait systématiquement en position oblique les objets qu'elle avait déplacés pour essuyer le dessus d'un meuble ? En de multiples domaines, je réagis quant à moi comme si, rebuté par le *plus court chemin d'un point à un autre*, j'accordais la cote d'amour au chemin des écoliers, plus personnel, avec ses arabesques, zigzags, écarts et son rythme rompu par de soudains arrêts ou virevoltes de chien que traverse quelque idée impénétrable ou sollicite on ne sait quoi qu'il a senti ou vu. Mais choisir une voie autre que la plus directe ou mettre exprès de travers ce qu'il serait normal de mettre droit, n'est-ce pas le propre de l'art, qui n'aurait vraiment commencé que quand on s'est permis d'ajouter un surplus ou de donner quelques entorses aux formes exigées par les nécessités d'une technique ou d'un rituel (sophistication qu'à un stade plus avancé le baroque illustre de manière exemplaire puisqu'il montre à la fois la règle et ce qui la viole, la ligne droite et les lignes courbes ou brisées qui tendent à s'y substituer) ? S'il en va de la sorte et si l'art — comme aussi l'érotisme — répond à ce besoin d'inutilement compliquer par quoi l'homme tranche sur les autres animaux, je me renie lorsque, par désir de me justifier, je ravale au rang de moyen raisonnable d'enquête ce que je devrais prendre, au contraire, dans toute sa vivante gratuité.

Côté de chez Mao Tsé-toung, soit (selon mes conventions) celui de la morale et de la science. Côté de Kumasi, où m'attirent sentiment et préférences gratuites. Ces deux domaines que je voudrais aussi peu séparés qu'au théâtre le *côté cour* et le *côté jardin*, l'une de mes bévues est d'avoir cru parfois les conjuguer dans ce que j'écrivais tandis que je les mêlais mal à propos, soumettant une matière toute de sensibilité à un triste régime de raison raisonnante ou abordant par le biais de la réaction affective, quand ce n'était celui du pittoresque, les problèmes épineux que ne cesse de poser le cours des choses politiques. Je pourrais certes prendre le parti contraire : renoncer à ces amalgames et suivre mon caprice, essayer de sauver les meubles du côté de la poésie et lâcher l'autre côté, de loin le plus ingrat. Mais cela ne résoudrait rien, car écarter des thèmes qui me préoccupent à seule fin de n'être plus bridé me ferait honte, et cette honte me barrerait ensuite plus que n'importe quoi. Ce n'est pas la première fois que je me trouve dans ce genre d'embarras, mais j'ai toujours repris ma route, après un suspens plus ou moins long. Or il me semble que si la même question, sous des aspects divers, vient périodiquement m'arrêter, c'est que je n'ai jamais su la poser avec assez de franchise et de netteté pour pouvoir, à tout le moins, la rejeter comme une question dont on sait qu'elle restera sans réponse.

Depuis longtemps — il faut le dire sans faux-fuyants — je n'espère plus atteindre ce qui, dégagé à tâtons, s'était peu à peu affirmé comme fin dernière et raison d'être de l'écrit dont, au début, je ne soupçonnais pas qu'il deviendrait, pour le moins, trilogie : unir les deux côtés entre lesquels je me sens partagé, formuler une règle d'or qui serait en même temps art poétique et savoir-vivre, découvrir un moyen de faire coïncider le *là-bas* et l'*ici même*, d'être dans le mythe sans tourner le dos au réel, de susciter des instants dont chacun serait éternité. Vouloir cela, c'était obéir à une impulsion naturelle : ce désir de vie plénière qui fait que la plupart des hommes ont un dieu, sous une forme ou sous une autre (fût-ce celle du leader autour duquel se crée un « culte de la personnalité »). Mais moi, je ne puis m'en remettre à rien de tel, sachant qu'un dieu supplée trop bien à ce qui nous manque pour n'avoir pas été inventé tout exprès. Aussi, ma revendication passait-elle les bornes permises : quand on n'admet aucun *deus ex machina* de cette espèce, le mirobolant mariage de la carpe et du lapin auquel revenait mon propos est doublement insoutenable. Toutefois, cette naïveté n'est pas ma seule erreur.

Cherchant ce qui serait *ma* vérité, c'est de mon propre examen que je partais et j'étais menacé par un danger dont je me suis, du reste, mal gardé : me laisser prendre au portrait que je devais faire et ne plus m'attacher qu'à lui. D'autre part, la vérité d'un seul n'étant pas plus qu'un rêve, il fallait que d'autres puissent, sinon adopter la mienne (forcément distincte de la leur), reconnaître du moins la valeur de ses fondements. D'où l'urgence d'élargir la perspective et la nécessité d'argumenter. C'est pourquoi, en cours de route, j'amorçais — sinon en noir sur blanc, du moins entre les lignes, voire durant les entractes — des espèces de débats d'ordre général, aussi particulier qu'en eût été le prétexte. Mais, plutôt que juger une cause, je voulais, lors même qu'il me semblait tout remettre en question, étayer ou préciser un choix que j'avais fait dès l'origine, puisque s'il avait été autre ce n'est pas aux mystères du langage, matière première de la poésie, que je me serais intéressé d'abord. Ma grosse faute — pire que celle qui consistait à demander la lune — est d'avoir méconnu cela (ou refusé de m'en rendre compte) et de m'être arrêté à de faux problèmes que mon besoin de philosopher m'amenait d'autant plus facilement à poser que j'y trouvais parfois une occasion de m'ébrouer en même temps qu'un terrain où prendre un nouvel élan. Procédant volontiers par alternative (pour ma commodité et parce que les contrastes m'ont toujours séduit), je confrontais — sur le papier ou dans ma tête — deux termes apparemment équivalents et que je croyais tels, mais qui, en fait, ne l'étaient pas. C'est vers la poésie, le *là-bas* et le mythe que vont indubitablement mes préférences et le second côté — celui de la morale et de la science — n'est pas un pendant du premier : le mythe qu'on sait mythique n'a plus rien d'exaltant, le *là-bas* qu'on aime il faut qu'on l'ait ici même, le vrai poète ne peut être ni un salaud ni un con, telle était ma pensée avant de s'être endimanchée, mythe, *là-bas* et poésie étant pour moi les axes de référence et l'autre terme — réalité, présence irrécusable, conscience aiguë de ce qui est et de ce qu'il faut faire — n'intervenant qu'en second lieu, comme une condition qui doit être remplie et non comme l'objet de ma convoitise éventuelle.

A peu de chose près, ce que je dis là n'est pas neuf : rappel d'idées émises chemin faisant, et la déduction qui s'impose. Il est drôle, certes, que j'aie pu m'écarter de ma route au point qu'y revenir me donne, presque, une impression de découverte. Mais, si j'ai dévié ainsi, n'est-ce pas dans la mesure où je me suis mis dans l'esprit qu'il fallait démontrer et pas seulement montrer ? Avec le cérémonial appelé par le besoin de me trouver des raisons, je m'éloignais, en effet, et de la poésie et des réalités vécues pour ne plus manipuler que des notions, autant dire des ombres dont formes et dimensions variaient suivant l'éclairage, de sorte qu'il y eut un moment où, parmi ces silhouettes toutes également dépourvues de chair et qui n'en étaient que plus trompeuses, je m'égarai comme dans un carnaval où vous sont devenus étrangers ceux-là mêmes que vous connaissez le mieux. Mascarade dont, maintenant, je ne pourrais plus être naïvement la dupe, puisque je sais quelle fausse manœuvre m'en fait le responsable : avoir truqué la pesée sans bien m'en rendre compte quand, par exemple, tenant la balance égale entre Kumasi et Pékin, j'ai présenté comme deux pôles dont je subirais symétriquement les attractions ce à quoi je suis attaché depuis toujours, puis-je dire sans grande exagération, et ce vers quoi, en l'absence d'une vraie ferveur militante, me portent des velléités auxquelles les coups d'éperon de l'amour-propre ne sont sûrement pas étrangers, les choses étant telles aujourd'hui qu'on ne saurait, sauf abdication, ne pas être « engagé » politiquement. Mon tort, en somme, est d'avoir envisagé une conclusion qui répondrait à tout (aucun de mes soucis d'Européen du XXe siècle n'étant maintenu à l'écart) et qui, de quelque formulation à l'emporte-pièce ou subtilement périphrasée qu'elle se parât, ne laisserait pas d'être dogmatique, lourde erreur à un double titre : je ne pouvais y parvenir qu'à travers un cycle de raisonnements, mode d'enchaînement des pensées qui plutôt que du vol d'aigle tient de la marche de bête de labour, et c'était — faute encore pire — m'obliger, sous couleur de jugement équitable, à poser de manière trop abstraite pour que la vérité n'en souffrît pas les questions dont j'avais à débattre. Il est patent qu'à l'origine mon programme était plus modeste et que, quand j'ai pensé devoir pousser plus loin, j'ignorais quel abîme il y a entre l'envie de condenser en un bloc immédiatement préhensible l'essentiel de ce que je suis et de ce à quoi je tiens, et l'ambition (inéluctablement logicienne) d'articuler un système prouvé juste et le seul adéquat à mes aspirations comme à mes possibilités. *Faire coïncider, avec le monde nu et criant de l'oiseau tombé du nid, le monde magique des aventures du langage*, telle était expressément ma vue finale à l'époque éloignée déjà où, sur la même fiche, je notais d'abord ma croyance en la *nécessité de faire coïncider avec quelque chose d'une gravité vitale le jeu frivole qui s'opère entre les mots* puis exprimais ma volonté de *tirer de cette attitude à l'égard des mots un moyen de vie plus intense et une règle de vie*, réflexion avec laquelle explicitement un moralisme s'affirme, mais qui non moins explicitement subordonne la morale à la poésie puisque c'est dans une certaine *attitude à l'égard des mots* que j'entends trouver l'indication d'une ligne de conduite en même temps que la source d'un enrichissement de la vie. *Morale = règle du jeu, c'est-à-dire ce sans quoi il n'y aurait même pas de jeu*, remarquais-je également, jouant à voir dans le jeu — soit dans ce qui semble, par essence, le plus contraire au sérieux — une justification de l'éthique, puisque faute d'une démarcation, d'ailleurs quelconque, entre coups permis et coups défendus l'existence ne serait qu'un montage presque automatique de scènes s'échelonnant de la naissance à la mort, et non cette partie capable de passionner en raison de la difficulté même où l'on est de la mener sans irrégularités.

Kumasi et Pékin, dilection et contrainte, carrefours de l'imagination et nœuds de la raison. Si c'est, décidément, du côté de l'imaginaire que penche ma balance et si, comme ceux dont un art quel qu'il soit est l'activité d'élection, je m'adonne à un jeu qui m'entraîne à négliger maints devoirs, je suis, du moins, fort éloigné d'ignorer qu'il n'y a pas de jeu sans règle et qu'à défaut par conséquent de respecter des prescriptions étrangères à ce que j'aime par-dessus tout, c'est à des directives impliquées par le jeu lui-même que je dois me soumettre. J'en arrive ainsi à l'idée (entrevue dès longtemps) que, l'acceptation aveugle disqualifiant aussi bien que la négation de tout principe, une *morale professionnelle* — plus dégagée de la théologie qu'une morale à grand *M* — est seule à même de constituer le rudiment de code dont je ne puis me passer. Tout bien pesé, maintenant que ce lièvre (après tant d'autres) a été levé, mon désir d'aboutir à quelque chose de plus vivant qu'un aperçu théorique n'est pas un motif qui puisse me dispenser d'en donner ici une esquisse. Autrement dit : d'indiquer à quelles lois je suis obligé de me conformer pour « jouer le jeu » dans le cadre que je me suis choisi, les quelques lois que pratiquement je ne puis enfreindre sous peine de voir mon travail perdre toute valeur à mes yeux et peut-être, en définitive, toute vertu (si l'on admet que la parole du tricheur, tôt repéré, est vite privée aux yeux d'autrui de la capacité de convaincre, d'émouvoir ou de transfigurer qu'elle a pu indûment avoir). Certes, les jeux de la beauté ne sauraient se plier à des injonctions extérieures sans manquer à leur rôle primordial de dépassement, mais si cela autorise à les tenir pour souverainement immoraux, il reste que l'artiste doit payer par une impitoyable rigueur dans son observance de la « règle du jeu » le droit de se vouer à l'immoralité de la beauté.

Liste de coups défendus, énoncé de certains refus, tel a toujours été ce code, depuis ses états anciens jusqu'à la présente mise au net (anachronique, car il s'est révélé plus douteux à mesure que je lui donnais forme) :

ne pas mentir;

ne rien promettre qu'on ne soit sûr d'exécuter;

ne pas payer de mots ni se payer de mots (choses que l'écrivain tout le premier doit regarder comme trop précieuses pour en faire une monnaie de singe);

ne pas parler à la légère et se méfier du commérage comme de l'étourderie qui engendre les gaffes (grotesque espèce de péchés contre la parole de même qu'il y a des péchés contre l'esprit);

ne pas seulement respecter le pli qui n'a pas besoin d'être cacheté de rouge pour que son viol soit une faute sanglante, mais faire preuve en toutes circonstances de cette élémentaire discrétion;

exclure la veulerie intellectuelle qui porte à truffer son parler de locutions au goût du jour et l'afféterie que représente, à l'inverse, l'emploi d'un langage ou trop savant ou trop châtié;

tenir sa langue au point de savoir souffrir sans s'abandonner bestialement à crier et de garder éventuellement un secret malgré torture ou risque de mort;

s'interdire en somme, plus sévèrement que quiconque quand on pratique l'art littéraire, ce qui dans la vie réelle est crime de lèse-langage et parvenir à être, non seulement maître de ses paroles et parfait affidé de la parole, mais « homme de parole » autant que le sens courant de cette expression peut le vouloir.

Ces tabous — ou cette *morale de la parole* à laquelle, idéalement, le personnage ne peut contrevenir sans que l'œuvre en soit dégradée — c'est d'un art poétique (au sens très large où je l'entends) aussi bien que d'un savoir-vivre qu'on peut les prendre pour fondement :

ne pas mentir, et fi donc des roueries propres à abuser le lecteur, lequel — s'il doit être séduit — doit l'être autrement que par des manœuvres visant au seul effet et comparables (moins la flamme héroïque) à celles du légendaire *burlador* de Séville, damné bien moins pour avoir été un corrupteur qu'un beau parleur dont le faux serment était l'une des armes maîtresses;

pas de promesses en l'air, et repousser par conséquent au profit de l'expression la plus exacte toute inflation verbale, le poète étant d'ailleurs sa première dupe s'il se prend pour un mage et aucun écrivain ne devant oublier que la terre continue de tourner tandis qu'il se livre à ses jeux;

traiter les mots comme autre chose que du vent et, partant, proscrire les morceaux de bravoure au même titre que les redondances, les fioritures et les chevilles;

ne pas parler à tort et à travers, d'où l'incongruité de faire de la littérature un art de touche-à-tout;

pas d'atteinte sacrilège à la pensée d'autrui, et défense donc de donner la moindre entorse à un texte par remaniement, élagage pudique, citation tendancieuse ou interprétation abusive;

éviter le style débraillé (inutilement pittoresque) et les facilités d'un autre genre offertes par le vocabulaire philosophique ou scientifique pour formuler certaines pensées (ainsi mises sous verre) alors que s'astreindre à les dire en langage naturel conduit à les creuser et à leur découvrir des ramifications qu'on ne soupçonnait pas;

tenir sa langue assez pour que le peu (ou relativement peu) qu'on laisse venir sur le papier ait toute la force d'une substance non diluée, force infime à l'échelle des puissances qui nous mènent mais capable de susciter un changement dans quelques cœurs et quelques têtes;

écartant tromperie, sophistication et laisser-aller sous leurs divers aspects, écrire comme quelqu'un qui sait *ce que parler veut dire* et n'user du langage — moyen du commerce humain et mécanisme sans lequel l'homme n'existerait même pas comme tel — qu'avec la rigueur et la loyauté les plus grandes, afin qu'il y ait quelques chances pour que soit communiqué authentiquement aux autres ce que l'on se dit à soi-même.

Ces principes qui toujours ont le sens d'un rejet et dont chacun est un *non* plutôt qu'un *oui*, je les ai longtemps crus fortement assurés. Plus modestes que des prescriptions positives puisqu'ils n'étaient que des interdits très généraux ou des mises en garde portant sur quelques fautes à ne pas commettre, ils semblaient moins vulnérables du fait même que leurs prétentions apparaissaient plus mesurées. Illusion, qui sans doute eût été vite dissipée si je les avais soumis d'emblée à l'examen au lieu de les mettre en conserve, les traitant comme un acquis défini dans ses grandes lignes et sur lequel je ne me pencherais que plus tard, quand l'heure des conclusions aurait sonné.

Ne pas mentir. Pourtant, à moins que par chance il suffise de se taire, il faut mentir s'il n'y a que du mal à attendre de l'aveu d'une vérité : mettre au désespoir un malade condamné qui ne tenait pas à le savoir, nuire à quelqu'un d'estimable qui se trouve en difficulté, entraîner l'échec d'une action juste mais qui ne peut être menée ouvertement, se jeter bêtement dans la gueule de la répression policière. Sur le plan de la vie intime, il arrive aussi que mentir et ne pas mentir soient d'égales trahisons : l'on doit, certes, l'entière vérité à la femme avec qui l'on vit, mais est-il louable de se faire auprès d'elle le délateur d'une autre à qui nous lie le secret d'une complicité? Pernicieux dilemme pour qui ne veut ni détruire cette précieuse connivence par un dévoilement (celle à qui l'on s'ouvre estimerait-elle que *savoir* lui suffit et aucune mise en demeure ne résulterait-elle de la révélation) ni s'accommoder de la duplicité... Je ne puis méconnaître non plus que bien des écrivains et des poètes que j'admire furent des menteurs fieffés : de Foe, aussi faux jeton qu'en français le voudrait son nom, puisqu'il fut agent double, pamphlétaire à gages et auteur de Mémoires apocryphes; Chateaubriand, dont l'autobiographie n'est pas un document auquel on puisse toujours se fier, bien que l'outre-tombe en soit la bande de garantie; Nerval lui-même, qui malgré sa pureté ne laissait pas d'arranger ses souvenirs d'enfance et les récits de ses voyages vers le Levant comme de ses incursions dans la brousse du rêve et de la folie; Apollinaire, pour qui le mensonge faisait partie de l'attirail d'enchanteur.

Ne rien promettre qu'on ne soit certain de tenir : bonne excuse pour refuser tout engagement! Ne vaut-il pas mieux s'exposer à ne pas honorer une promesse que se conduire si prudemment qu'on ne se mettra même pas dans le cas de jamais se dégonfler? Et pour beaucoup de textes littéraires, qu'en resterait-il si tout élan qui eût risqué d'être excessif avait été délibérément étranglé au berceau et si à l'expression exacte un surplus, qui est précisément la beauté, n'était venu s'ajouter?

Proscrire les ornements, pour que les mots soient traités comme autre chose que du vent. Cette règle-là, comment la concilier avec mon amour du baroque et de la profusion dont la nécessité est d'échapper à la nécessité? Et pourrais-je (même pour mon propre compte) distinguer entre accessoire et essentiel, sachant que toutes sortes de moyens ingénieux de tirer à la ligne tout en usant du style le plus concis ont été les leviers de la création chez un Raymond Roussel et que des chevilles visibles à l'œil nu lui ont servi de pitons d'escalade pour atteindre les plus hauts sommets?

Ne pas parler à la légère. Mais que serait, dans le domaine de la sociabilité, une conversation sans aucune part de légèreté? Il n'y a guère qu'un cuistre pour s'interdire tout abandon dans une causerie et c'est souvent à travers les propos les moins contrôlés, voire les plus futiles ou les plus intempestifs, qu'une communication vraie s'opère entre les interlocuteurs. De même, un art totalement sûr de lui et que jamais n'aérerait l'incertitude d'un caprice ou d'un pari ne saurait être qu'un art mort.

Pas d'atteinte sacrilège à la pensée d'autrui? Or, de combien de joyaux posthumes, sortis au jour malgré les volontés d'enfouissement exprimées par leurs auteurs, la littérature serait privée si cette consigne avait toujours été suivie! De plus, l'élémentaire discrétion voudrait que le silence soit fait sur les journaux intimes et correspondances, ce qui en maints cas serait non seulement une lourde perte mais une cause d'erreur sur l'exacte signification des œuvres.

Éviter aussi bien un langage trop guindé qu'un langage entaché de ces locutions qui n'ont pas d'autre rôle que de montrer qu'on est à la page et dénotent donc la pire vulgarité : le moins contestable (à ce qu'il semble) de tous ces préceptes parce que, relevant du goût plutôt que de la morale, il témoigne d'une ambition plus limitée que les autres.

Être avare de ses mots et garder, s'il le faut, un silence héroïque. L'enfant spartiate qui ne desserra pas les dents tandis que le renard lui rongeait la poitrine. Les martyrs chrétiens qui souffraient et mouraient sans se dédire, et parfois sans broncher ou en ne proférant que des prières. *La mort du loup*. Michel Strogoff à qui la lame rougie passée devant ses yeux n'arrache pas son secret. Les grandes figures exemplaires de l'économie verbale : Sparte et le laconisme; l'historien Tacite; Guillaume le Taciturne, dont *Le Bréviaire d'un panthéiste* par Jean Lahore (pseudonyme d'un ami du peu prolixe Mallarmé, le docteur Cazalis) m'avait appris la devise : « Point n'est besoin d'espérer pour agir ni de réussir pour persévérer », où paraît s'exprimer toute l'opiniâtreté silencieuse évoquée par le mot « taciturne » qui teinte de nuit et de mystère le prénom sans malice du défenseur des Pays-Bas; le moine — espagnol, il me semble, et peut-être illustre saint — dont on raconte comment il arrêta un incendie en rompant, pour commander aux flammes, le mutisme auquel il s'était astreint pendant plusieurs années. Là, sans doute, mon système se révèle pour ce qu'il est. C'est un lien symbolique (et touchant presque au calembour) que j'établis entre des manières de *tenir sa langue* dont les unes sont affaire de morale, d'autres de rhétorique, d'autres encore de tactique : envers et contre tout garder stoïquement la bouche cousue et ne dire que ce que l'on veut dire, raréfier ses mots afin d'accroître le pouvoir des quelques-uns que l'on écrit ou prononce, se taire aussi longtemps qu'il le faut pour mener à bien une action à laquelle on s'est voué. Fondé en sentiment, ce lien ne le serait en raison que si, la parole n'étant pas un simple instrument d'échange mais bien le médiateur sacré que je voudrais qu'elle soit, toutes les façons diverses de la galvauder tombaient — comme autant de profanations — sous le coup d'une même réprobation inconditionnelle. Or, les choses étant ce qu'elles sont et ma mystique du langage reflétant de pieux désirs plutôt que la réalité, mon système que de nombreux attendus et toute une casuistique devraient d'ailleurs colmater m'apparaît comme un assemblage bâtard de règles d'écriture et de règles de conduite, plus circonstancielles qu'il ne m'avait semblé puisqu'elles visent — la plupart — soit des fautes que, pour m'exprimer ici de manière à être entendu, je ne dois pas commettre, soit des fautes étrangères à la littérature mais dont il faudrait que je me sache incapable pour n'avoir pas l'impression de frauder en écrivant ces pages qui ne cessent de prétendre à la totale authenticité.

Ces règles dont j'avais pu croire qu'au nombre près elles seraient mon Décalogue n'ont donc pas résisté à cette épreuve : leur transcription en commandements assez nets pour figurer sur des Tables de la Loi. Mais ma sottise n'est-elle pas d'avoir voulu fixer en articles de catéchisme des bulles de pensée issues de ce désir qui me monte à la tête comme une exhalaison de toutes mes fibres : ne rien faire qui revienne à en prendre à son aise avec son propre dire ou avec le dire d'autrui, insulte (dans un cas comme dans l'autre) à la nature quasi divine que j'attribue au langage ?

« Nature quasi divine » : formule timide, mitigée, parce qu'elle résulte d'un conflit entre sentiment et raison. Avoir envie d'écrire « divinité » (par besoin de valoriser ce que manie l'écrivain et, ainsi, de valider le choix que j'ai fait de ce métier), ne pas céder à cette envie (car, à moins de croire au Verbe créateur, il serait trop absurde de déifier le langage), lever la difficulté en optant pour un compromis : ce qu'on récuse comme substantif l'admettre comme adjectif en prenant de surcroît ses distances, grâce à la légère réserve du *quasi*, avec la notion de divinité que toutefois — moyennant cette double précaution — l'on ne se fera pas faute de suggérer. De plus, c'est dans une phrase écrite à la première personne et sur le ton de la confession qu'apparaît cette formule, de sorte qu'en avançant ainsi quelque chose dont il est entendu qu'elle ne concerne que moi (tel que je suis avec mes goûts, mes faiblesses, mes manies) je m'engage moins que par une assertion à laquelle j'assignerais — explicitement ou non — une portée générale. Nul doute qu'il y ait là une façon mal déguisée de ménager la chèvre et le chou. Passant là-dessus, je laisserais derrière moi une équivoque fâcheuse par elle-même et capable en outre de faire boule de neige. Mieux vaut donc qu'au lieu d'escamoter je mette immédiatement au clair.

Dans l'exercice rigoureux de ma profession — et sur nul autre terrain — je puis atteindre mon but qui est, en somme, de croire à ce que j'aime et d'aimer ce à quoi je crois : vieille réflexion que je puis reprendre aujourd'hui sans y rien changer quant au fond, mais qui apparaît trop générale pour que je n'aie pas à la préciser.

Aimer sans illusions, militer sans joie, ces choses-là sont banales et il faut en conclure qu'aimer et croire sont loin d'aller toujours de pair. Ces termes dont la dualité affecte comme une coupure celui qui la reconnaît, il n'y a qu'en vivant selon sa vocation (exerçant une activité qui vous séduit et vous paraît valable) qu'on puisse durablement les unir, du moins dans les limites de cette activité. Dire cela, il semble que ce soit enfoncer une porte ouverte. Toutefois, la manière même dont j'ai noté ce truisme montre combien un *Eurêka* était prématuré ! En appeler à l'exercice « rigoureux » de mon métier est une restriction qui prouverait, à elle seule, que la chose est moins simple qu'il n'y paraît : nul besoin d'exiger la rigueur si je dois être comblé rien qu'en suivant cette voie que je me suis choisie. Or, ce n'est encore là qu'une objection théorique et le vrai obstacle surgit dès que j'essaie de voir en quoi ma rigueur consistera. En userai-je sur le terrain de la pure technique ou l'étendrai-je à ce qu'on peut tenir pour les devoirs de l'écrivain, comme homme dont les œuvres sont l'objet d'un commerce, qu'il le veuille ou non, et lui valent éventuellement assez d'audience pour qu'il ait à prendre ouvertement parti dans les affaires publiques, lui qui ne dédaigne pas de s'offrir à tout venant par le canal de l'édition quand il s'agit de diffuser ses élucubrations personnelles ? Se borner à la rigueur technique revient à pratiquer l'art pour l'art, mais l'autre rigueur conduit à des engagements sociaux qui prennent vite le pas sur les soucis proprement littéraires. Fuyant ce double écueil, j'ai voulu me construire une poétique et une éthique imbriquées l'une dans l'autre et capables, sans divergences, de me guider en tous domaines. L'aberration était que, dans un système qui pour me satisfaire devait plonger ses racines au cœur de mon activité d'élection mais eût manqué à son office s'il n'avait couvert de ses branches une aire bien plus vaste, j'introduisais des règles dont le seul rapport logique avec la littérature était qu'elles touchaient à des situations où l'instrument de celle-ci se trouve mis en cause. Je procédais, en somme, à la façon d'un peintre qui s'interdirait d'être un exhibitionniste ou un voyeur sous prétexte que son art relève de la vue et qu'il ne faut offenser celle-ci ni chez autrui ni chez soi-même. Pas d'autre moyen de me justifier que le suivant : poser la parole en absolu contre lequel aucune espèce d'atteinte ne saurait être tolérée. Aussi m'eût-il fallu plus de rigueur que je n'en ai pour repousser mon vieux démon et pour ne pas me laisser aller à hypostasier le langage. Souvent, une conjoncture malencontreuse suffit pour qu'on retourne à un vice dont on s'imaginait depuis longtemps guéri, et c'est ainsi que je suis revenu — ou peu s'en faut — à mes idées de l'époque de prime jeunesse où je croyais trouver dans le nominalisme la preuve que le mot est la réalité dernière, argument massue pour une défense de la poésie.

Si, promeneur perdu qui tente de s'en tirer en reconstituant son parcours, je relis ce que m'a dicté l'idée de me forger un code à la fois littéraire et moral, je vois que, dès qu'il m'est apparu que ma construction ne tenait pas, j'ai adopté ces positions de repli : faute d'un lien plus direct entre mes tabous d'écriture et mes tabous de conduite, admettre que ces derniers répondent intérieurement à une nécessité d'écriture puisque leur observance doit me permettre de travailler sans trop de mauvaise conscience ; le système grippant jusque dans ses détails, l'assouplir en le donnant pour l'expression d'une tendance personnelle, juste en son fond (je le sous-entendais) mais que j'avais le tort de projeter en une manière de catéchisme. Dans les deux cas en somme, c'est à moi que je me reportais, reconnaissant implicitement que c'est l'homme qui compte, avec l'usage qu'il fait du langage, éventuellement ce qu'il en pense, et non le langage lui-même. Ainsi, sans m'en apercevoir, j'opérais la conversion qui peut-être me permettra de sortir de l'impasse.

Déjà, un point au moins est acquis : j'avais échafaudé mon système d'interdits sur un abus de langage, c'est le cas de le dire. Cette morale d'écrivain dont je voulais me pourvoir, il me semblait aller de soi que, morale du langage, elle devait être basée sur le refus d'avilir celui-ci de quelque façon que ce soit. Mais c'est en cela que je me trompais : comment déduire du langage une morale spécifiquement « professionnelle », puisqu'il est chose de tout le monde, et puisqu'en fait il n'est qu'un intermédiaire bon à toutes les besognes, les pires comme les meilleures ? Au lieu d'essayer d'accommoder, il me faut donc changer radicalement de point de vue et chercher de mon côté à moi, qui fais métier non d'en user mais d'en user à des fins privilégiées, ce que le langage m'a refusé quand je m'en rapportais à lui comme si, instrument de ma profession, il avait dû à lui seul me livrer ma règle d'or. C'est de mon propre passé que j'ai toujours voulu dégager une leçon, applicable (si elle vient à temps) au futur dont j'espère disposer encore. Aussi un franc retour à moi — qui suis l'alpha et l'oméga de l'investigation — vaut-il mieux que ce moyen terme : théoriser en me reportant, quand je vois que j'ai mal théorisé, aux particularités de ce moi tantôt pour me légitimer, tantôt pour faire mon *mea culpa*.

Une remontée de plus de cinquante ans, orientée vers la mer du Nord, telle est la forme immédiate que prendra ce retour.

Agé d'une dizaine d'années, c'est à Heist que je suis, pas très loin de Zeebrugge (alors pour nous simple digue fermant un horizon mais que les bombardements de la Première Guerre mondiale extrairaient de sa géométrie et de sa couleur gris sombre), non loin aussi de Blankenberge (dont j'aimais le nom en noir et en blanc) et de Knokke (ce Knokke-le-Zoute aujourd'hui des plus fréquentés et lieu annuel d'un colloque international qui, avec le ton noblement désintéressé des propos qu'on y tient, me semble une triste foire à la poésie), petites plages toutes deux reliées à la nôtre par un train-tramway roulant derrière la ligne de dunes qui masquait à demi la mer. Soit mauvais temps, soit programme de fin de saison (au moment où tout le monde boucle ses malles, se réunir avec d'autres estivants qu'en principe on doit revoir ou gratifier de nouvelles mais qu'en vérité l'on ne connaîtra plus), nous sommes rassemblés, mes parents, mes deux frères, ma sœur peut-être et son mari, dans un salon ou dans une chambre en compagnie de trois autres habitants de l'hôtel qui sont, paraît-il, des Russes mais que rien, dans leur vêtement pas plus que dans leur physique, n'inciterait à regarder comme appartenant au monde slave : l'homme, assez corpulent et généralement coiffé d'une casquette (j'ignore pourquoi, mais on se demanda ensuite dans ma famille s'il n'était pas un espion ou quelque autre espèce de louche personnage avec qui l'on se serait innocemment commis) ; la femme, elle aussi replète et qui devait porter (si ce n'est pas là une invention due à mon désir trop vif de rendre corps à ce trio pour qu'il m'aide à revivre l'ensemble de l'épisode auquel il a été mêlé) un bonnet de lainage, sensiblement cylindrique et surmonté d'un gros pompon; le petit garçon, probablement si anodin que je ne puis me rappeler — voire m'imaginer me rappeler — le moindre de ses traits, sinon un air chétif mal assorti à la solide apparence de ses père et mère. Sans doute avons-nous goûté tous ensemble et en sommes-nous, maintenant, à ce grand recours des gens qui n'ont pas beaucoup à se dire : les jeux de société. Tours de cartes, j'en suis à peu près sûr, car c'est à un tour de ce genre — élément vraisemblable d'une série — que se rapporte le souvenir grâce auquel l'après-midi en question garde pour moi, malgré les vides et les doutes quant à certains détails, le même relief que, par exemple, les promenades aux héroïques galops que mes frères et moi nous faisions sur de petits chevaux ou des ânes de location, le long de la plage largement découverte aux heures de marée basse. Moi qui ne connaissais aucun tour et ne pouvais que m'ébahir de ceux dont une ou deux des grandes personnes devaient nous avoir déjà régalés, voilà pourtant ce que je réalisai : l'on m'invitait à sortir de la pièce où, sur une table, un jeu de cartes s'étalait et, en mon absence, quelqu'un touchait l'une de ces cartes; après quoi l'on m'appelait, je revenais, et j'indiquais sur quelle carte un doigt s'était ainsi posé, allant peut-être même jusqu'à nommer l'auteur du geste que m'avait dérobé l'opacité de la cloison. En hésitant un peu, mais sans jamais avoir à me reprendre, je devinais à tout coup. Autant que la réussite elle-même, ce qui m'enchantait c'était le pouvoir d'intuition dont elle témoignait et, bien que je n'eusse été qu'un instrument aux mains du meneur de jeu, j'étais fier de ce don comme s'il s'était agi d'une merveilleuse faculté médiumnique possédée seulement par quelques êtres d'élite. Si l'on m'avait appris à accomplir l'un de ces tours qui étonnent les plus avisés comme les plus naïfs, j'aurais été certainement moins heureux que de me révéler capable, sans le moindre truquage, d'un acte qui relevait de ce que j'appellerais, dans mon vocabulaire d'aujourd'hui, double vue ou magie. Orgueilleuse euphorie, comparable à ce qu'éprouve le joueur en veine ou l'amoureux découvrant que chacun de ses propos, d'instant en instant, rend plus attentive et plus proche l'étrangère de naguère : se sentir habité par la chance. Aussi, fus-je affreusement déçu quand on me dit, un peu plus tard, que ce n'était qu'une farce, tous s'étant donné le mot pour ne toucher aucune carte et déclarer, lorsque j'en montrais une, que c'était bien celle-là qui avait subi l'attouchement.

J'ai pensé souvent à cette menue histoire qui eut pour théâtre un pays bien éloigné de compter parmi ceux dont je suis épris mais auquel m'attache, avec le souvenir de ma tante Claire, le fait qu'il est l'un des premiers que j'aie visités et que j'étais encore tout enfant lorsque j'y suis allé. J'ai déjà dit comment c'est à la Belgique que je me reportai dans mon égarement, au sortir de l'état inhumain où la manducation d'une grosse quantité de toxique m'avait temporairement plongé. Songeant à ce que j'avais éprouvé à Heist-sur-Mer quand je m'étais cru en possession d'un don qui m'aurait situé singulièrement en marge du commun, je me demande depuis longtemps jusqu'à quel point une poussée de même nature que cette fierté puérile ne m'a pas animé quand, devenu jeune homme et ne sachant trop que faire de ma personne, j'ai souhaité *être un poète*. Je le souhaitais, bien sûr, par amour de la poésie et pour la joie que j'aurais d'en écrire, mais — passé la phase des poèmes lycéens dans lesquels je ne cherchais guère qu'à musicaliser mon trop-plein de sentiments — ce fut plutôt pour me hausser jusqu'au rang que j'assignais à celui qui use du langage comme une manière de pythie proférant ses oracles, qualité d'inspiré qui pour son bien comme pour son mal l'écarte de l'existence vulgaire et fait de lui une sorte de demi-dieu (ou quart de dieu) vivant sur un plan auquel les quelconques mortels, prisonniers de leurs normes,. ne sauraient accéder. Assurément, ma présomption était grande car c'est, en somme, aux prérogatives du génie que j'aspirais et à un destin hors série à quoi ne ressemble guère mon existence, des plus confortables et régulières malgré l'insatisfaction dont je me plains. Et c'est peut-être à mesure que j'ai senti combien cette vie était loin de l'incandescence, que je me suis attaché à exercer dignement mon métier d'écrivain, m'imposant des règles comme si, puisque aucune flamme ne me dévorait, il fallait que dans ma ligne sans magie je sois du moins quelqu'un de correct et, si possible, au-dessus de tout reproche. Traiter le langage avec autant de déférence que s'il était d'essence divine (ce qui malgré la noblesse de la formulation revenait à substituer au feu sacré du poète une stricte conscience professionnelle), me situer politiquement « à gauche » (dernier et pâle avatar de ma croyance en l'impossibilité d'être à la fois poète et respectueux de l'ordre établi), telles furent essentiellement ces règles dont même celle qui touche à la politique reste bien platonique puisque, sans y manquer, je pouvais n'avoir aucune activité proprement militante et me borner à d'honnêtes prises de position (au besoin par la seule voie de la signature apposée au bas de manifestes ou de pétitions). Avec cette règle-là, règle de *fond* alors que mes tabous visaient plutôt des fautes de *forme*, je n'échappais à la négativité de ceux-ci que par un semblant d'engagement. Ne pas bouger plus qu'un stylite sous prétexte de pureté, n'est-ce pas chez moi un trait constant ? Et même si, de temps à autre, un geste rompt mon inertie, n'est-ce pas à cela que j'en reviens toujours : se replier sur soi, mettre son point d'honneur à ne pas se laisser entamer, chercher son Bien dans le refus des compromissions, parce qu'en vérité l'on répugne aux décisions positives et qu'on est trop prudent pour adopter l'économie fastueuse qui, aux erreurs accumulées en un passif éventuellement très lourd, oppose un actif tel que les écarts et les égarements ne seront peut-être plus rien que des errances baroques animant un tracé autrement par trop sec.

Plus désarmé que n'importe qui si j'écris dans une autre perspective, à quelques difficultés que je me heurte pour la rédaction de ce livre, je suis porté par mon envie d'y réunir en un unique composé ce que j'aime et ce qu'en moi je veux qu'on aime. Autant dire qu'un appât d'ordre poétique m'est ici tendu et que c'est lui qui m'encourage plutôt que le désir austère de boucler ma doctrine. Il est sûr qu'en me bouchant les yeux devant cette réalité j'ai compliqué ma tâche : réaction puritaine ou perversité qui me dressait contre ma vraie inclination, j'ai traité l'amour de la poésie comme l'un seulement de mes goûts, soit comme l'une des données d'un problème qui serait autre chose que celui de la poésie même, objet d'un choix que j'ai fait bien avant de m'inquiéter d'établir sa validité. Élément fondamental, qui pose mainte question mais ne saurait être *mis en question*, et sur lequel il n'y a lieu de revenir que pour savoir ce que j'entends quand je parle d'être un poète, aspiration qui n'a cessé d'être la mienne lors même qu'au point de vue des genres littéraires scolairement reconnus je me suis orienté dans une tout autre direction.

Écrire des poèmes, être un poète. Formule de même nature quoique plus générale, *écrire des livres, être un écrivain* ne serait, à mon gré, qu'un pléonasme ou une tautologie et manquerait du contenu vivant des termes qui résument mon ambition de jeunesse. Cela tient à ce que l'écrivain n'est pour moi que l'auteur d'ouvrages relevant des « belles lettres », alors que je n'ai jamais cru que le poète pouvait — tel un facteur d'orgues ou de pianos, caractérisé par les objets qu'il fabrique avec art — être seulement quelqu'un qui fait des poésies.

D'un point de vue artisanal, la poésie peut être regardée comme rien de plus qu'un genre, immédiatement défini par un certain mode d'écriture. « Non discursive » (autrement dit, donnant à la saisie globale ou à la création le pas sur l'analyse), elle se situe loin des utilités communes et cet écart est marqué dès l'abord par le fait qu'au lieu d'y jouer le rôle de simple moyen de transcrire, le langage y apparaît étrangement *distancié* : par les moyens classiques que sont la soumission à une prosodie et l'emploi d'un vocabulaire choisi, par l'injection d'images à fortes doses (ce en quoi les romantiques et leurs successeurs sont passés maîtres), par l'invention d'une rhétorique radicalement neuve ou, à l'opposite, grâce à la transparence inouïe que peut atteindre celui qui a foi en la rhétorique traditionnelle au point de l'appliquer avec des scrupules presque aberrants (ainsi Raymond Roussel, chez qui l'effort stylistique se réduit à un souci quasi maniaque de limpidité et d'usage impeccable de la langue française).

Mais il paraît impossible qu'à moins d'être un pitoyable simulacre une pareille distanciation soit opérée par quelqu'un que nul tourment, nulle ironie ou autre marque d'un désaccord profond ne mettrait lui-même *à distance* de la vie courante, modelée par les idées reçues. Vouloir être un poète, ce n'est donc pas seulement vouloir trouver dans le langage autre chose que ce qu'y trouvent la plupart, c'est vouloir cette vie troublée et divisée qui seule permet la poésie, qu'à défaut d'un tel destin l'on s'épuiserait en vain à essayer de coucher par écrit. Il s'agit là, certes, d'une poussée irréfléchie, peu cohérente, et non d'un choix solidement assis. Même à l'époque où je pensais que le malheur était mon lot et mon signe d'élection, c'est au salut beaucoup plus qu'au martyre que j'étais candidat, puisque je comptais que ce malheur, coulé dans le moule du lyrisme, perdrait une part au moins de sa nocivité en étant ainsi transfiguré. Et si, pour atteindre mes fins, je me sentais prêt à braver les traverses du sort et les extrémités désespérées, j'ignorais que de pareils coups, lorsqu'ils adviennent, n'ont pas grand-chose de commun avec l'image tout idéale qu'on a pu s'en former. Expérience et réflexion étalées sur bien des années m'ont été nécessaires pour découvrir, par exemple, que Rimbaud n'a pas vécu l'aventure qui nous exalte : ce qu'il a vécu *pour lui* (et non selon l'idée que s'en feraient ultérieurement les autres), c'est tout simplement une vie de chien, comme en témoignent les plaintes contenues dans ses lettres d'Éthiopie. De même, ce que j'ai pu croire de Nerval trouvant sa solution dans une sorte de folie volontaire — fusion de la vie et du rêve — m'apparaît aujourd'hui puéril : quelles affres ont dû être les siennes quand, homme qui vivait de sa plume, il était empêché de travailler par ses crises et, durant les répits qu'elles lui laissaient, en faisait le récit ou exploitait les matériaux fournis par son délire, à la fois pour essayer de s'en sortir et pour produire la copie qui était son gagne-pain!

Être un poète. Si celui qui tient à être tel sans usurper doit *vivre poétiquement* et rejeter l'esprit bourgeois — routinier, et prosaïque par là même — cette rupture plus ou moins manifeste et plus ou moins radicale peut revêtir bien des aspects dont la vie de bohème, avec son décousu, n'est qu'un échantillon entre autres et trop classé, de nos jours, pour n'être pas suspect quoique, poussée à fond, elle puisse toucher à l'héroïsme. Être une porte ouverte aux rêves (petits drames que la nuit nous fait jouer dans sa langue) et aux événements poétiques (ceux qui, souvent très minces, ont le privilège de faire image bien qu'ils ne soient l'image de rien autre qu'eux-mêmes), avoir une existence assez intense et assez singulière pour qu'elle prête à la légende (forme profane du mythe), par la voie de la révolte positive ou par celle de la liberté passionnelle s'engager dans le sens humain où va la poésie comme moyen de s'arracher de l'ornière, ce sont là des manières différentes mais également valables de « vivre poétiquement ». Ou plutôt *ce seraient*, car la grande extension de cet éventail de possibilités montre l'inanité d'un mot d'ordre si vague qu'il n'y a guère de façons d'être ou de faire tant soit peu éloignées des normes qu'on ne puisse regarder comme lui répondant, à l'un ou à l'autre de ces niveaux : sentiment immédiat, prise de vue panoramique, projection dans l'intellect. Autrement dit : en tant que poésie vivante, en tant que thèmes éventuels d'histoires empreintes d'un certain merveilleux, en tant qu'actions dont la convergence avec la poésie sera reconnue grâce à une sorte de calcul des trajectoires. Ou bien : au présent de l'expérience vécue, au passé du récit, au futur du grand dessein de changer le monde actuel en monde plus aéré (transmutation qui comme telle est poétique malgré le prosaïsme de la plupart des actes nécessaires à ce bouleversement). Soit encore : à la première personne de l'intéressé, à la seconde de ses rapports avec les autres (dont ceux qui, plus tard, sympathiseront peut-être avec son personnage), à la troisième du bilan d'où ressortirait le sens ultime et la portée de ce qu'il a fait ou écrit. Enfin, comptant par quatre et non par trois pour déployer l'éventail : à l'indicatif de ce qui advient, au subjonctif des gestes réverbérés dans une mémoire étrangère, à l'impératif de l'emprise qu'on brûle d'exercer (qu'il s'agisse d'émouvoir dans l'amour ou de mouvoir par l'action politique), au conditionnel du jugement ultérieur qui seul peut dire si l'ensemble d'une vie a réellement aidé à desserrer nos entraves. Consigne, donc, que l'on peut prendre en des acceptions trop diverses pour qu'il ne faille pas la préciser (à moins d'admettre que le vrai poète, sorte d'athlète complet, doit briller sur tous ces tableaux). Mais, en un pareil domaine, n'est-il pas absurde de chercher quel pourrait être le mot d'ordre? Tirer des plans pour une chasse à la poésie serait nier sa nature de chose hors série qui cesserait d'être telle si son atteinte, au lieu de survenir (par-delà heur ou malheur) comme une chance insigne, était un gain obtenu grâce à l'application d'une stratégie appropriée. Décider de vivre poétiquement (comme on peut choisir de vivre en débauché ou en casse-cou plutôt qu'en père de famille) est, tout bien pesé, un non-sens et, dans la pratique, entraîne presque inévitablement à de pauvres singeries : jouer les rêveurs soustraits au cours quotidien des choses ou les Hamlet balancés entre raison et folie, donner le coup de pouce qui transforme en miracle un fait relativement banal, soigner sa légende, professer la haine ou le mépris de l'ordre bourgeois alors qu'on s'en accommode, flirter avec la révolution (en esquivant l'engagement total qui amènerait précisément à reléguer la poésie au second plan), travestir des amours tièdes ou vulgaires en passion assez haute pour avoir tous les droits, se conduire en monstre sacré mais s'attacher surtout (semblerait-il) à être un emmerdeur pour ses proches.

Écrire des poèmes, être un poète, telle fut en fait mon ambition de jeunesse. Pas question, en ce temps, d'essayer de déterminer ce que c'est que *vivre poétiquement.* Tout était contenu dans mon désir d'écrire des poèmes capables d'être confrontés avec ceux que j'aimais. Comme la fabrication de l'or pour le philosophe hermétiste (qui y voyait plutôt qu'une réussite de laboratoire l'accomplissement de l'œuvre de perfection), faire de tels poèmes m'aurait prouvé que chargé d'un secret débordant toute esthétique et toute morale j'étais dans la ligne juste, état de grâce aussi peu définissable et, à plus forte raison, codifiable que celui de sainteté. Dans le surréalisme, ce qui m'attira d'emblée, et que je n'ai jamais renié (même si j'ai rejeté littérairement l'abandon à l'automatisme et me défie de plus en plus d'un merveilleux trop aisément trituré), c'est la volonté qui s'y manifestait de trouver dans la poésie un système total : sous une forme propre à nourrir l'imagination, le beau, le bien, le vrai, rebrassés dans l'irrespect des idées reçues et décoiffés des majuscules qui les posent en grands principes figés. Totalité, certes, que je persiste à poursuivre, mais en m'y prenant au plus mal. Tenter d'exposer en clair la vérité poétique, c'est chercher à circonscrire la poésie par les moyens du discours, énumérer ses aspects sous prétexte de la mieux saisir et, en fait, la laisser échapper, puisqu'elle est par essence de l'ordre du tout ou rien et ne peut donc évidemment pas se débiter au détail. Lors même que j'arriverais ainsi à tenir une poétique et une morale, je n'aurais pas gagné la partie. Je vise un but pratique et ce qu'il me faudrait c'est — chose étrangère à toute théorie — me sentir planté en pleine poésie. Sur le plan de l'intelligence et sur celui de la conduite, cela implique (sans qu'il y ait à le démontrer) que pour le moins on est exempt, par nature et sans même y songer, des prosaïsmes que sont balourdise et mesquinerie. Or, n'est-ce pas balourdise que de me faire discoureur et raisonneur pour essayer de rejoindre la poésie alors que ce tour d'esprit, qui m'assomme tout le premier, ne peut que m'en éloigner? Et n'est-ce pas mesquinerie que d'avoir substitué à une méthode vivante une barrière de tabous derrière laquelle, négativement, il m'est loisible de me retrancher : ne pas duper en littérature (moyen de n'avoir rien à inventer et d'opposer à la critique l'alibi de l'authenticité), ne pas mentir dans le domaine de l'amour (argument pour le renoncement à des amours illicites), ne pas être un bourgeois conservateur (loi minimale qui permet de se rabattre sur le « progressisme » si l'on sait que l'on n'a pas l'étoffe d'un révolutionnaire).

Qu'un système ingrat d'interdits ait représenté cette morale que devait me dicter ma profession, j'ai cherché à m'en justifier en me disant qu'on ne pouvait, pour établir une morale liée à la poésie, procéder que par négation. Jouant sur ce mot qui me séduisait (non par sa musique assez pauvre mais à cause de l'irréductibilité presque muette qu'il évoque), je notais que la négation va de pair avec la poursuite de la poésie, puisque celle-ci vise à rompre — soit à nier — des limites. C'était là, certes, tirer beaucoup sur les ficelles du langage pour donner une valeur positive à ce qui, en vérité, n'échappait pas à sa neutralité de négation. Mais, outil trop abstrait pour ne pas être à tous usages, ce mot nu et nul qui m'aspirait comme un vide se prêtait parallèlement à un plaidoyer moins truqueur : frapper d'interdit (biffer ou nier) un petit nombre de choses que la démarche poétique semble exclure à priori, c'est, en indiquant ce qu'elle *n'est pas* au lieu de l'enserrer dans une définition, l'assujettir à la moindre limite et, avec cette minime restriction qui la protège plutôt qu'elle ne l'entrave, lui donner pratiquement carte blanche. Toutefois, je ne voyais pas que ces interdits — sévères mais qui, en apparence, laissent un large champ — pèchent par excès bien plus que par défaut, pour peu qu'on les applique sans rien éluder de ce qu'ils entraînent : ne pas tromper (consigne qui, observée scrupuleusement par l'auteur de confessions, l'amènerait à proscrire jusqu'au plus mince artifice de présentation ou de style), ne s'exprimer que de la façon la plus exacte, et par conséquent la plus plate en même temps que la plus indigeste, éviter les diversions, se garder de s'aventurer sur des terrains dont on n'a pas une connaissance parfaite, s'abstenir de toute intrusion indiscrète, n'employer ni termes trop techniques ni locutions trop délurées, se refuser tout abandon et toute faiblesse, c'est pratiquement renoncer aux libertés, aux élans et aux sauts dans l'ignoré qui font l'œuvre littéraire, voire même se vouer à la négativité de l'absolu silence. Sans renier des tabous que je crois critiquables dans la lettre mais non pas dans l'esprit et qui me semblent, pour le moins, aussi fortement enracinés en moi que le goût très opposé qui m'attache à l'éloquence baroque, je mesure combien il serait déraisonnable de les ériger en système et haïssable — comme l'est n'importe quel puritanisme — de vouloir s'y conformer avec une rigueur bigote. Ces tabous, ou règles qui me sont apparues au cours de ce travail comme celles dont je ne devrais pas m'écarter sous peine d'altérer la signification de celui-ci, il me semble les apprécier à leur juste valeur si je les tiens, égoïstement, pour les moyens aujourd'hui les plus sûrs de tirer mon épingle du jeu en exploitant au mieux mes possibilités et si j'estime, sous un angle plus large, qu'à défaut de constituer les fondements d'un art poétique ils représentent, du moins, quelque chose comme le gros œuvre d'un *art de l'autobiographie*. Mais remettre ainsi les choses en place, n'est-ce pas constater qu'après de si nombreuses années passées à m'ausculter et à me raconter je suis parvenu tout au plus à indiquer les règles élémentaires qu'il faut s'efforcer de ne pas enfreindre quand on s'adonne à une entreprise de cette espèce? Au bout de l'entreprise, je découvre les règles mêmes qui doivent présider à sa conduite et, loin d'avoir été rompu, le cercle reste donc bouclé. Sauf changement que je n'espère plus guère, si mon existence peut se trouver finalement justifiée, ce sera dans un domaine dont, à l'origine, je ne consentais pas à ce qu'il fût le mien, celui de la littérature au sens le plus étroit : après avoir voulu être un poète (rêvant de vivre comme une sorte de héros mythologique), je serai devenu l'auteur d'honnêtes essais autobiographiques qui feront peut-être figure de défense et illustration de ce genre littéraire. A moins d'admettre que (comme je l'ai souvent pensé) le dernier mot de toute morale professionnelle est *faire ce que je suis seul à pouvoir faire*, principe aussi peu excitant que celui de l'utilisation des compétences, la sage mise en place que j'effectue ici n'est rien autre qu'un constat de défaite.

Il était, d'ailleurs, cocasse de me faire conjointement rhétoriqueur et moraliste, de m'user à des finasseries sans fin sur le lexique et la grammaire tout en me rassemblant pour tailler, de quelques coups de ciseaux, l'éthique qui m'irait comme un gant. Bricolage stérile, dont ne m'auront détourné ni mon désir de clairvoyance ni le programme que résumaient ces quelques mots, notés sans doute quand je commençai à comprendre qu'il vaudrait mieux en rabattre de mes prétentions : *Ne pas produire un beau mensonge, mais une vérité qui serait aussi belle que le plus beau mensonge*. Tâcher d'atteindre par l'écriture à quelque chose de vrai qui comblerait autant qu'une prestigieuse fiction, j'aurais pu décider que telle serait ma règle, au lieu de persister dans ma quête utopique. Mais, bien que l'ambition restât haute, m'en tenir à cette formule eût été restreindre par trop ma perspective, me contenter de l'authenticité (voire de la simple véracité anecdotique) en guise de vérité et, si mon code moral se réduisait à cette seule exigence, jeter la cargaison par-dessus bord sous prétexte de me délester. Pourtant cette note, indication rapide d'une possibilité de trouver mon Bien dans la littérature même, était un rappel à l'ordre qui aurait dû m'empêcher de perdre de vue que dans cet art-là comme dans les autres arts, quel que soit le but poursuivi, rien de souverain ne saurait exister qui n'ait été fait, je ne dirai pas « en se jouant » ni même « en jouant », mais du moins sans ennui. Non que l'ennui, état de manque d'où peut jaillir l'étincelle et thème fréquent de la rêverie poétique, soit un terrain trop pauvre, mais parce qu'une œuvre (douce ou violente, grave ou légère) sera une fête bien morose si son ordonnateur se morfond quand il est au travail. Or, dans la déroute que j'essaie d'endiguer, faisant flèche de tout bois et cherchant parmi les réflexions que j'ai accumulées celle qui tiendrait assez à l'examen pour m'offrir une issue, le fait est que je m'ennuie. Et cela suffit à me montrer combien, m'égarant dans le labyrinthe d'un exposé trop hésitant et laborieux, je me suis écarté de la beauté sans parvenir, côté vérité, à beaucoup plus qu'à ce succès négatif : rejeter quelques idées fausses étourdiment acceptées en cours de route.

Un pessimisme boudeur, mué souvent en une euphorie de désabusé mollement assis, a remplacé le pessimisme plus âpre dans lequel, jadis, il me semblait éternellement me débattre. Je crois pourtant que je n'ai pas gagné au change, car ce pessimisme de jeunesse, dont les sombres mais riches couleurs se prêtaient à la composition de toute une imagerie, m'animait plutôt qu'il ne me paralysait. Inséparable du désir d'être poète, c'était (si l'on peut dire) un pessimisme chantant ou qui du moins cherchait à se chanter, alors que celui de maintenant, dilué dans l'embourgeoisement et affadi par l'usage presque constant d'une drogue tranquillisante, ne peut pas se transfigurer mais est comme un mal organique qu'on édulcore grâce à des palliatifs. Dilution, dissolution, dispersion telle que mon pessimisme ancien, quand je veux le décrire, échappe à ma saisie comme si j'étais enveloppé d'une brume plus difficile encore à percer que l'épaisseur du temps et comme si mon souhait même de faire revivre le passé se fondait en brouillard. Pourtant, à la faveur d'un sommeil hanté par le travail décevant de toute une soirée, il m'a semblé l'une de ces dernières nuits que le contact était renoué. Dégagé momentanément, l'horizon s'est à nouveau bouché, mais l'image dont je fus obsédé une partie de cette nuit-là survit à ma désillusion et je pense que, malgré son défaut apparent de signification, elle parle mieux que les phrases tour à tour essayées avant le coucher sans gloire auquel, de guerre lasse, je m'étais résigné.

Jeunes tous deux, un homme et une femme m'apparaissaient debout et vus de légèrement en dessous, ce qui me rappelait la façon dont sont montrés les personnages dans les gros plans de l'une des œuvres les plus notoires du cinéma muet, la *Jeanne d'Arc* de Dreyer. Face à face, et si proches l'un de l'autre qu'ils auraient pu se toucher rien qu'en tendant un peu les bras, ils me semblaient figés dans une pathétique immobilité alors qu'en vérité, mus par une impulsion qui leur était étrangère, ils tournaient rapidement sur eux-mêmes, avec une tendance à monter comme s'ils avaient été propulsés par un mouvement d'hélice dont, finalement, nul essor ne fût résulté. La scène — ou plutôt le tableau, car sauf ce tournoiement il ne se passait rien — était si peu localisée que c'est seulement quand je m'attache à la revoir sans négliger aucun détail que je situe ces deux êtres soit dans un lieu clos et vide, soit dans un espace conventionnellement limité (le rectangle que détermine le cadre d'une peinture ou, autre rectangle, un écran cinématographique). De l'homme, conformément à la logique, je n'ai guère retenu que l'obscur tourbillon engendré par sa rotation. Mais, par contre, je puis tracer de la femme un portrait approximatif, certainement parce que c'est sur elle que mon intérêt se portait et qu'ensuite l'envie ne m'a pas lâché de retrouver cette figure dont, en principe, les traits auraient dû être brouillés par la rapidité de sa giration. Telle une robe de sainte dans un chromo au coloriage dérivé d'une symbolique simpliste, un long vêtement d'un rouge éteint l'enveloppait et je ne doute pas que ce rougeoiement concrétisait les « sombres mais riches couleurs » auxquelles, pour caractériser mon pessimisme d'autrefois, j'ai fait allusion de mauvais gré (car j'enrageais de ne pouvoir aller au-delà de cette évocation trop vague). Son corps gracieux, mais non gracile, était robuste et charnu. Derrière sa nuque des cheveux noirs et assez lisses se rassemblaient, et son visage — un beau et grave visage plein et pâle présenté de profil — regardait vers le haut. A mesure que je la reconstruis, ravivant et combinant de brefs instantanés faits et refaits dans le sommeil ou le demi-sommeil, cette figure mi-tragique mi-voluptueuse de martyre ou d'amante devient celle d'une fille des mers du Sud en pagne ou en sari et, pour achever de la préciser, j'en appellerais volontiers à une image glanée elle aussi dans le monde à la fois sensible et impalpable que propose le cinéma : la grande insulaire basanée incarnée, je crois, par une artiste arabe dans le film *Un paria des îles*, tiré du roman de Conrad et projeté à Paris peu après la dernière guerre mondiale.

La note rouge qui dominait dans cette vision, où une tension indépendante de toute intrigue exprimait l'amour et la mort, il faudrait qu'elle m'envahisse comme un vin. Mais qu'y puis-je ? Déjà cette teinte, dont l'éclat amorti n'en soulignait que mieux la croupe saillante et l'échine creusée qu'elle enrobait, s'est refroidie au lieu de s'exalter depuis que, mettant trop d'industrie à la sortir de sa nuit pour l'agréger à mon paysage intérieur, je l'ai posée à côté d'autres rouges tantôt profonds, tantôt usés ou délavés que je garde en mémoire : la couleur du lambrusco, vin pétillant dont j'adore le goût de feuille morte et que je ne puis séparer de la plus importante des villes où j'en ai bu, la vieille et vivante Bologne où les luttes entre factions se sont apaisées mais dont les maisons d'un rouge fané et les rues à arcades, après l'ébullition du jour, deviennent la nuit sourdes et muettes à croire que seul y veille le spadassin caché dans l'un des alvéoles que va démasquer votre marche; les tons chauds mais rompus et atténués des ruines de thermes ou autres constructions d'époque romaine en briques cuites et recuites par le soleil; le revêtement sang-de-bœuf des murs qui, au centre de Pékin, n'ont pas cessé d'entourer l'ancienne Cité impériale; la décoration pompeuse de tant de salles où, voyant représenter des opéras, je me gavais d'une triste plénitude à quoi mon pessimisme pas même noir mais gris fumée d'aujourd'hui n'est plus capable d'atteindre, sauf par raccroc et si je me force un peu.

Un rubis aux feux morts, qui n'existe même pas dans la semi-réalité du songe mais seulement sur le papier où mon écriture se convulse sans parvenir à se faire autre chose qu'écriture, voilà ce que j'ai obtenu en confrontant le rouge du sari, du pagne ou de la robe avec ces souvenirs de touriste ou de dilettante. Et je n'arrive à rien de plus si j'en appelle, sans changer de région du spectre, à d'autres souvenirs moins entachés d'esthétisme : la vue proche, à quoi s'ajoutera vertigineusement le toucher, du brun tirant plus ou moins sur le grenat que présentent, chez certaines, les deux minimes et précieuses parcelles du corps féminin que sont les mamelons augmentés de leurs aréoles; pointant à distance de promesse ou de regret, la flamme presque orangée et d'une succulence fruitée que, dans les parages de grandes installations pétrolières, j'ai souvent regardée palpiter, avec une sensation aiguë d'avidité et de détresse comme si l'image même de la vie m'était soudain offerte en un condensé aussitôt déchiffrable.

Toutefois, cette couleur exténuée n'en a pas moins un sens, que de nouveaux termes de comparaison aideront peut-être à préciser : les nuances de l'automne et des couchers de soleil, dont la somptuosité et la mélancolie sont trop connues pour qu'il y ait lieu d'y insister; sise très loin dans ma jeunesse et, semble-t-il, vers le point où la rue La Fontaine rejoint l'avenue Mozart, la maison d'angle assez vieille et assez basse, ni hôtel particulier, ni « maison de rapport », ni boutique surmontée d'un étage d'habitation, et qui, apparemment déserte, devait une part de son mystère au rouge un peu sale ou fatigué, touchant presque au rose, dont elle était peinte comme eût pu l'être symboliquement une boucherie; dans le domaine de la musique, les grondements de cuivres très graves et légèrement râpeux qui, depuis le romantisme, se font entendre parfois dans le soubassement orchestral des opéras et semblent exprimer une lourde menace (quelque chose de puissant qui ne fait encore que couver mais qui se déchaînera); dans celui de la géographie, les régions volcaniques et la chaleur torride des pays d'où l'on rapporte « les fièvres ».

Quand j'accumule ces repères, ce qui prévaut n'est pas le désir de situer dans l'éventail sensoriel la perception imaginaire que je voudrais consolider. Proche du cramoisi, le rouge foncé du lambrusco répond assez bien à la nuance que j'ai dite « rouge éteint » afin surtout de l'opposer à des rouges crus et vulgaires, ceux des honneurs officiels et des livres de prix ou celui, également orphéonesque, du Méphisto traditionnel. Quel besoin, donc, de m'écarter du lambrusco pour trouver d'autres rouges dont plusieurs (flamme de raffinerie, par exemple, ou brique antique même éclairée d'un ressouvenir de rouge pompéien) diffèrent fortement de celui que je prétends fixer? Nul doute que leur apparence compte moins que ce qu'ils recouvrent : la valeur de telle émotion passée, traduite par l'une des variétés du rouge (ou par un équivalent sonore) mais dont l'analogie avec la couleur du sari, elle-même inséparable du tableau qu'elle rehaussait, est une affaire de sentiment plutôt qu'une affaire de palette. Et comment ne pas voir que j'établis ces rapprochements pour insérer çà et là certains mots ou couples de mots comme on glisse en sous-main, dans un entretien dont les détours donneront plus ou moins le change, la phrase qu'on n'oserait pas émettre tout de go mais que, dès le début d'une conversation entamée précisément pour cela, on était décidé à prononcer?

« Triste plénitude » (terme auquel font écho « avidité et

détresse », « somptuosité et mélancolie » qui ne sont que des rappels presque inchangés de son ambiguïté), « mystère », « lourde menace » et, finalement résolus en la « fièvre » plurielle des tropiques, ces deux mots que je brûlais d'écrire en évoquant les cimes éminemment sensibles du double dôme de la poitrine féminine : « tendre brûlure » — sous l'aspect faste, feux de l'amour et, sous l'aspect néfaste, cette flamme dont la saisie ne pourrait que nous réduire en cendre — composent le message que j'extrais de mes propos, en les traitant comme le texte de convention dont la vraie teneur est révélée par la grille aux découpures adéquates, qui en isole quelques menus fragments. Mais si, passant au crible ma vision au risque de tout saccager, j'avais analysé l'ensemble de la scène au lieu de n'y cueillir que ce rouge équivoque, j'aurais lu presque le même message, sans devoir le recomposer après l'avoir éparpillé : lourd destin de deux êtres unis mais inexorablement séparés; avidité et détresse qu'attestait leur mouvement et sa paradoxale fixité (le tournoiement de chacun autour de l'axe immuable dont il était prisonnier et la constante répression de leur montée le long des deux verticales); mystère planant sur ces figures hautes et chagrines dont la plus visiblement éperdue atteignait à la beauté plénière; ardeur éperonnant la tendre et malchanceuse silhouette que de fines ramifications reliaient d'une part à la vierge guerrière brûlante d'espoir et promise au bûcher, d'autre part à cette fille des Iles en qui se résumaient des lointains chargés de sensualité, de chaleur et de fièvre.

Inventoriant un rêve ou m'accrochant à l'un de ses détails (ce rouge dont je m'aperçois avec un étrange retard qu'il est celui de l'un de mes pyjamas, de sorte que la nuit où cette couleur m'apparut j'avais, sinon sur la peau, du moins dans le meuble où est rangé mon linge la référence que je suis allé chercher si loin), j'aboutis à des termes à peu près similaires, soit que le détail et l'ensemble aient, en effet, véhiculé ce même message, soit que j'attache à ces notions un tel prix que je m'arrange à toute occasion pour les mettre en jeu ou qu'en parlant de n'importe quoi qui attisa le feu trop souvent endormi que je porte en moi je finis immanquablement par y venir, comme si elles représentaient l'ultime vérité dicible quant à ces émotions faute desquelles je me sens vivre à un niveau animal.

Si, pourtant, je coupe court à la lecture de ce rêve et me reporte à l'époque où je prenais pour du pessimisme un esprit de refus qui, en fait, au lieu de me freiner, me poussait comme un aiguillon, je constate — et j'aimerais bien savoir en rire — qu'un simple mot de deux syllabes m'avait alors permis d'étiqueter cet état et d'en dire au moins autant qu'avec toutes les formules dont j'ai usé ensuite chaque fois que je me suis risqué à une approche de ce qui, pour moi, est le noyau central : le mot *fureur*, exactement accordé à cette nuance particulière de rouge que j'ai si laborieusement tenté de définir. Ce mot en lequel me semblaient confluer colère d'être né s'emmêlant à une rage (ou furieux désir) de vivre, révolte contre la société (responsable de ma mise au monde et unique cercle de ce monde à pouvoir s'entendre juger), délire poétique (ou « fureur » comparable à celle d'Oreste aux mains de ses Furies), je l'avais fait prévaloir, en jouant un peu truqueusement sur son élasticité sémantique, comme terme propre à désigner ce qui devait être regardé comme la source de l'esprit surréaliste, un jour qu'au café des Deux Magots (nullement chinois hormis le parrainage discret de deux grands magots de bois ou de plâtre peint installés sur des consoles) nous nous étions réunis, quelques-uns de mes compagnons et moi, en une sorte de commission chargée de préciser les rapports entre cette colonne de feu et cette colonne de nuées qui guidaient notre marche vers une Terre Promise, surréalisme et révolution.

Mais là-dessus mon effort se brise... Qu'est-ce que cette fureur qui marie horreur et avidité, ressentiment et effusion, lyrisme effréné et volonté d'instaurer d'autres mœurs ? Même si elle fut plus qu'un point imaginaire pris abstraitement pour pivot du tumulte de sentiments et d'idées que je voulais rattacher à une source unique, ce n'est pas en notant la radicale ambiguïté de cette fureur — aujourd'hui bien attiédie et dont le rouge s'est écaillé — que j'en pénètre le noyau. Le fait est là : il y a ces moments qui me semblent totaux et dont le dernier fut certainement celui où, l'ivresse ayant exalté ma peine au lieu de l'atténuer, je laissai ma vieille et triste furie se porter contre moi et vécus, en un étonnant raccourci, ce que peut infuser l'ample *aria* chantée par une soprano dont la gorge rythmiquement se gonfle, en proie à de mélodieux sanglots. J'aimais (puisque j'étais capable d'en mourir) ; je me rebellais (rejetant avec mon existence un système aux trop nombreuses entraves) ; je faisais la nique aux diverses dégradations causées par le vieillissement; décidant de mon destin et prenant ainsi de la hauteur, je montais d'un bond jusqu'à ce plan d'où toutes choses apparaissent rassemblées en un vaste panorama, émouvant comme l'est toujours — dans le livre d'images de la réalité commune — un grand décor urbain ou portuaire réduit par la distance à un format de ruche ou de fourmilière : New York, où je passai si vite que je voulus à tout le moins l'embrasser d'un coup d'œil et me fis conduire à l'un de ses principaux gratte-ciel par la belle walkyrie qui me pilotait ce matin-là; Barcelone, découverte du haut du mont Tibidabo (*Je te donnerai...*, avait dit le Tentateur au Fils de Dieu en lui montrant toute la richesse du monde étalée devant eux) ; Alger, qu'on peut apercevoir se déployant en éventail face à la mer; Gênes, bâtie en amphithéâtre et dont on se remémorera (la contemplant de l'esplanade où mène le funiculaire) l'enchevêtrement d'escaliers et de rues chevauchant d'autres rues, les tunnels, les ascenseurs, les buildings, les églises et les palais (de style baroque ou de style Monte-Carlo comme dans la via del XX Settembre, aux grandioses arcades) et tout en bas l'effectif « bas quartier » où la troublante mention *off limits*, apposée çà et là lors de l'occupation américaine, alternait avec les Madones en pierre sculptée sanctifiant des angles de rues; le port de Copenhague quand on mange au dernier étage de l'Hôtel Kodan (comme je l'ai fait un soir, pendant l'ultime escale de mon retour de Chine) ; plus récemment Tokyo, dont je n'oublierai pas la vue très partielle mais immense que j'en avais de notre chambre d'où le regard, négligeant les hautes bâtisses qui bordaient le paysage du côté gauche, tombait sur un jardin public autrefois compris dans la Cité impériale puis, après avoir franchi en se déplaçant vers la droite une large avenue rectiligne qui filait jusqu'à la tour de Tokyo (plus grêle que la tour Eiffel, et dont il est difficile d'imaginer qu'elle la dépasse de quelque dix mètres), une spacieuse avenue dont la circulation intense nous semblait étrangement silencieuse grâce à l'isolement créé par la double fenêtre de la pièce air-conditionnée où la norme était que l'on vécût en vase clos, sur l'un des bâtiments de garde du palais (à toit aux quatre arêtes relevées à leurs extrémités) dominant la muraille de pierres sèches disposées selon ce qu'en archéologie grecque on nommerait, je crois, « appareil pélasgique », cet assemblage de blocs noirâtres soigneusement équarris et ajustés surplombant lui-même la grande douve où sous nos yeux des cygnes naviguaient comme pour accentuer l'impression d'activité débordante menée dans un silence fantomatique.

Cette fureur que je tenais pour le moteur originel échappe donc à mes prises et je suis devant elle comme le théologien réduit à dresser l'état des mystères divins sans essayer de les percer ou — plus près de mon terrain professionnel — comme le critique devant une œuvre qui vaut dans la mesure où, justement, elle se dérobe aux critères : il peut noter qu'elle contient quelque chose de pas encore vu ou entendu, en indiquer le *comment* et à la rigueur le *pourquoi*, mais l'analyser comme un devoir scolaire qu'il s'agirait de coter ne pourrait que le détourner de l'essentiel. L'important, toutefois, n'est pas tant de savoir si je clarifiais ou seulement qualifiais quand j'invoquais cette fureur comme source de tout ce qui, sous des formes diverses, me semblait être la poésie. Compte avant tout la volonté qui m'animait — et qui m'anime encore — d'être authentiquement ce type particulier d'écrivain qu'évoque le nom (trop galvaudé) de « poète », désir inconditionné impliquant que par-delà les impératifs éthiques ou esthétiques l'acte crucial est pour moi celui-ci : me projeter dans la zone *off limits* où le langage écrit sera ma pensée devenue chose et moi-même arraché aux vicissitudes de la vie par une mort qui m'en donnerait l'intelligence la plus haute, un pont lancé sur le vide qui m'enferme comme dans une île, le lieu aussi où mon temps s'abolit (toutes cloisons abattues entre le temps de l'écrit, celui où je l'écris et celui de qui me lit). C'est, à n'en pas douter, une directive bien obscure que je puis trouver là-dedans! Je retiendrai néanmoins qu'user ainsi du langage, legs d'hommes plus anciens qui me permet d'être entendu d'hommes de maintenant et peut-être aussi de plus tard, est une opération dont je ne suis pas l'unique acteur, de sorte qu'elle m'oblige à tenir compte d'autrui. Admettre cela est à la fois peu et beaucoup : en théorie beaucoup, puisque c'est reconnaître que ma vocation même m'interdit de me conduire comme si j'étais seul à exister; pratiquement presque rien, car cela ne m'indique ni comment il sied que j'agisse envers les autres, ni combien d'entre eux il me faut prendre en considération (tous ou seulement ceux à qui je suis uni par la communauté de langue). Mais si l'acte pour moi « crucial » en cela aussi que je m'y décarcasse et m'y écartèle a le sens d'un dépassement et d'un recours à la présence invisible de ces autres faute de qui je ne saurais pas parler et n'aurais pas même à parler, il en résulte que je me renierais aussi bien en limitant le champ de ce mouvement qu'en ne faisant rien pour qu'autrui (n'importe quel autrui) soit traité comme mon égal. Tirée de mots qui ne sont pas les miens et adressée à quiconque l'accueillera, la poésie — fondamentalement, expansion aveugle hors de mes frontières — ne me lie-t-elle pas au partenaire indiscriminé qui est un *autre* par rapport à moi mais mon semblable à l'échelle de l'espèce?

IV

Donc, montrant que par l'exercice de la poésie l'on pose autrui en égal, je retourne à la vérité que j'avais dégagée d'abord : apprendre qu'on ne dit pas *...reusement* mais *heureusement*, c'était apprendre que le langage est à deux faces, l'une tournée vers le dedans l'autre vers le dehors, et quand — découvrant l'altruisme au bout de deux ou trois volumes consacrés à ma propre personne — j'assure qu'un poète ne peut pas se désintéresser du sort de son prochain, c'est de cette nature double que je tire argument, comme si l'essentiel avait été déjà inclus dans ma trouvaille ancienne.

Donc, me voilà revenu sensiblement à mon point de départ. Le cercle étant symbole de perfection, je pourrais être fier d'avoir ainsi bouclé la boucle. Mais je constate avec dépit, lassitude et nausée qu'après beaucoup d'années passées à chercher une issue, je ne parviens qu'à déduire les conséquences, purement logiques et presque sans portée, de ce que j'ai su dès le commencement. Car aucun de ces problèmes n'est résolu : est-ce sortir de moi que m'adresser, en fait, à une minime fraction déjà plus ou moins complice ? Ouvrant la bouche pour me faire entendre, ne suis-je pas tenu de substituer des *heureusement* à mes *...reusement* trop singuliers ou trop abrupts ? Suis-je fondé à dire que j'écris pour « communiquer », alors que (paresse, difficulté de m'exprimer, horreur de prendre la plume si je n'ai rien de précis à formuler) il m'arrive de ne pas répondre à des lettres qui semblaient pourtant indiquer que j'avais touché au but ? Est-ce faire beaucoup ou presque rien pour les autres que, parlant de moi comme de quelqu'un qui pourrait être un autre, aider les moins sûrs d'eux-mêmes à se connaître un peu mieux ?

Fût-elle la plus détachée, toute poésie libre et sincère contribue-t-elle à l'avènement d'un âge de liberté et de vérité? Si la nature même de la poésie m'impose de faire effort pour que tous soient unanimement reconnus, ce parti que je prends ne doit-il pas être mon thème par excellence? Beau parleur lui aussi, le tribun ne va-t-il pas plus loin que le poète et le Don Juan, puisque son rôle est d'émouvoir, non pour susciter chez autrui une flambée tout intérieure, mais pour mouvoir vers un but de large envergure ceux qu'il aura touchés? S'il faut que justice soit rendue et si la révolution en est le seul moyen, puis-je m'en réclamer sans émettre, sur les querelles qui divisent le camp révolutionnaire, une opinion solidement établie? Redoutant la violence pour moi, suis-je en droit d'accepter que la révolution en use contre les autres, et souvent sans modération puisqu'elle va jusqu'à frapper ses premiers artisans?

Donc, déçu, effrayé de me voir tant de pain sur la planche et par trop saturé pour courir sur cette lancée qui m'amènerait à me perdre dans le lacis des démonstrations, je m'en tiens à mon peu d'acquis, cette mince certitude à quoi j'ai abouti et qui reste aussi diaphane quand je la situe par rapport à quelques-uns des repères imagés que j'ai placés çà et là, mais auxquels je n'ai pas le cœur de me reporter, sinon en les reprenant de mémoire : mon furieux attachement à la magie qui semble parfois opérer la fusion du *là-bas* et de l'*ici même* ne me permet pas de rejeter l'aride côté de Pékin, bien que des malheurs comme celui de l'oiseau tombé du nid soient des épines que nulle horticulture ne peut éliminer et bien que j'incline spontanément vers les ombres, les lumières et les replis baroques du côté de Kumasi, que colore un intime rougeoiement et non un rouge à l'emporte-pièce.

Donc, je mets les pouces, avec le soulagement d'éviter l'énorme consommation que je devrais faire encore de mots sans sève, si je m'attaquais à des problèmes qui, à peine abordés, laisseraient d'autres problèmes se profiler derrière eux : les « donc », « or », « d'ailleurs », « mais », « toutefois » qui sont des outils de liaison, les « si », « car », « puisque » ou « vu que » avec lesquels on articule un raisonnement, les « pourtant », « presque », « quasi », « guère », « du moins » et autres moyens commodes de se ménager une petite marge pour ne pas trop prêter le flanc.

Donc, pas question que je reprenne sur de nouvelles bases ma recherche d'une règle d'or. Plutôt que d'élaborer un art poétique et une morale, ce qui importe n'est-ce pas d'être, dans toute la mesure où on le peut avec les moyens du bord, cet hybride de sage et de forcené, de diseur de vérités et de faiseur de tours qui s'appelle un poète et, quant à l'attitude envers les autres, de se conduire avec aussi peu d'étroitesse et de mesquinerie qu'on est armé pour le faire? Sans doute devrai-je même, un jour, parvenir à tout à fait m'en persuader : au jeu auquel je joue, bien qu'on finisse gagnant ou perdant, il n'y a pas de règle et je gagnerai ou perdrai sans qu'aucune martingale puisse me permettre de forcer la chance et sans même que je sache si je gagne ou non.

Donc, après m'être offert le luxe de raconter comment je me suis suicidé vers le mitan de ces pages (épisode romanesque à souhait), puis être revenu à mes moutons et avoir finalement décidé de cesser d'y songer, je n'ai plus qu'à saluer. Ce geste d'histrion, c'est quand — le collier repris — j'ai mesuré ce qu'il y aurait de singulier à mettre tranquillement un point final à l'ouvrage qu'avait coupé un pareil intermède, que j'en ai eu l'idée; cela, comme du geste qui devrait pouvoir accompagner la sortie que j'effectuerais, sortie à demi posthume appelant un trait du genre un peu spectral de celui qui clôt la comédie du romantique allemand Grabbe, à la fin de laquelle lui-même Grabbe, surgi des profondeurs d'une forêt, frappe à la porte de la chambre où se trouvent ses personnages et *entre avec une lanterne allumée.* Quant à moi je viens d'éteindre plutôt que d'allumer ma lanterne, au terme d'un long soliloque et non d'une comédie à plusieurs personnages. C'est pourquoi, si l'hamlétisme s'impose ici, la chute de rideau ne peut être autre que celle-ci : crevant la page pour saluer, l'auteur apparaît lunettes sur le nez et son Parker à la main.

Donc, disons que j'exécute fictivement ce jeu de scène et qu'il tient lieu de point final. Reste que — ironie pour ironie — je puis bien, après un suicide manqué, braver le ridicule d'une autre fausse sortie et, congé pris, reprendre la parole pour donner un détail significatif sur ce qu'était mon état d'esprit lors même que je n'étais pas encore absolument rentré de Chine. Passer tant de choses en revue avant de parler d'une flânerie, que ne marqua nul événement notable mais une simple impression, aura eu cette utilité : laisser mûrir et se ramifier l'anecdote dont je n'avais pas tout de suite évalué la portée, mais qui explique, par un motif beaucoup plus radical que ceux dont j'ai allégué l'intervention, mes ambiguïtés à l'endroit d'un pays dont, sur place, j'avais pensé que le cas échéant il pourrait devenir le mien.

J'étais arrivé dans l'après-midi à Copenhague, par un avion finlandais, et j'allai faire un tour en ville avec deux de mes camarades de délégation, un homme et une femme. Lui, un peintre plus vieux que moi de quelques années, qui a entrepris de restituer ses qualités propres au métier de la tapisserie, devenue art de copie; elle, une femme de lettres dont avant la dernière guerre j'ai rencontré quelquefois le mari, écrivain qui se fit tuer dans un maquis, comme si sa foi d'humaniste en la démocratie et l'importance très haute qu'il attachait aux disciplines sportives l'avaient, tout naturellement, conduit à l'héroïsme. Le but de la promenade était de voir, dans un hôtel dont il avait oublié le nom, une tapisserie qui était l'œuvre de mon compagnon, le seul de nous à connaître la capitale danoise, dont le charme repose sur ce qu'a de moderne autant que de vieillot cette ville marine où cohabitent sans discordance (comme je le découvrirai plus tard) la statue grandeur nature de la Petite Sirène du conte d'Andersen posée à cru sur un banc de rochers, les boîtes à matelots et bistrots de pêcheurs, les magasins riches en articles importés, les nobles édifices royaux et le modèle d'architecture industrielle qu'est la brasserie Tuborg. Notre but, en fait, n'était guère qu'un prétexte car, à peine étions-nous sortis, nous nous arrêtâmes dans un bar pour boire de l'acquavit. Je suis certain qu'on ne saurait pénétrer réellement quelque ville ou région que ce soit si l'on ne touchait pas à la boisson dont elle a le privilège. Ainsi à Rome le vin de Frascati, qu'on peut qualifier de facile comme on dira d'un ténor qu'il a la voix facile, et en Guadeloupe le punch (celui à la vanille notamment), dont l'arôme à la fois doux, épicé et alcoolisé exprime, croirait-on, la complexité des Antilles, point du monde où se sont mêlées des races et des cultures si diverses. Il n'en va pas différemment de l'acquavit, dont un voyage ultérieur en Scandinavie acheva de me démontrer le caractère selon moi éminemment « nordique » (une sécheresse parfumée comparable à la lumière de ces pays, souvent très fine en même temps que très dure, et à la gamme de couleurs, tout ensemble délicates et nettes, que peuvent présenter leurs paysages). Dans cé bar d'assez bonne apparence qui visait à séduire l'amateur d'exotisme par sa décoration murale évoquant un Mexique d'opéra-comique, assis sur les classiques hauts tabourets et devant nous les petits verres qu'emplissait l'alcool transparent au point d'être presque invisible, immédiatement nous nous sentîmes très bien. La clientèle était exclusivement masculine et — à en juger par ses allures, peut-être trompeuses il est vrai — elle n'avait nullement à déplorer qu'il n'y eût là, hormis ma camarade de délégation, pas d'autres créatures féminines que deux personnes entre deux âges et au physique ingrat, installées dans un coin; vêtues comme des gouvernantes ou des institutrices pour familles des plus bourgeoises et puritaines, elles jouaient, l'une au piano, l'autre à la contrebasse, des airs de l'époque du *Bœuf sur le Toit* et chantaient, par moments, en s'aidant d'un porte-voix. Ravis de ce rappel inattendu de nos belles années 20, nous continuâmes tout guillerets notre tournée, marchant un peu au hasard dans les rues commerçantes et regardant les vitrines. Après deux ou trois arrêts chacun arrosé d'un acquavit (liqueur si incolore et si légère qu'il semble que, la boirait-on dans des récipients beaucoup plus grands que les vrais dés à coudre dans lesquels il est d'usage de la servir, elle n'affecterait l'organisme en rien et engendrerait seulement une lucidité allègre), nous finîmes par trouver l'hôtel à la tapisserie. Nous échangeâmes quelques paroles aimables avec le monsieur correct, souriant et replet qui en était le directeur et, bien sûr, nous absorbâmes un dernier petit verre. Contents de cette promenade qui avait été une franche détente, après les semaines passionnantes mais chargées que nous avions passées en Chine, nous rentrâmes pour rejoindre nos camarades. Puis, comme il était temps de dîner, notre petit groupe se mit en quête d'un autre hôtel connu de mon compagnon de tout à l'heure, qui se rappelait qu'il y avait à l'un de ses étages les plus élevés un restaurant où nous pourrions manger d'excellent poisson, tout en jouissant du spectacle des navires à quai. Après un repas fort agréable (bien qu'un plat de poisson spécialement succulent fît défaut ce soir-là), je revins à pied avec l'un des dîneurs pour une dernière flânerie. Dans mon carnet quotidien, je notai soigneusement le nom de l'hôtel si opportunément situé : Kodan, que je présume résulter de la contraction de « Kopenhagen » et « Danmarck ». Cette histoire qui n'en est pas même une serait trop futile pour valoir d'être rapportée, si ce n'était justement de cette futilité qu'elle tient sa signification.

Un bar à clientèle aussi platement sophistiquée que l'était son décor. Une musique désuète : à la mode en son temps (celui de ma jeunesse) mais avec pas mal de temps accumulé sur ce temps; ni assez populaire pour sembler sans époque, ni assez magistrale pour supporter le vieillissement; musique légère, répondant à une phase vite oubliée d'un luxe citadin qui, moins changeant, n'en serait pas vraiment un. Des magasins dans l'un desquels étaient exposés des plaids dont les beaux quadrillages faisaient rêver de voyages accomplis en touriste nonchalant. Un restaurant exactement approprié aux gens qui font escale : produits de la mer et spectacle d'un quai actif du matin au soir. Des navires très propres, éclairés, et sans doute en partance. Pour la note pittoresque, quelques bouis-bouis à filles (sans parler d'une ou deux boutiques de tatoueurs signalées par mon compagnon de l'après-midi, et qui sont dans la même rue, mais que je ne trouvai pas cette fois-là). En somme, un bar qui était la caricature mais aussi le rappel d'endroits que, longtemps, je n'avais pu quitter sans souhaiter y retourner et qui, lieux de passage et ports d'attache où voisinent inconnus et habitués, doivent être comptés — diurnes ou nocturnes, faits pour boire ou pour danser, ou cumulant le tout — parmi les grands symboles de notre civilisation de solitaires qui se coudoient; une ville plus étriquée que les Alger, Barcelone, Gênes, Londres et autres cités où je m'enchante de me sentir un peu perdu, mais ville dont l'allure hanséatique suffisait pour illustrer ce mot à l'odeur de marchandises venues de loin et où bruit en sourdine une rumeur universelle, *emporium*, qui m'arrive quand, plutôt que d'agglomérations si grosses que leur dessin s'évanouit, je me souviens de la Kumasi bien réelle du pays ashanti, encerclant un marché où se pressait une foule d'Africains d'origines très diverses, attirés tant par l'éclat des étoffes vendues sur cette esplanade que par les joies plus secrètes des quartiers satellites. A Copenhague, avec le capitalisme sous ses aspects marchands (trafics intérieurs et commerce à longue portée qui engendre un cosmopolitisme exprimé aussi bien par les modes vestimentaires que par l'agencement des lieux prévus pour les loisirs), j'avais retrouvé mon folklore, composé en grande partie de tout ce luxe que j'aime sans y croire et que j'aime peut-être d'autant plus que j'en sais toute la fragilité et la frivolité (d'où mon plaisir biseauté au contact de faux luxes plus fragiles et frivoles encore que les véritables, puisque, n'étant que pacotille, ils n'ont même pas le semblant de sérieux d'une chose réussie dans un domaine tout à fait vain). Pékin à peine quitté (et presque dans les larmes, en échangeant les au revoir avec ces amis chinois qui penseraient encore à moi de temps à autre, j'en étais sûr, sans me dire à ce moment ce que je me dirais plus tard, à savoir que s'ils le faisaient ce serait certainement comme à l'un des membres entre autres d'une délégation et non à moi électivement), j'étais tout heureux de plonger à nouveau dans les eaux douteusement iridescentes que je reconnaissais comme mon milieu nourricier.

Certes, j'avais foi en la Chine nouvelle et j'étais émerveillé par la vieille Chine, ou plutôt — car m'exprimer ainsi donne à penser qu'il existait pour moi deux Chine — je voyais dans la Chine un pays qui non seulement était, par son passé, un riche thème de rêverie mais, par son présent, permettait un espoir solide. Sur l'Afrique noire j'avais bâti un mythe avant même d'y aller et j'étais demeuré attaché à cette construction sentimentale au point que, ce jour où dans l'autorail qui me ramenait du Havre j'avais été saisi d'une si grande angoisse, c'est en songeant que même ce mythe-là serait désormais impuissant à m'exalter que j'avais cru toucher le fond. Avec la Chine, rien de tel : durant tout mon séjour, j'avais su tenir en laisse mon imagination alors même que je m'enthousiasmais et j'avais regardé, non pour retrouver ce que j'avais mis d'avance dans l'objet considéré, mais simplement pour essayer de juger; aussi, le lien que je pensais avoir noué avec au moins quelques gens de là-bas me semblait-il un lien concret de camaraderie, un lien qui valait en acte, par rapport à un immense travail en cours, et non comme sceau d'une fraternisation unilatéralement imaginée. Or, à Copenhague, l'expérience directe m'avait montré que, si j'étais chez moi quelque part, ce ne pouvait être que dans une ville du monde capitaliste et en face de ce que pareilles villes offrent de moins utile aux collectivités. Que cette écume brillante mousse à la surface d'un état de choses indéfendable, j'en étais convaincu, et la Chine communiste restait pour moi une valeur sûre. Mais le fait était là : j'adorais cette écume. Entre sentiment et idée une divergence choquante apparaissait, en sorte que je fus bientôt barré, supportant mal une telle contradiction, ne voulant pas en faire hypocritement bon marché et ne sachant — moi qui suis incapable d'écrire en me fondant sur des idées qui ne seraient que des idées — comment traiter de cette Chine trop passionnante pour que je pusse ne point longuement en parler et sur laquelle, après une découverte relative à moi seul, je n'avais pas à modifier mon jugement, mais que je constatais située hors de ma sphère d'élection. Non sans ruser, j'ai passé outre à cette difficulté, mais jamais n'a été réparé ce qui s'était défait au Danemark, quand la Chine avait soudain glissé vers la périphérie, aussi fortement qu'elle continuât de m'occuper.

Invitations au voyage (depuis les bateaux jusqu'aux plaids) ; endroits pour gens sans racines ou qui ne sont chez eux qu'en dehors de chez eux; airs qui — incitant au plaisir, à l'amour ou traduisant expressément une nostalgie nègre — m'emplissaient autrefois de désirs diffus et qui, sous la forme dérisoire où je les réentendais, me portaient à sourire en même temps qu'ils m'infusaient le regret de l'époque où ils attisaient en moi ces désirs. Ce que j'avais apprécié au cours de cette escale encore imprévue le matin même et sans programme préétabli (car nous avions d'abord compté revenir par la Suède), c'était bien certains aspects de l'Occident moderne, mais des aspects qui m'atteignaient comme des allusions ironiques à la vanité des choses : qu'on soit ici ou là, et de quelque façon qu'on s'agite pour tuer le temps qui vous berne en attendant de vous tuer, on fera toujours le singe. S'ils me touchaient à ce point, c'est parce qu'ils flattaient en moi, promeneur détaché, le goût de la futilité trop évidente pour tromper et agissaient comme une sorte de drogue homéopathique palliant ce qui me semble être mon malaise d'homme, et pas seulement d'Occidental, en portant sa conscience au plus vif.

Quand on donne, on ne reprend pas. Mais : « Chassez le naturel, il revient au galop! » Donc il ne faut jamais jurer de rien :

la main gauche reprend ce qu'a donné la main droite, on brûle ce qu'on a adoré, on adore ce qu'on a brûlé, après la pluie le beau temps, tel qui rit vendredi dimanche pleurera. Jeu de bascule, commandant mes envols et retombées, marches et contremarches, faux départs et fausses sorties : moi, autrui; dedans, dehors; poésie, morale; goûts et manies, opinions et devoirs. Mouvement pendulaire, auquel s'ajoute un autre va-et-vient, si routinier que c'est à peine si je songe à en parler : de mon bureau du Musée de l'Homme à ma longue table de bois nu du 53 *bis* quai des Grands-Augustins; d'un ouvrage d'ordre ethnographique (l'histoire point encore terminée des arts plastiques en Afrique noire) à ce tome III du livre où j'essaye d'exprimer ce qui me touche le plus intimement, de sorte qu'il me faut passer — changement de tâche lié au changement de local — d'un type d'écriture tendant à rendre compte objectivement d'une masse de faits d'autant plus difficiles à organiser qu'ils me concernent de très loin, à un type opposé qu'en vérité je ne parviens pas à empêcher tout à fait d'être contaminé par le premier, ce style constamment embarrassé par la crainte d'être pris en flagrant délit d'omission ou d'erreur; d'un travail effectué sous contrat et dans la ligne de mon métier officiel de chercheur comme dans celle de mon vieil engagement envers ceux qui naguère étaient des colonisés, à un travail plus libre où ce que je cherche à rejoindre — décision révocable à chaque instant — c'est moi-même et ma propre attitude vis-à-vis de ce qui m'entoure. Division la plus gênante dans l'immédiat, mais non la seule, car ma vie est le jouet de bien d'autres balancements, à toutes sortes de niveaux et selon divers rythmes : heures de travail et heures de délassement (lire dans la mince mesure où je le puis, rencontrer quelques personnes que j'aime bien, aller parfois au théâtre); veille et sommeil, avec entre les deux la frange du rêve, mais seulement par chance; matin souvent embourbé (du moins au départ) dans de mauvaises ruminations et soir généralement plus dégagé; jours ouvrables et week-end campagnard durant lequel, pas toujours pour mon bien, j'ai tout loisir de ne penser qu'à ma recherche personnelle; temps bousculé de mon existence parisienne et temps, en principe plus ouvert, des vacances et des voyages; par-dessus tout cela, phases ascendantes et phases dépressives qui (sans que j'en sois averti sur-le-champ) ont leurs corrélations dans ce que j'écris ici et, certainement, expliquent pour une part l'alternance de mes élans et de mes repentirs. Segments d'années, de mois, de semaines ou simplement de journées, tranches de durée qui, la plupart, sont aussi des tranches d'humeur affectant mon être même et le vouant à l'instabilité, d'où ma peur d'être un instrument de pesée erratique presque à l'égal de cette balance au fléau de laquelle une gentille Antillaise m'aidait à suspendre un ramassis hétéroclite d'objets, au cours d'un rêve dont le début avait pour décor la montagne et la fin une maison flanquée d'un jardin. Mais, si *le mieux est l'ennemi du bien*, n'est-ce pas chercher la petite bête comme je le fais qui m'empêche le plus sûrement d'aboutir à une juste pesée?

De vos jardins fleuris fermez les portes,
Les myrtes sont flétris, les roses mortes!

J'avais chanté cette chanson lors du dîner d'adieu que nous avaient offert nos amis de Pékin et, si j'avais chanté celle-là, c'était pour plusieurs raisons. D'abord, le répertoire restreint dont je dispose est des plus incertains et me borner à cette citation — qui peut se passer de contexte — me semblait préférable à m'engager dans quelque chose de plus long, qu'un blanc de mémoire m'aurait peut-être forcé à laisser en suspens. De plus, c'est une chanson que Max Jacob m'a révélée autrefois, de sorte qu'ainsi associée à l'image de l'écrivain qui fut mon premier guide elle est chargée d'une valeur sentimentale précise et me paraît plus riche en poésie que si je l'avais découverte par une autre voie. Enfin, je comptais bien que ces deux vers seraient compris par mes auditeurs comme une allusion au départ qui, le lendemain, clôturerait les jours fleuris que je venais de vivre en Chine. Nul choix ne pouvait donc être meilleur : une jolie chanson à laquelle je suis particulièrement attaché, très française et tout à fait de circonstance, quel hommage plus amical pourrais-je rendre à nos hôtes et hôtesses chinois? Ce que je n'avais pas prévu, malgré certaines inquiétudes, c'est qu'à l'époque durant laquelle j'ai fait ce voyage — celle où la sentence de Mao Tsé-toung *Que cent fleurs s'épanouissent et que le nouveau émerge de l'ancien* donnait le ton général — succéderait bientôt une époque moins libérale; la tolérance, alors, ne serait plus de saison et, voyant les « Cent fleurs » se faner derrière des portes désormais fermées, je pourrais me dire qu'en chantant cette chanson — dont un homme resté présent par ses œuvres et par l'égale beauté de sa légende m'a appris à aimer la triste et tendre simplicité — je prononçais, sans le savoir, des paroles prophétiques. Il est sûr que dans la Chine de maintenant (celle des communes industrialisées, qui vient même d'atteindre à son tour l'âge de déraison où l'on fabrique sa bombe atomique) je serais moins à l'aise que dans la Chine d'il y a presque dix ans. Sûr aussi que si j'y revenais j'éprouverais au retour, avec plus d'acuité encore qu'en 1955, l'impression d'être rentré au bercail. Mais il n'est pas moins sûr que, tout en sachant combien il m'en coûterait de renoncer à certaines formes de la civilisation où règne la loi de l'offre et de la demande, je ne suis décidément pas près de me déprendre de la Chine : il me semble impossible qu'elle ait, aujourd'hui, tout perdu de ce que j'y ai vu. Comment, d'ailleurs, me détourner de ce pays quand, plus que jamais, il représente *la tache rouge de l'espoir* pour les peuples asiatiques et africains qui ne sont plus officiellement dominés, mais qu'on s'efforce de remettre d'autres façons sous le joug ?

Parmi diverses questions demeurées en suspens, celle-ci du moins est clairement mise au point : bien qu'indélébilement européen, je reste fidèle à la Chine comme à tous les pays dont, au départ, l'exotisme m'avait attiré. Mais il est non moins clair que cette mise au point, finissage d'une idée que ne suit aucune décision, est tout aussi conventionnelle que les informations données, en épilogue, par ces auteurs d'antan pour qui un roman ne pouvait se clore sans que le lecteur eût été renseigné sur le sort de tous les personnages qui s'y étaient agités comme des ombres. Alors même que j'avais renoncé à conclure, n'ai-je pas cru qu'il m'était impossible d'en finir ici avec un essai commencé il y a quelque vingt-cinq ans sans dire ce qu'il est advenu, non de fantoches que j'aurais imaginés, mais des divers éléments que j'ai brassés le long d'un chemin poursuivi avec une persévérance dont je suis le premier surpris ? Quant à l'idée chinoise, je viens d'indiquer qu'elle vit maintenant tranquille dans son trou, comme l'honnête personne dont on apprend qu'après ses multiples tribulations elle file enfin des jours paisibles dans sa petite maison de campagne. Dois-je rapporter que telle autre, en juste récompense de ses mérites, connaît une brillante carrière, voire expliquer — à la façon dont on raconte qu'un méchant s'est converti au bien ou l'inverse — comment une autre encore (ce que révélerait peut-être un examen serré) s'est muée en son contraire, subissant la métamorphose qui affecte tant de pensées quand on les pousse jusqu'au bout? Dresser un état de ce genre m'obligerait à tout relire et reviendrait à me réenliser. Aussi, repoussant toute recherche systématique, me bornerai-je à quelques-uns des *addenda* qu'appellerait l'optique des récits d'autrefois.

Bien qu'avide encore de promenades, la chienne Dine n'est plus aussi alerte qu'à l'époque où un rêve me la montrait se précipitant du haut d'une falaise. En âge humain, elle aurait maintenant au moins soixante-quinze ans et, depuis assez longtemps, je pense qu'au lieu d'avoir chez soi une bête dont la vie n'est qu'un raccourci de la nôtre il vaudrait mieux — parce que cela serait moins déprimant — en avoir une (éléphant, par exemple) assez supérieure à nous en longévité pour que son déclin ne nous soit pas sensible.

Dans plusieurs temples de Kyoto et de Nara, des statues m'ont rappelé d'autres statues d'un baroque exacerbé, que j'avais vues en Chine. Mais nulle d'entre elles ne m'a touché autant que la figure étrangement bondissante de la chapelle taoïste des environs de Kounming, bien qu'elles fussent d'une qualité plus haute et manifestement plus anciennes. Le pinceau dont celle-ci était porteuse, je l'ai retrouvé sur l'une de ces sculptures japonaises, de sorte qu'il ne peut s'agir d'un attribut de pure circonstance comme l'avait fait entendre notre guide si incertain de la Montagne de l'Ouest en nous contant la dramatique histoire de l'auteur de la statue dorée.

Le *Sinanthropus Pekinensis*, dont, à Chou-kou-tien, j'avais visité l'antre comme celui d'un Adam ou d'un Prométhée, a vu son record d'antiquité battu, et de loin, par le *Zinjanthropus Boisei* d'abord, puis par l'*Homo habilis*, qui tous deux ont laissé dans la région du Tanganyika (unie aujourd'hui au Zanzibar et formant avec lui la Tanzanie) des restes grâce auxquels l'Afrique a pris rang de continent où se sont formées, entre autres curieux échantillons du règne animal, les premières ébauches d'humanité (soit d'une espèce capable de fabriquer des outils et dotée d'assez de substance cérébrale pour être supposée à même de parler, sinon déjà de discourir).

J'ai longtemps conservé dans ma chambre (au-dessus de mon lit, sur une des planches d'un rayonnage à livres) l'oiseau joliment imité qu'une fillette chinoise m'avait donné. Or il a disparu un beau jour et cet envol m'a semblé bizarre. Mais un électricien était venu installer là une prise de courant et je me suis dit qu'en travaillant il avait fait tomber l'oiseau — très léger et assez mal équilibré sur ses pattes — puis que ce gentil simulacre, affalé dans un coin et réduit à guère plus qu'un informe petit amas, s'était trouvé emporté et jeté par inadvertance quand, l'ouvrier parti, on avait fait le ménage.

Plus étrange est certainement, au cours de travaux ultérieurs, la disparition de la provision de barbituriques que j'avais reconstituée lors d'un voyage à Berne, où je m'en étais procuré dans deux pharmacies, sans la moindre formalité sauf que je dus, dans la seconde de ces boutiques, assurer à la jeune vendeuse que j'étais étranger et de passage, comme si les natifs ou habitants de la Suisse valaient seuls d'être protégés contre les méfaits possibles d'un produit toxique. Personne chez moi ne pouvait avoir subtilisé cette provision, dissimulée avec soin, et je me demandai si, sans m'en souvenir, je ne l'avais pas une nouvelle fois cachée, cette fois avec tant d'astuce qu'il ne m'était plus possible de savoir où. Mes investigations n'aboutissant à rien, je finis par imaginer qu'après tout il n'était pas exclu que je l'eusse moi-même supprimée dans un accès de somnambulisme ou dans un état voisin. Mais c'est là une hypothèse de dernier recours et, pour autant que je me connaisse, d'une telle improbabilité que l'énigme reste entière.

S'il est des objets évanouis dont on arriverait presque à douter qu'ils ont vraiment existé, tant leur absence demeure inexplicable, il en est en revanche que l'on croyait mythiques et dont soudain se découvre l'existence réelle. C'est le cas du « tambour-trompette », jouet que j'avais ardemment convoité étant enfant et dont plus tard j'admis qu'il relevait de la rêverie. Or, depuis que j'ai raconté cette histoire, j'ai eu la surprise de trouver un pareil jouet entre les mains d'un petit garçon algérien que sa mère nous avait confié pendant quelques jours tandis que le père, qui militait pour l'indépendance, était emprisonné à Fresnes. On souffle dans la trompette en manœuvrant une tirette, qui actionne la baguette par laquelle est frappée la caisse très plate du tambour incorporé à l'instrument. Mais le petit Malik, rêvant peut-être autant que je l'avais fait à son âge d'une merveille qu'il ne possédait pas, préférait s'en servir comme si ç'avait été un appareil photographique.

Qu'à distance on ne puisse plus décider si la chose qui vous a brûlé d'une folle envie a existé comme chose faisant l'objet d'un désir ou comme pure expression de ce désir, semblable incertitude peut gêner mais pas, à beaucoup près, au même degré que d'être amené par un témoignage qui ne concorde pas avec le vôtre à douter de la réalité d'un fait que l'on a donné pour certain. A un dîner chez des amis communs, quelqu'un d'assez jeune et de sympathique me dit que le gymnase du 5 rue Pierre-Guérin — situé pour moi dans un temps presque aussi reculé que celui du « tambour-trompette » — existe toujours et qu'il reste conforme au portrait que j'en ai tracé; mais ce lecteur consciencieux ajoute qu'il n'a rien trouvé là qui ressemblât à la cage d'escalier dont j'ai parlé, cette cage dans laquelle (sortant en trombe de chez lui parce que sa femme accouchant et saignant à flots avait besoin d'un secours immédiat) le directeur du gymnase avait sauté d'un bond. Durant quelques jours, j'ai été très troublé par cette déclaration, qui infirmait irrécusablement ce que j'avais écrit. Je me sentais pris en flagrant délit, sinon de mensonge, à tout le moins d'erreur et cette erreur m'apparaissait, non seulement comme de nature à rendre tout mon travail suspect mais, à mes propres yeux, comme le signe d'une inquiétante capacité de dérive. Aussi, est-ce avec un franc plaisir qu'après avoir longuement réfléchi aux causes possibles de mon faux rapport je me suis rappelé que le directeur habitait en vérité dans un immeuble de la rue des Perchamps, toute proche de la rue Pierre-Guérin, d'où la condensation de lieux qui s'était opérée dans ma mémoire, erreur en définitive assez vénielle pour que l'authenticité de mon récit n'en soit qu'à peine entamée.

Sans doute, le fragile édifice que j'ai bâti avec des matériaux souvent anciens aurait-il besoin de plus d'un replâtrage de cette espèce. Mais les quelques malfaçons dont il reste certainement affecté ne comptent guère auprès d'une tare plus sérieuse que, çà et là, une inexactitude de détail : ce livre (qui devrait être ma vérité et dont je suis allé parfois jusqu'à penser que, l'écrire suffisant à me justifier, il m'autorisait peut-être à mentir pour ce qui n'était pas de lui) ne laisse pas de m'échapper, car il est traversé par certains thèmes dont — saisi par eux plutôt qu'eux saisis par moi — je ne parviens pas à déterrer le secret, probablement parce qu'ils plongent à un niveau aussi profond que le tabou informulé qui m'eût peut-être obscurément retenu, si ma mère avait encore été là, de faire à la vie qu'elle m'avait donnée l'affront le plus sanglant en essayant de m'en débarrasser.

Si j'annonce que j'ai enfin écrit l'article sur Césaire mais que le panorama des arts africains demeure inachevé (par excès et non plus par défaut car, trop prolixes, ma cosignataire et moi, nous sommes contraints à de gros remaniements), ces informations de dernière heure n'ont qu'une valeur anecdotique. Ce qu'il faudrait, ce n'est pas satisfaire protocolairement à la conscience professionnelle avec des mises au point et des mises à jour qui ne pèsent pas plus que les clauses de style insérées dans un contrat, mais savoir dire, par exemple, pourquoi telle image féminine ambiguë a gardé tant de charme pour moi depuis mon adolescence : la meneuse de jeu de l'Alexander's Ragtime Band, groupe de *minstrels* probablement anglais qui s'étaient produits dans le vieil Alhambra de la rue de Malte alors que chaque attraction y était encore un « numéro », annoncé de part et d'autre de la scène par des chiffres lumineux répondant au rang qu'il occupait dans le programme. Blonde figure dont la finesse et la vivacité s'opposaient aux allures exprès balourdes des musiciens en grande tenue de plantation, elle se montrait d'abord attifée en jeune garçon. Puis, après un défilé en ombres chinoises et l'envol par bonds de tous les membres de la troupe (elle incluse) sautant sans doute par-dessus le foyer de lumière grâce auquel se découpaient les silhouettes, on la découvrait en précieuse robe du soir sur le devant d'une loge d'avant-scène isolée par un projecteur et chaque instrumentiste passait des coulisses à la salle pour lui adresser sa sérénade. Conduit par cette jolie créature qu'un nouvel avatar présentait vêtue, je crois, d'une sorte de costume marin en tissu rose (ajustement de girl et presque de fillette qui me semble maintenant avoir été la tunique d'un aimable Hermès Psychopompe guidant les âmes avec des chants et des danses), le finale avait pour décor une toile de fond reproduisant une page de musique : la célèbre chanson *I want to be down home in Dixie*, qui appartient au répertoire du music-hall d'il y a quelque cinquante ans à moins qu'elle ne soit l'une de ces *coon songs* américaines dont, vers la même époque, j'ai possédé un recueil; chacune des notes lisibles sur la grande page blanche s'ouvrait comme une lucarne pour encadrer un visage d'instrumentiste, barbouillé d'un noir intense à l'exception du pourtour de la bouche qui, très pâle, simulait de grosses lèvres gourmandes.

Chose troublante, c'est peut-être surtout quand — gêne intime, incapacité d'expliquer ou répugnance à m'engager dans une longue analyse — je note sans prétendre donner la clé que, moi-même aveugle, je me montre vraiment à découvert. Il se peut donc que d'autres, plus détachés, voient aussitôt la signification de ce trait, l'un de ceux qui seraient d'autant plus parlants qu'à leur propos je reste muet : mon insistance à évoquer — tel un Don Juan cataloguant ses conquêtes — les silhouettes de femmes ou de filles qui la plupart n'ont été auprès de moi que des figures et qui toutes, dans leur égale impondérabilité de maintenant, m'apparaissent comme des nymphes survenues à divers moments de cette double odyssée, l'errance de ma vie pourtant peu aventureuse et celle de sa projection sur le papier en une suite d'aperçus qui s'enchevêtrent. A New York, une belle walkyrie sans armure m'avait piloté en me tenant par la main chaque fois du moins que nous devions traverser une rue ou une avenue et, en Chine (où la studieuse Nuage-couleur-de-perle avait été notre hôtesse et le plus attentif de nos guides et interprètes), la main d'une écolière n'avait jamais quitté la mienne tout au long d'une promenade à travers les salles d'un centre de réunion destiné aux enfants. Dans un rêve, une plaisante Antillaise dont les doigts s'activaient en même temps que les miens m'aidait à rassembler dans un tiroir mes affaires éparpillées et à suspendre le tout à une sorte de fléau de balance. A l'hôpital Claude-Bernard, une amie faussement reconnue — ange apparu soudain et vite disparu — veilla un matin debout à mon chevet, puis une accorte kinésithérapeute (brune et potelée autant que la jeune fille qui boulevard Beaumarchais me parlait de Taormina) m'enseigna le geste propre à pallier certaine gêne causée par ma gorge blessée et, peu après, m'indiqua par où je devais passer si je voulais profiter de la tranquillité aérée du jardin. En ce même hôpital, le souvenir de ma tante Claire commença de me hanter sous le couvert d'autres phantasmes, avant d'apparaître expressément comme une muse dont la présence immatérielle encourage ou (comparaison moins tendue) comme une figure de proue présidant au difficile retour à la vie dont ma réanimation n'aurait été que la phase liminaire. Dans la parenthèse où la situaient, outre l'exotisme et les distances sociales, les circonstances particulières de la « drôle de guerre », Khadidja n'avait-elle pas été elle aussi une image, avec qui il s'était trouvé que j'avais eu des relations fugaces mais étroites sur le plan de l'amour et sur celui de la simple familiarité physique, comme l'après-midi où cette fille que son allure sombre me fit plus tard regarder comme un ange de la mort m'avait lavé ainsi qu'aurait pu le faire une nurse ou une infirmière ? Enfin, depuis quelque trois ans, n'est-ce pas encore vers un guide féminin descendu d'on ne sait quelle planète que je me tourne parfois, quand je songe à l'autre Algérienne (celle-là « pied noir », originaire de Sidi-bel-Abbès), soigneuse experte, jolie, gaie et réconfortante qui, dans la clinique où je séjournai, fut la principale à s'occuper de moi lorsque je subis l'opération qui, pour beaucoup d'hommes de nos climats, marque l'entrée définitive dans la vieillesse de même qu'en Afrique noire la circoncision marque le passage de l'état de petit garçon à celui de jeune homme ?

Vieillir incline aisément à la bondieuserie... Et qu'est-ce, après tout, que ces nymphes, Vénus ou saintes de diorama sinon les images pieuses dont, face à un avenir de plus en plus resserré, je m'entoure pour me rassurer ? Non que — Louis XI à mine fripée sous son chapeau superstitieusement garni d'un cercle de médailles bénites — j'en attende une garde ou une aide à mon salut, mais parce qu'il est toujours consolant de penser (même si cela ne sert à rien) qu'en plusieurs points de son parcours notre vie a croisé quelque chose qui ressemblait au merveilleux. Bondieuserie cependant, car prendre appui sur ces images qui ne sont que souvenir, et dont l'une même est l'image d'une image puisque l'original ne m'est apparu qu'en rêve, c'est en appeler non point à des êtres vivants mais à des créatures aussi irréelles que les dieux qu'ont inventés les hommes faute d'oser se reconnaître entièrement livrés à eux-mêmes. Pas plus vivantes que ces dieux et, au demeurant, de tout repos : icônes à mes murs, portraits amassés peu à peu dans un album de famille ou fleurs commémorativement glissées entre deux pages, alors qu'il est des dieux de commerce non moins difficile que celui des créatures humaines les plus dures et les plus exigeantes. Si je repousse les solutions de facilité, comment ne pas me défier de ces images, objets de molles rêvasseries qui flattent probablement ce qu'il y a de moins avouable en moi et m'éloignent de la réalité nue sans me conduire jusqu'au diamant de la réalité poétique!

Sans me conduire jusqu'au diamant... Grief que je fais à mes égéries comme si, même quand je veux recommencer à prospecter les terres vierges de la poésie, je souhaitais être tenu par la main et guidé comme un enfant. Cet enfant qui persiste en moi malgré la chronologie et qui, aujourd'hui comme hier, s'invente des fées marraines en lieu et place des autres fées inexorablement terrestres avec lesquelles un homme doit s'affronter; cet enfant perpétuellement anachronique, qui parfois a cru se conduire en adulte mais avait toujours besoin qu'on lui montrât le chemin : ces voyages notamment, devant lesquels j'aurais reculé s'il m'avait fallu les faire sous ma propre gouverne (Égypte où je savais qu'un ami me piloterait et où, prétextant à mes propres yeux une répugnance toute surréaliste aux activités touristiques, je m'abstins de visiter la glorieuse Vallée des Rois car j'aurais dû m'y rendre seul, Afrique noire que je traversai en profitant de la sorte de voyage organisé qu'est une mission dont on n'est pas le chef, Chine qui m'était servie comme sur un plat mais dont l'attente, d'autant plus énervante que j'ignorais si tout ne serait pas gâché par la présence de trouble-fête dans notre délégation, m'avait mis en un si bel état qu'un jour j'avais fait mine de me casser la tête contre les murs tant mon départ prochain me semblait inepte), ces grandes prises de parti sous l'égide d'êtres ou de pays considérés comme des modèles (Nerval par exemple ou maintenant la Chine dont j'accepte mal qu'elle ne soit pas au-dessus de tout reproche), enfin cette quête elle-même à quoi président — mères sans visage telles qu'en faisait voir naguère la peinture italienne dite métaphysique — ces notions auxquelles je m'en remets presque les yeux fermés, pour des raisons moins du cerveau que du cœur, l'authenticité, la communication.

« Authenticité », qui est mon grand mot d'ordre mais n'a de sens que dans l'opposition d'un objet vrai à un faux caractérisé, de sorte qu'on ne peut en faire une pierre de touche ni pour approuver ou réprouver des œuvres qu'il n'y a pas lieu de rejeter comme apocryphes, plagiats ou relations mensongères, ni pour distinguer en nous ce que nous devrions traiter comme notre bien le plus précieux.

« Communication », moins embué de religiosité que « communion », mais aussi flou dès qu'on en use à un niveau plus élevé que celui de la porte de communication, de la communication téléphonique ou de la communication à une société savante. Rappel à la réalité nue, ma crise d'il y a quelques années et ses séquelles aujourd'hui liquidées m'ont amené, finalement, à me défier de ce terme qui, utilisable à l'échelon de la communication strictement verbale comme à celui de voies et communications plus subtiles que les routes et chemins de fer, communique trop aisément à l'idée la moins précise son air de sèche précision. Méprise ou simplification malhonnête, j'embrassais sous son étiquette deux choses en vérité des plus troubles, et qu'on ne peut réduire à leur seul aspect social comme cette étiquette m'y invitait sournoisement : communication esthétique (émouvoir autrui en lui faisant partager ce qu'on a pensé ou ressenti) et communication amoureuse (s'émouvoir l'un de l'autre). Non seulement je pensais tenir ainsi l'idée qui, le moment venu, m'aiderait à mettre clairement en perspective l'essentiel de ce que j'aurais dégagé mais, bon apôtre, je donnais une tournure morale à mes deux grandes aspirations puisque, ici et là, il s'agissait, à la limite, de me fondre avec les autres. Or, naïve ou pas, l'opération était d'autant moins concluante qu'amour et poésie — je négligeais ce point — sont loin de représenter le tout de la communication humaine, celle-ci pouvant se réaliser, en dehors de toute effusion, dans un travail ou n'importe quelle action qu'on mène ensemble. De plus, elle était vicieuse en ceci que je ne saurais prétendre, sans tromperie sur mes mobiles profonds, que dans la vie comme dans l'art mon grand but est de « communiquer » avec autrui : puis-je en effet avancer qu'aboutir à une connivence est ce qui m'importe le plus, alors que par la poésie — cette poésie que je souhaite ressaisir et qui fait de ce livre une recherche de l'anneau perdu ou une tentative louvoyante de retour au bercail — je veux trouver à m'aboucher avec le monde, de même que j'attends de l'acte d'amour qu'il m'abouche avec la nature et pas seulement avec une autre personne ? D'ailleurs, si amour et poésie n'étaient que des cas particuliers de commerce avec nos semblables, comment pourraient-ils aussi follement nous exalter et nous mettre à ce point hors de nous-mêmes ?

Toutefois, qu'amour et poésie se présentent tous deux comme de merveilleux dépassements n'est qu'une analogie, qui n'autorise nullement à mélanger vie littéraire et vie sentimentale de la sotte façon dont je l'ai fait (jusqu'au complet gâchis) quand, poussé en théorie par ma soif d'une communication pleine et entière, je me suis engagé dans ce qui n'était pratiquement que de banales aventures de plumitif aux anges parce qu'il rencontre des admiratrices. L'une de celles-ci, la mieux avertie et peut-être la plus sincère, était pour moi dénuée d'attrait physique, mais si forte était mon envie d'approbation féminine qu'entre nous quelque chose s'esquissa néanmoins. Quant à l'autre, qui me séduisait assez pour que malgré plus de sept ans écoulés je me rappelle non sans quelque rancœur que — mauvais amant à n'en pas douter — je ne parvins jamais à tirer de sa gorge un *tu* qui eût marqué d'elle à moi, fût-ce momentanément, l'abolition de toute distance, il est certain qu'à tous égards nous communiquions si peu qu'un jour j'avais pleuré moins encore de la querelle qui nous divisait que du philistinisme dont témoignaient ses propos. Avec l'une comme avec l'autre, j'avais joué d'abord le rôle de l'homme en place à qui des novices viennent demander conseil et ma faiblesse avait été dans les deux cas de me jeter, chien attrapant un os, sur ce qui s'offrait à moi : l'attention d'une femme surgie du dehors et, en principe, avide comme je le suis encore de découvrir littérairement sa formule. Dialoguer avec l'une et tâcher, avec l'autre, de vivre ce qui serait pour moi le dernier avatar de l'amour (à la manière dont la Chine m'était apparue comme l'incarnation du lointain voyage que n'en suivrait plus aucun), c'était bien naturel. Mais j'ai honte d'avoir cédé à la ridicule vanité d'auteur qui sommeillait en moi et de l'avoir laissé mordre goulûment à l'appât. Sans compter que me prêter à cette double aventure, pas même cyniquement mais par incapacité de contrôler les événements, et me conduire (collégien aux émois brouillons) envers chacune de mes deux complices comme si les vertus de l'autre avaient parfait les siennes, c'était m'accommoder d'un étrange vaudeville pour satisfaire mon appétit de totale illumination par une chair et un esprit.

Précision, au demeurant, nécessaire : je retiens surtout de la communication le moment où elle semble s'établir, instant éblouissant mais limité, comme tous ceux où l'on pourrait croire le temps rompu mais qui ne le font voler qu'illusoirement en éclats puisqu'ils sont suivis d'une série indéterminée d'autres instants sans relief. Communiquer, se fondre avec autrui, est-ce donc cela que si souvent, dans l'amour ou dans la poésie, l'on cherche à travers ces instants vertigineux auxquels on se sent prêt à sacrifier soit l'entente solide entre deux êtres pour qui de l'un à l'autre tout est transparent, soit l'intimité que des paroles cristallines et prononcées sans fièvre peuvent instaurer de nous aux choses (ou aux gens) qui nous entourent ? N'est-ce pas plutôt parce que, ce vertige, nous l'aimons comme tel, par-delà toute raison et tenant simplement à ce que, partagé, il ne soit pas vrai que pour nous comme le restent le rêve et la sorte d'hallucination provoquée qui encadre ce que par euphémisme on nomme le plaisir solitaire ? Si jusque dans le vertige je demande ce partage, ce n'est pas pour lui-même : dans presque tout ce que je fais, le ferais-je par caprice, j'ai besoin que la réplique me soit donnée car autrement il me semblerait que ce n'est fait qu'à moitié, d'où le prix que j'attache non seulement à un amour réciproque, mais à l'amitié, à une passion commune, à une certaine espèce de reconnaissance littéraire, et de là également, malgré mon penchant difficilement réprimé à l'ivrognerie, la répugnance que j'ai toujours eue à m'enivrer tout seul.

Communication, authenticité, planches pourries que de pareils mots ! Comme s'ils en disaient très long, il est rare que je les emploie sans un léger frémissement intérieur, alors que l'indécision de leurs contours pourrait à juste titre m'attirer de mon interlocuteur cette remarque accompagnée d'une moue de mépris : *Tu ne sais pas ce que tu dis !* C'est en m'attribuant ainsi une incohérence proche du chaos mental où le bébé est plongé que jadis mes frères me taquinaient, et j'étais affreusement vexé d'entendre mes aînés me signifier que mes propos, comme tout ce que j'avais en tête, n'étaient que verbiage infantile. Savoir, dire : avoir connaissance, exprimer par la parole. En fait, n'est-il pas courant que, même mûri, l'on ne sache pas ce que l'on dit puisque l'on use de bien des mots en les distendant ou en les faisant glisser d'une acception à une autre jusqu'à rendre impossible, pour soi comme pour n'importe qui, toute connaissance valable de ce qu'ils avaient pour mission d'exprimer dans le moment où on les employait ? Il en va ainsi de ces termes chargés pour moi d'une magie de mots clés alors que c'est grâce à leur élasticité, à leur incertitude même, qu'ils peuvent être dotés d'un contenu aussi riche.

Mais aussi, quelle mouche m'a piqué, que j'aie voulu théoriser au lieu d'essayer, si je voulais me justifier et convaincre, de le faire par une voie exclusivement pratique : parlant mon propre langage et bouchant mes oreilles avec de la cire pour n'être embobeliné par les accents d'aucune sirène (y compris la joie d'éveiller des échos), filer ma courbe en n'obéissant qu'à mes inclinations et laisser au lecteur le soin de déterminer à quoi menait mon trajet, si toutefois il menait à quelque lieu définissable. L'âge, d'ailleurs, augmente la confusion, non seulement parce que les sens et les facultés s'émoussent mais parce qu'on en arrive souvent (avec un sérieux comique s'il n'est pas hypocrite) à traiter, comme de questions qui se posent encore, de questions dont on oublie que d'elles-mêmes elles se sont résolues depuis longtemps : l'amour par exemple, quand je ne pourrais y répondre que plus pauvrement que jamais s'il m'advenait de l'inspirer et quand, d'autre part, je me sais uni à une compagne par des liens tels que l'existence sans elle me semble inconcevable (car je peux dire sans forfanterie mais en toute conscience du côté enfant perdu qui m'a toujours empêché de me passer d'un ferme appui que ma lâcheté seule devant l'imminence du geste mortel pourrait m'amener à lui survivre si l'avenir brisait par sa disparition un couple indivis comme celui que j'avais incarné, à moi seul et pour moi seul, avant de me muer en vieille actrice autrefois fêtée) ; la poésie, devenue pour moi une nécessité parce qu'elle est mon seul recours, maintenant que les jeux sont faits et que je ne puis rêver de transfigurer ma vie ni par l'amour ni par de grands voyages (qu'aujourd'hui j'envisage sous l'angle de la distraction ou de l'occupation professionnelle, sans plus), ni par une activité révolutionnaire (connaissant trop bien les bornes de mon dévouement et la distance qu'il y a entre approuver les buts de la révolution et agir en révolutionnaire).

Quand l'effacement par la mort ou par la sénilité n'est plus envisagé comme un destin mais attendu comme un mal qui s'apprête à vous frapper, il arrive — et c'est mon cas — que l'on perde jusqu'à l'envie d'entreprendre : on évalue le peu de temps dont on dispose encore, temps étranglé, sans rapport avec celui des époques où il était exclu de penser qu'une entreprise pourrait manquer du délai voulu pour se développer librement, et cela coupe tout élan. De même, en aurait-on comme moi une longue accoutumance, il est dur de savoir, chaque jour, que la nuit — désormais obstruée par la fatigue ou le sommeil — ne sera plus cette période infiniment ouverte pendant laquelle un homme que rien n'est venu affaiblir peut aimer et se dépenser sans compter. Suis-je plus lucide, plus vulnérable qu'un autre ou plus avarement occupé de ma propre personne, mais il me semble que celui dont l'existence est ainsi passée de l'illimité au limité vit dans une sorte d'asphyxie. Comment y remédier sinon par un biais grâce auquel, là où de tous côtés je me heurte à d'implacables limites, un souffle d'illimité pourrait encore se couler? Ressources dernières, l'art et la poésie s'offrent comme des moyens de desserrer l'étreinte... Mais n'est-ce pas pitié qu'en rabattre au point de les traiter en produits de remplacement permettant de pallier la désolante pénurie de la vieillesse! Rôle sans noblesse, je ne le nierai pas... Pourtant, cette pauvre fonction — tempérer la défaite finale par un brin de victoire — n'est pas la seule misère que l'art et la poésie dissimulent sous leur manteau de grandeur et, poussant plus loin, ne devrait-on pas la regarder comme la moins fragile de leurs justifications?

Alors plus que jamais, ils répondent en effet à un besoin immédiat et, s'ils sont à même de tenir quand les autres raisons de vivre se sont effritées, c'est une preuve de leur force. Je parle ici, bien entendu, d'un art ou d'une poésie irréductibles à l'art pour l'art aussi bien qu'au classicisme pur : l'art et la poésie ne peuvent se faire, comme mon tourment l'exige, porteurs d'illimité que s'ils sont animés par cette ambition démesurée, se mesurer (quelle que soit la forme que prendra ce défi) avec l'incommensurable. Le point noir est qu'il faudrait, pour que le tour soit joué, être sûr que l'écrasement épargnera cette faculté-là, ce qui serait négliger la terrible pression des contingences physiologiques et miser sur le miracle.

Hormis cette proximité de mon annulation (destinée de tous les êtres vivants), de quoi donc suis-je en droit de spécialement me plaindre? Dans l'ordre matériel et dans l'ordre sentimental, je n'ai subi jusqu'à présent que des dommages dont la somme n'excède pas la norme; mon métier régulier est l'un des moins ennuyeux qui se puissent concevoir et, d'autre part, je suis devenu un écrivain, autrement dit une variété d'artiste, soit ce que très jeune je rêvais d'être tout en me rongeant les sangs à l'idée que je n'y parviendrais jamais, du moins à un titre plus reluisant que celui d'amateur buté. Ce qui cloche, c'est que je ne suis devenu en rien l'artiste (ou le poète) selon ce que j'imaginais : quelqu'un qui est passé de l'autre côté du miroir. Mais, là non plus, il ne s'agit pas d'une malédiction particulière dont je serais la victime. Je connais maintenant assez de grands artistes, et crois les connaître suffisamment, pour m'apercevoir que j'étais dupe d'une illusion : même génial, l'artiste en son dedans ne vit pas en légende ou en bande dessinée; malgré ses quelques échappées, il reste embourbé dans notre marais congénital autant que ceux qui, le contemplant du dehors, peuvent supposer que son art transforme tout pour lui. Grosse déception, certes, eu égard à ce qu'une naïveté enfantine me laissait escompter au cas où je prendrais place, fût-ce à un rang modeste, dans la phalange élue. Néanmoins, le fait est que ma capacité d'enthousiasme pour la beauté issue d'un cerveau humain n'en a pas été diminuée au degré où, d'ordinaire, j'ai tendance à le penser. Trébuchant dans mon propre travail, j'ai souvent désespéré de la littérature en général et pas seulement de la mienne. Cependant, il est des livres que je lis, des spectacles auxquels j'assiste, des tableaux que je regarde ou des musiques que j'écoute avec une joie profonde. Plus question, en ces minutes de réconciliation spontanée avec l'art, de penser que la littérature est un non-sens ou un perpétuel contresens. Ce que je vilipende quand je le vois du dedans garde toute sa valeur quand je le vois du dehors. Si les écrits qui me coûtent tant de peine et d'irritation égalaient ceux qui, lorsqu'ils me viennent des autres, me procurent cette joie et si je pouvais le savoir, j'aurais donc quelque raison d'estimer qu'en me conduisant, dans ma spécialité, un peu comme ces travailleurs de choc qu'honorent les pays de l'Est je suis à mille lieues d'avoir obtenu ce que primitivement je désirais mais n'ai pas entièrement gâché le temps qui m'était imparti. Dans quel sens l'avenir en décidera, je puis à peine le supputer; mais je prévois qu'en tout cas sa réponse ne sera pas celle qui, en aurais-je connaissance, pourrait me satisfaire. Aussi vain qu'il soit de m'interroger à ce sujet, poser pareille question n'est pourtant pas absolument négatif, car cela me prouve que le flot de mon pessimisme laisse émerger le roc d'au moins un article de foi : me demander si quelque Jugement dernier me classera ou non parmi ceux qui n'ont pas gaspillé leur temps, c'est admettre en effet que la partie n'est pas incohérente au point qu'il ne puisse y avoir ni gagnants ni perdants.

Dedans, dehors. Ma vie telle qu'en détail elle se déroule en moi et telle qu'en gros elle apparaît aux autres. En me faisant écrivain, j'ai opté pour une certaine représentation du monde ou plutôt pour une façon particulière de le représenter (sa lecture à travers une grille plus sensible que les grilles rationnelles). J'ai opté du même coup pour une certaine morale (refus des calculs trop mesquinement raisonnables) et, bien que j'aie renoncé à l'ériger en système, elle ne laisse pas d'orienter mes actes. De même en me faisant ethnographe, profession qui, beaucoup plus que sous l'angle de la science, m'avait séduit comme moyen de toucher à des réalités vivantes et qui est devenue finalement un auxiliaire de la première, en m'habituant à observer et en m'aidant à élargir ainsi qu'à humaniser mes conceptions. De cette morale intérieure qui me gouverne à mon insu ou presque, sans toutefois m'avoir évité de m'abaisser à quelques actions viles (que je ne couvrirais peut-être pas de ce demi-silence honteux si elles avaient été plus hardiment criminelles) et sans non plus m'empêcher de me mettre ridiculement martel en tête à propos de vétilles dans le train de tous les jours, qu'est-il résulté à l'extérieur? Une conduite dont les aspects positifs oscillent entre un bien faire un peu boy-scout et un bien se tenir un peu dame patronnesse : appliquer les principales consignes du syndicat auquel j'appartiens; de temps à autre participer, sans grande énergie, à une manifestation de rue; signer des déclarations, des pétitions et des protestations visant à défendre tantôt les droits des individus, tantôt la liberté des peuples; souscrire pour le soutien de quelques organisations progressistes ou antiracistes; accorder mon témoignage judiciaire à des gens aux prises avec la répression; sur le plan privé, m'ouvrir aux confidences et réconforter, en m'attachant à établir (avec des arguments qui sur moi ne portent guère) que la vie vaut d'être vécue et en affirmant au besoin que se suicider ne serait qu'un aveu de défaite; à l'occasion, me montrer serviable ou obligeant financièrement; sans pouvoir alors me flatter d'apporter une aide à quelqu'un qui le mérite, mais mû par la seule crainte d'être taxé de lésinerie, donner généralement de gros pourboires et, quand cela me chante ou parfois aussi par superstition (« le bon Dieu vous le rendra »), lâcher une pièce dans la sébile ou dans la paume d'un mendiant. Donc, beaucoup de bruit pour rien. J'ai sué sang et eau et jeté feu et flamme pour aboutir, dans la pratique quotidienne, à être un homme tel que nombre de ceux de la bourgeoisie qui se veut avancée, un auteur admis dans les anthologies et dont peut-être on louera l'effort de sincérité, l'exactitude d'expression, voire les raccords et les entrelacs ingénieux, en l'absence de ce je ne sais quoi qui (chez certains) fulgure jusque dans la moindre phrase et que je crois être l'essentiel.

Mince cadeau dont le sort m'aura gratifié, il me reste pourtant la cicatrice inscrite à mon cou et que j'ai comparée à une marque initiatique : sorte d'« arbre de vie » comme l'était, dans son ambiguïté, le triangle équilatéral noir que mon demi-sommeil m'avait montré reposant successivement sur l'un de ses côtés et sur l'une de ses pointes. S'il n'est de grande poésie que *totale* (conjuguant vie et mort), comment pourrait-on faire coïncider vraiment la vie et la poésie sans poser, pour le moins, le bout de l'un de ses souliers sur le seuil de la mort?

Moi qui n'aurai pour viatique posthume ni corde de pendu ni balle de revolver — non plus que nul Harar ou oreille coupée — car je me déciderais maintenant trop tard pour que cela ait plus de sens qu'un suicide d'homme ruiné ou de malade condamné, dois-je voir dans cette cicatrice, à défaut d'un attribut comme en comportent les figures de saints exposées dans les églises et les musées, quelque chose d'analogue à la croix des braves ou à la médaille du Tonkin qu'en d'autres temps et d'autres milieux l'on enterrait avec le vieux parent radoteur qui en était le titulaire ? Vaine gloriole mise à part, elle me paraît constituer en tout cas la fibule (le bijou permettant, agrafe ou broche, de fermer un vêtement en unissant ses deux bords autrement écartés à la façon dont l'avaient été les deux lèvres que présentait ma gorge fendue sur quelques centimètres), la fibule grâce à quoi tout ce que j'ai à cœur se résume, rassemblé par le moyen d'un signe dessiné sur ma chair même et qui me dispensera — mais n'est-ce pas dire fontaine je ne boirai pas de ton eau — de m'atteler à la fastidieuse rédaction des *Fibules* que je projetais d'écrire pour rattacher solidement et dominer enfin mes aperçus éparpillés.

Cette marque, dont la forme curieusement griffue évoque un insecte à six pattes qui se serait incrusté au-dessous de ma pomme d'Adam, est demeurée pour moi l'objet, non d'une horreur rétrospective, mais d'un orgueil disproportionné à un acte accompli seulement à demi (ratage sans quoi, en vérité, il y aurait bien un *il* dont quelques-uns conserveraient l'image, mais pas l'ombre d'un *je* pour parler de mon orgueil ou de mon horreur). Tels ces anciens combattants qui ressassent leur guerre parce qu'ils n'ont connu aucune autre grande aventure et qui aiment éventuellement à exhiber les traces de leurs blessures, je me reporte à mon suicide manqué comme au grand et aventureux moment qui représente, dans le cours de mon existence à peu près sans cahots, le seul risque majeur que j'aurai osé prendre. Et il me semble aussi que c'est à ce moment-là que, mariant vie et mort, ivresse et acuité de vue, ferveur et négation, j'ai embrassé le plus étroitement cette chose fascinante, et toujours à poursuivre parce que jamais tout à fait saisie, que l'on croirait désignée à dessein par un nom féminin : la poésie.

DU MÊME AUTEUR

Aux Éditions Gallimard

Voyages

L'AFRIQUE FANTÔME, *illustré de 32 planches hors texte.*

CONTACTS DE CIVILISATIONS EN MARTINIQUE ET EN GUADELOUPE.

Essais

L'ÂGE D'HOMME, *précédé de* DE LA LITTÉRATURE CONSIDÉRÉE COMME UNE TAUROMACHIE.

LA RÈGLE DU JEU.
I : BIFFURES.
II : FOURBIS.
III : FIBRILLES.
IV : FRÊLE BRUIT.

LE RUBAN AU COU D'OLYMPIA.

LANGAGE TANGAGE ou CE QUE LES MOTS ME DISENT.

Poésie

HAUT MAL.

MOTS SANS MÉMOIRE.

NUITS SANS NUIT ET QUELQUES JOURS SANS JOUR.

Roman

AURORA

Dans la collection « L'Univers des Formes »

AFRIQUE NOIRE *(en collaboration avec Jacqueline Delange).*

Littérature

À COR ET À CRI.

Aux Éditions Denoël/Gonthier

CINQ ÉTUDES D'ETHNOLOGIE *(Tel/Gallimard, nº 133).*

L'IMAGINAIRE
GALLIMARD

Axée sur les constructions de l'imagination, cette collection vous invite à découvrir les textes les plus originaux des littératures romanesques française et étrangères.

Volumes parus

41. André Pieyre de Mandiargues : *Soleil des loups.*
42. Maurice Sachs : *Le Sabbat.*
43. D. H. Lawrence : *L'arc-en-ciel.*
44. Henri Calet : *La belle lurette.*
45. Rómulo Gallegos : *Doña Bárbara.*
46. Georges Lambrichs : *Les fines attaches.*
47. Ernst Jünger : *Sur les falaises de marbre.*
48. Raymond Queneau : *Les œuvres complètes de Sally Mara.*
49. Marguerite Duras : *L'après-midi de monsieur Andesmas.*
50. T. E. Lawrence : *La matrice.*
51. Julio Cortázar : *Marelle.*
52. Maurice Fourré : *La nuit du Rose-Hôtel.*
53. Gertrude Stein : *Autobiographie d'Alice Toklas.*
54. Hoffmann : *Le chat Murr.*
55. Joë Bousquet : *Le médisant par bonté.*
56. Marcel Jouhandeau : *Prudence Hautechaume.*
57. Jane Austen : *Catherine Morland.*
58. Pierre Guyotat : *Tombeau pour cinq cent mille soldats.*
59. Aragon : *Traité du style.*
60. Frédéric Prokosch : *Sept fugitifs.*
61. Henri Bosco : *Pierre Lampédouze.*
62. Paul Bowles : *Un thé au Sahara.*
63. Louis Guilloux : *La confrontation.*

64. Henri Calet : *Le tout sur le tout.*
65. Hermann Broch : *La mort de Virgile.*
66. Pierre Herbart : *Alcyon.*
67. Thomas Mann : *Les Histoires de Jacob.*
68. Thomas Mann : *Le jeune Joseph.*
69. Thomas Mann : *Joseph en Égypte.*
70. Thomas Mann : *Joseph le Nourricier.*
71. Samuel Butler : *Erewhon.*
72. René Daumal : *Le Mont Analogue.*
73. Edmond Duranty : *Le malheur d'Henriette Gérard.*
74. Vladimir Nabokov : *Feu pâle.*
75. René Crevel : *Êtes-vous fous ?*
76. Mario Vargas Llosa : *La maison verte.*
77. Stig Dagerman : *L'enfant brûlé.*
78. Raymond Queneau : *Saint Glinglin.*
79. Hugo von Hofmannsthal : *Andréas et autres récits.*
80. Robert Walser : *L'Institut Benjamenta.*
81. William Golding : *La nef.*
82. Alfred Jarry : *Les jours et les nuits.*
83. Roger Caillois : *Ponce Pilate.*
84. Thomas Mofolo : *Chaka, une épopée bantoue.*
85. Jean Blanzat : *Le Faussaire.*
86. Jean Genet : *Querelle de Brest.*
87. Gertrude Stein : *Trois vies.*
88. Mircea Eliade : *Le vieil homme et l'officier.*
89. Raymond Guérin : *L'apprenti.*
90. Robert Desnos : *La liberté ou l'amour !* suivi de *Deuil pour deuil.*
91. Jacques Stephen Alexis : *Compère Général Soleil.*
92. G. K. Chesterton : *Le poète et les lunatiques.*
93. Emmanuel Berl : *Présence des morts.*
94. Hermann Broch : *Les somnambules,* I. } cf. Nouvelle
95. Hermann Broch : *Les somnambules,* II. } édition n° 229
96. William Goyen : *La maison d'haleine.*
97. Léon-Paul Fargue : *Haute solitude.*
98. Valery Larbaud : *A. O. Barnabooth, son journal intime.*
99. Jean Paulhan : *Le guerrier appliqué. Progrès en amour assez lents. Lalie.*
100. Marguerite Yourcenar : *Denier du Rêve.*
101. Alexandre Vialatte : *Battling le ténébreux.*

102. Henri Bosco : *Irénée.*
103. Luigi Pirandello : *Un, personne et cent mille.*
104. Pierre Jean Jouve : *La Scène capitale.*
105. Jorge Luis Borges : *L'auteur et autres textes.*
106. Paul Gadenne : *La plage de Scheveningen.*
107. Ivy Compton-Burnett : *Une famille et son chef.*
108. Victor Segalen : *Équipée.*
109. Joseph Conrad : *Le Nègre du « Narcisse ».*
110. Danilo Kiš : *Jardin, cendre.*
111. Jacques Audiberti : *Le retour du divin.*
112. Brice Parain : *Joseph.*
113. Iouri Tynianov : *Le lieutenant Kijé.*
114. Jacques Stephen Alexis : *L'espace d'un cillement.*
115. David Shahar : *Un été rue des Prophètes.*
116. Léon Bloy : *L'âme de Napoléon.*
117. Louis-René des Forêts : *La chambre des enfants.*
118. Jean Rhys : *Les tigres sont plus beaux à voir.*
119. C.-A. Cingria : *Bois sec Bois vert.*
120. Vladimir Nabokov : *Le Don.*
121. Leonardo Sciascia : *La mer couleur de vin.*
122. Paul Morand : *Venises.*
123. Saul Bellow : *Au jour le jour.*
124. Raymond Guérin : *Parmi tant d'autres feux...*
125. Julien Green : *L'autre sommeil.*
126. Taha Hussein : *Le livre des jours.*
127. Pierre Herbart : *Le rôdeur.*
128. Edith Wharton : *Ethan Frome.*
129. André Dhôtel : *Bernard le paresseux.*
130. Valentine Penrose : *La Comtesse sanglante.*
131. Bernard Pingaud : *La scène primitive.*
132. H. G. Wells : *Effrois et fantasmagories.*
133. Henri Calet : *Les grandes largeurs.*
134. Saul Bellow : *Mémoires de Mosby et autres nouvelles.*
135. Paul Claudel : *Conversations dans le Loir-et-Cher.*
136. William Maxwell : *La feuille repliée.*
137. Noël Devaulx : *L'auberge Parpillon.*
138. William Burroughs : *Le festin nu.*
139. Oskar Kokoschka : *Mirages du passé.*
140. Jean Cassou : *Les inconnus dans la cave.*
141. Jorge Amado : *Capitaines des Sables.*

142. Marc Bernard : *La mort de la bien-aimée.*
143. Raymond Abellio : *La fosse de Babel.*
144. Frederic Prokosch : *Les Asiatiques.*
145. Michel Déon : *Un déjeuner de soleil.*
146. Czeslaw Milosz : *Sur les bords de l'Issa.*
147. Pierre Guyotat : *Éden, Éden, Éden.*
148. Patrick White : *Une ceinture de feuilles.*
149. Malcolm de Chazal : *Sens-plastique.*
150. William Golding : *Chris Martin.*
151. André Pieyre de Mandiargues : *Marbre ou Les mystères d'Italie.*
152. V. S. Naipaul : *Une maison pour Monsieur Biswas.*
153. Rabindranath Tagore : *Souvenirs d'enfance.*
154. Henri Calet : *Peau d'Ours.*
155. Joseph Roth : *La fuite sans fin.*
156. Marcel Jouhandeau : *Chronique d'une passion.*
157. Truman Capote : *Les domaines hantés.*
158. Franz Kafka : *Préparatifs de noce à la campagne.*
159. Daniel Boulanger : *La rose et le reflet.*
160. T. F. Powys : *Le bon vin de M. Weston.*
161. Junichirô Tanizaki : *Le goût des orties.*
162. *En mouchant la chandelle (Nouvelles chinoises des Ming)*.
163. Cesare Pavese : *La lune et les feux,* précédé de *La plage.*
164. Henri Michaux : *Un barbare en Asie.*
165. René Daumal : *La Grande Beuverie.*
166. Hector Bianciotti : *L'amour n'est pas aimé.*
167. Elizabeth Bowen : *La maison à Paris.*
168. Marguerite Duras : *L'Amante anglaise.*
169. David Shahar : *Un voyage à Ur de Chaldée.*
170. Mircea Eliade : *Noces au paradis.*
171. Armand Robin : *Le temps qu'il fait.*
172. Ernst von Salomon : *La Ville.*
173. Jacques Audiberti : *Le maître de Milan.*
174. Shelby Foote : *L'enfant de la fièvre.*
175. Vladimir Nabokov : *Pnine.*
176. Georges Perros : *Papiers collés.*
177. Osamu Dazai : *Soleil couchant.*
178. William Golding : *Le Dieu scorpion.*
179. Pierre Klossowski : *Le Baphomet.*
180. A. C. Swinburne : *Lesbia Brandon.*

181. Henri Thomas : *Le promontoire.*
182. Jean Rhys : *Rive gauche.*
183. Joseph Roth : *Hôtel Savoy.*
184. Herman Melville : *Billy Budd, marin,* suivi de *Daniel Orme.*
185. Paul Morand : *Ouvert la nuit.*
186. James Hogg : *Confession du pécheur justifié.*
187. Claude Debussy : *Monsieur Croche* et autres écrits.
188. Jorge Luis Borges et Margarita Guerrero : *Le livre des êtres imaginaires.*
189. Ronald Firbank : *La Princesse artificielle,* suivi de *Mon piaffeur noir.*
190. Manuel Puig : *Le plus beau tango du monde.*
191. Philippe Beaussant : *L'archéologue.*
192. Sylvia Plath : *La cloche de détresse.*
193. Violette Leduc : *L'asphyxie.*
194. Jacques Stephen Alexis : *Romancero aux étoiles.*
195. Joseph Conrad : *Au bout du rouleau.*
196. William Goyen : *Précieuse porte.*
197. Edmond Jabès : *Le Livre des Questions,* I.
198. Joë Bousquet : *Lettres à Poisson d'Or.*
199. Eugène Dabit : *Petit-Louis.*
200. Franz Kafka : *Lettres à Milena.*
201. Pier Paolo Pasolini : *Le rêve d'une chose.*
202. Daniel Boulanger : *L'autre rive.*
203. Maurice Blanchot : *Le Très-Haut.*
204. Paul Bowles : *Après toi le déluge.*
205. Pierre Drieu la Rochelle : *Histoires déplaisantes.*
206. Vincent Van Gogh : *Lettres à son frère Théo.*
207. Thomas Bernhard : *Perturbation.*
208. Boris Pasternak : *Sauf-conduit.*
209. Giuseppe Bonaviri : *Le tailleur de la grand-rue.*
210. Jean-Loup Trassard : *Paroles de laine.*
211. Thomas Mann : *Lotte à Weimar.*
212. Pascal Quignard : *Les tablettes de buis d'Apronenia Avitia.*
213. Guillermo Cabrera Infante : *Trois tristes tigres.*
214. Edmond Jabès : *Le Livre des Questions,* II.
215. Georges Perec : *La disparition.*
216. Michel Chaillou : *Le sentiment géographique.*
217. Michel Leiris : *Le ruban au cou d'Olympia.*
218. Danilo Kiš : *Le cirque de famille.*

219. Princesse Marthe Bibesco : *Au bal avec Marcel Proust.*
220. Harry Mathews : *Conversions.*
221. Georges Perros : *Papiers collés*, II.
222. Daniel Boulanger : *Le chant du coq.*
223. David Shahar : *Le jour de la comtesse.*
224. Camilo José Cela : *La ruche.*
225. J. M. G. Le Clézio : *Le livre des fuites.*
226. Vassilis Vassilikos : *La plante.*
227. Philippe Sollers : *Drame.*
228. Guillaume Apollinaire : *Lettres à Lou.*
229. Hermann Broch : *Les somnambules.*
230. Raymond Roussel : *Locus Solus.*
231. John Dos Passos : *Milieu de siècle.*
232. Elio Vittorini : *Conversation en Sicile.*
233. Edouard Glissant : *Le quatrième siècle.*
234. Thomas De Quincey : *Les confessions d'un mangeur d'opium anglais* suivies de *Suspiria de profundis* et de *La malle-poste anglaise.*
235. Eugène Dabit : *Faubourgs de Paris.*
236. Halldor Laxness : *Le Paradis retrouvé.*
237. André Pieyre de Mandiargues : *Le Musée noir.*
238. Arthur Rimbaud : *Lettres de la vie littéraire d'Arthur Rimbaud.*
239. Henry David Thoreau : *Walden ou La vie dans les bois.*
240. Paul Morand : *L'homme pressé.*
241. Ivan Bounine : *Le calice de la vie.*
242. Henri Michaux : *Ecuador (Journal de voyage).*
243. André Breton : *Les pas perdus.*
244. Florence Delay : *L'insuccès de la fête.*
245. Pierre Klossowski : *La vocation suspendue.*
246. William Faulkner : *Descends, Moïse.*
247. Frederick Rolfe : *Don Tarquinio.*
248. Roger Vailland : *Beau Masque.*
249. Elias Canetti : *Auto-da-fé.*
250. Daniel Boulanger : *Mémoire de la ville.*
251. Julian Gloag : *Le tabernacle.*
252. Edmond Jabès : *Le Livre des Ressemblances.*
253. J. M. G. Le Clézio : *La fièvre.*
254. Peter Matthiessen : *Le léopard des neiges.*
255. Marquise Colombi : *Un mariage en province.*

256. Alexandre Vialatte : *Les fruits du Congo.*
257. Marie Susini : *Je m'appelle Anna Livia.*
258. Georges Bataille : *Le bleu du ciel.*
259. Valery Larbaud : *Jaune bleu blanc.*
260. Michel Leiris : *Biffures* (*La règle du jeu,* I).
261. Michel Leiris : *Fourbis* (*La règle du jeu,* II).
262. Marcel Jouhandeau : *Le parricide imaginaire.*
263. Marguerite Duras : *India Song.*
264. Pierre MacOrlan : *Le tueur n° 2.*
265. Marguerite Duras : *Le théâtre de l'Amante anglaise.*
266. Pierre Drieu la Rochelle : *Beloukia.*
267. Emmanuel Bove : *Le piège.*
268. Michel Butor : *Mobile. Étude pour une représentation des États-Unis.*
269. Henri Thomas : *John Perkins* suivi d'*Un scrupule.*
270. Roger Caillois : *Le fleuve Alphée.*
271. J. M. G. Le Clézio : *La guerre.*

Composition Bussière
et impression S.E.P.C.
à Saint-Amand (Cher), le 14 avril 1992.
Dépôt légal : avril 1992.
Numéro d'imprimeur : 552.
ISBN 2-07-072551-0./Imprimé en France.

55279